Tod in Wacken

Heike Denzau wurde 1963 in Itzehoe geboren. Sie lebt mit Ehemann und zwei Töchtern in dem kleinen Störort Wewelsfleth in Schleswig-Holstein. Diverse Kurzgeschichten wurden in Anthologien veröffentlicht. Beim NordMordAward, dem ersten schleswig-holsteinischen Krimi-Preis, belegte sie mit einer Kurzgeschichte den dritten Platz. Im Emons Verlag erschienen »Die Tote am Deich« und »Marschfeuer«. »Die Tote am Deich« wurde für den Glauser-Preis nominiert.

HEIKE DENZAU

Tod in Wacken

KRIMINALROMAN

emons:

Bibliografische Information der Deutschen Bibliothek
Die Deutsche Bibliothek verzeichnet diese Publikation
in der Deutschen Nationalbibliografie; detaillierte bibliografische
Daten sind im Internet über http://dnb.d-nb.de abrufbar.

© Emons Verlag GmbH
Cäcilienstraße 48, 50667 Köln
info@emons-verlag.de
Alle Rechte vorbehalten
Umschlagmotiv: mauritius images/ib/Arco Images/Schulz, Helge
Umschlaggestaltung: Nina Schäfer, nach einem Konzept
von Leonardo Magrelli und Nina Schäfer
Satz: César Satz & Grafik GmbH, Köln
Druck und Bindung: sourc-e GmbH, Köln
Printed in Europe 2025
Erstausgabe 2013
ISBN 978-3-95451-064-1
6. Auflage

Unser Newsletter informiert Sie
regelmäßig über Neues von emons:
Kostenlos bestellen unter
www.emons-verlag.de

When hours have gone by
I'll close my eyes
In a world far away
We may meet again.
Aus: »The Bard's Song«, Blind Guardian

Schwarz.

Würde der Tod, wenn er seine Farbe wählen müsste, sich wirklich dafür entscheiden?

Er betrachtete sein Spiegelbild, während er die Kapuze tief in die Stirn zog. Schließlich löste er den Blick und ging zur Musikanlage.

Er legte die CD ein. Als die ersten Töne erklangen, drehte er den Lautstärkeregler weit nach rechts, bis die Bässe den Text in sein Hirn hämmerten. Mit geschlossenen Augen ließ er die Laute ihre Wirkung tun.

Eine Schnellstraße zur Hölle? Ja, das war der passende Weg!

Sofort nach dem letzten Ton drückte er die Stopptaste. Seine Hand nahm die Pistole auf. Kalter Stahl, umschlossen von pulsierender Wärme. Er wartete, spürte nach, wie sich die Hitze seines Körpers von Herzschlag zu Herzschlag auf die Waffe übertrug. Bis sie eins waren.

Er würde das Werk vollenden, das er begonnen hatte. Heute Abend würde Nummer drei zur Hölle fahren. Das Bild von Nummer zwei flammte auf. Die aufgerissenen Augen. Das Loch in der Stirn, aus dem das Leben lief.

Rot. Eine gute Farbe für den Tod.

★★★

»Guten Morgen, mein Schatz.« Lyn schenkte Sophie ein strahlendes Lächeln, als ihre Tochter die Küche betrat und sich auf den Hocker vor dem gedeckten Tisch fallen ließ. Das missmutige Gesicht ihrer Jüngsten ignorierend, fragte sie: »Möchtest du ein Brötchen? Hendrik hat dir ein Sesam vom Bäcker mitgebracht.«

»Hmpf«, grummelte Sophie und schenkte sich Milch in ihren Becher. »Ist der weg?« Hoffnung schwang in ihrer Stimme mit.

»*Der* hat einen Namen«, sagte Lyn freundlich, während sie aus der Teebeutelbox Charlottes Lieblingstee herausfischte. »Hendrik ist oben. Er hat schon gefrühstückt, weil er vor der Arbeit noch in seine Wohnung muss. Er fährt gleich.« Sie stellte die Box zurück in den Schrank und setzte sich zu Sophie an den Tisch.

»Hmpf … Schön, dass der … *er*«, verbesserte sie sich nach einem mahnenden Blick ihrer Mutter, »auch noch mal in seine Wohnung geht. Er ist andauernd hier.«

»Ach, Krümelchen«, Lyn strich ihr über die Wange, »Hendrik hat dich so gern. Versuch doch, ihn wenigstens ein bisschen zu mögen. Vielleicht so ein klitzekleines bisschen?« Lyn zeigte mit Daumen und Zeigefinger einen halben Zentimeter an.

»Der braucht mich nicht gernzuhaben. Und seine ekligen Bartstoppeln kann der auch mal aus dem Waschbecken wegmachen.«

»Wegen Verleumdung kann man belangt werden, Sophie.« Hendrik Wolff betrat die Küche mit einem Lächeln. »Ich spüle meine Bartstoppeln immer weg. Aber ich kenne den Richter gut. Also kommst du höchstens für zwei Jahre in den Knast.«

Sophie begann mit zusammengezogenen Augenbrauen, ihr Brötchen aufzuschneiden. »Witzig … Da waren noch vier Stück im Waschbecken«, grummelte sie.

»Vier Stück Bartstoppeln!« Hendrik blickte von Sophies Hinterkopf grinsend zu Lyn. »Du liebst ein Schwein.«

Lyn zog eine Grimasse, in einer Mischung aus Amüsement und Verzweiflung.

Sophie konnte Oberkommissar Hendrik Wolff – seit mehreren Monaten nicht nur beruflicher Partner ihrer Mutter – nicht ausstehen. Und sie ließ es ihn seit dem Tag der Bekanntgabe ihrer Beziehung deutlich spüren. Lyn war Hendrik unendlich dankbar, dass er Sophie gegenüber nie die Geduld verlor. Im Gegenteil. Mit Humor und Warmherzigkeit versuchte er, Pluspunkte zu sammeln. Kein allzu leichtes Unterfangen, denn Sophie hielt sich selten in demselben Zimmer auf, in dem er sich befand.

»Kann ich heute mit dem Bus nach Itzehoe fahren und bei Lisa schlafen?« Sophie machte ihr Bettelgesicht. »Bitte. Wir wollen in der Tonkuhle baden, und anschließend wollen ihre Eltern noch grillen.«

»Schon wieder? Du warst in den Ferien öfter bei Lisa als zu Hause. Aber gut«, fügte Lyn hinzu, als sich Sophies Miene wieder verdunkelte, »bei dem saumäßigen Sommer solltet ihr jeden Sonnenstrahl ausnutzen.«

»Mama?« Charlottes Stimme klang durch das Treppenhaus. »Kannst du mal bitte raufkommen?«

»Ich fahr dann mal«, sagte Hendrik. »Du bist hier ja noch heiß begehrt. Bis gleich.« Er hauchte Lyn einen Kuss auf die Lippen. »Tschüs, Sophie.«

Die sah nicht auf. »Tschüs … Hendrik.«

In Lyn begann es zu brodeln. Jedes Mal, wenn Sophie seinen Namen nannte, klang es wie »Hendreck«, und das mit Sicherheit nicht rein zufällig. Sie öffnete den Mund, aber Hendrik schüttelte den Kopf, während seine Lippen ein lautloses Nein formten.

Lyn blickte Hendrik nach, als er den kleinen Weg an der Leichenhalle vorbei zu seinem Auto in der Wewelsflether Schulstraße ging. Er machte Platz für zwei Kinder, die mit ihren Rollern an ihm vorbeifuhren, gleichzeitig grüßte er eine schwarz gekleidete Frau, die einen Strauß weiße Rosen auf einem frischen Grab arrangierte. Lyn lächelte.

Auch Hendrik hatte sich schnell daran gewöhnt, dass in Wewelsfleth der Friedhof, an den ihr Häuschen direkt grenzte, nicht an den Dorfrand verbannt war. Im Gegenteil. Mit der fünfhundert Jahre alten Trinitatiskirche bildete er den Dorfmittelpunkt, und auf den Friedhofswegen war eigentlich immer jemand unterwegs, Richtung Schule oder Bäcker oder Bushaltestelle. Hier waren die Toten auf eine selbstverständliche Art eingebettet in den Alltag der Lebenden.

»Mama?«

»Ja doch«, rief Lyn Richtung Obergeschoss, schloss die Haustür und ging die Treppe hinauf in das Zimmer ihrer Ältesten. »Was gibt's denn so Dringliches, dass du es mir nicht unten erzählen kannst?«

»Hendrik soll das nicht mithören.«

Lyn ließ sich auf das ungemachte Bett fallen und blickte ihre Tochter traurig an. »Fängst du jetzt auch noch an, Lotte?«

»Wegen Hendrik? Keine Panik.« Sie ließ die Hand mit dem Mascara sinken und warf Lyn im Spiegel einen kurzen Blick zu. »Wenn der auf Dinos steht, soll's mir egal sein.«

»Weißt du was, Lotte?« Lyn stand auf, stellte sich hinter ihre Tochter und suchte den Blickkontakt im Spiegel. »Im Moment komme ich mit deinen blöden Sprüchen besser klar als mit der offensiven Abneigung deiner Schwester. Aber ich könnte trotzdem gut auf deine beleidigenden Kommentare verzichten.«

Sie atmete tief aus. Dass Hendrik mit seinen dreißig Jahren neun Jahre jünger als sie selbst war, war grässliche Tatsache, und sie hatte daran schon genug zu knabbern. Da musste Charlotte nicht noch Salz in die Wunde streuen.

»Ach, Mama«, Charlotte drehte sich um und schmatzte einen Kuss auf Lyns Wange, »nimm nicht alles so ernst, was ich sage. Ich mag Hendrik, wirklich, aber es gibt einfach Dinge, die er nicht wissen muss.« Sie fuhr mit dem Tuschen der Wimpern fort und sagte: »Ich bin heute Nachmittag beim Frauenarzt und lass mir die Pille verschreiben. Kannst du mich nach der Arbeit da abholen?«

»Was?« Lyn starrte ihre Tochter an. »Du … du bist doch erst …«

»*Erst* siebzehn?«, vervollständigte Charlotte den Satz ihrer Mutter belustigt. »Mama! Wie alt warst du denn, als du das erste Mal mit einem Jungen geschlafen hast?«

»Du bist doch erst acht Wochen mit diesem Max zusammen, wollte ich sagen. Und ich habe den noch nicht mal kennengelernt. Bist du dir sicher …? Ich meine … Und überhaupt: Ich war schon fast neunzehn, als ich mit deinem Vater das erste Mal geschlafen habe.«

»Wir wollen ja auch noch warten. Aber du hast immer gesagt, ich soll um Himmels willen zu dir kommen, wenn Verhütung mal ein Thema ist. Also laber mich jetzt auch nicht voll.« Sie drehte sich um. »Und du hast echt bis jetzt nur mit Papa und Hendrik geschlafen? … Ist ja irgendwie cool, aber auch ein bisschen Dino-Moral, oder?«

Lyn stellte den Computer an, setzte sich aber noch nicht an ihren Schreibtisch, sondern warf einen Blick aus ihrem Bürofenster im zehnten Stock des Itzehoer Polizeigebäudes. Schirme in allen Farben schützten die wenigen Passanten vor dem Platzregen an diesem Augustmorgen. Das richtige Wetter, um den Aktenberg mit älteren Fällen abzuarbeiten. Hauptkommissar Wilfried Knebel, Chef der Mordkommission der Itzehoer Kripo, hatte die Frühbesprechung mit diesem Hinweis schnell beendet, da kein aktueller Fall zu bearbeiten war.

»Leihst du mir mal dein Diktiergerät?« Thilo Steenbuck blieb in der offenen Bürotür stehen. »Meins funktioniert nicht mehr, seit Birgit es gestern in ihren Wurstfingern hatte.«

»Pass bloß auf, dass sie dich nicht hört«, warnte Lyn ihren Kollegen, »sie befindet sich gerade mal in einer Nicht-beleidigt-Phase. Und die würde ich gerne noch ein bisschen genießen.«

»Ich hab den anderen Kommissariaten gerade einen Sekretärinnenwechsel im Vier-Wochen-Turnus vorgeschlagen. Wurde aber abgelehnt.«

»Tja, unserer Birgit eilt ihr Ruf voraus.« Lyn öffnete die obere Schreibtischschublade und drückte Thilo ihr Aufnahmegerät in die Hand.

Der schien allerdings am angeordneten Abarbeiten zurückliegender Fälle nur mäßig interessiert, denn er ließ sich auf dem Besucherstuhl nieder und griff nach der »Norddeutschen Rundschau«, die Lyn auf ihrem Schreibtisch abgelegt hatte.

»Hast du sie schon gelesen? Steht was drin über den Mord in Hannover?«

Lyn sah ihn fragend an. »Wie …?«

»Hörst du morgens kein Radio, wenn du zur Arbeit fährst?«

»Meistens schon, aber heute habe ich eine CD reingeschoben.« Eine CD, die sie ihrer Nachbarin Carmen umgehend zurückgeben würde. Sie war definitiv nicht der Typ, der durch Meeresrauschen und singende Wale auf der Bundesstraße Stress abbaute. Dann doch lieber die Morgen-Nachrichten auf R.SH. »Was für ein Mord? An wem?«

»Das gleiche Prozedere wie bei dem Mord am Dienstag in Weimar. Das Opfer öffnet in den Abendstunden seine Wohnungstür – vermutlich, weil es klingelt – und wird regelrecht hingerichtet. Kopfschuss. Bumm! Und kein Täter in Sicht. In beiden Fällen keine Zeugen. Krass, nicht?«

»Was ist krass?« Hendrik schlenderte ins Zimmer und hockte sich, mit einem strahlenden Lächeln für Lyn, auf ihre Schreibtischkante.

Thilo ignorierte seine Frage, sah Hendrik einen Moment an, dann Lyn. »Ich versteh es immer noch nicht, Kollegin. Warum Hendrik? Warum hast du dir nicht einen intelligenten, gut aussehenden, erfolgreichen Mann gesucht?«

Hendrik hob nur seinen Mittelfinger.

Lyn grinste. »Ich wollte eben einen Polizisten.«

Thilo stand lachend auf und griff sich das Diktiergerät. »Ich werd dann noch ein bisschen was tun. Schließlich bin ich nächste Woche nur drei Tage hier.«

»Schon wieder frei? Du hattest doch erst zwei Wochen Urlaub«, wunderte sich Lyn.

»Ich sag nur eins …«, Thilo spreizte von seiner zur Faust geballten Hand den Zeigefinger und den kleinen Finger ab, stieß sie in die Luft und grölte im Rausgehen: »Wackeeen!«

»Hat er Wacken gesagt?« Lyn blickte Hendrik verständnislos an.

»Genau. Das Wacken Open Air, mein Herz, das Metal-Festival schlechthin. Aber da du viele Jahre in Bayern verschollen warst, sei dir verziehen, dass du nachfragen musst.«

»Da geht Thilo hin? In dieses Mekka für tätowierte Drogenabhängige und langmähnige Teufelsanbeter?«

Hendrik lachte schallend auf. »Schön, dass Engstirnigkeit und Klischeedenken dir fremd sind. Ich nehme dich nächstes Wochenende mal an die Hand und dann gehen wir aufs Festivalgelände. Das ist irre da. Und vor allen Dingen total friedlich. Da wollen achtzigtausend Menschen einfach eine schöne Zeit haben. Mit Musik und Musik und Musik und, zugegeben, jeder Menge Alkohol. Und unser Kollege Thilo ist seit der ersten Stunde dabei. Hardcore-Fan. Die drei Tage sind ihm heilig.«

»Keinen Fuß setze ich dahin. Mir reichen die Berichte im Fernsehen. Ich mag Rock und Jazz. Aber nicht dieses Metal-Gedröhne. Ich …« Sie brach ab, als die Kommissariatssekretärin in der Tür auftauchte.

»Guten Morgen, Lyn. Die Direktorin der Kaiser-Karl-Schule hat angerufen, als du in der Frühbesprechung warst. Sie bittet dich um Rückruf in den nächsten Tagen. Du kannst aber auch heute Morgen in der Schule vorbeikommen. Sie ist in ihrem Büro.« Mit einem Winken verschwand sie wieder Richtung Flur.

Lyn blickte Hendrik an. »Die Direktorin? Was will die denn mit mir besprechen? Es sind doch Ferien.«

Hendrik hob die Schultern. »Da es dir ja doch keine Ruhe lassen wird, solltest du es gleich erledigen.«

Lyn nickte. »Ich ruf sie an.«

»Es wäre sehr viel schöner, wenn du persönlich hinfährst.«

»Warum?«

Hendrik grinste. »Weil du dann einen Abstecher in die Konditorei Ramm machen kannst, um dem schwer arbeitenden K1 ein Tablett Pflaumenkuchen mitzubringen.«

Als Lyn das Gymnasium betrat, blieb sie einen Moment stehen und atmete die Luft auf dem menschenleeren Schulflur tief ein. Sie erinnerte an Staub und altes Papier, Schülerschweiß und Lehrertiraden.

Vor Lyns innerem Auge erschien ihre alte Musiklehrerin. Mit ausladenden Hüften kam sie über den Flur gewackelt, die Noten von »Peter und der Wolf« unter den Arm geklemmt. Konnte es sein, dass die Oboe mit ihrem Entenquäken noch von den alten Wänden widerhallte? In Erinnerungen schwelgend ging Lyn weiter. Der vertonte »Erlkönig« fiel ihr ein. Ein weiteres Lieblingsstück der Lehrerin. Unendlich viele Male hatte Franz Schubert im Musikraum den Vater auf seinem Gaul in den Hof galoppieren lassen. Der grässliche Vater, der die Ängste seines Kindes viel zu spät wahrgenommen hatte.

Lyn war guter Dinge, als Frau Dr. Mühling-Hübner sie begrüßte und auf den Stuhl vor ihrem Schreibtisch wies.

»Frau Harms, ich hätte diese Angelegenheit natürlich auch der Klassenlehrerin Ihrer Tochter überlassen können, aber rauchende Kinder sind für mich so ein Gräuel, dass ich dieserlei Angelegenheiten gern selbst in die Hand nehme. Nun, wie gesagt: Ihre Tochter wurde vor den Ferien mehrfach beim Rauchen in der Schulhoftoilette erwischt.«

Lyn starrte ihr Gegenüber an. Diese Frau zitierte sie hierher, weil Charlotte – was an sich schon unglaublich war – ein paar Zigaretten auf dem Schulklo gepafft hatte? Auf dem gleichen Schulklo, auf dem auch sie in ihrer Schulzeit in der großen Pause ihre HB gequalmt hatte? Obwohl, eigentlich nicht nur in der großen Pause. Nein, freitags hatte sie sich sogar in der Fünf-Minuten-Pause aus dem riesigen alten Kunstsaal im oberen Stockwerk zu den sanitären Rauchanlagen aufgemacht, weil eine ambitionierte Junglehrerin ihr verhasste feinstmotorische Höchstleistungen abverlangt hatte.

»Mussten Sie jemals aus einem Ministückchen Stoff ein Kissen und eine Decke nähen und beides mit einem Hauch Watte befüllen, für ein Mikropüppchen, das in einer halben Walnussschale liegt?«

»Bitte?« Die Direktorin sah Lyn verwirrt an.

»Sorry«, entschuldigte Lyn sich schnell, »dieses Gebäude weckt jede Menge Erinnerungen an meine eigene Schulzeit und an meine schon damals nicht vorhandenen handarbeitlichen Fähigkeiten.«

Da sich die Falte auf Dr. Mühling-Hübners Nasenwurzel nicht löste, verzichtete Lyn auf weitere Ausführungen. Sie hätte noch erzählen können, dass sie eine glatte Sechs für dieses Projekt bekommen hatte, weil sie die Nähte, statt mit Nadel und Faden, mit Klebstoff gesäumt hatte. Aber sie entschied sich dann doch für eine der Dramatik der Rauch-Affäre angemessene Miene und versicherte: »Ich werde mit Charlotte reden, Frau Dr. Mühling-Hübner. Sie soll, wenn sie schon rauchen muss, was ich übrigens immer noch nicht fassen kann, das im Raucherareal erledigen. So etwas bieten Sie doch sicher für die erwachsenen Schüler an?«

Der Mund der Direktorin wurde spitz. »Ich rede nicht von Charlotte, Frau Harms.«

Lyn war verwirrt. »Jetzt verstehe ich Sie nicht.«

»Ich rede von Sophie.«

»Vo…« Lyn brach in Lachen aus. »Krümel? Im Leben nicht. Ich weiß wirklich nicht, welches Mädchen sie da erwischt haben, aber mit Sicherheit nicht Sophie. Wenn jemand Zigaretten und Raucher hasst, dann sie.«

Das Lächeln von Dr. Mühling-Hübner wurde süffisant. »Die Eltern sind meistens die Letzten, die erfahren, dass ihre Kinder den falschen Weg einschlagen. Im Moment ist es das Rauchen, in den letzten Schulwochen waren es die schlechten Noten. Hoffen wir, dass Sophie sich im neuen Schuljahr fängt.«

Sie stand hinter ihrem Schreibtisch auf und reichte Lyn die Hand. »Meine beiden Briefe hat sie ja anscheinend auch abgefangen … Ich hielt es einfach für meine Pflicht, Sie über die Vorkommnisse in Kenntnis zu setzen. Alleinerziehenden, ganztags arbeitenden Müttern fehlt ja manchmal der Überblick. Guten Tag, Frau Harms.«

»Bist du in Gedanken etwa schon wieder bei Frau Doktor Müller-Lüdenscheidt?« Hendrik drehte sich auf die Seite und fuhr mit seinen Fingern sanft über Lyns nackten Rücken Richtung Po. »Mir scheint, ich muss dich erneut auf andere Gedanken bringen.«

Lyn drehte sich von der Bauch- in die Rückenlage und starrte auf den Fleck, den eine totgeklatschte Mücke an Hendriks Schlafzimmerdecke hinterlassen hatte. »Ich bin nicht besser als der Vater im ›Erlkönig‹. Ich nehme die Sorgen und Nöte meiner Kinder nicht wahr. Ich bin eine schlechte Mutter.«

»Ihr könntet die Super-Nanny rufen.«

»Hendrik Wolff!« Lyn kniff ihm in den Handrücken, als seine Finger in eindeutig nicht platonischer Absicht über ihre Brustwarzen strichen. »Nimm mich bitte ernst. Sophie macht das, weil sie unglücklich ist und Aufmerksamkeit möchte.«

»Sie ist in der Pubertät, und sie hasst den neuen Partner ihrer Mutter, sprich: mich. Glaubst du nicht, dass es einfach eine Phase ist, die über kurz oder lang vorbeigeht? Das hoffe ich zumindest …« Hendrik wurde vom Rufton seines Handys unterbrochen.

»Nun geh schon ran«, sagte Lyn, als er es klingeln ließ.

Das Gespräch war nur von kurzer Dauer. »Das war Wilfried«, sagte Hendrik. »Leider«, er beugte sich zu Lyn und seine Lippen streiften ihre Brüste, »müssen wir sofort los.« Mit einem bedauernden Seufzer schwang er sich aus dem Bett. »In Elmshorn hat es einen Toten gegeben.«

ZWEI

»Ich dachte immer, Kohlgeruch im Treppenhaus sei ein Klischee einfallsloser Billigkrimi-Autoren«, sagte Lyn zu Hendrik, während sie die Treppen des Mehrfamilienhauses am Hainholzer Damm in Elmshorn hochliefen, »aber hier müffelt es wirklich danach.« Sie grüßten einen Kollegen im weißen Overall, der dabei war, das Treppengeländer zwecks Fingerabdruckermittlung mit Rußpulver abzupinseln.

»Junge! Die Spurensicherung scheint geflogen zu sein«, staunte Hendrik. Als sie den vierten Stock erreichten, gerieten sie in ein buntes Gewusel. Schutzpolizisten, Spurensicherer, Wilfried Knebel und Pathologe Dr. Helbing bevölkerten den Flur. Dazu aus leicht geöffneten Türen gaffende Nachbarn des Mordopfers.

Als Dr. Helbing Lyn und Hendrik entdeckte, winkte er sie heran. »Das Itzehoer Amore-Team! Schön, Sie zu sehen.«

Lyn lief mohnrot an, während alle anderen vor sich hin grinsten. Eine Entgegnung blieb ihr im Hals stecken, als ihr Blick auf das Mordopfer fiel. Es war ein junger Mann, bekleidet mit Bluejeans und T-Shirt. Er trug keine Schuhe, sondern graue, fadenscheinige Wollsocken. Die Leiche lag im Wohnungsflur, direkt hinter der geöffneten Tür, ein Bein merkwürdig verrenkt durch den Fall. Der weiße Rahmen und das Türblatt bis über das seitlich angebrachte, unbeschriftete Klingelschild hinaus waren mit Blutspritzern besprenkelt. Der Kopf des Mannes lag in einer Blutlache, die zum Teil in einen schäbigen, ehemals wohl beige-farbenen Teppichboden eingesickert war. Ein Loch klaffte in der Mitte seiner Stirn. Die roten Rinnsale und Spritzer auf seinem Gesicht trockneten bereits.

»Der Tote heißt Stefan Kummwehl«, sagte Wilfried Knebel, »sechsundzwanzig Jahre alt, arbeitslos. Er wohnt hier mit seiner Freundin und zwei Kindern. Wie es aussieht, hat Stefan Kummwehl seine Wohnungstür geöffnet und wurde mit einem Kopfschuss getötet. Eine Nachbarin hat den Schuss gehört und ihn gefunden.« Er sah Lyn an. »Seine Freundin ist eben erst ein-getroffen, nachdem die Nachbarin sie auf ihrem Handy angerufen hat. Sie sitzt mit den Kindern in der Küche. Würdest du sie bitte vernehmen, Lyn? Sie macht einen für die Umstände gefassten Eindruck. Einen Arzt hat sie abgelehnt.«

Lyn nickte, zog die weißen Überschuhe an und tappte auf Zehenspitzen über den Leichnam hinweg. Sie öffnete schnell ihren Mund, als der süßliche Blutgeruch in ihre Nase drang.

Stefan Kummwehls Freundin saß am Küchentisch. Mit der linken Hand hielt sie auf dem Schoß ein Baby fest, in der rechten zitterte eine Zigarette. Asche war neben den übervollen Aschenbecher gefallen. Eingetrocknete Kaffeeränder und andere undefinierbare Flecken auf dem kleinen Tisch passten in das Bild, das Lyn sich auf den ersten Blick von der jungen Frau machte. Eine Frau, die kaum erwachsen schien, vielleicht zwanzig Jahre alt. Ein Mädchen von höchstens drei Jahren hockte im Pyjama auf dem grünen Linoleumboden und ließ mit lautem Tatü-Tata-Singsang ein Feuerwehrauto um die Tischbeine kreisen.

»Hallo«, sagte Lyn und stellte sich vor. »Sie sind Frau …?«

»Ela Trippek, also … Manuela Trippek.« Die Unterlippe der jungen Frau zitterte, während sie den Zigarettenstummel mit ruckartigen Bewegungen im Ascher ausdrückte.

Lyn setzte sich und musterte das blasse Gesicht mit den langen schwarzen Haaren. »Sie sind die Lebensgefährtin von Herrn Kummwehl? Und das sind Ihre gemeinsamen Kinder?«

Manuela Trippek schüttelte den Kopf und fingerte eine neue Zigarette aus der Schachtel neben dem Aschenbecher. »Nee, Cheyenne ist nicht von Stefan. Aber er.« Sie nickte mit dem Kopf Richtung Baby. Ihren zittrigen Fingern gelang es erst beim dritten Versuch, das Feuerzeug zu entzünden. Sie nahm einen tiefen Zug und stieß den Qualm heftig aus. Dann deutete sie zu der geschlossenen Küchentür. »Liegt er da noch?«

Lyn nickte und stand auf. Ohne zu fragen, öffnete sie das Küchenfenster im Kipp, um den Kindern zu etwas Frischluft zu verhelfen. »Es wird nicht mehr lange dauern, Frau Trippek.« Ihr Blick glitt zu dem Mädchen auf dem Fußboden, als sie sich wieder setzte. »Ich muss Ihnen jetzt einige Fragen stellen. Im Beisein Ihrer Tochter ist das vielleicht nicht so angebracht. Haben Sie eine Möglichkeit, die Kinder …«

»Nee, die bleiben hier bei mir inner Küche. Die brauchen das da draußen nicht gucken. Und zu der Nachbarin tu ich die jetzt auch nicht geben. Sie können mich ruhig was fragen. Die …«, sie deutete zu ihrer Tochter auf dem Boden, »kriegt das sowieso nicht mit, worum das hier geht.«

Das bezweifelte Lyn stark. Sie senkte ihre Stimme, so weit wie möglich. »Mein Kollege sagte, dass Sie nicht zu Hause waren, als der Mord passierte. Wo waren Sie?«

»War bei 'ner Freundin. Und Stefan wollt' da eigentlich auch mit hin, aber er … er hatte so Zahnweh. Dem sein Maul … also der Mund hat so wehgetan. Da isser lieber hiergeblieben.« Ihre Augen füllten sich mit Tränen. »Verdammte Scheiße, wär er man bloß mitgegangen.«

»Und die Kinder?« Lyn sah sie an. »Wer hätte auf das Baby aufgepasst, wenn Ihr Freund Sie begleitet hätte?«

»Na, die große Schwester.« Manuela Trippek strich sich eine Strähne ihres gefärbten Haares hinter das Ohr. »Ich lass doch Pietro nicht allein inner Wohnung.«

»Und wo ist die große Schwester?«

»Na, hier doch.« Sie deutete unter den Tisch zu dem kleinen Mädchen, das nach wie vor lautstark mit dem Spielzeugauto rumhantierte. »Cheyenne, hör endlich auf!«, schrie sie ihre Tochter im gleichen Moment an.

Das »Tatü-Tata« verstummte abrupt.

»Das ist die *große* Schwester?« Lyn sah Manuela Trippek mit großen Augen an, während sie das jetzt ruhige Mädchen unter dem Tisch am liebsten auf ihren Schoß gezogen hätte. »Die Kleine ist doch höchstens drei Jahre alt. Sie braucht selbst einen Aufpasser. Stellen Sie sich vor, Sie wären beide gegangen, und die Kleine hätte die Tür geöffnet.«

»Nee, das weiß die ganz genau, dass Verbot ist mit Türaufmachen. Cheyenne ist nicht doof. Und außerdem hätten die ja beide geschlafen. Sind ja jetzt nur von den ganzen Krach hier wach geworden.«

Lyn behielt ihre Meinung für sich. Hier ging es im Moment nicht um verletzte Aufsichtspflichten, sondern um brutalen Mord.

»Haben Sie irgendeine Ahnung, wer das getan haben könnte, Frau Trippek? Gibt es irgendwelche Anhaltspunkte? Hatte Ihr Freund Feinde oder mit irgendjemandem Streit in letzter Zeit? Jede Kleinigkeit zählt.«

Das Baby begann zu weinen. Manuela Trippek griff nach dem Fläschchen auf dem Küchentisch und steckte Pietro den Nuckel in den Mund. Das Baby war umgehend ruhig und sog den Inhalt des Fläschchens in tiefen Zügen auf, obwohl die Milch – das vermutete Lyn zumindest – mit Sicherheit kalt war.

»Nee«, jetzt liefen Manuela Trippek die Tränen über die blassen Wangen, »nee, das weiß ich nicht. Stefan hat keinen Feind. Der tut ma einen trinken gehen mit sein'n Kumpels, aber die haben sich nicht gezofft. Denn hätt er mir das erzählt.«

Sie zog dem Baby das Fläschchen aus dem Mund, stellte es hart auf dem Küchentisch ab, und ihr Blick glitt zu der geschlossenen Küchentür, hinter der die Stimmen der Polizisten gedämpft zu hören waren. »Sie tun das Schwein doch finden, oder?«

Lyn strich mit ihrem Zeigefinger über die warme Wange des Babys. »Das werden wir.«

»Und?« Hauptkommissar Wilfried Knebel sah Lyn an, als sie auf den Hausflur trat. Neben ihnen legten zwei Männer vom Bestattungsinstitut den Leichnam Stefan Kummwehls in einen Metallsarg.

»Manuela Trippek kommt morgen zu uns. Sie konnte nichts Verwertbares mitteilen. Ich habe ihr gesagt, sie soll uns die Namen von Verwandten und Freunden des Toten aufschreiben.«

Wilfried Knebel nickte und deutete mit dem Kopf zu der Tür neben der Wohnung des Toten. »Hendrik ist bei der Nachbarin, die den Schuss gehört und die Polizei alarmiert hat. Lurchi und Karin sind auch eingetrudelt. Sie befragen die übrigen Hausbewohner. Und ich werde mich umgehend mit der Kripo Weimar und der Kripo Hannover in Verbindung setzen.«

Lyn schluckte. »Du glaubst, dass die Fälle zusammenhängen?«

»Keine Ahnung. Aber bei dem Ablauf liegt die Wahrscheinlichkeit doch ziemlich nahe. Unsere Tatwaffe hier ist auf jeden Fall eine Pistole. Die Hülse lag auf dem Flur.«

»Was für ein Wahnsinn.« Lyns Blick glitt zu der Blutlache auf dem Teppichboden. »Ein Irrer zieht durch Deutschland und ballert wahllos irgendwelche Leute ab?«

Im gleichen Moment öffnete sich die Tür neben ihnen und ein Schwall Kohlgeruch trat zusammen mit Hendrik auf den Flur.

»Danke, Frau Schmitz«, sagte er und gab einer korpulenten und resolut wirkenden Frau die Hand.

»Ach Gottchen«, sagte die Frau, als sie den glänzenden, jetzt geschlossenen Sarg sah, »was für ein Unglück. Sind ja noch nicht so lange meine Nachbarn, und meine Lieblingsnachbarn werden die nie werden, aber so was …« Sie deutete zu der Wohnung nebenan. »Ich werd weiter ein Auge auf sie haben. Schon wegen der Kinder. Hab schon ein-, zweimal auf sie aufgepasst. Die Würmer können ja nichts dafür, wenn die Eltern zu faul sind zum Arbeiten.«

★★★

»Guten Morgen, alle zusammen.« Wilfried Knebel schloss die Tür des Besprechungszimmers hinter sich und blickte über seine Brille in die Runde. Als Lyn herzhaft gähnte, statt seinen Morgengruß zu erwidern, fügte er schmunzelnd hinzu: »Wie ich sehe, seid ihr alle putzmunter.«

»Sorry«, sagte sie, »ich konnte nicht einschlafen, als ich letzte Nacht endlich in meinem Bett lag.«

»Ist ja gestern auch spät geworden«, gab ihr Chef ihr recht.

Oberkommissar Jochen Berthold warf Lyn einen mürrischen Blick zu. »Du bist doch kein Anfänger mehr. Da muss man das Abschalten doch langsam mal draufhaben. Wenn ich im Bett liege, mach ich die Augen zu und schlafe.«

»Empathisch zu sein, empfinde ich nicht als Manko eines Kriminalbeamten.« Lyn schenkte ihm ein Lächeln, das ihre Augen nicht erreichte. »Im Gegenteil, ich hoffe, es wird niemals einen Fall geben, der mich kaltlässt.«

Dass das nur die halbe Wahrheit in Sachen Schlaflosigkeit war, würde sie Kollege Griesgram natürlich nicht unter die Nase reiben. Schließlich hatte er keine zigaretten-, also drogenabhängige, den Kinderschuhen noch nicht entwachsene Tochter. Und auch keine den Kinderschuhen gerade entwachsene Tochter, die im Begriff war, Sex zu haben mit einem jungen Kerl, den die Mutter noch nicht einmal gesehen hatte.

»Ich brauche einen von euch, der mich in circa …«, Wilfried Knebel sah auf seine Armbanduhr, »… einer halben Stunde nach Hannover begleitet. Die Kollegen dort schieben auch eine Wochenendschicht, genau wie die Kollegen in Weimar. Wir sind so verblieben, dass wir uns in Hannover zu einer gemeinsamen Bestandsaufnahme treffen. Die Hannoveraner hoffen, dass sie noch heute das Ergebnis der ballistischen Hülsenuntersuchung bekommen. Dann würden wir schon mal wissen, ob die beiden Tatwaffen aus Weimar und Hannover – auch eindeutig in beiden Fällen eine Pistole – identisch sind.«

»Hat das LKA unsere Hülse schon zum BKA geschickt?«, fragte Hendrik.

Wilfried Knebel nickte. »Mit Dringlichkeitsvermerk. Ich schätze, wir haben das Ergebnis spätestens übermorgen.«

Vier Stunden später saßen Lyn und Wilfried Knebel in einem Besprechungsraum des Hannoveraner Polizeipräsidiums.

»Das erste Opfer«, sagte der Weimarer Hauptkommissar, nahm zwei Fotografien aus seinem Aktenordner und schob sie über den Tisch zu den Itzehoern. »Thomas Lug, achtundzwanzig Jahre alt, Tischlermeister. Nicht verheiratet, keine Kinder. Erschossen am Dienstag zwischen neunzehn Uhr dreißig und einundzwanzig Uhr. Ein Kopfschuss. Und mit vier weiteren Kugeln hat der Täter Eiersalat gemacht. Seine Genitalien waren völlig zerfetzt.«

Lyn warf nur einen kurzen Blick auf die Leichenfotos vom Tatort. Das Gesicht des Mannes war durch den Stirnschuss entstellt und blutig. Langes blondes Haar klebte an seinem Kopf. Sie griff nach der Fotografie, die den lebenden Thomas Lug zeigte. Er lachte fröhlich durch einen Fensterrahmen ohne Glas, den er in seinen kräftigen, tätowierten Unterarmen hielt. Das Foto war offensichtlich in einer Werkstatt entstanden. Seine Haare hatte er zu einem Pferdeschwanz gebunden.

»Er wohnte mit seiner Lebensgefährtin auf einem Resthof in Taubach, einem eingemeindeten Stadtteil Weimars«, fuhr der Weimarer Kollege fort. »Schön ländlich und einsam. Was es unserem Täter leider ermöglichte, unerkannt zu entkommen.«

»Wo war die Lebensgefährtin zum Tatzeitpunkt?«, fragte Wilfried Knebel.

»Bei der Arbeit. Sie ist Krankenschwester und arbeitet im Schichtdienst. Außer zwei Hunden war niemand auf dem Hof. Allerdings waren die Hunde im Zwinger. Wir werten noch Fuß-

und Reifenspuren aus, aber ob uns das weiterbringt … Der Hof ist gleichzeitig Werkstatt, und entsprechend stark ist er tagsüber frequentiert von Kundschaft, Lieferanten et cetera … Wir haben leider sehr viele Spuren.«

»Und das ist unser Toter«, erklärte der Hannoveraner Kollege und legte mehrere Fotografien auf den Tisch. »Henning Wahlsen – er war zweiunddreißig Jahre alt – wurde Donnerstagabend um zwanzig Uhr fünf an der Tür seiner Wohnung in einem Mehrfamilienhaus erschossen. Direkter Schuss in die Stirn. Seine Frau und die kleine Tochter haben den Schuss gehört. Als sie an der Tür waren, war niemand mehr zu sehen.«

»Aber keine Schüsse in die Genitalien?«, fragte Wilfried Knebel.

Der Hannoveraner schüttelte den Kopf. »Nein. Da gibt es also keine Übereinstimmung. Aber auch in diesem Fall gibt es nicht einen einzigen Ansatzpunkt, warum jemand Henning Wahlsen erschossen haben könnte. Familie und Freunde haben wir zum größten Teil schon abgecheckt.« Er sah seine Gäste an. »Darf ich Sie zu einem späten Mittagessen einladen? Wir erwarten noch diesen Nachmittag das Ergebnis der ballistischen Untersuchung.«

»Haben Sie trotzdem schon nach Verbindungen zwischen den beiden Opfern gesucht?«, fragte Lyn. »Ob sie sich kannten oder irgendwelche Gemeinsamkeiten hatten?«

»Selbstverständlich«, nickte der Weimarer Beamte, »allerdings bisher ohne Ergebnis. Laut Frau und Lebensgefährtin der Opfer kannten sich die Männer nicht. Es gibt keine besonderen Gemeinsamkeiten.«

»Henning Wahlsen war Bankkaufmann bei der Sparkasse Hannover«, fügte der Hannoveraner hinzu, »glücklich verheiratet, leidenschaftlicher Vater, Marathonläufer, trainierte eine Mädchenfußball-Elf.«

»Sie sollten den Kollegen unbedingt noch von der Beobachtung des Kindes erzählen«, fiel der Weimarer Beamte seinem Kollegen ins Wort.

Der nickte. »Die Ehefrau von Henning Wahlsen hat ausgesagt, dass am Abend vor dem Mord ebenfalls jemand an der Haustür klingelte. Die kleine Tochter ist zur Tür gelaufen und hat geöffnet. Als die Mutter einen Moment später an der Tür war, stand niemand davor, aber Schritte im Treppenhaus waren zu hören. Als sie ihre Tochter fragte, wer an der Tür gewesen sei, hat die Kleine geantwortet ...«, er sah auf seine Unterlagen, »»ein swarzzer Mann‹ ... Frau Wahlsen hat dem Ganzen keine Bedeutung beigemessen, dachte, jemand hätte sich nur in der Tür geirrt. Aber nach der Tat am nächsten Abend bekam der ›schwarze Mann‹ dann eine andere Bedeutung.«

»Sie glauben, der Täter war am Abend zuvor schon da und der Anblick des Kindes hat ihn vertrieben?«, fragte Lyn. »Dann wartet er einen Tag und versucht sein Glück noch einmal?«

»Wir schließen es jedenfalls nicht aus«, sagte der Hannoveraner. Ein kurzes Klopfen an der Tür ließ alle aufblicken.

»Komm rein«, winkte der Hannoveraner Gastgeber einen Kollegen herein, sprang auf und deutete auf das Schreiben in dessen Händen. »Ist das ballistische Ergebnis da?«, fragte er. Spannung lag in seiner Stimme.

Der Beamte nickte und reichte das Papier weiter. »Volltreffer! Thomas Lug und Henning Wahlsen wurden mit ein und derselben Waffe getötet.«

DREI

»Ey, hör auf, das brauch ich nicht, Schwesterherz.« Andreas Stobling zog den Fünfzig-Euro-Schein, den seine Schwester ihm in die Brusttasche seiner speckigen Jeansweste gesteckt hatte, wieder heraus und drückte ihn ihr in die Hand. Dann packte er sie um die Taille, hob sie hoch und schmatzte ihr einen Kuss auf die Lippen. »Reicht schon, dass ich hier bei dir wohne.«

»Bäh!« Cornelia Stobling wischte sich mit dem Handrücken über den Mund, als er sie wieder absetzte. »Darüber reden wir, wenn du wieder hier bist. Soll ja schließlich keine Dauerlösung sein. So langsam könntest du dich mal um was Eigenes kümmern.«

Sein Gesicht verzog sich. »Sei nicht so unentspannt, Connylein. Wir verstehen uns doch prächtig. Vermutlich wirst du dich bis nächsten Sonntag schrecklich einsam fühlen, ohne mich.«

»Vermutlich werde ich bis nächsten Sonntag ein paar schrecklich schöne Tage haben. Auf meinem mal nicht zur Schlafcouch umfunktionierten Sofa, mit einem zur Abwechslung nicht leer gefutterten Kühlschrank und mit einer Klassik- oder Pop-CD.«

»Pop! Allein dieses Wort sagt alles: Pop-Musik. Wusstest du, dass das die Abkürzung für Popel-Musik ist?«

»Jetzt hau schon ab, du Spinner«, lachte Cornelia Stobling und drückte ihn aus der offenen Wohnungstür in den Flur des Mehrfamilienhauses. »Viel Spaß.« Sie steckte ihm den Fünfziger erneut in die Brusttasche. »Auch du kannst nicht nur von Luft und Liebe leben. Oder besser gesagt: nicht nur von Alkohol und Sex.«

Er schulterte grinsend seinen schwarzen Rucksack. »Was soll ich sagen? Die Weiber sind da einfach willig.«

Cornelia Stobling verdrehte die Augen. Als er winkend die Treppe hinuntersprang, rief sie ihm hinterher: »Und, Andy, nimm 'ne Dusche, bevor du hier nächsten Sonntag klingelst.«

»Das sieht schlecht aus«, hallte seine Stimme durch das Treppenhaus, »dieses Jahr pennen wir im Zelt. Und da gibt's kein fließend Wasser.«

★★★

»Ich bin sehr gespannt auf das Ergebnis Ihrer ballistischen Untersuchung«, sagte der Weimarer Hauptkommissar und deutete mit seiner Gabel, auf die er mehrere Tortellini aufgespießt hatte, Richtung Lyn und Wilfried Knebel. Er stopfte die Nudeln in den Mund und sprach kauend weiter. »Wenn Ihr Toter auch noch mit der gleichen Pistole hingerichtet wurde – Hinrichtung kann man das wohl nennen –, dann wird es richtig mysteriös. Drei total verschiedene Typen, wohnhaft in verschiedenen Bundesländern, keine Gemeinsamkeiten …« Kopfschüttelnd stach er auf die nächste Fuhre Nudeln ein, als sein Handy klingelte. Er nahm das Gespräch an und hatte sofort die Aufmerksamkeit seiner Kollegen, denn er sah die Runde am Pizzeria-Tisch mit großen Augen und fortwährend nickend an, während er telefonierte.

»Jetzt haben wir eine Gemeinsamkeit«, sagte er, nachdem er das Gespräch beendet hatte. »Wobei es sich dabei auch um puren Zufall handeln kann.« Sein Blick wanderte vom Kollegen aus Hannover weiter zu Lyn und Wilfried. »Das war mein Kollege, der noch einmal mit der Lebensgefährtin von Thomas Lug gesprochen hat. Thomas Lug plante, diesen Sonntag nach Schleswig-Holstein zu reisen. Und zwar nach Wacken. Zu diesem riesigen Open-Air-Festival.« Sein Blick wechselte wieder zu dem Hannoveraner. »Und genau dahin wollte Henning Wahlsen ab Mittwoch auch. Das steht im Protokoll seiner Ehefrau, das Sie uns gefaxt haben.«

»Das stimmt«, nickte der Hannoveraner. »Henning Wahlsen hatte Urlaub eingereicht, um an dem Festival teilzunehmen … Wir werden seine Frau umgehend dazu befragen.«

»Na, wenn da jemand alle Wacken-Teilnehmer abknallen will, werden wir noch 'ne Menge zu tun bekommen«, sagte Wilfried Knebel. »Auf jeden Fall werden wir vorsorglich schon mal abchecken, ob Stefan Kummwehl auch vorhatte, zum Wacken Open Air zu gehen.« Er sah Lyn an. »Vom Typ her würde es ja passen. Den könnte ich mir da gut vorstellen.«

Lyn wühlte bereits in ihrer Handtasche und zog das Handy heraus. »Ich rufe Hendrik an. Er kann Manuela Trippek befragen.«

Es war acht Uhr abends, als Lyn ihr Häuschen betrat. Sie warf ihre Handtasche auf die kleine Kommode im Flur, der Autoschlüssel landete in der geschliffenen Kristallschale.

»Sophie!«

Statt einer Antwort aus dem oberen Stockwerk kam Charlotte die Treppe hinunterspaziert. »Hi, Mama. Ist ja spät geworden bei dir. Gibt's noch was zu essen oder soll ich mir ein Brot schmieren?«

»Ist Brot kein Essen?«

»Du weißt schon, was ich meine. Was Vernünftiges. Warmes. Du predigst doch immer, eine warme Mahlzeit am Tag muss sein.«

»Du hättest zur Abwechslung ja auch mal was vorbereiten können.«

»Ich bin gerade erst zu Hause. Max hat mir noch bei meinem Bio-Projekt geholfen. Das muss ich gleich bei Schulbeginn abgeben.«

Lyns Augenbraue ruckte hoch, während sie auf Charlottes Dekolleté starrte. »Ich *höre* Bio-Projekt und *sehe* das da.« Sie zog das Top ihrer Tochter ein Stück nach unten. »Das ist doch ein Knutschfleck.«

»Boah, Mama.« Charlotte riss ihr Top wieder hoch. »Das geht dich gar nichts an.«

»Zumindest wirst du noch rot. Also sind noch rudimentäre Gefühle von Scham vorhanden.«

Als Charlotte zu einer Antwort ansetzte, winkte Lyn ab. »Ich will gar nichts mehr hören. Hier …«, sie griff nach ihrer Handtasche, wühlte das Portemonnaie heraus und drückte Charlotte einen Zehn-Euro-Schein in die Hand. »Hol für dich und Sophie eine Currywurst mit Pommes aus der Gaststätte an der Mehrzweckhalle. Dann habt ihr was Warmes.«

»Schön, wenn man eine Mutter hat, die Wert auf ausgewogene Ernährung legt«, grummelte Charlotte, eilte aber flugs aus der Tür.

»So!« Lyn stampfte, nur jede zweite Treppenstufe nehmend, nach oben. Jetzt war Sophie dran. Gestern war keine Gelegenheit für ein Gespräch gewesen, da sie bei ihrer Freundin übernachtet hatte, aber nun mussten die Fronten geklärt werden.

Sophie lag auf dem Bett, die Stöpsel ihres MP3-Players in den Ohren, und las die »Bravo«. Die Katze hatte sich an Sophies Seite gekuschelt und hob träge ihren Kopf, als Lyn eintrat.

»Hi, Mama!« Sophie zog die Stöpsel aus den Ohren und sprang auf. »Gibt's jetzt Essen?«

Lyn schloss die Tür, sammelte Jeans und T-Shirts von Sophies Schreibtischstuhl, warf sie auf das Bett und setzte sich. Einen Moment blickte sie Sophie stumm an.

»Ist was?« Sophie ließ sich wieder auf ihr Bett plumpsen.

»Wie findest du mich? Also, so als Mutter. Damit meine ich jetzt nicht nur die von euch bevorzugten Qualitäten als Catering-Service und Chauffeur, sondern ganz allgemein. Bin ich in deinen Augen eine gute Mutter? Würdest du sagen, wir verstehen uns gut?«

Sophie nahm die Katze auf den Arm, die im Begriff war, vom Bett zu springen, und sah Lyn mit großen Augen an. »Warum fragst du so komische Sachen?«

»Weil Frau Direktor Doktor Mühling-Hübner mich vorgestern in die Schule zitiert hat, um mir mitzuteilen, dass meine Tochter raucht, schlechte Noten schreibt, amtliche Schulbriefe abfängt … Ja, ich glaube, das war's.«

Sophies Wangen färbten sich tiefrot. Sie sah Lyn stumm an. Urplötzlich füllten sich ihre Augen mit Tränen. Sie setzte die Katze abrupt ab, warf sich auf die Seite und zog die Bettdecke über sich.

Lyn starrte überrascht auf den bebenden, jetzt laut weinenden Hügel unter der Vampir-Bettwäsche. Sie hatte mit einer Trotz-reaktion gerechnet, mit einem Abstreiten, aber nicht mit diesem Gefühlsausbruch.

»Krümelchen«, Lyn hockte sich auf das Bett und zog die Decke weg, »jetzt hör auf zu weinen. … Ich hab dich lieb, und ich weiß, dass du mich auch liebhast. Und darum drehst du dich jetzt um und sprichst mit mir.«

Sophies Stimme klang dumpf, denn sie hielt ihren Kopf weiter in das Kissen gepresst. »Ich rauch ja gar nicht mehr. Das war nur mal so … in der Schule. Schmeckt ja auch voll eklig. Und die blöden Briefe hab ich weggenommen, weil sie ja Beweismaterial waren.«

Lyn blieb ernst, obwohl ihr ein Lachen im Hals steckte. »Liegt es daran, dass du ein Problem mit Hendrik hast?«

Jetzt drehte Sophie sich um. Sie setzte sich auf und wischte die Tränenspuren mit dem Handrücken fort. »Seit der hier ist, sind wir gar nicht mehr glücklich.«

»Krümelchen, *du* bist nicht mehr glücklich. Wir anderen schon. Was ich nicht verstehe: Mit Miriam hattest du überhaupt kein Problem. Von Anfang an nicht. Wenn du also die neue Frau deines Vaters akzeptierst, warum dann nicht auch den Freund deiner Mutter?«

»Du hast doch uns! Lotte und mich. Und Papa hätte sonst niemanden. Weil du uns ja mitgenommen hast. Weg aus Bamberg.«

Diese Logik verschlug Lyn die Sprache. Dass ihr Vater derjenige war, der das Familienleben zerstört hatte, schien Sophie in keiner Weise zu bewerten.

»Ich ... ich rauch nie wieder. Ehrlich.« Sophie sah Lyn beschwörend an.

Lyn strich ihrer Tochter über den blonden Scheitel. »Ich verlass mich drauf, Krümel. Und jetzt ab nach unten mit dir. Gleich gibt's Essen.«

Lyn seufzte, als sie die Treppe hinunterging. Weitere Diskussionen würden im Moment zu nichts führen. Der Weg zu Sophies Herz würde für Hendrik noch ein langer werden.

★★★

»Schäferlein, du bist die Beste.« Thilo Steenbuck wartete nicht, bis sich alle Teilnehmer der Frühbesprechung ein Stück Apfelkuchen auf ihren Teller gelegt hatten, sondern stopfte sich umgehend ein Riesenstück in den Mund.

Karin Schäfer, Hauptkommissarin und stellvertretende Leiterin der Mordkommission, nieste zweimal kräftig, bevor sie ihrem Kollegen ein Lächeln schenkte. Mit heiserer Stimme setzte sie hinterher: »Den Satz würde ich von dir gern einmal im Zusammenhang mit meiner Arbeit hören, und nicht immer nur, wenn ich Kuchen backe oder Kaffee koche.«

»Die Frauenquote ist in diesem Kommissariat schon groß genug.« Thilo griente Lyn und Karin an. »Da reicht es völlig aus, eure hausfraulichen Fähigkeiten zu loben. Sonst werdet ihr noch größenwahnsinnig.«

Karin Schäfer sah Lyn an und krächzte: »Tessa scheint ihn zu Hause völlig unterzubuttern.«

Lyn nickte. Dann strich sie über Thilos Hand. »Du bist ein

ganz toller Kommissar, Thilo. Und stark. Und klug. Und ohne dich wären wir hier völlig hilflos.«

»So, Leute, Schluss jetzt«, mahnte Wilfried Knebel an und räusperte sich, um das Lachen aus seiner Kehle zu bannen. »Lasst uns überlegen, wie wir im Kummwehl-Fall weiterkommen. Manuela Trippek hat klargemacht, dass Stefan Kummwehl nicht vorhatte, nach Wacken zu gehen. Damit fällt die einzige hypothetische Parallele zu den anderen beiden Fällen raus.«

Hendrik klopfte auf die Akte vor sich. »Ihre Aussage ist absolut glaubwürdig. Stefan Kummwehl hatte keine Karte für das Festival. Er war auch kein Heavy-Metal-Fan, ist nie in Wacken gewesen. Und vor allen Dingen hätte er auch kein Geld dafür gehabt. Die Karte kostet hundertdreißig Euro.«

»Meine Fresse«, grummelte Jochen Berthold, »und das für einen Abend Drecks-Musik. Aber die Typen, die sich da den Schädel zudröhnen lassen, kriegen das wahrscheinlich auch noch von Vater Staat bezahlt.«

Lyn war geneigt, sich seiner Meinung – zumindest im ersten Teil – anzuschließen, aber sie lauerte genüsslich auf Thilos Reaktion.

Und die kam prompt.

»Erstens: Die Musik ist mega-geil. Zweitens: Die Karte ist nicht nur einen Abend gültig, sondern für das gesamte Festival, und somit fast geschenkt. Und drittens: Camper, die am Elektrogrill ihre Spießer-Würstchen braten und sich dabei aus ihrem Kofferradio von Hansi Hinterwäldler bedudeln lassen, haben nun mal von wahrer Musik absolut total null Ahnung.«

Jochen Bertholds Kopf verfärbte sich, aber er kam nicht dazu, zu antworten, denn Lukas Salamand riss die Besprechungszimmertür auf und ließ sich auf seinem Platz am Tisch nieder. »Entschuldigt, aber ich hatte gerade ein wichtiges Telefonat. Eine Zeugin hat eine Beobachtung gemacht, die uns vielleicht ein Stück voranbringt.«

Wilfried Knebel blickte ihn auffordernd an. »Und?«

Lukas Salamand sah auf seinen Notizblock. »Karla Reimers wohnt im Nachbarblock des Hauses, in dem Stefan Kummwehl und Manuela Trippek wohnen … oder wohnten. Sie ist am Freitagabend gegen halb neun von der Arbeit nach Hause gekommen, und da ist ihr auf dem Weg zum Haus – der Weg gabelt sich zu beiden Blöcken – ein Mann begegnet. Ganz in Schwarz gekleidet. Mit Kapuzenpulli. Die Kapuze hatte er tief in seine Stirn gezogen.« Er sah auf. »Sie sagt, dass es natürlich auch einer der Bewohner der beiden Blöcke gewesen sein kann, aber auf jeden Fall hat sie ihn vorher dort noch nie gesehen.«

»Ganz in Schwarz gekleidet! Der schwarze Mann.« Lyn sah ihren Chef an. »Und auch zeitlich wäre es perfekt. Darf ich Lurchi begleiten, wenn er die Aussage aufnimmt? Dann können wir die anderen Hausbewohner gleich noch einmal auf Männer dieser Beschreibung ansprechen.«

»Auf jeden Fall«, nickte Wilfried Knebel. »Am besten, ihr erledigt das zu viert. Sonst dauert es zu lange. Thilo? Jochen?«

Thilo sah seinen Chef an. »Äh … mach ich natürlich, auch wenn heute Sonntag ist, aber … eine Frage: Ist mein Kurzurlaub in Gefahr durch diesen Fall? Braucht ihr mich hier die ganze Woche oder kann ich trotzdem ab Donnerstag nach Wacken?« Seine Stimme klang leicht panisch.

»Alle anderen sind ja aus dem Urlaub zurück. Da sehe ich keine Probleme«, beruhigte Wilfried ihn. »Und jetzt ab mit euch. Wenn dieser schwarze Mann *unser* Mann ist, will ich ihn haben, bevor es zu noch einer Hinrichtung kommt.«

»Wenn ich das geahnt hätte …« Karla Reimers schüttelte betrübt ihren solariumgebräunten Kopf. »Aber hier läuft ja so viel Gesocks rum, da ist es besser, man guckt den Leuten nicht ins Gesicht. Sonst kommen die noch auf komische Gedanken. Außerdem hatte ich ja den Schirm aufgespannt, weil es so gegossen hat.« Sie fuhr sich theatralisch mit ihren Fingern, an denen der knallrote Nagellack absplitterte, durch das Haar.

Gesocks! Du hast es nötig, dachte Lyn, der die Zeugin mit dem blondierten Haar gänzlich unsympathisch war. Karla Reimers hatte sie in ihr kleines, aprikosenfarben gestrichenes Wohnzimmer geführt, das vor Deko und kitschigem Nippes überquoll.

»Haben Sie denn wirklich gar nichts gesehen?« Lukas Salamand klang frustriert. »Trug er einen Bart? Welche Haarfarbe hatte er? War es wirklich ein Mann oder hätte es auch eine Frau sein können?«

Karla Reimers sah ihn mit großen Augen an. »Dieser Mann

kam vom Nachbarblock und war noch ziemlich weit weg. Ja, ja, es war auf jeden Fall ein Mann. So läuft keine Frau. Wir laufen viel rhythmischer.« Sie bewegte im Sitzen ihre Hüften und zwinkerte Lukas zu.

Lyn musste sich ein Grinsen verkneifen. Die Endvierzigerin ließ garantiert nichts anbrennen.

Lukas räusperte sich und schwieg.

»Er kam Ihnen also entgegen«, übernahm Lyn das Wort, »und dann?«

»An der Gabelung bin ich nach rechts abgebogen, und er kam ja von links, aber ich habe gesehen, dass er eine dunkle Hose und einen schwarzen Kapuzenpulli trug. Die Kapuze hatte er tief in die Stirn gezogen. Und ein Tuch hatte er sich um den Hals geschlungen, bis über das Kinn. Na, ich dachte ja, das hat er wegen dem Regen gemacht, aber jetzt … Jetzt glaube ich, dass es der Mörder war. Der wollte nicht erkannt werden.«

»Wie groß war er?«

»Na, nicht klein, würde ich sagen, so um die einsachtzig, einsfünfundachtzig, und schlank.«

»Hatte er etwas bei sich? Eine Tasche, einen Beutel?«

Karla Reimers tippte mit dem Zeigefinger fortwährend auf ihre gespitzten Lippen, während sie überlegte. Lyns Blick klebte an Karla Reimers' Fingerkuppe, auf der sich der augenscheinlich nicht kussechte rote Lippenstift verteilte.

»Nein, ich glaube nicht, dass er eine Tasche dabeihatte. Aber sicher bin ich mir nicht.«

»Nun gut«, sagte Lukas und steckte seinen Stift in die Innentasche seines Sakkos, »wir werden wahrscheinlich auf Sie zurückkommen, Frau Reimers. Es wäre hilfreich, wenn Sie unserem Polizeizeichner für ein Phantombild zur Verfügung stehen könnten.«

Eine Stunde später trafen Lyn und Lukas nach weiteren Befragungen der Hausbewohner auf ihre Kollegen.

»Und?«, fragte Thilo Steenbuck, »habt ihr was?«

Lyn verneinte. »Der schwarze Mann hat von dem Sauwetter profitiert. Da war kein Mensch draußen … Manuela Trippek habe ich auch noch einmal befragt. Sie kennt niemanden mit schwarzem Kapuzenpulli.«

»Dann weiter«, sagte Jochen Berthold und zog gewohnheits-mäßig seine Hose über den Bauch, »damit wir hier fertig werden. Sind ja noch ein paar Wohnungen übrig.«

»Fangt schon mal an«, sagte Lyn und zog ihr Handy aus der Handtasche, »ich telefoniere noch. Birgit soll mir die Nummer vom Jugendamt raussuchen.«

»Was haben die damit zu tun?«, fragte Thilo.

»Mit dem Fall gar nichts. Aber ich möchte, dass sie ein Auge auf die beiden Kinder von Manuela Trippek haben. Die Grenze zur Verwahrlosung ist leicht überschritten.« Sie wählte die Nummer der Kommissariatssekretärin.

»Birgit, ich brauche die Nummer vom Kreisjugendamt in Pinneberg. – Was? … Ja, okay. Ich geb das gleich weiter. Die Kollegen stehen hier alle bei mir. Wir schließen das hier so schnell wie möglich ab.«

Sie drückte die Sekretärin weg und sah die Männer an. »Unsere Ballistiker haben Gas gegeben. Das Ergebnis ist da. Und es ist hochinteressant. Stefan Kummwehl wurde eindeutig mit derselben Pistole erschossen wie Henning Wahlsen und Thomas Lug.«

★★★

»Na endlich, da seid ihr ja«, begrüßte Wilfried Knebel seine Leute, als sie am frühen Nachmittag ins Polizeigebäude zurückgekehrt waren. Er wuselte über den Flur, in den Händen hielt er seine Ledermappe, in der er Notizen festzuhalten pflegte. »Kommt alle mit ins Besprechungszimmer. Und nicht erst Kaffee trinken, sondern bitte gleich.«

Thilo verdrehte die Augen. »Sein spärliches Haupthaar steht mal wieder in alle Richtungen ab«, flüsterte er Lyn zu, als sie ihrem Chef folgten. »Ein Indiz dafür, dass man ihn mit Informationen zugeschüttet hat. Ich bin gespannt.«

»Ich weiß gar nicht, wo ich anfangen soll.« Wilfried blätterte durch seine Unterlagen, während sich alle nach und nach setzten.

»Sag ich doch«, flüsterte Thilo.

Wilfried sah auf. »Habt ihr noch mal mit der Trippek gesprochen? Wollte Stefan Kummwehl wirklich nicht nach Wacken?«

»Nein, wieso?«, fragte Lyn. »Das hatte Hendrik doch schon geklärt.« Sie warf Hendrik einen Blick zu. Der zog fragend seine Schultern hoch.

»Schade. Sehr schade.« Wilfried schürzte nachdenklich die Lippen. »Die Kripo Hannover hat mich eben angerufen. Bei den anderen beiden Fällen hat sich ein Sachverhalt ergeben, der hochinteressant ist, aber leider nicht auf unseren Fall zutrifft, wenn der Kummwehl nichts mit Wacken am Hut hatte.«

»Vielleicht magst du uns aufklären, Wilfried?« Karin Schäfers Stimme war kaum noch vorhanden.

»Wie? Ja, natürlich. Also: Die Ehefrau von Henning Wahlsen ist noch einmal von den Hannoveraner Kollegen zu dem geplanten Wacken-Aufenthalt ihres Mannes befragt worden. Heraus kam dabei Folgendes: Er fuhr seit vielen Jahren dorthin. Allein. Er hat im Laufe der Jahre dort anscheinend viele Bekanntschaften mit Gleichgesinnten gemacht, hat sich immer wieder mit den gleichen Leuten getroffen. Zuerst hat er gezeltet. Seit drei Jahren hatte er allerdings immer eine feste Unterkunft, weil er Rückenprobleme beim Zelten bekommen hatte.«

Wilfried griff nach der Wasserflasche auf dem Tisch und schenkte einen Kaffeebecher voll. »Diese Unterkunft hat er sich mit zwei weiteren Männern geteilt. Frau Wahlsen kennt diese Männer nicht, aber nach einigem Überlegen ist ihr ein Name eingefallen, den ihr Mann des Öfteren erwähnt hat. ›Tommy‹.«

»Tommy, und wie weiter?« Hendrik sah seinen Chef fragend an.«

Wilfried lächelte. »Den Nachnamen kennt sie nicht. Aber die Weimarer Kollegen waren begeistert von der Aussage. Denn wie heißt ihr Opfer?« Er sah auffordernd in die Runde.

»Thomas Lug«, sagte Lyn. »Thomas. Tommy.«

»Genau.«

»Was sagt denn«, Karin Schäfer nieste zweimal kräftig, »die Lebensgefährtin von Thomas Lug dazu?«

»Die konnte nur sagen, dass ihr Partner ebenfalls nicht gezeltet hat, sondern sich im Ort eingemietet hat. Gemeinsam mit einem Kumpel. Das war allerdings nicht Henning Wahlsen. Und ob in dieser Unterkunft noch weitere Männer waren, konnte sie nicht sagen.«

»Gibt es eine Adresse zu diesen Unterkünften. Beziehungsweise zu *der* Unterkunft, wenn es sich um dieselbe handelt?«

Wilfried nickte. »Frau Wahlsen hat den Kollegen die Anschrift mitgeteilt. Thomas Lugs Partnerin konnte keine Angaben zur Unterkunft machen. Die scheint die Wacken-Session ihres Freundes immer ausgeblendet zu haben. Wäre vielleicht interessant zu wissen, warum.«

Wilfried klappte seine Mappe zusammen. »Die Hannoveraner setzen morgen früh einen Verbindungsbeamten in Marsch. Sobald er hier ist, werden wir nach Wacken aufbrechen und uns die Unterkunft von Henning Wahlsen mal anschauen. Jetzt ab mit euch nach Hause, und genießt die letzten Stunden des Wochenendes. Und dich, meine Liebe«, sein Finger wedelte drohend vor Karin Schäfers blasser Stirn herum, als sie an ihm vorbeiging, »dich will ich hier morgen nicht sehen, verstanden? Kurier dich mal zwei Tage aus.«

»Aber …«

»Kein Aber!« Wilfried blieb hart. »Du steckst uns nur alle an mit deiner Grippe.« Er zwinkerte ihr zu. »Und kannst du wirklich verantworten, deinen Kollegen Thilo anzustecken? Er könnte dann nicht nach Wacken.«

Thilo, der hinter Karin stand, sprang zurück. »Himmel! Er hat recht. Wieso bin ich selbst noch nicht darauf gekommen?« In einem Bogen lief er um Karin herum zur Tür. »Ich musste meine Dienstwaffe noch nie benutzen, liebe Kollegin«, mahnte er mit zugehaltener Nase. »Lass es nicht drauf ankommen. Bleib zu Hause!«

VIER

Die schweren Bässe eines Ghettoblasters drangen durch die Wackener Straße Steenklippen. Lyn hatte den Dienstwagen abge-
schlossen und folgte Wilfried Knebel und Volker Aschbach zum
Gartentor eines rot geklinkerten Hauses.

»Das ist wirklich unglaublich, was hier jetzt schon los ist«, sagte
Volker Aschbach, der keine Anstalten machte, das Grundstück zu
betreten. Fasziniert verfolgte er das Leben auf Bürgersteig und
Straße.

Auch Lyn ließ auf sich wirken, was sie sah. Wie Ameisen in
ihrem Bau zogen schwarz gekleidete Menschen in beide Richtungen an ihnen vorbei. Männlich, weiblich, langhaarig, kurzhaarig,
glatzköpfig, tätowiert, gepierct und – zu Lyns Überraschung –
etliche Normalos, die mit Hemd und Krawatte auch als Bank-
kaufmänner durchgehen konnten. Fröhlich schwatzend, wie von
einer positiven Aura umgeben, bevölkerten sie Wacken. Lyns Stirn
legte sich in Falten, während sie versuchte, den Vorbeiziehenden
in die Augen zu blicken. Erkannte man Bekiffte an erweiterten
oder verkleinerten Pupillen? Das musste sie unbedingt Dr. Helbing
fragen. Aber anders war diese positive Atmosphäre in dem kleinen
Ort kaum zu erklären.

Die einen gingen einkaufen, die anderen inspizierten den Ort,
wieder andere reisten gerade an. Selbst Wilfried schien sich von
dem Schauspiel der dahinströmenden Menschenmenge kaum
losreißen zu können.

»Irre, nicht?«, sagte er. »Allerdings hätte ich bei dem miesen
Wetter nicht erwartet, dass schon *so* viel los ist. Die Campgrounds
sind wegen der Regenfälle nämlich heute noch gar nicht freige-
geben.«

»Anscheinend haben etliche Wackener ihre Grundstücke zur
Überbrückung zur Verfügung gestellt«, sagte Lyn und deutete in
die Gärten, in denen bunte Zelte fröhliche Farbkleckse auf dem
Rasen bildeten.

»Viele übernachten auch in Hotel- oder Privatzimmern«, klärte
Wilfried den Kommissar aus Hannover weiter auf. »Richtig voll

wird es ab Mittwoch. Ich schau mir das Spektakel schon seit Jahren gern an. Wacken schwillt in diesen paar Tagen von achtzehnhundert Leuten auf fünfundsiebzigtausend an ... Aber uns ruft die Arbeit. Wollen wir?« Er deutete zum Haus.

»Werner Schwedtke«, las Wilfried Knebel gleich darauf den Namen auf dem Türschild und drückte den Klingelknopf. »Mal gucken, ob er da ist.«

Lyn musterte den Kollegen aus Hannover, während sie warteten. Kriminalhauptkommissar Volker Aschbach trug Sakko, Hemd und Jeans. Lyn schätzte ihn auf Mitte fünfzig. Aber Brille und Halbglatze ließen ihn vielleicht älter aussehen, als er war.

»Scheint nicht im Haus zu sein«, meinte Aschbach, trat vom Tritt zurück und blickte die Fassade hinauf.

»Wie wir es uns gedacht haben«, sagte Lyn. »Er wird in seinem Geschäft sein. Hendrik und Thilo sind vielleicht schon dort.« Sie blickte auf ihren Notizblock. »Das Geschäft ist in der Hauptstraße.«

»Dann auf in die Hauptstraße«, sagte Wilfried. Er ließ Lyn und dem Hannoveraner den Vortritt.

Während sie den kleinen Weg vom Haus zur Straße liefen, schweifte Lyns Blick über das Grundstück. Es wirkte vernachlässigt. Der Rasen konnte mal wieder einen Schnitt vertragen, und in den angelegten Beeten wucherte das Unkraut. Den Ritterspornstauden und den Rosen hatten Sturm und Regen arg zugesetzt. Links vom Haus befand sich ein hölzernes Gartenhäuschen.

»Ob Schwedtke das auch vermietet hat?«, fragte sie Wilfried. »Die Größe der Hütte geht über eine Laube weit hinaus.«

»Könnte ich mir gut vorstellen«, nickte der und sah den Kollegen aus Hannover an. »Dass das Geld der Wacken-Fans nicht stinkt, haben die Wackener schnell herausgefunden. Viele Einwohner nutzen die Gunst der Stunde, sich ein Zubrot zu verdienen.«

»Wie man sieht«, lachte Lyn und deutete die Straße hinunter. »Sogar die Kleinen haben eine Möglichkeit gefunden, ihr Taschengeld aufzubessern.«

Zwei Jungen im Grundschulalter zogen auf Kettcars jeder einen Bollerwagen hinter sich her. Beladen waren die Wagen mit

Reisetaschen und Rucksäcken. Drei ganz in Schwarz gekleidete junge Pärchen liefen dem Gepäck-Service grinsend hinterher.

»Das ist wirklich eine besondere Atmosphäre hier«, nickte Wilfried. »Es ist so friedlich. Ich —«

Er zuckte zusammen, als ihm ein Jugendlicher aus einem vorbeiziehenden Tross junger Leute direkt ins Ohr grölte: »Ey, krass! Ihr seid doch bestimmt echte Wackener, wa? Könn wa ma 'n Foto mit euch kriejen?« Er riss seine Hand hoch, sodass die darin befindliche Bierdose überschwappte, und rief seiner Clique zu: »Ey, zuck ma eener die Kamera. Hier sind Einjeborne.«

Wilfried sah ihn verblüfft an. »Wir sind nicht aus Wacken.«

»Ey, Scheiße, Alter!«, grölte der Junge und lachte, als hätte Wilfried den Witz des Jahrtausends gerissen. »Voll krass! In dit janze Kaff findste keenen Wackener.«

»Das ist wie am Ballermann«, sagte Lyn zu ihm und öffnete das am Straßenrand geparkte Dienstfahrzeug, »da trifft man auch keine Spanier. Such mal schön weiter.«

»Ballermann ist Bullshit jejen …«, seine Stimme schwoll an, »… Wackeeen!«

Das Echo kam von seiner Truppe, und er trollte sich Richtung Hauptstraße.

»Lustiger Haufen«, kommentierte Volker Aschbach.

»Lustig, weil hackevoll und vollkommen zu«, murmelte Lyn und stieg in den Mondeo.

Sie fuhr langsam durch den Ort, denn die Spur der Metal-Ameisen führte auch hemmungslos kreuz und quer über die Straßen.

»Da ist es«, sagte Wilfried wenige Minuten später und deutete vom Beifahrersitz auf das Geschäft zu seiner rechten Seite.

»Fahrrad Schwedtke« stand in verwitterten Kunststoff-Buchstaben als Schriftzug über dem breiten Schaufenster, in dem ein Mountainbike, verschiedene Fahrradhelme und Gepäcktaschen ausgestellt waren. »Und da sind Thilo und Hendrik«, fügte er hinzu.

Die beiden Kriminalbeamten standen neben der Tür des Geschäftes. Hendrik hielt sein Handy in der Hand. Als Lyn den Wagen am Straßenrand parkte, steckte er das Telefon wieder ein.

»Da kann ich mir ja den Anruf sparen«, sagte er, als sie ausstiegen. Er deutete zur Ladentür. »Das Geschäft ist geschlossen. Habt ihr Werner Schwedtke zu Hause angetroffen?«

Wilfried schüttelte den Kopf. »Wir dachten, dass ihr mehr Glück habt als wir.« Er spähte durch die Scheibe der Tür ins Innere des Ladens. »Komisch. Vielleicht hat er Urlaub.«

»Auf jeden Fall gibt es kein Schild, das auf Urlaub hinweist oder auf einen anderen Grund«, sagte Volker Aschbach. »Fragen wir mal die Nachbarn.«

Volker Aschbach und Wilfried betraten eine Versicherungsagentur. Lyn, Hendrik und Thilo gingen in den linker Hand liegenden Tante-Emma-Laden, in dem es von Metal-Fans wimmelte. Eine junge Frau bediente die Kasse, ein älterer Herr im weißen Kittel wieselte geschäftig zwischen Obstkisten, Fertiggerichte-Truhe und dem Alkoholregal hin und her.

»Haben Sie zwei Minuten Zeit für uns?«, fragte Hendrik den Mann.

Der schüttelte den Kopf. »Immer schön hinten anstellen, junger Mann. Die Herrschaften waren vor Ihnen da.« Er deutete auf drei Punks, von denen einer gerade ein Bündel Bananen auf die altmodische Waage legte, während die anderen beiden einen Einkaufskorb mit Bierdosen befüllten, die kartonweise an den Frontseiten der Regale aufgestellt waren.

»Es ist dienstlich«, sagte Hendrik und zückte seinen Ausweis. »Die Bananen laufen nicht weg.«

Der Ladeninhaber nickte dem Punk geflissentlich zu: »Bin gleich bei Ihnen. Sofort.«

Die flapsige Antwort »Kein Problem, Opa, keep cool« schien ihn nicht zu stören. Er lotste Lyn und die Männer in die ruhige Ecke mit den Hygieneartikeln und fragte: »Was gibt's denn?«

»Nur eine Frage zu Ihrem Nachbarn, Herrn Werner Schwedtke. Sein Geschäft ist geschlossen. Zu Hause haben wir ihn nicht angetroffen. Können Sie uns sagen, wo er sich aufhält?«

Die hohe Stirn des Kaufmanns legte sich in Falten. »Der Werner. Ja, da kann ich Ihnen jetzt eigentlich auch gar nicht sagen, wo der steckt. Sein Geschäft ist schon seit vier Wochen zu. Die Frau Rettmann – das ist eine Nachbarin vom Werner im Steenklippen – hat mir erzählt, er ist im Urlaub. Aber gesagt hat er mir nichts.« Er rückte eine Seifenpackung im Regal gerade, während sich die Falten auf seiner Stirn vertieften. »Aber seit der Sache mit Judith ist er sowieso nicht mehr der Alte. Hat sich gar nicht mehr bei mir blicken lassen … Sonst haben wir immer gern mal fünf Minuten geplaudert. Aber seitdem …« Er zog bedauernd die Schultern hoch.

»Wer ist Judith und was ist das für eine Sache?«, hakte Lyn nach einem Blickwechsel mit Hendrik und Thilo nach.

»Judith ist … war die Tochter von Werner«, erklärte der Alte. »Sie hat sich das Leben genommen. Letztes Jahr, kurz vor Weihnachten. Schreckliche Sache. Das ganze Dorf war fertig. Die Schwedtkes sind alteingesessene Wackener. Man leidet einfach mit, wenn das Schicksal so in eine Familie reinfegt.«

»Was ist denn passiert?« Lyn wechselte erneut einen Blick mit ihren Kollegen. »Ich meine … weiß das Dorf auch, warum sie sich umgebracht hat? Zumindest wird es doch Vermutungen geben.«

»Das müssten Sie doch viel besser wissen. Die Polizei war doch gleich da, damals.«

»Das waren andere Kollegen«, sagte Hendrik. »Also, können Sie uns irgendetwas dazu sagen?«

»Tabletten hat sie geschluckt. War der vierte Advent, als der Werner sie morgens in ihrem Bett gefunden hat. Entschuldigen Sie …«, der Kaufmann rief über Lyns Schulter in den vorderen Ladenbereich: »Inka, mach mal den Obststand! Da stehen die Kunden Schlange.« Er warf Hendrik einen tadelnden Blick zu. »Sie kommen jetzt wirklich ungünstig. Nächste Woche hätte ich wieder mehr Zeit.«

»Wir aber nicht«, fuhr Thilo dazwischen, »je schneller Sie unsere Fragen beantworten, desto eher sind Sie wieder bei Ihren Möhren … Gibt es denn Gerüchte, warum die Tochter von Herrn Schwedtke sich das Leben genommen hat?«

Der Kaufmann schürzte die Lippen, während sein Blick die Vorgänge im Laden genau verfolgte. »Die Judith war schon immer ein komisches Mädchen. Jedenfalls seit ihre Mutter weg war. Ist ja auch nicht schön für so 'n Kind, wenn die Mutter einfach abhaut. Ich will mal so sagen: Die hatte einen Knacks weg, die Judith.« Er stellte sich auf die Zehenspitzen und lugte Thilo über die Schulter. »Was kann ich für Sie tun?«

Der Punk mit dem Korb voller Bierdosen stand hinter Thilo und sah sich suchend um. »Ich brauch noch Klopa.«

»Hier!« Thilo bückte sich zu dem Regal, vor dem er stand, und drückte dem Jungen einen Doppelpack Klopapier in die Hand. »Extraweich … Und jetzt«, er wandte sich wieder dem Kaufmann zu und machte eine auffordernde Handbewegung, »weiter im Text.«

»Was ist denn überhaupt los?«, fragte der Alte. »Warum stellen Sie mir all diese Fragen?«

»Wir möchten Herrn Schwedtke sprechen«, sagte Lyn, »aber wir haben ihn weder zu Hause noch in seinem Geschäft angetroffen.«

»Tja, ich kann Ihnen wirklich nicht weiterhelfen«, sagte der Kaufmann. »Fragen Sie am besten seine Nachbarn. Vielleicht wissen die, wo er hin ist.«

»Eine letzte Frage noch«, sagte Lyn. »Wann hat Frau Schwedtke ihren Mann und ihre Tochter verlassen?«

»Herrje, wann war denn das …? Ich würde mal sagen, da war die Kleine zehn. Ja, das muss so fünf, sechs Jahre her sein … Kann ich jetzt weiterarbeiten?«

»Natürlich«, nickte Hendrik. Sie schlängelten sich durch den übervollen Laden.

»Für Ihr Dorf ist das Festival ja eine Goldgrube«, verabschiedete Lyn sich von dem Kaufmann, »aber länger als eine Woche hält man das doch nicht aus, oder?«

Der Alte schüttelte vehement seinen Kopf. »Das ist doch toll! Gut, die Musik ist jetzt nicht mein Geschmack, aber sonst … Endlich ist hier mal was los. Gibt zwar auch ein paar Quertreiber im Ort, die das Festival verfluchen, aber das sind die wenigsten.« Mit einem Kopfnicken verabschiedete er die Beamten und wandte sich seiner Kundschaft zu. »Möchte jemand leckere hiesige Zwetschgen? Sind gerade frisch eingetroffen …«

Wilfried und Volker Aschbach warteten bereits vor Schwedtkes Geschäft.

»War nicht wirklich ergiebig, was wir da zu hören bekommen haben«, sagte Wilfried und deutete zu der Versicherungsagentur. »Werner Schwedtkes Geschäft ist seit vier Wochen geschlossen. Von heute auf morgen. Was mit Schwedtke ist, konnte der Agent nicht sagen.«

»Da sind wir um eine Info reicher«, sagte Lyn und berichtete ihrem Chef vom Selbstmord der Schwedtke-Tochter.

»Dann klappert ihr jetzt die Hausnachbarn ab«, ordnete Wilfried an. »Irgendjemand muss doch wissen, wo der Schwedtke steckt. Und ich werde mit Herrn Aschbach zurück ins Präsidium fahren und mal beim Sachgebiet 1 nachfragen, was es mit dem Selbstmord auf sich hatte.«

Lyn nahm sich die Familie Rettmann, die links von Werner Schwedtkes Haus wohnte, vor. Hendrik und Thilo hatten sich die beiden Einfamilienhäuser zur Rechten aufgeteilt.

Familie Rettmann schien gast- und festivalfreundlich eingestellt zu sein, denn in ihrem Garten standen zwei knallrote Igluzelte. Drei junge Mädchen hockten auf Isomatten davor, ein weiteres versuchte gerade unter den Anfeuerungsrufen der Freundinnen, die Briketts in einem Minigrill zum Glühen zu bringen. Hektisch wedelte sie dazu mit einer Zeitschrift über dem Grill herum. Lyns »Moin!« wurde freundlich erwidert.

Als Lyn geklingelt hatte, wurde die Haustür Sekunden später geöffnet. Frau Rettmann bat Lyn in die Küche, nachdem sie ihr Anliegen vorgebracht hatte.

»Ich muss den Waffelteig schnell fertigstellen«, entschuldigte Kirsten Rettmann sich, gab einen Schuss Milch in eine fast bis zum Rand gefüllte Plastikschüssel und rührte die Masse noch einmal durch. »Die Kinder backen vorn auf dem Bürgersteig wie Teufel Waffeln für die Metaller«, erklärte sie und ließ den Teig noch einmal prüfend vom Holzlöffel gleiten, bevor sie zufrieden nickte. »Perfekt … Das ist ein tolles Taschengeld, das sie sich dabei verdienen.« Sie riss das Küchenfenster auf und grölte hinaus: »Sven! Mischa! Teig ist fertig.«

Endlich ließ sie sich auf den Küchenstuhl sinken. »Was ist denn mit Werner?«

»Wir haben einige Fragen an Herrn Schwedtke und möchten wissen, wo er sich aufhält. Können Sie uns etwas dazu sagen?«

Kirsten Rettmann hob die Schultern. »Eher nicht. Er ist vor etwa einer Woche mit dem Wohnmobil weggefahren. Jedenfalls steht es nicht mehr an seinem Platz.«

»Vor einer Woche? Der Kaufmann neben Herrn Schwedtkes

Fahrradgeschäft meinte, das Geschäft wäre schon seit vier Wochen geschlossen.«

Kirsten Rettmann nickte. »Das kommt schon hin. Werner war lange zu Hause. Er ist krank. Depressiv würde ich sagen. Ich habe ihn vorletzte Woche zuletzt gesehen, als er ein paar Sachen in das Wohnmobil lud. Er wirkte heruntergekommen. Schmuddelig und irgendwie weggetreten. Ich habe ihn angesprochen und gefragt, ob er in Urlaub fahren will, aber er hat mich gar nicht richtig wahrgenommen. Hat nur vor sich hin gebrabbelt. Dabei hatte ich das Gefühl, dass er sich vom Tod seiner Tochter etwas erholt hatte. Im Juni hat er sogar ein paar Renovierungsarbeiten im Haus gemacht. Ich dachte, das sei ein gutes Zeichen. Er war auch in Behandlung, soweit ich weiß, aber irgendwie ging es dann wieder bergab.«

Sie stand auf und griff nach einer Thermoskanne. »Nehmen Sie auch einen Kaffee?«

»Gern.«

»Glauben Sie, er hat sich was angetan? Suchen Sie ihn deshalb?« Kirsten Rettmann stellte für Lyn und sich Becher auf den Tisch und schenkte sie voll.

»Nein. Wir wollen ihn in einem anderen Zusammenhang befragen.« Lyn überlegte. »Aber vielleicht können Sie mir auch weiterhelfen. Herr Schwedtke hat anscheinend jährlich zur Festivalzeit Zimmer vermietet. Wissen Sie davon?«

»Natürlich.« Die blonde Frau nickte. »Er hat sein Gartenhaus vor Jahren umgebaut. Ich glaube, drei oder vier Personen können darin schlafen.«

Lyn nickte zufrieden. »Die Wahrscheinlichkeit ist groß, dass er sie immer an die gleichen Personen vermietet hat. Zumindest in einem Fall können wir das sicher sagen.«

Lyn öffnete ihre Tasche und zog zwei Fotografien hervor. Sie legte eine Aufnahme, auf der Henning Wahlsen lächelnd in die Kamera blickte, auf den Küchentisch. »Erkennen Sie diesen Mann, Frau Rettmann? Er soll definitiv Mieter bei Ihrem Nachbarn gewesen sein.«

Kirsten Rettmann griff nach dem Foto. »Du meine Güte! Das ist der Tote aus der Bild-Zeitung, oder? Der, der ermordet wurde?«

Lyn nickte. »Können Sie sich vielleicht an ihn erinnern?«

»Hmm … Tut mir leid. Aber ich glaube nicht, dass ich ihn hier schon einmal gesehen habe.«

»Und was ist mit diesem Mann?« Sie legte das Foto von Thomas Lug daneben. »Bei ihm wissen wir nicht, ob er auch bei Ihrem Nachbarn eingemietet war. Haben Sie ihn vielleicht in der Zeit des letztjährigen Festivals auf dem Grundstück von Herrn Schwedtke gesehen? Oder vielleicht auch in den drei Jahren davor?«

Kirsten Rettmann nahm das Foto von Thomas Lug in die Hand. »Ja. Ja, klar. Den hab ich hier schon gesehen.«

»Sind Sie sich ganz sicher?« Lyn mochte kaum an so viel Glück glauben.

Die blonde Frau lächelte. »Ich steh ja auf diesen Typ Mann. Lange blonde Haare, markantes Gesicht. Und der sieht doch wirklich gut aus, oder?« Sie sah noch einmal auf das Foto. Dann stutzte sie und sah Lyn mit großen Augen an. »Er ist doch nicht auch … ich meine … ist der etwa auch …?«

»Thomas Lug und Henning Wahlsen wurde beide getötet. Und wie es jetzt aussieht, waren beide Männer im vergangenen Jahr zur Festival-Zeit Mieter bei Herrn Schwedtke.« Lyn zog ein weiteres Foto aus ihrer Mappe. »Das ist Stefan Kummwehl. Haben Sie ihn hier in Wacken schon einmal gesehen?«

Kirsten Rettmann blickte lange auf die Fotografie. »Nein. Den kenne ich nicht. Ist … ist der auch ermordet worden?«

Lyn nickte und griff noch einmal zu dem Foto von Henning Wahlsen. »Und an ihn können Sie sich wirklich nicht erinnern? Er soll definitiv nebenan gewohnt haben.«

Werner Schwedtkes Nachbarin schüttelte ihren Kopf. »Tut mir leid. Aber das Gartenhäuschen, das Werner vermietet hat, liegt ja zur anderen Seite unseres Grundstücks. Ich −« Sie brach ab, als ein blonder Junge im Grundschulalter in die Küche stürmte.

»Wir haben schon einundzwanzig Euro fünfzig verdient«, stieß er mit roten Wangen aus, ohne sich um Lyn zu scheren, und schnappte sich die Schüssel mit dem Waffelteig. Sein ohnehin vollgekleckertes Shirt mit dem Wacken-Logo des Vorjahres wurde um einen großen Fleck reicher, als er, die übervolle Schüssel an seine Brust gepresst, wieder aus der Küche stakste.

Kirsten Rettmann verdrehte nur die Augen und deutete auf das Foto von Thomas Lug. »Ich kann mich nur an ihn erinnern.

Aber«, sie nickte vor sich hin, »er war nie allein unterwegs. Er war mit einem anderen zusammen.«

Lyn horchte auf und verharrte, die eingesammelten Fotografien in der Hand. »Können Sie den anderen Mann beschreiben? Den, mit dem Sie Thomas Lug zusammen gesehen haben?«

»Puh«, Kirsten Rettmann blies sich eine Ponysträhne aus der Stirn, »das wird schwierig. Man sieht die Menschen so im Vorübergehen … Der andere hatte kurze Haare, ich denke dunkelblond oder braun, und er war ein Stück kleiner. Aber sein Gesicht … da kann ich Ihnen wirklich nichts Genaueres sagen.«

»Schade. Aber Sie haben mir sehr weitergeholfen.« Lyn notierte Frau Rettmanns Angaben und packte ihre Mappe in die Handtasche. »Gibt es feste Urlaubsziele, die Herr Schwedtke mit seinem Wohnmobil besucht hat?«, fragte sie, während sie zur Haustür gingen.

»Werner und Judith sind immer ans Meer gefahren. Ostsee, Nordsee. Das war unterschiedlich.«

»Haben Sie mit Herrn Schwedtke über den Selbstmord seiner Tochter gesprochen? Wissen Sie, warum das Mädchen sich umgebracht hat?«

Kirsten Rettmann strich sich mit beiden Händen über die Oberarme, als müsse sie sie wärmen. »Es ist nicht so einfach, über so eine Sache zu sprechen. So vertraut waren wir nicht mit Werner. Ich habe schon versucht, mit ihm darüber zu reden. Aber das Gespräch blieb an der Oberfläche. Und das lag nicht an mir. Er wollte wohl nicht darüber sprechen. Im Grunde, glaube ich, konnte er es sich selbst nicht erklären.«

»Der Kaufmann meinte, Judith wäre ein *komisches* Kind gewesen. Würden Sie dem zustimmen?«

»Sie war immer ein ruhiges, kleines Mädchen. Ich denke, sie hat sehr darunter gelitten, dass ihre Mutter sie und ihren Vater verlassen hat. Erst in den letzten zwei Jahren hatte sie auch mal Besuch von Freundinnen.«

»Haben Sie da Namen für mich?«

»Die Svenja Ploetz hab ich ein paarmal bei ihr gesehen. Sie kommt hier aus Wacken. Und ich glaube sogar, dass Judith einen Freund hatte. Ich fand, sie hatte sich prima rausgemacht. Es war so unfassbar, dass sie sich …« Kirsten Rettmann schüttelte sich in der Erinnerung an den Selbstmord. »Aber in der Pubertät sind die Kinder unberechenbar. Man guckt einfach nicht in sie hinein.«

Sie nahm die Hand von der Türklinke und verschränkte die Arme vor der Brust. »Werner hat nie aufgehört zu klagen, dass Dagmar ihn verlassen hat. Über all die Jahre. Ich möchte nicht wissen, was sich in Judith abgespielt hat.« Tränen traten Kirsten Rettmann in die Augen. Sie blinzelte sie weg. »Es hat mich getroffen, als dieses schreckliche Unglück passierte. Da ist man Nachbarin … man fragt sich, ob man etwas hätte merken müssen … etwas hätte tun können.«

Lyn nickte. »Es gibt nicht immer offensichtliche Zeichen. Schon gar nicht für Menschen, die nicht vertraut miteinander sind.« Sie gab Kirsten Rettmann ihre Karte. »Bitte geben Sie uns umgehend Bescheid, falls Werner Schwedtke auftaucht.«

★★★

»Jetzt ist es schon neunzehn Uhr«, sagte Lyn mit Blick auf ihre Armbanduhr, während sie sich auf Hendriks Schreibtisch setzte. »Es ist kein Wunder, dass meine Kinder vor die Hunde gehen. Ich muss an meiner Stundenzahl etwas ändern. So kann das nicht weitergehen.« Sie atmete tief durch.

Hendrik stand auf, nahm ihren Kopf in beide Hände und küsste sie. Warm und sanft. »Diese Überstunden fallen doch nicht immer an. Bei akuten Fällen natürlich, aber …«

»Krümel braucht mich. Ich vernachlässige sie. Sie ist ja mehr bei meinem Vater oder bei Freundinnen als bei mir.«

»Sie ist doch nach der Schule gern mal bei ihrem Opa. Andere Kinder sind immer allein zu Hause. Krümel selten. Und mal ehrlich: Das Kind ist dreizehn. Vielleicht wäre sie gern mal allein.«

»Es spricht Erziehungspädagoge Professor Doktor Wolff.«

Hendrik grinste. »Das ist doppelt gemoppelt. Pädagogik heißt Erziehung.«

»Boah«, Lyn sprang auf, »du bist genauso ein Schlauberger wie Charlotte.« Sie tippte auf ihre Armbanduhr. »Auf ins Besprechungszimmer. Ich bin gespannt, ob Wilfried und Aschbach noch etwas herausgefunden haben.«

Auf dem Flur kam ihnen Thilo entgegen, die Hand zum

Wacken-Gruß erhoben. »Zwei Tage noch, Kollegen. Dann bin ich mal weg.«

»Du huldigst mit diesem Gruß dem Teufel. Das ist dir klar, oder?«, sagte Lyn mit verächtlichem Blick zu Thilos Faust mit den zwei abgespreizten Fingern.

Thilo riss die Augen auf und starrte sie an. »Hilfe! Kollege Stock-im-Arsch-Berthold ist ein Gestaltwandler und hat sich ausgerechnet die Gestalt einer meiner zwei Lieblingskolleginnen ausgesucht.«

»Witzig.«

»Zu Ihrer Information, Frau Harms«, Thilo hob wieder die Spreiz-Faust, »das ist die sogenannte Pommesgabel. Ich huldige also höchstens McDonald's.«

»Ist ja schon gut«, lachte Lyn, »ich wünsch dir viel Spaß in Wacken.«

Thilo verdrehte die Augen. »Der Insider sagt *auf* Wacken, liebe Kollegin, und nicht *in* Wacken. Aber wem sag ich das? … *Here I am. Rock you like a hurricane!* …« Laut vor sich hin singend, lief er voraus Richtung Besprechungszimmer.

Dort war bereits das übrige Team des K1 versammelt. Lyn setzte sich auf ihren Platz, Hendrik holte einen Stuhl vom Flur, weil auf seinem Platz Volker Aschbach saß.

»Ja, für den Moment treten wir ein wenig auf der Stelle«, begann Wilfried Knebel mit Blick auf seine Notizen. »Niemand weiß, wo Wilfried Schwedtke steckt. Ich habe versucht, seine Exfrau zu erreichen, aber da läuft nur der Anrufbeantworter. Wir versuchen es morgen früh wieder, wobei ich zu bezweifeln wage, dass sie weiß, wo er ist.«

»Was haben die Kollegen vom SG1 zum Selbstmord von Judith Schwedtke gesagt?«, fragte Lyn.

»Tod durch eine Überdosis Diazepam. Sie hat Valium geschluckt, das ihrem Vater verordnet worden war. Der hatte erhebliche Probleme, nachdem seine Ehefrau ihn verlassen hatte. Lag schon Jahre zurück, aber die Tabletten lagerten noch im Schrank.«

»Gab es einen Abschiedsbrief?«

Wilfried nickte. »Ich habe hier eine Kopie. Tragisch, allerdings für uns völlig informationsfrei. Werner Schwedtke hat damals angegeben, dass seine Tochter am Vortag sehr ruhig war und sich in sich selbst zurückgezogen hatte, aber er hat dem nicht so eine große Bedeutung beigemessen. Sie hatte wohl immer schwierige Phasen. Und sie hat nie ein Wort über Selbstmordgedanken verloren.«

Lyn griff nach dem Brief. Es waren nur wenige Zeilen. Geschrieben in einer unregelmäßigen, fast kleinkindlichen Schrift. Lyn las laut.

Lieber Papa,
sei nicht böse. Und auch nicht traurig. Ich bin auch nicht traurig. Jetzt geht es mir viel besser. Vergiss nicht, Goliath aus dem Kühlschrank zu holen.
Sei nicht traurig. Deine Judith

Lyn spürte die Gänsehaut auf ihren Armen. Fünf karge Zeilen Abschied vom Leben. »Was hat das mit diesem Goliath zu bedeuten?«, fragte sie Wilfried.

»Die Kollegen vom SG 1 haben geschrieben, dass es sich dabei um eine Griechische Landschildkröte handelt. Die machen Winterschlaf und brauchen Kälte. Und anscheinend gibt es Leute, die stecken ihre Schildkröten dann für mehrere Monate in den Kühlschrank.«

Lyn war dankbar, dass sogar Thilo nach diesen Worten schwieg. Normalerweise hätte er einen Spruch gebracht, aber als Vater von zwei Kindern war auch ihm – genau wie allen anderen – nach diesen Zeilen nicht zum Lachen.

Durchdringende Orgelmusik unterbrach den Moment der Stille. Alle starrten auf Volker Aschbachs Handy, das auf dem Tisch lag. »Bach. Toccata«, erklärte er, bevor er den Klingelton abwürgte und das Gespräch annahm. Als er wieder auflegte, lächelte er.

»Die Kripo Weimar hat jetzt den Namen des Begleiters von Thomas Lug, mit dem er in den letzten beiden Jahren zusammen in Wacken war. Er ist der Lebensgefährtin bekannt. Sie hatte zwar keine Adresse, aber die Kollegen haben sie soeben herausgefunden.«

Er blickte auf seine Notizen, die er während des kurzen Gespräches gemacht hatte. »Er wohnt in Hamburg-Bergedorf in der

Wentorfer Straße. Telefonisch ist dort niemand zu erreichen. Aber die Kollegen bleiben dran. Und je nach Lage der Sache sollten wir dann morgen früh einen Abstecher nach Hamburg machen und schauen, ob uns der Mann weiterhelfen kann.« Er sah noch einmal auf seinen Block. »Stobling heißt er. Andreas Stobling.«

FÜNF

»Sie sagen mir jetzt sofort, was mit meinem Bruder ist!« Die grünen Augen der jungen Frau, die Lyn und Volker Aschbach die Wohnungstür in dem Hamburger Mehrfamilienhaus geöffnet hatte, blitzten vor Wut, während sie zur Seite trat, um die beiden Beamten an sich vorbeigehen zu lassen. Ihr Gesicht zeigte die feine Blässe, die den meisten Naturrotschöpfen chromosomenbedingt zugeordnet war. Sie deutete in das Wohnzimmer.

»Gestern Abend hatte ich einen Anruf von der Polizei. Ich dachte schon, ihm ist etwas passiert. Aber Ihr Kollege sagte, Sie wollen ihn nur zu einer Angelegenheit befragen … Was ist denn los? Hat er etwas angestellt? Sie machen mir Angst.«

Volker Aschbach lächelte, während er sich auf den angebotenen Sessel setzte. »Es ist wichtig für uns, Ihren Bruder zu sprechen. Er ist mit einem Mordopfer bekannt, und in dieser Angelegenheit haben wir einige Fragen an ihn. Sie haben unserem Kollegen gesagt, dass Ihr Bruder zurzeit auf dem Festival in Wacken ist? Das bringt uns der Thematik dann noch einmal näher.«

»Mord?« Cornelia Stobling sah entsetzt von Volker Aschbach zu Lyn.

Lyn nickte. »Ist es richtig, dass Ihr Bruder kein Handy hat, auf dem wir ihn erreichen können?«

»Ja, ja. Das habe ich Ihrem Kollegen gestern Abend schon gesagt. Mein Bruder ist nicht der klassische Handy-Typ.«

»Wissen Sie denn, wo er sich in Wacken aufhält?«, fragte Lyn. »Hat er dort eine feste Unterkunft, wo wir ihn erreichen können?«

Cornelia Stobling schüttelte den Kopf. »In den letzten beiden Jahren hat er irgendwo privat gewohnt. In so 'ner Art Gartenlaube. Zusammen mit einem Kumpel. Aber in diesem Jahr nicht. Er wollte lieber zelten, um Geld zu sparen … Andy bereist gern die Welt. Meistens arbeitet er sechs Monate im Jahr in Deutschland. Als Bauhelfer oder Taxifahrer. Das restliche halbe Jahr verbringt er dann an den sonnigen Stränden der Welt. Thailand, Malaysia. Er braucht nur die Sonne und das Meer. Und in diesen Ländern kommt er mit dem hier verdienten Geld locker über die Runden.

Er ist mit wenig zufrieden.« Sie lächelte. »Andy ist ein Lebenskünstler.«

»Sagen Ihnen die Namen Thomas Lug, Henning Wahlsen oder Stefan Kummwehl etwas?«

»Nie gehört.«

»Thomas Lug soll der Kumpel sein, mit dem Ihr Bruder in den vergangenen Jahren zusammen in Wacken war.«

»Thomas Lu– … Ja. Ja, das kann sein!« Cornelia Stobling fasste sich an die Stirn. »Tommy heißt der Kumpel, mit dem er sich in Wacken wieder treffen wollte. Das wird dann wohl dieser Thomas Lug sein.«

»Diese drei Männer sind in der vergangenen Woche alle mit einem Kopfschuss getötet worden«, klärte Volker Aschbach die Frau auf. »Von den ersten beiden Fällen gab es bereits jede Menge Fotos und Artikel in der Tagespresse. Überregional. Liest Ihr Bruder denn keine Zeitung? Er hätte seinen Freund doch erkennen müssen.«

Cornelia Stobling sah ihn entsetzt an. »Ich erinnere mich an die Artikel. Aber ich konnte ja nicht ahnen, dass dieser Thomas der Tommy-Kumpel von Andreas ist. Das … das ist ja … unfassbar. Allerdings sind für meinen Bruder Zeitungen höchstens dazu da, Mücken totzuklatschen. Interesse an Politik und Weltgeschehen ist bei ihm gleich null. Er liest das ›National Geographic‹ und vielleicht noch Bücher über fremde Länder oder Tiere.«

»Okay. Dann kommen wir so nicht weiter«, sagte Volker Aschbach zu Lyn. »Ich denke«, sein Blick wechselte zu Cornelia Stobling, »wir werden Ihren Bruder in Wacken suchen müssen.« Er stand auf und gab ihr die Hand. »Vielen Dank, Frau Stobling.«

»Ihr Bruder wohnt immer bei Ihnen, wenn er sich in Deutschland aufhält?«, fragte Lyn im Gehen.

Cornelia Stobling öffnete die Tür. »Nein. Erst seit einigen Wochen. Vorher hatte er eine eigene Wohnung in Elmshorn. Aber er hat sie gekündigt, weil sie ihm zu groß und im Unterhalt zu teuer war. Schließlich nutzte er sie nur die Hälfte der Zeit. Er will sich jetzt etwas Kleineres suchen.«

»Elmshorn?« Lyn sah zu Volker Aschbach, der auch stutzte.

»Wo befand sich die Wohnung in Elmshorn«, fragte er.

»Hainholzer Damm. Er ist dort vor ungefähr sechs Wochen ausgezogen.«

»Hainholzer Damm?« Lyn stockte der Atem. »Etwa Nummer 80? 80 B?«

»Ja. Wieso? Woher …?«

Lyn und Volker Aschbach sahen sich stumm an.

»Moment, Moment …« Volker Aschbach fasste sich an die Stirn und schloss die Augen. »Das muss ich jetzt erst einmal sacken lassen. Ihr Bruder«, er sah Cornelia Stobling an, »hat bis vor sechs Wochen in der Wohnung Hainholzer Damm 80 B gewohnt?«

Jetzt wandte er sich an Lyn. »Und nach ihm hat Stefan Kummwehl mit seiner Freundin und den Kindern die Wohnung gemietet. Das … das könnte ja bedeuten … Ich meine, dann könnte es durchaus möglich sein, dass …«

Lyns Nackenhärchen stellten sich auf. »Mein Gott, ja! Das könnte bedeuten, dass der Täter es vielleicht gar nicht auf Stefan Kummwehl abgesehen hatte, sondern …« Ihr Blick wanderte zu der Frau im Türrahmen.

»Sondern was?« Cornelia Stoblings Stimme klang schrill. »Was meinen Sie damit, verdammt?«

Lyn schluckte. »Vielleicht musste Stefan Kummwehl sterben, weil jemand dachte, er sei Ihr Bruder.«

★★★

»So, Leute, lasst mal Ruhe einkehren, damit wir Struktur in das hineinbekommen, was wir bisher wissen.« Hauptkommissar Wilfried Knebel tackerte zur Verstärkung seines Anliegens mit dem Kugelschreiber auf die Tischplatte im Besprechungszimmer.

Lyn und Volker Aschbach hatten das K1 mit den Neuigkeiten gerade vertraut gemacht.

»Zufall kann das nicht sein«, sagte Hendrik.

»Mit an Sicherheit grenzender Wahrscheinlichkeit nicht«, gab Wilfried ihm recht. »Wenn wir davon ausgehen, dass es eigentlich Andreas Stobling treffen sollte, macht es den Fall nicht weniger mysteriös, aber sehr viel kompakter.«

Er stand auf und ging zum Flipchart. »Wir haben drei Männer, davon zwei Tote, die im vergangenen Jahr gemeinsam beim Wacken Open Air waren. Und wir haben für diese drei einen gemeinsamen Nenner.« Er schrieb die Namen der Männer auf das Papier und verband sie mit drei Strichen mit den Begriffen »Wacken Open Air/Mieter Gartenhaus«. »Wir haben den Vermieter des Gartenhauses, der nicht auffindbar ist.« Er kritzelte den Namen »Werner Schwedtke« dazu.

»Und wir haben dessen Tochter, die sich umgebracht hat«, sagte Lukas Salamand. Er lehnte sich in seinem Stuhl zurück und sah seine Kollegen an. »Thomas Lug wurden die Genitalien regelrecht zerfetzt … Ein paar lose Wollfäden, die zusammengestrickt bei mir – und ich vermute mal, bei euch auch – ein bestimmtes Szenario vor Augen erstehen lassen.«

»Drei Kerle. Ein Mädchen. Da braucht man nicht viel Phantasie«, brummte Jochen Berthold.

»Ich stimme euch zu«, sagte Hendrik. »Und die Tatumstände schreien geradezu: Vergeltung!«

»Alle *drei* Männer?« Lyn schüttelte sich angewidert. »Das … das ist so eine ekelhafte Vorstellung.«

»Aber plausibel als Grund«, nickte Lukas. »Zerschossene Genitalien. Der Klassiker bei Rache für eine Vergewaltigung. Allerdings stört mich etwas an dieser These. Das Festival war Anfang August. Wenn es wirklich um Vergewaltigung ging, warum hätte Judith Schwedtke dann schweigen sollen? Warum hat sie die Männer nicht angezeigt?«

»Scham«, sagte Lyn. »Sie wäre nur eine von vielen, die eine Vergewaltigung nicht anzeigt.«

»Für mich ergibt das alles trotzdem keinen Sinn«, meinte Lukas Salamand. »Die Zeitabstände passen überhaupt nicht. Wenn wir bei der Vergewaltigungsszene bleiben, hat sie sich im vergangenen Jahr abgespielt. Dann dauert es ein halbes Jahr, bis Judith Schwedtke sich umbringt, und dann vergehen noch einmal acht Monate, bis ihr Vater loszieht, um sie zu rächen? Macht für mich keinen Sinn. Sie hat in ihrem Abschiedsbrief an ihren Vater keine Andeutung gemacht. Wenn es also diese vermeintliche Vergewaltigung gegeben hat, woher wusste er es jetzt plötzlich?«

»Einer der drei hat ausgepackt?« Lyns Einwurf kam zögerlich.

»Wir dürfen uns vor allen Dingen nicht an diesem Szenario festbeißen«, sagte Volker Aschbach und stand auf. Langsam ging er um den Tisch und lehnte sich gegen die Fensterbank. »Es kann auch ein absolut anderes Motiv für die Morde vorliegen.

Judith Schwedtkes Selbstmord muss damit gar nichts zu tun haben. Auch wenn die Puzzleteile, die wir haben«, er nickte Richtung Flipchart, »natürlich perfekt aneinanderpassen.«

»So perfekt finde ich das Szenario gar nicht«, sagte Hendrik. »Denn es gibt einen entscheidenden Grund, warum Werner Schwedtke nicht der schwarze Mann sein kann: Er kannte seine drei Mieter. Also hätte er bei der dritten Tat nicht auf Stefan Kummwehl geschossen. Denn *er* hätte gemerkt, dass er nicht Andreas Stobling vor sich hat.«

»Schade. Da hast du natürlich recht«, musste Lukas Salamand zugeben. »Das passt nicht zu meiner Theorie.«

Wilfried nickte seinem Hannoveraner Kollegen zu. »Und Sie haben recht damit, dass wir auch andere Motive in Erwägung ziehen müssen. Und darum werden wir uns heute in Wacken weiter umhören. Wer weiß, vielleicht sind die drei ganz woanders unangenehm aufgefallen. Wir sollten einige Wackener ausfindig machen, die von dem Festival nicht so begeistert sind wie der Rest. Negatives läuft bei diesen Leuten am ehesten auf. Und wir werden umgehend eine Fahndung nach Werner Schwedtkes Wohnmobil rausgeben. Ich will wissen, wo der ist.«

»Und vor allen Dingen müssen wir Andreas Stobling finden«, sagte Volker Aschbach. »Wir sollten mit der Festivalleitung reden und ihn auf dem Gelände ausrufen lassen.«

»Nein!« Der laute Ausruf kam von Lyn und ließ alle aufblicken.

»Überlegt doch mal!«, sagte sie. »Wenn der schwarze Mann wirklich statt Stefan Kummwehl Andreas Stobling töten wollte, dann weiß er jetzt Bescheid. Der Artikel über den Mord an Kummwehl stand heute in der Zeitung. Mit Bild und Namen. Der Killer weiß also, dass er den falschen Mann erwischt hat.«

»Ja, und?«, fragte Volker Aschbach.

»Wenn wir Andreas Stobling ausrufen lassen, kann es durchaus sein, dass wir damit auch den schwarzen Mann auf seine Spur bringen. Denn wer sagt uns, dass der nicht auch in Wacken ist? Schließlich ist die Verbindung zu Wacken augenscheinlich gegeben … Da laufen fünfundsiebzigtausend fremde Menschen herum. Einer von ihnen könnte es sein. Und wenn wir Andreas Stobling zur Bühne oder einem anderen Ort bitten, könnte der Täter genauso schnell da sein.«

Thilo Steenbuck lachte laut auf und klatschte beide Hände auf den Tisch. »Ausrufen! Ich bin jetzt über zwanzig Jahre auf Wacken. Aber ausgerufen wurde da noch keiner.« Er schüttelte den Kopf. »Wie soll denn das gehen? Dann doch einzig über die Bühnenlautsprecher, und das bedeutet, dass auf dem riesigen Zeltareal kein Schwein das hören würde.«

»Nun, eine solche Sachlage gibt es wohl auch nicht jedes Jahr«, kommentierte der Hannoveraner Kommissar Thilos Heiterkeitsausbruch. »Wir könnten auf jeden Fall während der Konzerte einen Aufruf an ihn starten. Nur seinen Namen und dass er bitte die Eins-Eins-Null anrufen soll … Ich weiß, dass er kein Handy hat«, schob er hinterher, als Lyn den Mund öffnete, »aber wenn er hört, dass er den Notruf wählen soll, wird er doch wohl jemanden finden, der ihm ein Handy leiht.«

»Oder er spricht einen der uniformierten Kollegen an, die dort patrouillieren«, sagte Wilfried.

»Und was machen wir bis Donnerstag?«, fragte Thilo. »Denn vorher ist nichts mit Konzert und Bühne und Ausrufen.«

»Da hab ich eine prima Idee«, sagte Wilfried. »Die Eutiner können ein paar Kollegen abstellen, die das Gelände durchkämmen. Kannst du ein Foto von Stobling besorgen, Lyn?«

Lyn nickte. »Natürlich. Vielleicht ist der Täter ja auch nicht in Wacken. Aber solange wir nicht sicher sein können, befindet sich Andreas Stobling in Gefahr. Im Moment ist diese Menschenmasse in Wacken vielleicht der beste Schutz, den er haben kann … Andererseits müssen wir ihn natürlich so schnell wie möglich finden.«

Sie sah ihre Kollegen an. »Vielleicht liegen wir ja auch völlig falsch, aber mein Gefühl sagt mir: Andreas Stobling ist in akuter Lebensgefahr.«

SECHS

»Ahh! … Ahh! … Ohh!« Andreas Stobling stieß noch einmal in den Körper unter sich, bevor er für einen langen Moment bewegungslos liegen blieb, um die feuchte Wärme unter sich zu genießen. Schließlich hob er seinen Kopf und bohrte der Frau seine Zunge in den Mund.

»Das war cool, Süße!« Er rollte sich auf die Seite. »Obwohl … cool trifft es eigentlich nicht, oder?« Er streifte das Kondom ab und warf es achtlos zur Seite. Dann stemmte er die Füße auf den Zeltboden, hob seinen Körper an und zog die in den Knien sitzende Jeans über seinen Hintern. »Es war nicht cool. Es war heiß, Süße!« Er schloss den Reißverschluss und küsste sie noch einmal.

Die junge Frau zog ihr bis an den Hals hochgeschobenes weißes Motörhead-T-Shirt über ihre nackten Brüste und kam langsam hoch.

»Snaggletooth hat's gut«, griente Andreas, und seine Finger strichen über die Fantasy-Figur auf ihrem Shirt, »ständig so dicht an deinen geilen Brüsten würd's mir auch gefallen.« Seine Finger glitten unter das Shirt. »Ich glaub, ich will noch mal.«

»Scheiße ey, das war echt geil!« Dann kicherte sie. »Nächstes Mal zieh ich mir aber vorher 'ne Dose weniger rein.« Im Sitzen ließ sie ihren Kopf kreisen, nachdem sie seine Hand energisch unter ihrem Shirt hervorgezogen hatte. »Mittags schon saufen, ist für 'n Arsch. Bei mir dreht sich alles.«

»Bei mir nicht.« Andreas Stobling fasste hinter den ausgerollten Schlafsack und tastete herum. »Hast du nicht noch irgendwo 'ne Dose?«

»'n Stück weiter rechts, hinter dir.«

Seine Hand fand, was sie suchte. Es zischte laut, als er die Bierdose öffnete. Blitzschnell führte er seinen Mund an die Öffnung, um den überlaufenden Schaum abzutrinken.

»*Fuck*, hast du keine Kühltasche? Das Zeug ist piewarm.«

»Ey, bleib locker. Für 'n Typen, der nicht mal 'n Zelt hat, riskierst du 'ne ganz schön dicke Lippe. Besorg dir selbst 'ne Kühltasche, Alter!«

»Hast ja recht, Süße.« Andreas Stobling grinste, griff nach seiner Jeansweste und zog ein Päckchen Tabak heraus. »Auch 'ne Kippe?« Er bröselte etwas Tabak in ein Blättchen und ließ sich Zeit beim Drehen der Zigarette.

»Nee, ich rauch nicht.«

»Cool. Daran arbeite ich noch.« Er steckte die Zigarette an und inhalierte den Rauch tief. »Aber nicht heute und nicht morgen.«

Im gleichen Moment wurde der Reißverschluss des Iglu-Zeltes geöffnet. Eine Blondine steckte ihren Kopf durch die Öffnung. »Seid ihr fertig? Ich brauch ein neues T-Shirt.« Sie schlüpfte in das Zelt und begann, neben Andreas in einer Reisetasche zu wühlen.

»Irgend so 'n Spinner hat mir seinen Met über die Titten gekippt.« Sie zog ihr Shirt über den Kopf und warf Andreas einen giftigen Blick zu, während sie ihren BH zurechtzupfte. »Gaff nicht so!«

Andreas hob seine Hände und riss die Augen in Unschuld auf. »Sorry, ist doch nichts, was du verstecken müsstest.«

Die Blondine verdrehte die Augen und kroch wieder aus dem Zelt. »Heute Nacht bist du hier aber verschwunden, klar?«

»Hier können doch locker drei Leute liegen«, versuchte Andreas sein Glück.

»Nee, garantiert nicht! Und nimm deine Sperma-Tüte mit raus, wenn du gehst«, fauchte sie mit Blick auf das benutzte Kondom in der Zeltecke.« Die Blondine sah zu ihrer Freundin. »Denk dran, Jule. Um sechzehn Uhr Essenfassen im Biergarten. Heute können wir uns noch 'ne vernünftige Mahlzeit leisten.«

Jule nickte und ließ sich rückwärts auf ihren Schlafsack fallen. »Dann bin ich wieder nüchtern«, murmelte sie mit geschlossenen Augen. Ihre Hand tastete nach dem Mann neben ihr. »War echt geil mit dir. Vielleicht sehen wir uns Mittwoch beim Karaoke? Da bin ich auf jeden Fall dabei.« Sie drehte den Kopf und öffnete die Augen. »Wie heißt du noch mal?«

»Andy.«

»Okay, Andy«, sie schloss die Augen wieder, »zieh den Reißverschluss zu, wenn du verschwindest.«

Andreas Stobling nahm noch ein paar Schlucke von dem Bier. Schließlich stopfte er seinen Zigarettenstummel in die Öffnung und ließ die Dose stehen. »Scheiß warme Brühe.«

Nach einem letzten Blick zu der mit offenem Mund dösenden Frau nahm er seinen Rucksack und schlüpfte aus dem Zelt. Er reckte sich ausgiebig. Der Platz vor dem Zelt, das er gerade verlassen hatte, wirkte im Gegensatz zu denen der benachbarten Zelte äußerst aufgeräumt. Links neben ihm sah es aus, als wäre ein Spirituosenlager in die Luft geflogen. Leere Wodka- und Rumflaschen teilten sich den Platz mit Dutzenden Bierdosen. Wie Fremdkörper wirkten zwei plattgetrampelte Orangensaftflaschen dazwischen. Mehr oder weniger leer gegessene Papp- und Plastikteller rundeten das Bild ab.

»Ihr habt 'ne geile Party gehabt, was?«, grinste Andreas Stobling, als aus dem Sechsmann-Zelt ein Jugendlicher auftauchte und ein zum Trocknen aufgehängtes Shirt von der Zeltleine zog.

»Darum sind wir doch hier, oder?«, grinste der Junge ihn an.

»Ihr habt nicht zufällig heute Nacht noch einen Platz zum Pennen frei?«

»Boah, nicht wirklich. Wir quetschen uns selbst schon wie die Spargel im Glas.«

Andreas Stobling winkte ab. »Kein Problem. Der Tag ist noch lang, ich werd schon noch was klarmachen. Vielleicht find ich ja auch noch meinen Kumpel. Der wollte das Zelt mitbringen. Aber der Arsch hat mich versetzt. Wir waren gestern vorm Wacken-Office verabredet, aber er ist nicht aufgetaucht. Ich versuch's heut noch mal zur gleichen Zeit.«

»Na, dann hau rein, Alter«, nickte der Junge, stellte sich zwischen sein Zelt und den daneben geparkten Renault und pinkelte ausgiebig auf die Grasfläche unter dem Kofferraum.

Andreas bahnte sich seinen Weg durch das Campingareal. Länderflaggen an Zelten und Autos demonstrierten, dass eingefleischte Metalheads bereit waren, Tausende von Kilometern zurückzulegen, um bei diesem Mega-Event dabei zu sein. Es gab keinen Kontinent, der nicht vertreten war. In die Geräuschkulisse aus harten Bässen, Gelächter und Gesprächsfetzen mischte sich das Dröhnen der diversen Notstromaggregate. Er grunzte zufrieden. Das war Festivalleben live.

Sein Ziel war eine der Grillbuden auf dem Wackinger-Gelände. Ohne Zelt und Campingkocher musste er auf das Angebot am Platz zurückgreifen. Und das ärgerte ihn, denn es kostete ihn mehr

Geld, als er ausgeben wollte. Gut, dass seine Schwester ihm den Fuffi doch noch zugesteckt hatte.

Ärger. Ein Gefühl, das ihn nicht allzu oft beschlich. Denn eigentlich war das Leben ein Honigtopf. Auch wenn Conny gern das Gegenteil behauptete. Aber was war verkehrt daran, an den Süßigkeiten des Lebens mal hier, mal dort zu naschen? Die Sonne zu suchen, die Wärme, die Lust. Er war nicht geboren für ein Leben mit festem Wohnsitz, Beruf und Familie.

Er hatte den Rand des Campingplatzes erreicht und reihte sich auf dem Weg Richtung Wurstbude in die Schar der Leute ein. »Ich bin eine Hummel«, quatschte er grinsend ein Mädchen neben sich an und hob seine Arme zu Flatterbewegungen. »Willst du mein Blümchen sein?«

Das Mädchen hob nur die Hand und zeigte ihm den Mittelfinger.

»Braves Mädchen«, lachte er und begann ein Lied zu pfeifen. Der Ärger war wieder verflogen. Tommy würde schon noch auftauchen. Nichts und niemand würde seinen Kumpel dazu veranlassen, Wacken sausen zu lassen!

★★★

Wilfried Knebel legte das Telefon auf den Tisch des Besprechungszimmers, nachdem er das Gespräch beendet hatte. »Die Eutiner Hundertschaft ist unterwegs«, klärte er sein Team auf. »Wir brauchen jetzt das Foto von Andreas Stobling.« Fragend blickte er Lyn an.

»Cornelia Stobling muss jeden Moment damit eintreffen«, sagte sie.

»Okay«, nickte ihr Chef, »dann sofort damit zum Vervielfältigen und an die Bereitschaftspolizisten verteilen, sobald sie hier sind. Das kannst du übernehmen, Lurchi. Und ich will nicht einen von denen sehen, der *mit* dem Foto in der Hand über das Festivalgelände latscht. Bläue ihnen ein, dass sie sich das Bild einprägen müssen. Sie dürfen nicht als Polizisten zu erkennen sein.«

»Wie kommen die Eutiner auf das Gelände?«, fragte Lukas.

»Ich fahre jetzt direkt nach Wacken und rede mit dem Veranstalter«, antwortete Wilfried. »Wir brauchen jede Menge Otto-Normalverbraucher-Eintrittsbändchen für die Kollegen aus Eutin und für uns. Ich habe die übrigen Abteilungen gebeten, uns jeden Mann abzustellen, der übrig ist. Je mehr Leute das Gelände durchfilzen, desto größer ist die Chance, dass wir Andreas Stobling finden. Und dann setze ich mich mit Staatsanwalt Meier in Verbindung. Bei dem Sachstand sollte es nicht allzu schwer sein, ihn für einen Durchsuchungsbeschluss für das Haus von Werner Schwedtke zu begeistern.«

»Ein Foto von Schwedtke wäre auch nicht schlecht«, sagte Hendrik. »Das könnten wir dann gleich mit verteilen. Vielleicht treibt der sich auf dem Gelände rum.«

»Eine gute Idee«, nickte Wilfried.

Die Tür des Besprechungsraumes wurde geöffnet, und Kommissariatssekretärin Birgit trat ein. »Chef, ich habe hier eine Frau Stobling«, sie deutete mit ihren lila lackierten Nägeln hinter sich.

»Willkommen«, winkte Wilfried die Schwester von Andreas Stobling herein. »Wir warten schon auf das Foto.«

Cornelia Stobling hielt drei Fotos in der Hand. »Suchen Sie sich das beste heraus«, sagte sie, während sie unsicher in die Runde blickte. »Was … was passiert denn jetzt?«

»Wir werden Ihren Bruder suchen«, klärte Lyn sie auf. »Zusätzlich zu den sowieso auf dem Gelände eingesetzten uniformierten Beamten haben wir Bereitschaftspolizisten aus Eutin angefordert, die uns helfen werden, in ziviler Festival-Kluft das Gelände in Wacken zu durchkämmen. Und ab Donnerstag werden wir ihn ausrufen lassen.« Sie zögerte kurz. »Mit dem Hinweis, sich bei uns zu melden.«

Cornelia Stoblings Wangen färbten sich rosa. »Sie haben Angst, dass der Mörder da auch rumläuft, nicht wahr? Dass er meinen Bruder da sucht. Das … das denke ich nämlich auch. Ich habe die ganze Nacht kein Auge zugemacht.«

»Machen Sie sich bitte keine Sorgen«, sagte Lyn ruhig, »wir werden Ihren Bruder finden.«

»Ich soll mir keine Sorgen machen?« Die Stimme Cornelia Stoblings klang jetzt schrill. »Da draußen läuft ein Irrer rum, der meinen Bruder abknallen will! Und genau darum werde ich jetzt nach Wacken fahren und meinen Bruder suchen. Ich …

ich brauche dafür ein Eintrittsbändchen. Aber das Festival ist ausverkauft. Und darum besorgen Sie mir das!«

Lyn tauschte einen besorgten Blick mit Wilfried. »Frau Stobling, das ist keine gute Idee. Sie sind – verständlicherweise – sehr aufgeregt, und das kann im Zweifelsfall mehr schaden als nutzen. Also haben Sie bitte Verständnis, dass …«

»Nein!« Cornelia Stobling unterbrach Lyn laut und deutlich. Die Hysterie war aus ihrer Stimme verschwunden. »Andreas ist die einzige Familie, die ich noch habe. Unsere Eltern sind gestorben, als er fünfzehn war. Seitdem habe ich mich um ihn gekümmert … Sie sorgen dafür, dass ich Zutritt bekomme, oder ich muss andere Wege finden. Und ob das dann der Sache dient, wage ich zu bezweifeln. Hören Sie, ich will meinen Bruder bestimmt nicht in Gefahr bringen. Ich … ich will einfach nur dahin. Und mithelfen. Bitte! Das würde Ihnen doch genauso gehen.«

»Also gut«, nickte Wilfried Knebel. »Sie kriegen Ihr Eintrittsbändchen. Aber Sie dürfen niemanden nach Ihrem Bruder fragen, da wir nicht wissen, wer Freund oder Feind ist. Halten Sie nur Ausschau nach ihm. Wenn Sie ihn finden, rufen Sie uns sofort an.« Er schrieb die Nummer auf einen Zettel. »Und jetzt warten Sie bitte draußen.«

Der Hauptkommissar rieb sich die Hände, nachdem sich die Tür hinter Cornelia Stobling geschlossen hatte. »Wir haben ein paar heiße Tage vor uns. Packen wir's an. Hendrik und Lurchi können sich mit auf die Suche machen. Und du, Lyn, hörst dich bitte im Ort um. Wir brauchen Infos über Festival-Hasser. Anschließend kannst du dich an der Suche beteiligen. Ich werde auch noch Kollegen aus anderen Kommissariaten akquirieren.«

Lyn nickte. »Ich könnte dir den Weg zu den Veranstaltern des Festivals abnehmen. Du hast hier doch genug zu koordinieren. Vielleicht haben sie einen Tipp für uns. Und ich werde Werner Schwedtkes Nachbarin noch einmal aufsuchen und ihr das Foto von Andreas Stobling zeigen. Dann wissen wir sicher, ob er der Begleiter von Thomas Lug war.«

»In Sachen Festival-Hasser hab ich einen heißen Tipp«, hakte Thilo ein. »Meine alte Bio-Lehrerin führt seit Anbeginn einen aussichtslosen Kampf gegen das Festival. Sie wohnt quasi in direkter Nachbarschaft zum Gelände. Besuch sie doch mal, Lyn.

Die wird sich schön auskotzen. Vielleicht kommt auch was Verwertbares dabei rüber.«

»Deine Lehrerin? Dann solltest du das machen«, sagte Lyn.

»Oh, nee, nicht die alte Kerlmann!« Er klimperte mit den Wimpern. »Bitte, Lyn. Ich geb dir auch ein Mittagessen aus.«

»Also gut«, griente Lyn. »Ich übernehme sie. Wird interessant sein, zu hören, was für ein Schüler du warst.«

»Ein mustergültiger.« Er lächelte unschuldig. »Oder wäre ich sonst bei der Polizei gelandet? … Und weil ich so mustergültig bin, sage ich dir auch, dass sie nicht Kerlmann, sondern Karlmann heißt. Renate Karlmann.«

Lyn musterte ihn. »Kerlmann? Gehe ich recht in der Annahme, dass Frau Karlmann kein elfengleiches Wesen ist?«

»Miss Marple ist ein Nichts gegen dich, Kollegin.«

»Schön, schön, dann kannst du den Mister Stringer machen, Thilo«, kam der trockene Kommentar von Wilfried. »Du kannst dich bei unseren Leuten umhören, wer wann wo in den letzten Jahren Anzeigen in Sachen Festival erstattet hat, und dich bei den entsprechenden Personen in Wacken umhören.«

»Ay, Sir! Aber … ich … äh …«, Thilo stammelte, »ist mein Urlaub jetzt etwa doch gestrichen?«

»Nein, nein, schon gut, Thilo«, winkte Wilfried ab, »ich würde dir nur im allergrößten Notfall deinen Wacken-Urlaub versauen.« Er lächelte Thilo an und schob im gleichen Moment die Fotografien von Andreas Stobling zu ihm rüber. »Nur, falls du ihm dort zufällig begegnest.«

Thilo starrte auf die Fotos. Einen kurzen Moment. Dann schob er sie mit einer Geschwindigkeit von sich, als würde radioaktive Strahlung von ihnen ausgehen. »Die will ich nicht sehen!« Er warf Wilfried einen bösen Blick zu. »Das hast du doch mit Absicht gemacht, Chef! Ich wollte nicht wissen, wie der aussieht. Du weißt ganz genau, dass ich jetzt nicht nach Wacken gehen kann, ohne jeden Typen, der mir entgegenkommt, anzustarren. Vielen Dank auch!« Genervt warf er sich in seinem Stuhl zurück.

»Ich verzeihe dir, dass du mir Absicht unterstellst«, sagte Wilfried, sichtlich zufrieden, zwei suchende Augen mehr zu haben.

»Und was mach ich?« Die Frage kam von Jochen Berthold.

Lyn sah an Hendriks Grinsen, dass er genau das Gleiche dachte wie sie. Jochen Berthold »auf« Wacken wäre genauso unauffällig wie die Queen beim Handtaschenkauf im Aldi-Markt.

Wilfried schien ihre Meinung zu teilen. »Du … äh … unterstützt mich von hier aus. Zuallererst muss das Foto von Stobling vervielfältigt werden. Dann müssen jede Menge Telefonate geführt werden. Und wir müssen überlegen, ob wir mit der Beschreibung des schwarzen Mannes an die Presse gehen. Vielleicht hat ihn außer dieser Karla Reimers noch jemand gesehen. Manchmal sind die Printmedien ja auch zu etwas nütze.«

★★★

»KLINGEL-MÖRDER SCHLÄGT ERNEUT ZU!«

Mit zusammengepressten Lippen las er die Schlagzeile der Boulevardzeitung und den dazugehörigen Text.

»Stefan K. aus Elmshorn wurde Freitagabend mit einem Kopfschuss aus nächster Nähe in seiner Wohnung hingerichtet, während seine Kinder in ihrem Zimmer schliefen«, lautete der Untertitel. Ein Foto von Stefan Kummwehl prangte neben dem Text auf der ersten Seite.

Immer wieder las er die Zeile. Stefan K. … Stefan K. …

Seine Finger zitterten, als er über das Foto des toten Mannes strich.

Nach einem Moment der Stille krallte er seine Finger in die Zeitung und zerknüllte das Bild.

»Stobling! Das wirst du büßen!«

★★★

Zufrieden verließ Lyn das Büro des Mega-Festival-Veranstalters. Mit dem Hinweis auf strengstes Stillschweigen hatte sie die Leitung in Wacken über den Sachverhalt informiert, soweit er relevant war. Bestürzung und Unglauben aufseiten der Veranstalter waren schnell der Bereitschaft zu jeglicher Hilfeleistung gewichen. Umgehend hatten Eintrittsbändchen für die Bereitschaftspolizei Eutin und die zusätzlich akquirierten Beamten aus Itzehoe bereitgelegen.

Lyn hatte auf Wilfrieds ausdrücklichen Wunsch – auf den

Staatsanwalt Meier mit Sicherheit bestanden hatte – veranlasst, dass das Festival auf jeden Fall in seiner gewohnten Form stattfinden konnte und sollte. Nach dem bisherigen Ermittlungsstand konnte man schließlich von einem Täter ausgehen, der gezielt nach einer Person suchte und nicht wahllos in die Menge schießen würde.

Gedankenverloren schloss Lyn den Dienstwagen auf. Eine Garantie für absolute Sicherheit gab es sowieso nie. Auf dem gigantischen Camping-Areal waren Kontrollen der Zelte und Fahrzeuge nicht möglich. Und bisher auch nie nötig gewesen, denn, wie sie gerade gehört hatte, wollten die Leute hier seit nunmehr dreiundzwanzig Jahren »einfach nur 'ne geile Party feiern«.

Lyn gab die Adresse von Renate Karlmann in das Navi ein. Sie war gespannt auf die zu erwartenden Informationen von Thilos alter Lehrerin. Genervt sah sie auf, als eine Gruppe Jugendlicher sich mit einem Ghettoblaster, der auch das ausverkaufte Münchner Olympiastadion unterhalten hätte, direkt neben ihrem Wagen postierte. Kam hier eigentlich auf jeden Einwohner eines dieser Megateile?

Kopfschüttelnd drehte sie das Autoradio auf, um Adeles neuesten Song auf R.SH zu Ende hören zu können. »Das ist Musik«, grummelte sie und folgte den Anweisungen des Navis. Als sie in den Mühlenweg einbog, winkte ihr jemand wie wild vom Bürgersteig zu. Thilo.

Sie hielt an und ließ die rechte Seitenscheibe herunter. Aber Thilo riss die Tür auf und ließ sich auf den Beifahrersitz fallen.

»Ich habe mich entschlossen, meiner alten Lehrerin doch mal Guten Tag zu sagen. Nimmst du mich mit?«

»Klar.« Lyn fuhr wieder an. »Aber nur, wenn du ihr nicht sagst, dass du Wacken-Fan bist. Dann erzählt sie vielleicht gar nichts.«

»Ich bin doch kein Schwätzer … Da vorn ist es schon. Das Haus mit der Friedhofshecke. Findest du Koniferen nicht auch schrecklich? Ich bin gespannt, ob sie noch einen Hund hat. Damals hatte sie so einen erzhässlichen Pinscher. Sie hat das Viech sogar mal mit in den Unterricht gebracht. Yogi Möller hat unauffällig sein Wurstbrot an ihn verfüttert, und am Ende der Stunde hat Fiffi ihr auf die hellbraunen Wildledermokassins gekotzt. Werd ich nie vergessen. Eine der schönsten Schulstunden.«

Drei Minuten später standen Lyn und Thilo der pensionierten

Lehrerin gegenüber. Figürlich erinnerte sie Lyn keinesfalls an einen Mann, aber ihr kurzes, herrisches »Ja?«, als sie die Tür aufriss, hatte etwas Soldatisches. Sie stützte sich auf einer Gehhilfe ab, denn ihr linker Fuß steckte bis zur Wade in einem Gipsverband.

»Guten Tag, Frau Karlmann.« Lyn hielt ihren Ausweis parat.

»Harms. Kripo Itzehoe. Dies ist mein Kollege Steenbuck. Wir untersuchen einen Mordfall und würden Ihnen dazu gern einige Fragen stellen. Vielleicht haben Sie ein paar Minuten für uns?«

»Mord?« Ihr Kopf ruckte von Lyn zu Thilo. »Steenbuck? Ich kenn dich doch. Du bist Thilo.«

Lyn verkniff sich ein Grinsen. Einmal Schüler, immer Schüler.

»Ja, guten Tag, Frau Karlmann. Schön, Sie mal wiederzusehen.« Artig gab Thilo ihr die Hand.

Ihr knappes »Na!« ließ Skepsis heraushören.

Lyn musterte das breite Gesicht der Lehrerin. Die Knubbelnase und die herabhängenden Wangen, eingerahmt von einem grauen Pagenschnitt, erinnerten sie an eine Schauspielerin. Aber Lyn kam nicht darauf, an welche.

Als sie im Wohnzimmer Platz genommen hatten – Lyn und Thilo auf den beiden beigefarbenen Polstersesseln, Renate Karlmann neben einem schwarz-weißen Hund auf dem Sofa –, behielt die Lehrerin ihren Exschüler weiterhin im Blick.

»Polizist«, sagte sie. »Merkwürdig ... Dumm warst du ja nicht, aber vom Verhalten hätte ich dich eher auf der anderen Seite gesehen.«

»Auf der anderen Seite?« Thilos Entrüstung war so echt wie die Brüste von Daniela Katzenberger. »Da müssen Sie mich verwechseln. Ich hab Ihnen sogar mal die Tasche getragen.«

Frau Karlmann nickte. »*Daran* erinnere ich mich natürlich. Allein die Tatsache, dass ein ansonsten verhaltensauffälliger Quintaner vor dem Lehrerzimmer auf mich wartet, um meine Tasche zum Biologieraum zu tragen, hätte mich stutzig machen sollen.«

Ihr Blick wechselte zu Lyn, während sie von einem Teller auf dem Tisch einen Keks nahm, ihn in zwei Hälften zerbrach und beide an den Hund verfütterte. »Eine fette Kröte hockte in meiner Tasche, als ich in der Unterrichtsstunde mein Lehrmaterial entnehmen wollte. Leider habe ich die Klasse sehr enttäuscht, weil ich nicht in hysterisches Schreien ausgebrochen bin, sondern das

Prachtexemplar einer *Bufo calamita* genommen und nach draußen gesetzt habe … Da hätte dir etwas Besseres einfallen müssen, Thilo. Eine Biologielehrerin schockiert man nicht mit einer Kröte.«

Lyn musste sich zwingen, den Blick von dem Hund zu lösen, der begonnen hatte, mit erhobenem Bein ausgiebig seinen Genitalbereich zu lecken, und sagte: »Kommen wir zu unserem Anliegen.«

»Ja«, nickte Frau Karlmann. »Was habe ich mit einem Mord zu tun?«

»Es ist nichts Persönliches«, sagte Lyn. »Es geht um das Wacken Open Air. Wir haben gehört, dass Sie nicht zu den Befürwortern des Festivals gehören. Ist das richtig?«

»Und wie. Ich habe bereits meine Sachen gepackt. Ich reise heute Abend zu meiner Schwester nach Bonn. Mein Nervenkostüm – das sich eigentlich einer robusten Gesundheit erfreut – hält dieser grauenhaften Geräuschkulisse nicht stand. Und überall diese grässlichen Ghettopuster! Ich entfliehe diesem Sodom seit Jahren. Mein Gips erschwert zwar dieses Jahr die Reise, aber hier muss ich weg.«

»Ja, ist nicht jedermanns Musik, die da so aus den Ghetto*pustern* kommt«, gab Thilo ihr spöttelnd recht. »Die Geschmäcker sind halt verschieden.«

»Dieses Gedröhne bezeichne ich nicht als Musik.«

»Frau Karlmann«, ging Lyn dazwischen, »fallen Ihnen noch mehr Menschen ein, die das Festival – nun, sagen wir einmal – nicht schätzen. Oder gar hassen?«

Renate Karlmann verfütterte einen weiteren Keks an ihren Hund. »Hassen? Das ist ein starkes Wort. So weit würde ich nicht gehen. Aber enervierend ist es für sehr viele. Meiner Nachbarin wurde im vergangenen Jahr der Apfelbaum zerstört, weil alkoholisierte Halbstarke glaubten, darin Tarzan spielen zu müssen. Die Unverschämtheit einiger dieser Individuen ist es ja, was einem die Haare zu Berge stehen lässt. Sie machen vor Privatgrundstücken nicht Halt.«

Lyn war das nicht neu. Natürlich hatte es in all den Jahren Anzeigen wegen Ruhestörung und Belästigungen anderer Art gegeben, aber wegen dieser Kinkerlitzchen brachte wohl niemand drei Menschen um.

»Ja, und dann gibt es noch den Herrn Beutler«, fuhr Frau Karlmann fort. »Dessen Abneigung übertrifft die meine noch um ein Vielfaches.«

»Ach ja?« Lyn sah sie interessiert an. »Wie lautet sein Vorname?«

»Joost. Er heißt Joost Beutler. Viele halten ihn für einen Spinner, dabei ist er ein sehr gebildeter Mensch. Eigen, aber angenehm. Dass er diese *Metaller*« – sie sprach das Wort mit der größtmöglichen Verachtung aus – »für eine Art teuflische Sekte hält, kann man ihm nicht wirklich übel nehmen. Auch wenn es der Realität wohl nicht entspricht … Aki, nein! Bleib schön bei Frauchen.« Sie klopfte auf das Sofa, von dem der Hund gerade mit einem Satz heruntergesprungen war. Er nahm Kurs auf Lyn.

Notgedrungen strich Lyn ihm kurz über den Rücken, als er schwanzwedelnd neben ihrem Sessel stehen blieb. »Braver Hund … Ist das ein Mischling?«

»Himmel, nein. Akihito ist ein Japan Chin. Komm, Aki, bei Fuß!«

Zu Lyns Bedauern war Aki Gehorsam fremd. Stattdessen begann er, ihre Zehen in den Sandalen abzulecken. Krampfartig zog sie die Zehen ein, als sie die raue Zunge spürte. »Geh schön zu Frauchen.« Sie schob ihn – der Tatsache geschuldet, dass er mit derselben Zunge gerade sein Geschlechtsteil abgeschlabbert hatte – unsanft mit dem Fuß beiseite.

»Joost Beutler neigt zu einem gewissen religiösen Fanatismus«, fuhr Renate Karlmann fort, nachdem der Hund es sich wieder neben ihr bequem gemacht hatte. »Das fing einmal ganz harmlos an, aber er steigert sich von Jahr zu Jahr. Früher malte er Protestplakate und stand vor den Eingängen zum Festivalbereich. Dann hat er die Leute direkt auf dem Gelände angesprochen und versucht, sie zu seinem Gott-Verständnis zu bekehren.«

»Woher wissen Sie das alles, wo Sie doch jedes Jahr verreisen?«, fragte Thilo.

»So was spricht sich herum im Dorf. Und meine Nachbarin, Frau Suhrkamp, weiß auch viel zu erzählen. Sie lässt es sich nicht nehmen, jedes Jahr ein Mal während des Geschehens ihre Runde zu drehen. Wohlgemerkt, Frau Suhrkamp ist achtundsiebzig Jahre alt. Im letzten Jahr soll Herr Beutler auf dem Innenfeld ausgerastet sein. Weinkrämpfe soll er gehabt und sich erbrochen haben. Die

Sanitäter haben sich um ihn gekümmert und dachten, dass er sturzbetrunken sei, aber er war stocknüchtern. Herr Beutler trinkt nicht. Vielmehr hat er sich wohl aus Ekel erbrochen. Aus Ekel vor den Leuten um ihn herum. Das soll er jedenfalls behauptet haben. Und ich glaube es ihm aufs Wort.«

»Können Sie uns sagen, wo Herr Beutler wohnt?«, fragte Thilo. »Und was er beruflich macht?«

»Natürlich, Thilo. Dies ist schließlich ein Dorf. Er wohnt am Ende der Ostlandstraße. Tja, und sein Beruf ist wohl Heilpraktiker.«

»Nun, dann vielen Dank, Frau Karlmann. Ich denke, wir sind dann durch?« Thilo sah zu Lyn, und die nickte. Thilo stand auf. »Ihre Kekse sehen lecker aus. Selbstgebacken?«

Frau Karlmann nickte.

»Darf ich?« Thilo nahm ein Plätzchen, steckte es in den Mund und verzog Sekunden später seine Lippen. »Wa–?«

»Ja, so rächt sich die Gier«, nickte seine Exlehrerin. »Das sind Hundekekse, Thilo. Aus pürierter Leber, Frischkäse und Haferflocken gebacken. Aki liebt sie.«

Lyn riss sich zusammen, bis sie beim Auto waren. Dann brach das Gelächter aus ihr heraus. »Dein Gesicht!« Eine Träne lief ihr über die Wangen, während sie den Wagen aufschloss und die Tür öffnete. »Ich hätte ein Foto machen sollen. Schade.«

»Ja, sehr witzig, Kollegin«, motzte Thilo und ließ sich auf den Beifahrersitz fallen, nachdem er noch einmal in den Rinnstein gespuckt hatte. »Bah! Ekelhaft.«

»Brauchst du ein Taschentuch?« Sie wühlte in ihrer Handtasche herum.

»Ja. Und steig endlich ein, damit wir hier wegkommen.«

»Hier.« Sie warf Thilo ein Päckchen Papiertücher zu, nahm selbst eine kleine Folienpackung zur Hand und zog ein Feuchttuch heraus.

»Oh, das ist noch besser«, sagte Thilo und hielt die Hand auf.

»Es ist das Letzte, und das brauche ich.« Lyn stellte ihren rechten Fuß auf den Fahrersitz und wischte ihre Zehen gründlich ab. »Aki hat mich abgeschleckt.«

»Boah, für deine Füße verschwendest du das schöne Feuchttuch? Meine Lippen wären wichtiger gewesen.«

Lyn stopfte das gebrauchte Tuch kommentarlos in die leere Packung zurück und stieg ein. Thilo sah sie verwirrt an, als sie im gleichem Moment ausstieß: »Jetzt hab ich's: Gérard Depardieu!«

»Äh …?!«

»Frau Karlmann. Sie sieht aus wie Gérard Depardieu … Ich fahre jetzt zu diesem Joost Beutler. Willst du mitkommen?«

»Nee. Mich kannst du vorher zu meinem Wagen bringen. Da schreib ich doch lieber ein paar Berichte, als dass ich mir noch so einen Schwachsinn anhöre. Ghettopuster! Und ›Innenfeld‹ hat sie gesagt. Das heißt ›Infield‹.«

»Ist ja gut«, beruhigte ihn Lyn. »Dann kannst du dich vorher vielleicht noch mal bei den Veranstaltern über diesen Beutler schlaumachen. Vielleicht haben die noch Informationen über ihn.«

Thilos Miene war mehr als griesgrämig. »Ich werde das Alibi von der Kerlmann checken. Ich will wissen, ob die wirklich im Krankenhaus war.«

Lyn lachte auf. »Sie war jedenfalls *not amused*, als du sie im Rausgehen nach ihrem Alibi für die vergangene Woche gefragt hast. Du glaubst doch nicht wirklich, dass sie in irgendeiner Weise …«

»Der trau ich alles zu.«

Lyn griente nur.

Die Ostlandstraße zweigte von der Hauptstraße ab. Es war eine Sackgasse, die am Ende direkt auf das Haus Beutlers zulief. Das Grundstück bot einen völlig unerwarteten Anblick. Lyn hatte sich ein Sechzigerjahre-Modell mit akkurat geschnittenem Rasen und unkrautfreien Rosenbeeten vorgestellt. Die Negativbeschreibung Joost Beutlers hatte sie sofort an einen spießbürgerlichen Pedanten denken lassen, aber nun war sie angenehm überrascht.

Ein von Buchsbäumchen gesäumter Kieselsteinweg führte durch einen von bunten Stauden wimmelnden Garten zu der grün gestrichenen Haustür einer Reetdachkate. Auf der Holzbank neben der Tür hatte sich eine schwarze Katze zusammengerollt. Statt einer Klingel gab es einen Türklopfer in Löwenkopfform. Lyn pochte zweimal gegen das Holz. Es dauerte keine zehn Sekunden, bis sich die Tür öffnete.

»Ja, bitte?«

»Ich … äh … sind Sie Joost Beutler?« Lyn starrte ihr Gegenüber an. Der attraktive Mittfünfziger mit dem durchtrainierten, nackten Oberkörper und der Jeansshorts wollte – genau wie das Haus – nicht zu dem Bild des religiösen Eiferers passen. Seine blauen Augen strahlten sie an. Nur der Borstenhaarschnitt mit den rasierten Seiten wirkte hart.

Er lächelte. »Der bin ich. Was kann ich für Sie tun?«

Lyn erwiderte sein Lächeln. »Harms. Kripo Itzehoe. Ich hätte ein paar Fragen an Sie, Herr Beutler. Darf ich hereinkommen?«

»Kripo.« Sein Blick wanderte über ihr Gesicht. »Können Sie sich ausweisen?«

»Selbstverständlich.« Lyn zückte ihren Ausweis.

Während er das Plastikkärtchen genau studierte, glitt Lyns Blick in das Innere des Hauses. Ein großes, schlicht gerahmtes Bild auf dem kleinen Flur zeigte ein biblisches Motiv. Eine offen stehende Tür gab den Blick in ein helles Wohnzimmer frei.

»Ich wollte nur sichergehen, dass Sie nicht zur Presse gehören«, sagte Joost Beutler und gab ihr den Ausweis zurück.

Lyn steckte ihn ein. »Welches Problem haben Sie mit der Presse?«

»Ich werde von ihnen belästigt. Jedenfalls in der Zeit des …«, sein Mund verzog sich geringschätzig, *»Festivals.«* Er deutete auf die Bank neben der Tür. »Wollen wir uns nicht dorthin setzen? Bei dem kühlen Sommer bin ich für jeden Sonnenstrahl dankbar. Ich wollte mir gerade ein Glas Himbeersaft holen. Darf ich Ihnen auch eines anbieten? Die Früchte sind aus eigener Ernte.«

»Gern.« Sie setzte sich neben die dösende Katze auf die Bank, während er ins Haus ging.

Lyn hatte erwartet, dass er sich ein Hemd oder Shirt übergezogen hätte, als er mit den beiden Getränken wiederkam, aber sein Oberkörper war nach wie vor nackt, und sie fühlte sich auf eine eigenartige Weise unwohl, als er nach der Katze griff und sich neben sie auf die Bank setzte. Es fehlte Distanz.

Seine blauen Augen musterten sie aufmerksam. »Was kann ich für Sie tun?«

»Wir ermitteln in einem Fall, der möglicherweise mit dem Wacken Open Air in Verbindung steht. In diesem Zusammenhang befragen wir Leute, die dem Festival nicht sonderlich gewogen sind.« Sie sah ihm in die intensiv leuchtenden Augen. »Würden Sie sich selbst in diese Kategorie einordnen, Herr Beutler?«

Das gewinnende Lächeln war aus seinem Gesicht verschwunden. »Kategorie? Sie benutzen dieses Wort in einem falschen Zusammenhang. Haben Sie sich jemals mit den Kategorien befasst? Mit der Kategorienlehre des Thomas von Aquin in der Tradition nach Aristoteles? Und mit der Frage nach dem Göttlichen? Ich habe mich mit dem Für und dem Wider auseinandergesetzt.«

Lyn starrte ihn an. »Äh …«

Sein Lächeln kehrte zurück. »Verzeihen Sie, Frau Harms. Ich überfordere die Menschen des Öfteren. Dabei möchte ich doch nur, dass jeder begreift, dass Gott das einzig Wirkliche ist. Und in dem Wirklichen liegt die Betonung auf Wirken.«

»Ich habe davon gehört, dass Sie den Leuten Ihr Gottverständnis gern nahe bringen. Und darum bin ich hier.« Lyns Stimme hatte ihre Festigkeit wieder. Sie öffnete ihre Tasche und zog die Fotografien der ersten beiden Mordopfer aus ihrer Mappe. »Kennen Sie diese Männer oder haben Sie einen von ihnen schon einmal gesehen?«

Er nahm die Fotos in die Hand und betrachtete sie nacheinander. »Nein.«

»Sagen Ihnen die Namen Thomas Lug oder Henning Wahlsen etwas?«

»Nein.«

»Sind Sie sicher? Es könnte sein, dass die beiden im vergangenen Jahr während des Festivals etwas getan oder von sich gegeben haben, das irgendjemanden sehr viel Hass auf die beiden empfinden ließ.«

»Ich wünsche, Sie meinen nicht etwa mich.« Seine Finger glitten durch das Fell der Katze, sodass sie zu schnurren begann, während er einen fernen Punkt über Lyns Kopf fixierte. »Ich lebe in dem ständigen Bemühen, dem Göttlichen gerecht zu werden.« Er sah Lyn an. »Der Hass ist auf der anderen Seite. Wer dem Bösen huldigt, ist voll des Hasses.«

»Mit dem Bösen meinen Sie den Teufel? Und Teufelsanbeter?«

»Teufel!« Er lachte auf. »Das ist personifiziert. Kindermär. Nein, nein, ich meine das Böse. Das Gottabgewandte.«

Lyn versuchte in seinen Augen zu lesen. »Hier treffen sich junge Leute, um Musik zu hören und gemeinsam zu feiern. Natürlich kann man über den Death Metal geteilter Meinung sein. Aber glauben Sie, dass in all diesen Menschen das Böse wohnt?« Dass sie selbst eine Antipathie gegen die Songs der Death-Metaller hegte, ging ihn schließlich nichts an.

»In uns wohnt, was wir hereinlassen. Und darum geht es. Wir haben die von Gott gegebene Möglichkeit, zu wählen.«

Hatte er Tränen in den Augen? Lyn war sich nicht sicher. Was war von diesem Mann zu halten?

»In uns wohnt, was wir hereinlassen«, wiederholte Lyn, »weise Worte. Welcher Religion fühlen Sie sich zugehörig, Herr Beutler? Sind Sie Christ?«

»Ich fühle mich Gott zugehörig, sonst niemandem oder irgendetwas.«

Lyns Blick fiel auf seine Hand, die nach wie vor die Katze streichelte. Das eng anliegende, unlösbare Eintrittsbändchen des Wacken Open Air stach ins Auge.

»Sie haben vor, das Festival zu besuchen?«, fragte Lyn und deutete auf sein Handgelenk.

»Das entscheide ich noch. Vielleicht ziehe ich mich auch in meine Anglerhütte nach Dithmarschen zurück.«

»Wenn Sie diese Möglichkeit haben, verstehe ich nicht, warum Sie sich dann dieses jährliche Spektakel hier antun.« Lyn lächelte. »*Ich* wüsste, wo ich wäre.«

Sein Blick umfasste sie fast liebevoll. »Ich hege die Hoffnung, dass das Böse überwunden werden kann. Darum kann ich nicht einfach fliehen. Ich teile mich den Menschen gern mit.« Er stand auf und setzte die Katze auf die Bank zurück. »Und jetzt müssen Sie mich bitte entschuldigen. Ich habe noch einen Schüler, der gleich eintreffen wird. Oder haben Sie noch weitere Fragen?«

»Fürs Erste nicht.« Lyn stand ebenfalls auf. »Welche Art Unterricht geben Sie?«

»Ich verdiene mein Brot unter anderem mit der Musiklehre.« Er lächelte. »Klavier, Geige, Gitarre, Flöte. Spielen Sie ein Instrument?«

Lyn schüttelte den Kopf. »Nicht wirklich. Es gibt höchstens ein paar brachliegende Gitarren-Kenntnisse aus Jugendzeiten.«

»Sie sollten sie pflegen. Musik ist Labsal für die Seele und erhält sie rein.« Sein Blick veränderte sich und glitt über Lyn hinweg. »Wenn sie denn nicht missbraucht wird.«

Deutlich hallten in diesem Moment dumpfe Bässe zu ihnen. Eine Gruppe Jugendlicher zog mit einem Ghettoblaster die Straße hoch.

Lyn reichte ihm zum Abschied die Hand. »Auf Wiedersehen, Herr Beutler. Das war ein interessantes Gespräch.« Sie zögerte kurz. Eine Frage brannte ihr auf der Zunge, und sie war gespannt auf seine Antwort. Bisher hatte er sich zu den meisten Fragen eher schwammig geäußert.

»Wie stehen Sie zu dem Bibel-Satz ›Auge um Auge, Zahn um Zahn‹?«

Er lächelte. »Bevor ich zum Schwert greife, wähle ich als Waffe lieber das Wort.«

★★★

Andreas Stoblings Blick glitt über die Leute, während er kaute. Der Hunger hatte ihn erneut an die Grillbude getrieben. Verdammt, wo steckte Tommy? Er tunkte die Schinkenwurst in die Majo und biss ab. Conny hätte sich bei dieser Kombination geschüttelt.

Er leckte seine Finger ab, als eine Gruppe von fünf, nur mit Bikini-Oberteilen und Jeansshorts bekleideten Frauen sich langsam durch die Menge bewegte. Eine der Frauen – allesamt ethnisch den Slawen zuzuordnen – trug ein Schild vor sich her. »Ein Foto mit uns – *topless* – zehn Euro.«

Begleitet wurde die Truppe von einem langmähnigen, schwarzhaarigen Typen in schwarzem Ledermantel. Im Anschlag hielt er ein Maschinengewehr. Gebaut aus Wacken-Bierdosen.

»Ey, kann ich mich auch für lau mit euch fotografieren lassen? Bin grad 'n bisschen klamm.« Grinsend grölte Andreas es der Gruppe zu und steckte den restlichen Majo-Bratwurststummel in den Mund.

»Fick dich ins Knie, Arschloch.« Der Langmähnige sprach gelangweiltes, astreines Hochdeutsch und richtete den Lauf seiner MG auf Andreas' Genitalien.

»Wird schwierig, wenn du ihn mir mit deiner Mörder-Wumme wegballerst«, lachte Andreas.

Die Truppe zog wortlos weiter.

Andreas öffnete seinen Rucksack, holte die letzte Dose Bier heraus und nahm einen tiefen Schluck. Er brauchte Nachschub aus dem Supermarkt. Und wenn er sowieso schon im Dorf war, konnte er Werner einen kurzen Besuch abstatten. Vielleicht hatte Tommy sich ja entgegen der Absprache dort wieder eingemietet.

Er sah auf seine lederne Armbanduhr – ein Weihnachtsgeschenk von Conny. *Shit*. Jule hatte gesagt, dass sie die Schwertkämpfe in »Wackinger Village« nicht verpassen wollte. Und er hatte Bock, sie wiederzusehen. Warum bis zur Karaoke-Show warten? Das würde allerdings bedeuten, dass er zeitlich den Abstecher zu Werner Schwedtke nicht schaffte. Er setzte die Dose an die Lippen und trank den Rest des ungekühlten Biers in einem Zug aus. Nach einem herzhaften Rülpser schulterte er seinen Rucksack. Er musste Prioritäten setzen. Und das war eindeutig nicht Werner, sondern Jule und ein kaltes Bier.

SIEBEN

Lyn warf einen Blick auf die Uhr des Dienstwagens, während sie langsam durch Wacken fuhr. Es war kurz nach sechzehn Uhr. Werner Schwedtkes Nachbarin Kirsten Rettmann hatte ihr soeben – nach einem Blick auf das Foto von Andreas Stobling – bestätigt, dass er in den vergangenen Jahren der Begleiter von Thomas Lug gewesen war. Das Gartenhausmieter-Trio stand also definitiv fest: Henning Wahlsen, Thomas Lug und Andreas Stobling.

Sollte sie sich jetzt an der Suche nach Andreas Stobling beteiligen? Sie entschied sich dagegen. Die Bereitschaftspolizei war inzwischen – genau wie sie – mit einem Eintrittsbändchen in dem diesjährigen braunen Farbton ausgerüstet und auf dem Gelände ausgeschwärmt. Statt in Uniform in Jeans und T-Shirt. Also konnte sie ruhig noch eine Befragung durchführen. Vielleicht hatte sie Glück und erwischte Svenja Ploetz, die Freundin von Judith Schwedtke, zu Hause.

Sie setzte den Blinker und wendete auf der Hauptstraße. Als ihr Handy klingelte, wühlte sie es mit ihrer rechten Hand aus der Handtasche und nahm das Gespräch an.

»Hallo, Thomas!«, sagte Lyn erfreut. Sie hatte den Kommissar, der für das Sachgebiet 1 tätig war, seit Monaten nicht gesehen. Nach einer Krebserkrankung hatte er sich nach kurzer Wiederaufnahme des Dienstes doch für eine Auszeit in Form von Rehabilitation und Urlaub entschieden. »Du bist wieder im Dienst? Wie schön. Was kann ich für di—« Sie brach abrupt ab und trat auf die Bremse. Aus einer Gruppe schwarz gekleideter Jugendlicher, die die Straße überqueren wollten, hatte einer die Hand auf die Motorhaube des Dienstwagens gehauen.

»Moment«, sprach sie in den Hörer, fuhr das Stückchen zurück und ließ die Seitenscheibe des Mondeo herunter. »Hast du ein Problem?«, fauchte sie den Glatzkopf mit dem schwarzen »Hammerfall«-Kapuzenshirt an.

Er lehnte sich in das offene Fenster, in einer Hand ein Wacken-Bier. »Ist verboten, beim Fahren zu telefonieren, Mutti. Du könntest unkonzentriert sein und wehrlose Metaller totfahren.«

Seine Kumpel brachen in Lachen aus.

»Was vermutlich nur ein Verlust für die Spirituosen-Industrie wäre«, murmelte Lyn und ließ die Seitenscheibe wieder hochfahren, sodass er zurückweichen musste, und fuhr weiter. »Entschuldige, Thomas«, sagte sie, nachdem sie das Handy wieder aufgenommen hatte, »mir ist gerade ein alkoholisierter Schwachkopf blöde gekommen. Also, was gibt's, Herr Kollege?«

Thomas Martens teilte ihr mit, dass Wilfried ihn zu ihrer heutigen Begleitung auf dem Festival-Gelände auserkoren hatte.

»Okay«, verabschiedete Lyn sich mit Blick auf die Uhr, »ich habe noch eine Befragung vor mir. Dann muss ich kurz nach Hause zu meinen Mädels. Und ich muss mich umziehen. Mit meiner hellen Leinenhose und den Sandaletten wäre ich doch zu exotisch gekleidet, befürchte ich. Sagen wir, um neunzehn Uhr am Eingang Ende Hauptstraße? … Bis dann. Ich freue mich.«

Lyn hatte Glück. Das Haus im Fliederweg wurde von einem jungen Mädchen geöffnet. Die kleine Rothaarige trug schwarze Jeans und ein hautenges Wacken-Girlie-Shirt, unter dem der reichliche Hüft- und Bauchspeck deutlich zur Geltung kam.

»Hallo, bist du Svenja Ploetz?«, fragte Lyn, zückte ihren Ausweis und stellte sich vor. »Wenn ja, hätte ich ein paar Fragen an dich.«

»Ich bin Svenja«, sagte das Mädchen und starrte Lyn an. »Was ist denn los?«

»Kann ich reinkommen? Es geht um den Selbstmord von Judith Schwedtke. Sie war doch deine Freundin?«

Svenja nickte. Unsicher deutete sie ins Haus. »Wir können ja ins Wohnzimmer gehen. Meine Eltern sind nicht da … Aber was hab ich denn mit … mit Judiths Selbstmord zu tun?« Sie setzte sich auf die vorderste Kante des Ledersessels im Wohnzimmer, ohne Lyn einen Platz anzubieten. Lyn setzte sich auf das Sofa.

»Wir ermitteln in einem Mordfall. Und die Gründe für Judiths Freitod könnten eventuell damit in Zusammenhang stehen.«

»Mordfall?« Svenjas Augen über der sommersprossigen Stupsnase wurden riesig.

Lyn holte ihr Aufnahmegerät hervor. »Ich würde unser Gespräch gern aufzeichnen. Ist das okay für dich?«

Svenja nickte, begann aber vor Aufregung zu husten.

»Svenja, weißt du irgendetwas über die Motive für Judiths

Selbstmord? Von ihr selbst oder durch jemand anderen? Hat sie seinerzeit irgendwelche Andeutungen gemacht?«

Das Mädchen schüttelte den Kopf. »Nee, wirklich nicht. Das … das hätte keiner gedacht. Ehrlich. Sie war ja 'ne Zeit lang echt scheiße drauf, aber da … also in der Weihnachtszeit, ging's ihr eigentlich echt wieder gut.«

»Wann genau war sie denn scheiße drauf? Versuch bitte, das zeitlich möglichst genau einzugrenzen.«

»Hmm«, Svenja blies durch die Nase, »also nach den Sommerferien im letzten Jahr war das, würd ich sagen. Wir haben uns danach nicht mehr ganz so oft gesehen. Judith ist ja weiter zur Schule gegangen, aber ich hab 'ne Lehre als Bürokauffrau angefangen und nicht mehr so viel Zeit gehabt … Sie hatte plötzlich keinen Bock mehr auf Party am Wochenende. Und als ich sie gefragt hab, hat sie nur gesagt, ich soll nicht nerven, sie hat eben keinen Bock. Na, da hab ich sie eben gelassen.«

»Warst du ihre beste Freundin?«, hakte Lyn nach.

»Ja, schon. Ich war, glaub ich, ihre beste Freundin, sonst hatte sie nicht so viel Kontakt zu anderen Mädchen, außer ganz normal in der Schule eben.«

»Aber als beste Freundinnen habt ihr euch doch bestimmt ausgetauscht. Geheimnisse anvertraut und so weiter. Man vertraut seiner besten Freundin doch Sachen an, die man sonst niemandem sagt.«

Svenja zwirbelte eine rote Locke. »Normalerweise ja. Aber anvertraut hat sie mir gar nichts. Jedenfalls nichts echt Wichtiges. War mir dann auch irgendwann egal, weil ich ja noch mehr Freundinnen hab. Auch 'ne beste, und das war nicht Judith.« Sie hob ratlos die Schultern. »Ich glaub, Judith hat alles, was sie so runtergezogen hat, in ihr Tagebuch geschrieben. Das hat sie auch mit auf Klassenfahrt genommen und so … Da durfte keiner reingucken, und vorgelesen hat sie auch nichts daraus.«

»Ein Tagebuch!« Lyn setzte sich gerade auf. Davon hatten die Kollegen des Sachgebiets 1, die den damaligen Selbstmord bearbeitet hatten, nichts erwähnt. Da musste sie unbedingt nachhaken.

»Vielleicht hat sie Timo ja mehr erzählt«, berichtete Svenja freimütig weiter. Langsam schien sie Gefallen an dem Gespräch zu finden.

»Timo. Das war Judiths Freund? Der hat bestimmt auch einen Nachnamen?«

Svenja grinste. »Klar. Der heißt Timo Grümpert. War einen Jahrgang über uns, ist aber backen geblieben und nach den Sommerferien in Judiths Klasse gekommen. Hat irgendwann angefangen, sie anzubaggern, aber da war sie ja kacke drauf. Schließlich war er dann doch erfolgreich. Ich glaub, weil die beiden so 'ne Art Seelenverwandtschaft hatten.«

Lyn zog eine Augenbraue hoch. »Was heißt das?«

»Timos bester Freund ist im Herbst gestorben. Mirko war mit seinem Moped unterwegs, als ihn ein Lkw gerammt hat. War sofort tot … Da ging's Timo ziemlich scheiße. Aber ab da haben er und Judith sich gegenseitig aufgepäppelt. Hatten ja was gemeinsam, waren beide depri.«

Svenja lehnte sich in den Sessel zurück. Ein Zeichen, dass sie jetzt entspannter war. »Seit Oktober oder November waren die beiden fest zusammen. Judith war echt glücklich. Das hat man gemerkt. Und das war ja auch der Grund, warum keiner das gerafft hat, das mit dem Selbstmord. Noch dazu, weil sie ja auch gerade wieder Kontakt mit ihrer Mutter hatte. Da war ja auch jahrelang Sendepause.«

Lyn schnalzte mit der Zunge. Das Mädel entwickelte sich zu einem wahren Quell an Informationen.

»Weißt du Genaueres über die Beziehung zu ihrer Mutter?«

Svenja Ploetz überlegte kurz. »Nicht wirklich. Judith hat sie letztes Jahr ein paarmal besucht, und das war wohl ganz okay.«

»Dann danke ich dir, Svenja«, verabschiedete Lyn sich, verstaute das Aufnahmegerät und stand auf. Sie deutete auf das T-Shirt des Mädchens. »Cooles Shirt. Du willst wohl jetzt auch zum Festivalgelände?«

»Ich wollte gerade los. Normalerweise müsste ich ja bis siebzehn Uhr arbeiten, aber dienstags hab ich Berufsschule.«

»Warst du letztes Jahr auch auf dem Festival? Zusammen mit Judith?«

Svenja nickte. »Wir durften das erste Mal hin. Meine Mutter musste Judiths Vater echt lange bequatschen, bis er eingewilligt hat.«

»Bist du die ganze Zeit über dort mit Judith zusammen gewesen?«

»Nee, das waren ja drei Abende. Jeder hat sich mal abgesetzt.

Da trifft man schließlich irre viele Leute. Man zieht nicht immer mit den gleichen Leuten rum. Bühne, Biergarten, Wackinger … Keine Ahnung, wo Judith immer war.«

»Du hast gesagt, dass Judith nach den Sommerferien plötzlich schlecht drauf war. Bist du dir da ganz sicher? Oder kann es auch sein, dass sie schon vor dem Wacken Open Air in dieser depressiven Stimmung war?«

Svenja spielte mit ihrer Unterlippe. »Nee, beim Festival war sie voll gut drauf. Und vorher auch … Bei unserer Abschluss-Klassenfete nach dem Open Air ist mir das erste Mal aufgefallen, dass es ihr nicht gutging. Da war sie so komisch und ist gleich wieder verschwunden. Da dachte ich ja noch, dass es die Nach-wehen vom Festival waren.« Sie griente verlegen. »Wir haben da ziemlich viel getrunken.«

»Mit wem war Judith zusammen, als du sie am Festival-Samstag das letzte Mal gesehen hast?«

Svenja riss die Augen auf. »Keine Ahnung. Echt nicht. Am frühen Abend waren wir zusammen beim Wrestling in der ›Bull-head City‹. Danach sind wir mit ein paar Kumpels aufs Infield zu ›Kreator‹. Anschließend gab's ›Motörhead‹, aber da war sie dann, glaub ich, irgendwann weg. Und danach hab ich sie nicht mehr getroffen. Keine Ahnung, mit wem sie dann noch abgehangen hat … Sind wir jetzt fertig? Kann ich los?«

Bleib lieber zu Hause. Ein Irrer zieht vielleicht über das Ge-lände. Mit einer Waffe.

Die Worte lagen Lyn auf der Zunge, aber natürlich durfte sie sie nicht aussprechen. Darum nickte sie nur. »Alles Gute für dich.«

★★★

Cornelia Stobling warf die Kippe ins Gras, trat sie aus und blies den Qualm aus ihren Lungen in die Sommerluft. Eigentlich war sie Gelegenheitsraucherin, aber seit sie hier war, rauchte sie eine nach der anderen. Sie musste sich unbedingt mit einer neuen Schachtel »American Spirits«, die hier per Bauchladen an jeder Ecke verkauft wurden, eindecken.

Sie ging langsam weiter. Würde sie ihn jemals finden?

Andy, wo steckst du nur?

Das gesamte Areal hatte die Größe von zweihundertsiebzig Fußballfeldern. Das hatte sie gegoogelt. Am Abend in dem Zimmer des Hauses, in dem sie für die Festivaltage Unterschlupf gefunden hatte. Bei Freunden eines Kollegen der netten Kommissarin. Das Haus befand sich in dem kleinen Örtchen Gribbohm, das unmittelbar an Wacken angrenzte. Sie hätte sonst wer weiß wie lange fahren müssen, denn in Wacken und den umliegenden Dörfern war seit Monaten alles ausgebucht.

Die Wahrscheinlichkeit, Andy hier zu treffen, war so schrecklich gering. Aber zu Hause in Hamburg hätte sie auch keine ruhige Minute gehabt. Also, warum sollte sie nicht weiter suchen?

Während sie weiterging, suchte ihr Blick die Jägermeister-Hochsitz-Bar, von der Andy ihr im letzten Jahr begeistert berichtet hatte. Die Bar wurde an Stahlseilen langsam von einem Kran nach oben gezogen, und aus fünfzig Metern Höhe hatte man bestimmt einen phantastischen Ausblick über das Gelände. Da der Andrang für diesen Höhentrip so enorm war, musste man sich dafür per SMS bewerben, um einen Platz zu ergattern. Andy hatte im vergangenen Jahr Glück gehabt. Und das konnte sie auch gebrauchen. Die Chance, ihren Bruder von ganz oben zu erblicken, war zwar gleich null, aber beim langsamen Hinaufziehen bestand eine minimale Chance. Nur hatte sie den Jägermeister-Hochsitz bislang noch nicht entdeckt.

Im gleichen Moment stieß ihr Fuß an ein Hindernis. Mit einem Schreckenslaut fiel sie vornüber und landete hinter einem Körper auf der Rasenfläche. Ein stechender Schmerz zog durch ihren linken Handballen.

»Verdammt!« Warum musste ausgerechnet sie über einen der hier zuhauf mitten im Gelände liegenden Volltrunkenen stürzen, die ihren Rausch einfach auf dem Rasen ausschliefen? Und warum musste ihre Hand dabei mit dem einzigen herumliegenden scharfkantigen Stein Bekanntschaft machen?

Die alkoholisierte Stolperfalle gab nur einen genervten Grunzlaut von sich und schlief weiter, während Cornelia aufstand und die Wunde an ihrer Handinnenfläche begutachtete. Ein Pflaster hatte sie nicht dabei, und es würde vermutlich auch nicht viel nützen. Die Haut klaffte auseinander, und Blut quoll in nicht geringer Menge heraus.

Ein sich eng umschlungen haltendes Pärchen blieb neben ihr stehen. Die schwarz umrandeten Augen im blass geschminkten Gesicht des Mädchens ruhten auf Cornelias Wunde. »Dit sollteste ma lieber von de Sanis verarzten lassen.« Ihre mit weinroten Samtstulpen überzogenen Hände griffen nach Cornelias Hand. »Sieht nicht jut aus.«

»Meinst du?« Zweifelnd sah Cornelia das Gothic-Mädchen an.

»Klaro. Dit Sani-Zelt findste links vorm Einjang zum Infield.«

»Vielleicht hast du recht. Danke.«

Ihre Hand pochte, als Cornelia den beschriebenen Weg einschlug. Das große Sanitätszelt war nicht zu verfehlen. Mehrere Rettungswagen parkten daneben. Cornelia schluckte, als ihr Blick auf das direkt davorliegende Seelsorgerzelt fiel. Ein Platz, an dem man sich seinen Kummer von der Seele reden konnte – einen Moment lang schien es ihr verlockend. Aber bei der Suche nach Andy konnte dort auch niemand helfen. Auf der linken Seite fiel ein blauer Container ins Auge. Polizei. Cornelia ging weiter. So viele Freunde und Helfer in dieser eigenen kleinen Welt. Und doch fühlte sie sich allein wie nie zuvor.

Sie trat zur Seite, als ein mit zwei Personen besetztes Quad vor dem Sani-Zelt startete und an ihr vorbeifuhr. Sie blickte ihm hinterher. Ein Arzt auf dem Weg zu einem Patienten? Mit dem Quad konnte man vermutlich jede Ecke auf dem Zelt-Areal am besten erreichen.

Vor dem Sani-Zelt saßen auf den dort aufgestellten Bänken eine Handvoll Leute. Aufgeregt schwatzte einer von ihnen mit einem Sanitäter. Als Cornelia das Zelt betreten wollte, hielt der Sanitäter sie auf. »Wie können wir helfen?«

Cornelia zeigte ihm ihre Hand.

»Oh ja, kommen Sie bitte.« Er führte sie hinein und bat sie, sich auf eine der diversen Liegen zu setzen. »Eine Kollegin kommt sofort zu Ihnen.«

»Vielleicht tut's einfach ein Pflaster«, sagte Cornelia. »Wenn Sie mir eines geben …«

»Keine Hektik.« Das verbindliche Lächeln des Sanitäters blieb. »Wir sind doch nicht auf der Flucht.« Er ging zu einer jungen Frau in roter Hose und weißem Shirt und sprach mit ihr.

Cornelias Blick wanderte durch das Zelt. Trennwände schufen separate Räume. Ganz vorn gab es eine Wand mit allerlei Plänen und Listen. Ein Sani nahm gerade eine Eintragung vor, nachdem er einen Karton mit Verbandsmaterial auf dem Tisch davor abgestellt hatte.

Cornelias Blick verharrte einen Moment auf dem Megaphon, das auf dem Tisch stand. Welchen Zweck mochte es hier erfüllen? Ganz kurz kam der Gedanke hoch, es einfach mitzunehmen, über das Gelände zu laufen und Andy damit auszurufen. Damit würde sie ihn vielleicht erreichen.

»So, dann wollen wir uns mal Ihre Verletzung ansehen.« Eine schwarzhaarige Sanitäterin stand lächelnd neben ihr und griff nach ihrer Hand. »Na, da reicht ein Pflaster aber nicht aus. Ein Arzt wird gleich einen Blick darauf werfen.«

»So schlimm ist es nicht«, wehrte Cornelia ab. »Sie haben hier bestimmt ganz andere Fälle, oder?«

»Wir haben hier alles«, lächelte die junge Frau. »Vom Sonnenbrand bis zum Wespenstich, und von Flüssigkeitsmangel«, sie griente, »und damit meine ich Wasser, bis hin zum Flüssigkeitsüberschuss.«

»Und damit meinen Sie nicht Wasser«, versuchte Cornelia ein schiefes Grinsen, weil ihr nicht zum Lachen war.

Die Sanitäterin machte Platz für den Arzt. Er betrachtete Cornelias Hand und reinigte die Wunde. »Halb so wild. Wir müssen nicht nähen. Die nette Kollegin hier macht Ihnen einen hübschen und strammen Verband.« Er zwinkerte der Sanitäterin und Cornelia mit einem charmanten Lächeln zu und verschwand hinter der Trennwand.

»So, jetzt sind Sie wieder fit zum Feiern«, sagte die Sanitäterin, als Cornelia verarztet war. Dabei warf sie einen sehnsüchtigen Blick aus dem Zelteingang. »Ich wünschte, ich könnte auch nur zu meinem Vergnügen hier sein. Ich beneide Sie.«

»Beneiden?« Cornelia lachte unamüsiert auf. »Das sollten Sie nicht.«

Sie stand auf und ging mit einem »Dankeschön« hinaus in ihre persönliche Hölle.

★★★

Als Lyn am Wewelsflether Topkauf-Markt abbog, um ihren Stammparkplatz am Friedhofstor einzunehmen, parkte dort ein uralter grüner Renault Clio mit rot lackierter Fahrertür und einer mächtigen Beule am Kotflügel.

»*Shit!*« Ausgerechnet heute war alles zugeparkt. Sie fuhr rückwärts aus der Ministraße heraus und parkte direkt vor dem Supermarkt. Ihr Blick glitt über die Grabreihen, während sie zu ihrem Haus lief. Abrupt blieb sie stehen. »Miezi! Pfui!« Mit drei Schritten war sie bei dem großen Familiengrab direkt vor ihrer Haustür. Aber die Katze hatte ihr Geschäft gerade beendet und scharrte mit den Pfoten einen Hauch der frisch geharkten Erde darüber.

Lyn packte sie im Genick. »Wenn du schon auf die Gräber kackst, solltest du dir etwas mehr Mühe geben, das Corpus Delicti verschwinden zu lassen.« Sie setzte sie vor der Haustür ab. Die Katze würdigte sie keines Blickes und sprang auf die kleine Fensterbank vor dem Küchenfenster.

»Hallo, einer zu Hause?«, rief Lyn, nachdem sie die Haustür aufgeschlossen hatte. Es kam keine Antwort, aber im Obergeschoss war laute Musik zu hören. Sie schlüpfte noch auf dem Flur aus den Schuhen und der Hose, stopfte die Hose in die Waschmaschine und ging die Treppe hinauf. Sophies Zimmertür stand offen, aus Charlottes Zimmer kam die Musik. Lyn klopfte kurz und öffnete die Tür.

»Hallo, Lotte. Kannst du bitte Miezis Hinterlassenschaften von unserem Vorgartengrab samm–« Lyn brach erschrocken ab, als sie im Zimmer stand.

Zwei Augenpaare starrten sie an. Das eine wütend, das andere eher interessiert.

»Kannst du nicht klopfen?«, fauchte Charlotte ihre Mutter an und sprang vom Bett auf.

»Ich habe geklopft«, sagte Lyn, ohne ihre Tochter anzusehen, »aber die laute Musik …« Ihr Blick ruhte auf dem Jüngling mit dem nackten Oberkörper. Sie schluckte, als er jetzt aufstand. Dieser … dieser Schrank war Max? Er sah eher aus wie Nibelungen-Siegfried.

»Hallo. Äh … ich bin Max«, bestätigte Siegfried Lyns Annahme, griff nach seinem T-Shirt auf dem Boden und streifte es schnell über. Seinen strohigen Blondhaar-Pferdeschwanz zog er aus dem Ausschnitt.

»Schön, dass Max mit dir auch gleich deinen Slip kennenlernt«, giftete Charlotte Lyn an, während sie begann, die Knöpfe ihrer offenen Bluse zu schließen.

Slip? Lyns Wangen färbten sich. Stimmt, sie hatte ja keine Hose mehr an. Nun hieß es: Cool bleiben. Schließlich war sie nicht verklemmt.

»Ja, dann ... Hallo, Max. Ich bin Lyn.« Dabei ging sie langsam aus der Tür. Rückwärts. Schließlich bedeckte die cremefarbene Seide ihren Po nur notdürftig. »Vielleicht kommst du kurz mit, Charlotte?«, lächelte sie, »es gibt noch ein, zwei Dinge zu klären, bevor ich wieder verschwinde. Ich habe noch einen Einsatz heute Abend ... Tschüs, Max.«

Charlotte folgte Lyn auf dem Fuße in das Schlafzimmer und ließ sich mit genervter Miene auf das Bett fallen. »Du kannst echt peinlich sein, Mama.«

»Warum schließt ihr nicht ab?«, fragte Lyn, während sie sich eine Jeans anzog.

»Ich hab noch nicht mit dir gerechnet.«

»Ich bin auch nur kurz hier, um mich umzuziehen. Ich bin in Zeitdruck. Dann hat auch noch irgendein Typ seine Schrottkarre auf meinem Parkplatz abgestellt.«

Charlotte grinste. »Das lass mal nicht Max hören. Die Schrottkarre heißt Artus und gehört ihm.«

»Artus! Kein Wunder, dass Camelot sang- und klanglos in der Versenkung verschwunden ist.« Lyn zog ein schwarzes Basic-Shirt aus der Kommodenschublade. »Wo steckt eigentlich deine Schwester?«

»Carmen hat Muffins gebacken. Krümel ist zu ihr rüber.« Charlotte richtete sich im Bett auf. »Du, Mama, Carmen hatte für mich auch eine Überraschung. Sie hat mir und Max ihre Wacken-Karten vererbt, weil ihre neue Bettmaus sich das Bein gebrochen hat und sie jetzt auch nicht mehr gehen möchte. Max und ich wollen Freitag- und Samstagabend hin. Umsonst kommen wir da nie wieder rein. Ich darf doch, oder? Er fährt mich nachts auch wieder nach Hause. Er trinkt keinen Tropfen Alkohol, versprochen.«

Lyn wurde der Hals trocken. »Ich … du … Nein! Nein, du bleibst hier. Auf keinen Fall gehst du nach Wacken. Punkt.«

»Was?« Charlotte starrte sie an. Sie hatte mit dieser Antwort eindeutig nicht gerechnet. Und Lyn verstand sie, denn unter anderen Umständen hätte sie ihrer Ältesten erlaubt, das Festival zu besuchen. Aber die Umstände waren nun einmal nicht anders. Nur durfte sie ihrer Tochter das nicht sagen. Charlotte würde umgehend ihre Freunde informieren, wenn sie von einer eventuellen Gefahr hörte.

»Du kannst mir doch nicht …« Charlotte sprang vom Bett auf und griff nach Lyns Hand. »Häh? Ist das …? Du hast ein Eintrittsbändchen für Wacken?« Sie zupfte an dem Bändchen an Lyns Handgelenk herum, das sie soeben entdeckt hatte, und starrte Lyn an.

»Hab ich irgendwas verpasst? Wieso gehst du nach Wacken? Hatte Hendrik etwa auch Karten? Und das erzählst du uns nicht? Du gehst dahin und ich darf nicht? Das … das …« Ihre Stimme überschlug sich vor Ungläubigkeit.

Lyn zog ihre Hand zurück. *Shit.* Jetzt musste sie natürlich eine Erklärung abgeben. »Nun komm erst mal wieder runter, Lotte. Sehe ich aus, als würde ich freiwillig einen Fuß dahin setzen?«

Charlotte sagte kein Wort, sondern verschränkte die Arme vor der Brust und wartete auf weitere Ausführungen.

»Dieses Bändchen habe ich mir aus dienstlichen Gründen geholt. Wir ermitteln dort, und ich möchte nicht, dass du dich dort aufhältst.«

»Ach, aber die anderen siebzigtausend Leute dürfen. Ich –«

»Es tut mir leid, Charlotte«, unterbrach Lyn sie, »aber meine Entscheidung ist nicht diskutabel.«

Lyn drosselte ihren energischen Schritt, als sie auf der Hauptstraße den über dreißig Meter hohen Wackener Raiffeisenturm passierte, der sich in diesem Jahr in neuer Farbe präsentierte. Statt weiß-grün stach er jetzt wackenschwarz in den Himmel. Der obligate skelettierte Bullenschädel starrte aus dunklen Augenhöhlen von allen vier Turmseiten auf das kleine Dorf. Langsam ging sie weiter Richtung Festival-Eingang und hielt nach Thomas Martens Ausschau. Sie schien die einzige Unentspannte in dem

Pulk kommender und gehender Menschen zu sein. Lyn atmete kräftig aus. Und wenn schon! Schließlich war *sie* nicht zu ihrem Vergnügen hier.

Wo steckte Thomas? Sie blieb stehen und sah sich um. Die Masse der Leute war in Grüppchen oder paarweise unterwegs. Ihr Blick traf sich mit dem eines dunkelhaarigen Metallers in schwarzer Jeans und Scorpions-T-Shirt, der ein Stückchen außerhalb des Checkpoints stand. Lyns Blick wäre weitergewandert, hätte er nicht erfreut gewunken. Sie stockte und setzte sich erst in Bewegung, als er auf sie zulief.

Das … das war Thomas. Und auch wieder nicht. Blass, mager, glatzköpfig. So hatte sie ihn zuletzt gesehen. Der Mann, der jetzt vor ihr stand und ihr mit strahlenden braunen Augen die Hand reichte, ähnelte in nichts diesem Bild.

»Hallo, Lyn.«

»Wow, Thomas.« Lyn schluckte, als sie seine Hand nahm. »Ich hätte dich fast nicht erkannt. Du … du siehst gut aus. Gesund. Willkommen zurück.«

Er lachte auf. »Tja, zwei, drei Sonnenbäder und ein paar Haare auf dem Kopf machen schon eine Menge aus … Wollen wir?« Er deutete auf das Camping-Areal, das sie durchqueren mussten, um auf das Festival-Gelände zu gelangen.

Lyn grinste schief. »Wollen will ich eigentlich nicht, aber müssen muss ich wohl.«

»Phantastisch, oder?«, sagte Thomas, als sie langsam durch die Zeltstadt gingen, ihr Augenmerk auf die männlichen Bewohner gerichtet, die zuhauf und fast ausnahmslos gruppenweise vor ihren Zelten und Grills saßen und das Miteinander bei lauter Musik und Alkohol genossen.

»Irre!« Lyn war gleichermaßen fasziniert von den Ausmaßen des Geländes wie von der Kreativität etlicher Camper, die zum Teil ganze Wohnzimmer gestaltet hatten. Sofas, eine Stehlampe mit Fransen, Teppiche auf der vom vielen Regen durchmatschten Grasfläche und Rüschengardinen in Autos mit W.O.A.-Aufdruck. Einige Großgruppen hatten sich die Mühe gemacht, ihr Areal mit kleinen Zäunen zu umgeben, die Balkonkästen mit Geranien zierten.

»Ohne Kommissar Zufall werden wir ihn hier niemals finden«,

sagte Lyn. Sie sah Thomas von der Seite an. »Aber ich fange an, die Überstunden zu genießen. Es ist echt witzig hier.«

Er erwiderte ihr Lächeln. »Ich hab mich auch auf heute Abend gefreut.« Sein Blick umfing ihr Gesicht. »Sehr.«

Lyn wandte ihre Aufmerksamkeit schnell wieder den Metallern zu. Männer mit braunen Augen gehörten verboten.

Zehn Minuten später schlenderten sie durch den großen Biergartenbereich, den Fokus auf die Gesichter der Männer gerichtet.

»Meine Güte, so viele Leute! Und ab morgen werden es noch mehr werden. Dann haben wir gar keine Chance mehr.« Lyn musste ihre Stimme heben, um sich gegen den Lärm von der »Beergarden Stage« durchzusetzen, die im Gegensatz zu den Hauptbühnen auf dem Infield bereits bespielt wurde.

»Na, das passt doch«, sagte Thomas Martens und deutete auf die Bühne, »die ›Wacken-Fire-Fighters‹ *in concert*! Das sind die heimlichen Stars hier.«

Sie blieben stehen, um einen Blick auf den Wackener Feuerwehrmusikzug zu erhaschen. Vor der Bühne wurde fleißig geheadbangt.

»Höre ich richtig?«, fragte Lyn ungläubig und sah Thomas an. Der nickte lachend. »Die können nicht nur Marschmusik.«

Unter dem Jubel der Menge erstarben die letzten blechernen Töne von »Highway to Hell«.

Lyn konnte immer noch nicht glauben, was um sie herum geschah. Massen an Menschen schlängelten sich durch die Bankreihen oder saßen dort. Kaum einer ohne ein Bier vor sich, im Plastikbecher mit Wacken-Emblem oder im Ein-Liter-Humpen für den großen Durst. Etliche hatten schon genug und schliefen zwischen ausgelaufenem Bier und mehr oder weniger leer gegessenen Papptellern mit dem Kopf auf der klebrigen Tischplatte.

»Vielleicht ist es einer von denen«, sagte Thomas, während sie langsam weitergingen. Grinsend nickte er mit dem Kopf nach vorn. »Aber bitte nur in die Gesichter schauen, Frau Kollegin.«

»Iih!« Lyns Mundwinkel verzogen sich. »Dürfen die das?«

Sie sah noch einmal zu den vier Männern, die – allesamt nackt, bis auf einen Schlips – breitbeinig auf der Partybank saßen und die »Polonäse Blankenese« mitgrölten, die die »Fire-Fighters« jetzt zum Besten gaben.

»Die lösen wahrscheinlich eine Wette ein«, lachte Thomas. »Und es ist doch eine faire Sache. Weibliche Interessenten wissen gleich, was sie erwartet. Hast du gesehen, was auf dem Schlips steht?«

Lyn gestattete sich einen weiteren Blick, als sie die Nackten passierten. »*Heaven*« prangte in himmelblauen Buchstaben auf dem weißen Stück Stoff. Ein dicker Pfeil deutete nach unten.

»Herrje«, sagte Lyn stockernst, »bei dem zweiten von links hätte ich ›*Hells bells*‹ passender gefunden.«

Lachend nahm Thomas Lyns Arm und zog sie ein Stück zur Seite, als eine Horde junger Leute mit einer Polonaise an ihnen vorbeizog. »Ey, macht mit!«, grölte ein Riese im rosafarbenen Hasenkostüm Lyn ins Ohr, um gleich wieder in den Kanon seiner Truppe einzustimmen. »… mit ganz großen Schritten, und Erwin fasst der Heidi von hinten an die … Tittäään.«

Lyn blickte dem tanzenden Hasen hinterher. Rosa schien die zweitbeliebteste Metal-Farbe zu sein. Auf dem Campingplatz war ihnen bereits ein Metalhead im rosa Bademantel und geblümten Sommerhut begegnet, und vorn an der Bühne stand ein Kerl mit Wikingerzöpfen – ebenfalls im rosa Bademantel – und headbangte zu Gottlieb Wendehals.

Thomas neigte sich zu Lyn herüber, um nicht schreien zu müssen. »Stobling kann wirklich überall sein. Aber mehr als die Augen aufhalten, können wir nun mal nicht. Da drüben«, er deutete nach links, »stehen übrigens die beiden Hauptbühnen. Da brennt dann ab Donnerstag die Hütte.« Er lotste Lyn aus der Menschenmenge und führte sie an die noch gesperrten Ein- und Ausgangsschleusen zum Infield.

»Meine Fresse«, entfuhr es Lyn. Sie starrte auf die gigantische Konstruktion. »Das nenn ich mal Bühne! Und dann gleich zwei an der Zahl. So langsam beginne ich die Dimension des Ganzen hier zu verstehen. Das ist … wahnsinnig beeindruckend. So hatte ich es mir wirklich nicht vorgestellt.« Sie grinste. »Eigentlich hatte ich überhaupt keine Vorstellung. Ich muss sagen: Bis auf die zu erwartende Musik ist das wirklich ein klasse Feeling hier.«

Thomas Martens lachte laut heraus. »Bis auf die zu erwartende Musik‹ … Dem wahren Metalhead tränen jetzt die Augen.«

Sie blieben eine Weile im Biergartenbereich, dann machten sie sich auf den Weg zur »Wackinger Village«.

»Mein Handy«, sagte Lyn und zog es aus der Hosentasche, in der sie die Vibration gespürt hatte. »Hendrik? Ja, ich bin jetzt auf dem Gelände. … Treffen? Ja, okay.« Sie blickte sich kurz um. »Wir stehen auf dem Wackinger Gelände vor einer Bude, in der«, sie blickte auf die Schilder, »Met verkauft wird. Such einfach die hübscheste Bude, mit zwei Türmen. … Ja, bis gleich.«

»Hendrik stößt zu uns«, klärte sie Thomas Martens auf, »er ist in fünfzehn Minuten hier. Er sagt, es gibt Neuigkeiten.«

»Fünfzehn Minuten? Dann trinken wir jetzt einen Met«, sagte Thomas, reihte sich in die kurze Schlange ein und gab die Bestellung auf. Als er Lyn ihren Becher reichte, zwinkerte er ihr zu. »Alkohol im Dienst ist zwar nicht erlaubt, aber ohne fallen wir einfach zu sehr auf.«

Lyn lehnte sich mit dem Rücken gegen den kleinen Holztresen der Bude, trank einen Schluck und zog die Mundwinkel nach unten. »Von dem labberigen Zeug braucht es mehr als einen Becher, um mich dienstuntauglich zu machen. Da ziehe ich einen schönen Rotwein vor.« Sie stieß sich vom Tresen ab, als eine Horde junger Leute – augenscheinlich angetrunken – an die Bude stürmte und grölend nach Met rief.

Lyn glaubte nicht richtig zu sehen, als ein Mädchen in Jeansshorts und Bikinioberteil einen vollen Becher nahm und ihn einer anderen aus der Gruppe über den Kopf schüttete. »Für dich, du dumme Sssau. Vielleich läss du ja jetzt mein Freund in Ruh«, lallte sie dabei.

Die durchnässte Rivalin erholte sich relativ zügig von dem Schreck und krallte kreischend ihre Finger in die blonde Mähne der anderen. Zwei Sekunden später lagen beide Mädchen auf dem Boden und wälzten sich auf der plattgetretenen, sumpfigen Grasfläche.

»Geil, Pussy-Fight!«, rief ein Vorübergehender und blieb händeklatschend stehen.

»Oh!«, stieß Lyn entsetzt aus und drückte ihren Becher Thomas in seine freie Hand.

»Lass sie, Lyn«, rief er, als sie losstürmte, »die regeln das schon selbst. Guck doch, die Jungs gehen doch schon dazwi– … Scheiße!« Er warf die beiden Met-Becher zur Seite und war mit zwei Schritten bei Lyn, deren Hilfeleistung gerade von der

Geschädigten mit einem heftigen Schlag ins Gesicht gewürdigt worden war.

»Passt besser auf eure Kampfhennen auf!«, fauchte er die Jungen an, die inzwischen die Mädchen auseinandergezogen hatten. Er schob Lyn von der Gruppe weg.

»Verdammt! … Lyn, geht's? Komm, wir gehen zum Sani-Zelt.«

»Mist! Ich bin so blöd.« Sie spuckte das Blut, das aus ihrer aufgeplatzten Unterlippe in den Mund gelaufen war, auf den Boden. »Hast du vielleicht ein Taschentuch?«

»Nein, aber …« Er lief zu der Crêpes-Bude neben dem Met-Stand und griff einen Stapel Servietten.

»Lyn, das sieht wirklich fies aus«, sagte er besorgt und drückte ihr ein paar Servietten in die Hand, während er selbst begann, das Blut von ihrem Hals zu wischen.

»Was ist denn hier los?« Die laute Stimme neben ihnen klang mehr als wütend.

»Hallo, Hendrik«, brabbelte Lyn, die Servietten auf die Lippen gepresst, »sieht schlimmer aus, als es ist. Aber ich verspreche hoch und heilig, dass ich nie wieder so blauäugig versuche, zwei total besoffene Mädel auseinanderzubringen.«

»Und was machst du hier?«, giftete er Thomas an, während er vorsichtig Lyns Hand vom Gesicht zog, um sich die Wunde anzusehen. »Guckst zu, wie eine Kollegin zusammengeschlagen wird?«

Thomas Martens' Gesicht verlor einen Teil der sommerlichen Bräune. »Spinnst du? Pass auf, was du sagst! Ich konnte –«

»Thomas konnte wirklich nichts dafür«, ergriff Lyn Partei für ihn, »er hat ja versucht, mich zurückzuhalten.«

»Das sehe ich.«

»Bevor du dich hier noch weiter auslässt, ohne die Zusammenhänge zu durchblicken, solltest du Lyn lieber ins Sani-Zelt bringen«, sagte Thomas Martens ernst, »denn sonst mache ich das.«

»Verdammt, hört jetzt auf!«, blaffte Lyn dazwischen. »Ich bin nicht von der Nord-Ostseebahn überrollt worden, sondern meine Lippe blutet. Ich gehe jetzt zu den Sanis und hol mir ein Pflaster. Und dann wird weiter gesucht.« Sie drehte sich um und stapfte los.

Hendrik verdrehte die Augen. »Falsche Richtung, Gwendolyn. Das Sani-Zelt steht auf der anderen Seite des Platzes.«

So hoheitsvoll wie möglich drehte Lyn sich um und marschierte an den Männern vorbei.

»Was wolltest du denn nun Wichtiges berichten?«, fragte sie Hendrik, während sie sich zu dritt ihren Weg durch die Menge bahnten.

»Es geht um die Tatwaffe«, sagte er mit gedämpfter Stimme. »Die Überprüfung der Hülsen durch das BKA hat eine hundertprozentige Übereinstimmung mit einer Waffe ergeben, mit der vor achtundzwanzig Jahren ein Hamburger Juwelier bei einem Überfall seines Geschäftes erschossen wurde. Die beiden Räuber wurden nie gefasst, und die Waffe ist seitdem nie wieder aufgetaucht.«

»Das ist in der Tat interessant«, sagte Lyn. Sie sprach vorsichtig, denn ihre Lippe fühlte sich inzwischen an, als sei sie auf das Doppelte angeschwollen. Außerdem brannte die Wunde höllisch. »Gibt es Videoaufzeichnungen aus dem Juweliergeschäft?«

Hendrik nickte. »Wilfried hat sie angefordert. Dann hat er noch die Mutter von Judith Schwedtke für morgen früh ins Präsidium bestellt.«

»Und ich werde morgen ein Gespräch mit Timo Grümpert führen, dem Freund von Judith Schwedtke«, sagte Lyn. »Ich habe auf dem Weg hierher mit seiner Mutter telefoniert, er selbst war nicht zu Hause. Der schwirrt hier auch irgendwo rum.«

»Da vorn ist das Sanitätszelt, Lyn«, sagte Thomas Martens. »Ich kann mich jetzt wohl als dein Begleiter verabschieden. Bis es dunkel wird, kann ich noch in einige hundert Gesichter blicken. Und du solltest nach deiner Verarztung nach Hause gehen.«

»Dafür werde ich schon sorgen. Tschüs, Thomas.« Hendrik drehte sich ohne ein weiteres Wort um und machte sich auf die Suche nach einem Ersthelfer.

»Entschuldige«, brabbelte Lyn, während sie versuchte, die vom Blut festgeklebte Serviette vorsichtig von der Lippe zu lösen, »manchmal ist er einfach ein Idiot.«

Thomas beugte seinen Kopf zu ihr. »Stimmt. Aber vor allem ist er ein riesengroßer Glückspilz.«

Sein Lächeln, gepaart mit einem Augenzwinkern, trieb Lyn

die Röte in die Wangen. Sie blickte ihm nach, als er pfeifend seines Weges ging. Sein Shirt machte eindeutig breite Schultern. Als Hendrik seinen Arm um ihre Schulter legte, zuckte Lyn zusammen.

»Komm, der Arzt wartet auf dich.«

»Na, dann wollen wir uns die schlimme Lippe mal ansehen«, begrüßte der Mittvierziger im weißen Polo-Shirt sie.

»Die ›schlimme Lippe‹ hat bereits aufgehört zu bluten«, sagte Lyn leicht gereizt. »Sie tut nur weh.«

Der Arzt lächelte. »Wenigstens die Serviettenreste werde ich Ihnen entfernen. Setzen Sie sich kurz.« Er deutete auf einen Stuhl an der Zeltwand.

»Das ist ja riesig hier«, sagte Lyn, nachdem sie sich gesetzt hatte. »Aber bei diesem Massen-Headbanging gibt's ja auch bestimmt jede Menge Wirbelschäden.«

Er lachte. »Klar müssen wir den ein oder anderen akuten Schiefhals ins Krankenhaus weiterleiten, aber das hält sich in Grenzen. Die allermeisten sind geübte Headbanger … Aus Ihrer Betonung schließe ich, dass Sie keiner sind?«

»Ich kann mich beherrschen.«

»Versuchen Sie's ruhig mal. Es ist sehr befreiend, mal alles rauszulassen. Dazu ein paar martialische Schreie, so richtig aus den Tiefen des Bauches und der Brust. Stressabbau pur, sag ich Ihnen.«

Er nahm eine Pinzette zur Hand und begann vorsichtig, die Papierreste von ihrer Unterlippe zu lösen. »Es sind auch Kollegen von mir hier. Die lassen jetzt die Sau raus, und nächste Woche transplantieren sie wieder Herzklappen … So, das war's schon.« Er warf die Pinzette in ein Schälchen. »Und nicht wieder dazwischengehen, wenn kleine Mädchen sich zoffen.«

Lyns Grinsen war schief, weil die Lippe schmerzte. Hendrik hatte anscheinend einen genauen Bericht geliefert. »Danke, Doktor.«

»Nichts zu danken. Dafür sind wir ja hier.« Er stand auf, ging zu einem Schränkchen, nahm einen Blister aus einer Tablettenpackung und teilte ein Stück davon ab. Er drückte Lyn die Tabletten in die Hand. »Hier. Für die Schmerzen heute Nacht.«

Als Lyn ihre Krankenkassenkarte herausholte, winkte er lächelnd ab. »Geschenk. Auch wenn es sonst heißt: Umsonst ist nur der Tod.«

★★★

»See you later, guys«, verabschiedete sich Andreas Stobling von den vier Engländern, mit denen er den frühen Abend bei diversen Runden eiskalten Biers verbracht hatte, und griff nach seinem Rucksack. Seinen Schlafsack ließ er liegen. Die Jungs aus Liverpool hatten ihm in ihrem Riesenzelt einen Schlafplatz für die Nacht angeboten, und er hatte dankbar angenommen.

Er schüttelte kurz den Kopf hin und her, nachdem er sich aus dem Klappstuhl unter dem Vorzelt gelöst hatte, und kickte ein paar leere Bierdosen und zwei Captain Morgan-Flaschen mit dem Fuß zur Seite. Nüchtern war er auf jeden Fall nicht mehr. An Pennen war auch noch nicht zu denken. Die Engländer würden noch die ganze Nacht durchsaufen und laute Musik hören. Also würde er eine Runde über das Gelände latschen. Vielleicht traf er dabei den einen oder anderen Bekannten.

Eine halbe Stunde später hatte sich diese Hoffnung nicht erfüllt. Grunzend blickte er in die Gesichter der Leute, die ihm entgegenkamen. Zum zweiten Mal an diesem Tag nistete sich dieses Scheiß-Gefühl in seinem Kopf ein. Ärger.

Wieso hatte Tommy ihn hängen lassen? Er verdrängte Connys Bild, die ihn augenzwinkernd fragte: »Ein Königreich für ein Handy, Bruderherz?«

»Ich brauch ein Handy!«, grölte er in die dunkle Nacht.

»Hier, Alter! Aber mach's kurz«, drückte ihm ein Metaller sein Sony in die Hand.

»Scheiße, Alter, danke«, wehrte Andreas lachend ab, »war mehr 'n rhetorischer Wunsch. Ich weiß nämlich gar nicht die Nummer von dem Typen.«

Schulterzuckend steckte der andere sein Handy wieder ein und trottete weiter Richtung Zeltplatz.

Andreas blickte ihm hinterher. Das war Wacken. Das war es, warum er immer wieder herkommen würde. Es ging nicht nur um die geile Mucke. Hier waren sie eine große Familie. Hier wurde alles miteinander geteilt. Alles.

Grinsend drehte er sich um und marschierte Richtung Ausgang. Ein kleiner Spaziergang durch die Nacht und ein Blick in Werners Gartenhäuschen konnten nicht schaden. Vielleicht hatte Tommy-Mistsack sich tatsächlich ohne ihn dort einquartiert.

Vierzig Minuten später öffnete Andreas die Gartenpforte zu Werner Schwedtkes Grundstück. Er registrierte das Quietschen der Scharniere und den Schrei eines Käuzchens, weil keine wummernden Bässe mehr die Geräusche der Nacht verschluckten. Hier, in Werners Straße, war alles ruhig.

Zu ruhig, wie er missmutig feststellte. Hinter den Fenstern des Gartenhäuschens war es schwarz. Ebenso hinter den Hausfenstern. Dunkel und ausgestorben lag das Grundstück vor ihm. Ein fast unheimlicher Kontrast zu dem Leben auf dem Festivalgelände.

Er ging den kurzen Aufgang zum Haus entlang, bog aber zum Gartenhäuschen ab und lugte durch das dunkle Fenster in die Holzhütte. Es war nicht zu erkennen, ob die Zimmer bewohnt waren oder nicht.

»*Shit*, wo seid ihr denn alle?«, grummelte Andreas und nahm seinen Rucksack von der Schulter. Irgendwo musste er noch den kleinen Block und einen Kugelschreiber haben. Er würde Werner und Sweety Judith einen Gruß hinterlassen. Er hockte sich hin und suchte im Inneren des Rucksacks, als ein Geräusch – ein Stück von ihm entfernt – ihn aufblicken ließ. Das Knacken war gleich wieder verstummt, aber es war zu laut gewesen, um es dem leichten Wind zuzuschreiben.

Andreas kam hoch. »Hallo?« Mit zusammengekniffenen Augen plierte er in die Richtung, aus der das Geräusch gekommen war. »Ist da jemand?«

Es kam keine Antwort aus dem dunklen Teil des Gartens.

Wahrscheinlich nur eine dämliche Katze. Er wühlte weiter in seinem Rucksack, bis er Block und Kuli gefunden hatte. Im Licht seines Feuerzeugs krakelte er ein paar Wörter auf das karierte Papier. Aber das Gefühl, nicht allein zu sein, ließ sich nicht vertreiben.

»Hallo?«, rief er noch einmal.

Nichts.

Er griff seinen Rucksack und ging quer über den Rasen. Kurz vor dem Haus sprang der Bewegungsmelder an, und Andreas schloss für einen Moment geblendet die Augen.

»Dann hätt ich ja auch hier im Licht schreiben können«, sprach er mit sich selbst und klemmte den zusammengefalteten Zettel zwischen Tür und Rahmen. Herzhaft gähnend ging er den Weg zurück Richtung Bürgersteig. Sein Blick streifte kurz das am Straßenrand parkende Wohnmobil.

ACHT

Während Lyn Timo Grümperts Personalien aufnahm, musterte sie ihn. Er war ein hübscher blonder Bengel. Sportlich. Mit modischem Kurzhaarschnitt. So, wie man sich als Mutter den Freund seiner Tochter wünschte. Lyn verscheuchte das sich blitzschnell aufdrängende Bild von Charlottes Drachentöter.

Allerdings erfüllte Timo Grümpert augenscheinlich eine innere Unruhe. Er ruckte auf seinem Stuhl im elterlichen Esszimmer vor, dann wieder zurück, während seine Finger immer wieder über die Jeans strichen, so als müsse er Schweiß abwischen. Lyn hatte sich mit Bedacht dafür entschieden, ihn nicht in das Polizeigebäude nach Itzehoe zu beordern, sondern ihn in seinem Zuhause zu vernehmen. Sie sah gern, wie und wo die Menschen lebten.

»Ich frage mich, was der Grund für Ihre Nervosität ist, Herr Grümpert«, ging sie auf Angriff. »Vielleicht erzählen Sie es mir?«

»Nervös?« Er versuchte, sich so lässig wie möglich im Stuhl zurückzulehnen. »Wieso? Nee … Aber, ist ja schon komisch, wenn Sie jetzt noch was über Judith wissen wollen. Ich meine, worum geht's denn eigentlich?«

»Wir suchen nach der Motivation für Judiths Selbstmord.«

»Aber Sie haben doch gesagt, Sie sind von der Mordkommission. Was hat das denn damit … ich meine …«

»Wir untersuchen einen Mordfall, der eventuell in Zusammenhang mit dem Selbstmord von Judith Schwedtke steht.«

Seine Augen weiteten sich. »Aha.«

»Von mehreren Zeugen wissen wir, dass Sie der Freund von Judith waren und viel Zeit mit ihr verbracht haben«, schoss Lyn ins Blaue. »Ist das richtig?«

»Ja, schon.«

»Dann hat sie Ihnen bestimmt Dinge anvertraut, die sie sonst niemandem anvertraute?«

»Ähm … was meinen Sie jetzt … speziell?« Seine Finger spielten mit dem Festival-Eintrittsbändchen am linken Handgelenk.

»Mehrere Zeugen haben einvernehmlich ausgesagt, dass Judith

nach den Sommerferien auffällig depressiv war. Vielleicht wissen Sie den Grund dafür?«

»Da waren wir noch nicht zusammen.«

»Aber Sie könnte Ihnen später trotzdem gesagt haben, was sie bedrückte. Denn wir wissen, dass ihre Depression anhielt, bis sie mit Ihnen zusammenkam.«

Er verschränkte die Arme vor der Brust. »Ich weiß es nicht.«

»Herr Grümpert, Ihre Beziehung zu Judith Schwedtke, war die auch sexueller Natur? Hatten Sie Geschlechtsverkehr mit Judith?«

Lyn hatte eher erwartet, dass seine Wangen sich nach dieser Frage röteten, doch das Gegenteil war der Fall. Sein Gesicht verlor an Farbe.

»Nein.«

»Aber Sie waren doch in sie verliebt und auch schon mehrere Monate zusammen. Da wäre es doch nicht ungewöhnlich, dass man miteinander schläft.«

»Ich … wir waren noch nicht so lange … richtig zusammen. Wir waren vorher befreundet.«

»Aber Sie hatten vor, mit ihr zu schlafen. Irgendwann.«

Jetzt wurden seine Wangen rot, und der Tonfall seiner Stimme änderte sich. »Was stellen Sie denn für Scheißfragen? Irgendwann! Klar hätten wir vielleicht irgendwann miteinander geschlafen. Ist doch normal, oder?«

»Vielleicht hatte Judith ja einen Grund, warum sie nicht mit Ihnen schlafen wollte?«

»Ich … ich hab nicht gesagt, dass sie nicht wollte.«

»Wollte sie denn?«

Es kam keine Antwort.

Lyn atmete tief aus. Dieser Junge verschwieg ihr etwas. Aber was war es, das er nicht erzählen wollte? Sie entschloss sich, alles auf eine Karte zu setzen.

»Hat Judith Schwedtke jemals erwähnt, dass sie … vergewaltigt wurde?«

Er starrte sie an. Dann sprang er auf und ging zum Fenster. »Wie … wie kommen Sie auf so 'n Scheiß?«

»Hat sie oder hat sie nicht?«

»Nein!« Er rief das Wort laut heraus.

Lyn öffnete ihre Mappe und nahm die Fotografien der drei Getöteten heraus. »Kennen Sie diese Männer, Herr Grümpert?«

Er kam an den Esszimmertisch zurück und betrachtete die Fotos, dann sah er Lyn an. »Die kenn ich nicht. Was … was sind das für Leute?«

»Mordopfer. Und alle drei waren im letzten Jahr während des Festivals Mieter im Gartenhaus von Werner und Judith Schwedtke.«

Timo starrte wieder auf die Fotografien. Dann zuckte er mit den Schultern. »Ich kenn die nicht.«

»Alles klar«, lächelte Lyn, riss ein Blankoblatt aus ihrem Notizblock und notierte drei Daten mit Uhrzeiten darauf. »Dies ist jetzt reine Routine, Herr Grümpert. Das machen wir bei allen in einer engeren Beziehung zu Judith Schwedtke stehenden Personen. Wir möchten von Ihnen gern wissen, wo Sie sich während der jeweiligen Datums- und Uhrzeitangaben aufgehalten haben. Füllen Sie es in Ruhe aus. Bitte mit Zeugenangaben, soweit möglich. Und dann geben Sie mir die Angaben entweder per Fax oder Telefon durch. Meine Karte haben Sie ja.«

»Okay.« Er starrte auf den Zettel.

Sie stellte das Aufnahmegerät ab und legte die Fotografien in die Mappe zurück. Dass die Mappe dabei über den Rand des Esszimmertisches lugte, rächte sich, als sie ihre Tasche auf den Tisch schob, um das Aufnahmegerät und die Unterlagen darin zu verstauen. Sie streifte die Mappe, und die fiel hinunter. Sämtliche Fotos flatterten heraus, inklusive dem von Andreas Stobling, das sie Timo Grümpert nicht gezeigt hatte.

Timo hatte sich gebückt und half ihr, die Fotografien aufzusammeln. Ausgerechnet er erwischte das Foto von Andreas Stobling.

»Und wer ist das?«, fragte er, während er ihr das Foto reichte.

»Oh«, Lyn gab ihrer Stimme einen beiläufigen Klang, »das gehört gar nicht in diesen Ordner. Ein anderer Fall.« Schnell verstaute sie das Foto. »Das war es dann. Fürs Erste. Vielen Dank, Herr Grümpert.« Sie gab ihm die Hand.

Seine war schweißnass.

»Guten Morgen, Chef«, Lyn steckte ihren Kopf in Wilfried Knebels Büro. »Habe ich bei der Frühbesprechung etwas verpasst?«

»Setz dich kurz«, winkte er sie herein. Der Blick über seine Brille galt ihrer Lippe. »Hendrik hat schon von deinem gestrigen Körpereinsatz berichtet. Geht es denn?«

Lyn versuchte ein Grienen. »Ich bin eine Frau. Ich jammere nicht.«

»Das wollte ich hören«, lächelte er. »Die anderen sind bis auf Jochen und Lurchi alle wieder nach Wacken ausgeschwärmt. Mit der Tatwaffe sind wir noch nicht weiter. Die Kameraaufzeichnung aus dem Juweliergeschäft ist sehr unscharf. Im Grunde nicht verwertbar. Zwei Typen mit Skimützen und Trainingsjacken. Ich habe die Akten zu dem Raubüberfall angefordert … Hat das Gespräch mit dem Jungen etwas ergeben?«

»Er weiß angeblich von nichts. Aber ich bin mir sicher, dass er etwas verheimlicht. Hast du was von Meier gehört? Hat der Herr Staatsanwalt seine Einwilligung zum Durchsuchen des Schwedtke-Hauses gegeben? Ich will unbedingt da rein. Vielleicht finden wir Judiths Tagebuch.«

Wilfrieds Finger spielten mit den Büroklammern auf der Magnetdose, während er nickte. »Ich schätze, dazu wirst du heute noch Gelegenheit bekommen. Meier wollte sich heute Morgen gleich mit dem Richter in Verbindung setzen … Ah, wenn man vom Teufel spricht«, sagte er und blickte zur Tür.

Stimmen waren zu hören. Die hohe gehörte der Kommissariatssekretärin, die andere eindeutig dem Staatsanwalt.

»Ich glaube, Birgit ist heimlich in ihn verliebt«, murmelte Wilfried. »Sie gackert jedes Mal wie ein aufgeregtes Huhn, wenn er hier auftaucht.« Er sah Lyn an. »Kannst du Judith Schwedtkes Mutter übernehmen? Sie muss jeden Moment hier sein. Und dann können wir uns gemeinsam mit dem Kollegen Aschbach zu Schwedtkes Haus aufmachen. Denn ich gehe davon aus, dass Meier nicht nur mit Birgit plaudern will, sondern den Durchsuchungsbeschluss bei sich hat.«

★★★

Seine Hand glättete den karierten Zettel. Nicht zum ersten Mal. Auch den Text der Nachricht kannte er inzwischen auswendig.

Hallo Werner, hallo Sweety! Wollte euch besuchen und kurz Hallo sagen.
Macht's gut! Sehen uns ja vielleicht im nächsten Jahr. Bye, Andy Stobling

Sweety! Seine Finger zurrten kurz an dem Eintrittsbändchen an seinem Handgelenk. Es war Zeit zu gehen.

★★★

Dagmar Meifarts Lippen zuckten nervös, während sie sich in dem kahlen Vernehmungszimmer umblickte. Sie hatte ihre Einwilligung zur Aufzeichnung des Gespräches gegeben, und Lyn sprach Ort, Datum und Uhrzeit auf das Gerät.

»Hört das denn nie auf?«, fragte die Enddreißigerin, nachdem Lyn ihr gesagt hatte, worum es ging. Die grünen Augen leuchteten dunkel in dem aparten Gesicht. »Meine Tochter ist tot. Hat sich selbst getötet! Und jetzt ist immer noch keine Ruhe? Was … was soll sie mit all diesen Morden zu tun haben?«

»Vielleicht gar nichts«, sagte Lyn. »Aber wir können nicht ausschließen, dass die Morde Racheakte für etwas sind, das Ihrer Tochter zugestoßen ist, als sie noch lebte. Um genau zu sein: Wir reden von der Zeit in und nach den Sommerferien letzten Jahres.«

»Das ist ja … völliger Schwachsinn. Racheakte! Wer sollte denn … ich meine, wofür …?«

»Zwei der drei Toten waren Mieter des Gartenhäuschens Ihres geschiedenen Mannes. Zu exakt diesem Zeitpunkt.«

»Und?«

»Könnte Ihre Tochter von diesen Männern vergewaltigt worden sein? Hat sie Ihnen gegenüber irgendeine Andeutung einer solchen Tat gemacht?«

»Meine Güte, nein! Sie … Sie glauben, dass diese Männer …?« Voller Abscheu blickte sie Lyn an.

»Wir wissen es nicht.« Lyn musterte Judiths Mutter. Das aufgetragene Rouge betonte die blassen Wangen zu sehr, aber die unergründlichen Augen und die dunklen Locken machten sie zu einer Schönheit. Wie war eine Frau gestrickt, die ihr Kind ohne jeden Kontakt zurückgelassen hatte, um eine neue Beziehung einzugehen? Eine Frage, die Lyn beschäftigte, seit sie von dem

Wackener Kaufmann von Judiths Tod erfahren hatte. Für sie war es undenkbar, ohne ihre Kinder zu sein.

»Ist es richtig, dass Sie zu Judith erst in den letzten Monaten vor ihrem Tod wieder Kontakt hatten?«

Dagmar Meifarts Augen füllten sich mit Tränen. »Ich war so glücklich, als sie vor meiner Tür stand. Einfach da. Ohne sich vorher anzukündigen. Nach fast fünf Jahren, in denen sie nichts mit mir zu tun haben wollte.« Die Tränen rollten jetzt aus den Smaragdaugen.

»Natürlich hätte ich damals nicht einfach gehen sollen, ohne es ihr genau zu erklären. Aber ich ... ich war so fest davon überzeugt, dass sie zu mir kommen würde. Wenn ich erst Fuß gefasst hätte in Hamburg. Ich wollte doch erst alles für uns vorbereiten. Knuths Wohnung war ja nicht auf Kinder ausgerichtet. Aber ... aber Knuth – also mein jetziger Mann – war und ist nun einmal der Mann meines Lebens. Verstehen Sie?«

Sie sah Lyn um Verständnis heischend an. »Werner und ich ... das war anders. Eine Jugendliebe. Ich war mit einundzwanzig mit Judith schwanger. Wir haben geheiratet. Aber glücklich ... glücklich waren wir, glaube ich, nie. Werner war ja kaum zu Hause. Das Geschäft ging immer vor. Ich ... ich will ihn nicht schlechtmachen. Er war ein guter Vater, wenn er da war, aber mir hat dieses Leben nicht gereicht. Und dann kam Knuth ...«

»Haben Sie damals versucht, das Sorgerecht für Judith zu bekommen?«

»Natürlich! Aber ... das Gericht hat für Werner entschieden.« Bitterkeit sprach aus jedem ihrer Worte. »Judith wollte nicht zu mir. Und das Gericht hat in ihrem Sinne geurteilt.«

»Aber es gibt doch Besuchsregelungen.«

»Wie oft würden Sie ein Kind abholen, das sich schreiend mit Händen und Füßen wehrt, mitgenommen zu werden?« Die grünen Augen blitzten jetzt. »Er hat ihre kleine Seele vergiftet. Konnte nicht ertragen, dass ich ihn verlassen habe. Dass ich glücklich bin. Ich möchte nicht wissen, was er der kleinen Maus über mich erzählt hat.« Sie sah Lyn an. »Ich habe meinen Mann und mein Kind verlassen. Aber Opfer waren wir alle drei. Auch ich musste dafür büßen.«

Nach einem Moment des Schweigens fuhr sie mit einem kleinen Lächeln fort: »Ich habe nie ein einziges schlechtes Wort über Werner verloren, als Judith begann, mich immer öfter zu besuchen. Ich wollte diese zarte Pflanze Zuneigung, die sich wieder entwickelte, nicht zerstören. Ich habe ihr nur gesagt, wie es in mir aussah, als ich ging, und wie sehr ich sie all diese Jahre vermisst hatte. Ich glaube, ihre eigene Verliebtheit hat sie mich besser verstehen lassen. Und sie war vielleicht endlich alt genug, um selbst zu erkennen, dass ihr Vater nicht das verlassene Elend war, als das er sich gern hinstellte. Und dann … als sie sich dann … Ich frage mich seitdem, ob ich schuld bin. Ob ich wieder irgendetwas falsch gemacht habe.«

Lyn hatte ruhig zugehört. »Es tut mir sehr leid …« Sie strich Dagmar Meifart über den Unterarm. »Aber eine Frage gibt es noch zu klären. Wissen Sie von einem Tagebuch Ihrer Tochter?«

»Ein Tagebuch?« Judiths Mutter schüttelte den Kopf.

»Und Ihnen hat sie sich nicht anvertraut?«

Ein bitteres »Nein!« war die Antwort.

Lyn beendete die Vernehmung.

An der Tür drehte Dagmar Meifart sich noch einmal um. »Sie … Sie haben vorhin von einem eventuellen Racheakt gesprochen. Glauben Sie, dass Werner … ich meine, Sie denken, dass Werner diese Männer erschossen hat?« Sie blickte an Lyn vorbei. »Das … das würde er doch niemals getan haben. Oder?«

»Ihr Exmann ist vermutlich schwer depressiv. Psychische Störungen und Medikamente können einen Menschen sehr verändern.«

Dagmar Meifart nickte. »Ich weiß von einer Freundin, dass Werner nach unserer Trennung depressiv und bei einem Neurologen in Behandlung war. Das hat er dann aber irgendwann abgebrochen und sich stattdessen vom Wackener Medizinmann Hilfe geholt. Und von da an ging es wohl tatsächlich wieder bergauf mit ihm. Wie es ihm seit Judiths Tod ging, weiß ich allerdings nicht. Aber ich hoffe von Herzen, dass er nichts … nichts Schlimmes getan hat … Auf Wiedersehen.«

»Moment!« Lyn hatte beim Einsammeln der Vernehmungsutensilien innegehalten. »Wen meinen Sie mit Wackener Medizinmann?«

»Joost Beutler heißt er. So eine Art männliche Kräuterhexe.

Aber er ist gut. Hat mir damals schon bei einem Ausschlag geholfen, den kein Hautarzt in den Griff kriegte. Ein Allroundtalent, und sehr sympathisch. Judith hatte während der Grundschulzeit bei ihm Flötenunterricht. Er ist anders als andere, aber nett. Kinder, deren Eltern sich Musikunterricht nicht leisten konnten, hat er damals unentgeltlich unterrichtet.«

»Ich habe von ihm gehört«, sagte Lyn. Sie hockte sich auf die Kante des Tisches. »Er soll in seinen religiösen Ansichten sehr … extrem sein.«

Dagmar Meifart nickte zustimmend. »Angeblich ist ihm ein Engel erschienen. Seitdem versucht er, die Menschen zu bekehren.« Ihre Augen füllten sich plötzlich mit Tränen. »Ein wunderschöner Gedanke, nicht? Wer weiß, vielleicht gibt es wirklich Engel.« Sie schluckte die aufsteigenden Tränen hinunter. »Irre ist Joost Beutler in meinen Augen jedenfalls nicht.«

Ein Engel! Lyn lehnte sich gegen die Tür, als Dagmar Meifart sie hinter sich geschlossen hatte. Es wurde immer skurriler.

Joost Beutler hatte die Schwedtkes also seit Langem gekannt. Und das nicht nur oberflächlich. Durchatmend stieß sie sich von der Tür ab. Es gab viel zu tun.

★★★

»Bitte schön!« Der Mann vom Schlüsseldienst trat zurück, nachdem er Werner Schwedtkes Haustür geöffnet hatte. Lyn trat hinter ihrem Chef und Staatsanwalt Meier ein. Volker Aschbach hatte ihr höflich den Vortritt gewährt. Abgestandene Luft schlug ihnen entgegen, vermischt mit dem Geruch nach Farbe. Es konnte noch nicht lange her sein, dass Werner Schwedtke seinen Flur gestrichen hatte. Hatte er mit dem fröhlichen Gelb an den Wänden die Gespenster vertreiben wollen, die der Freitod seiner Tochter zum Leben erweckt hatte? Die seine Gedanken mit Sicherheit beherrscht hatten?

»Ist es okay, wenn ich in Judiths Zimmer beginne?«, fragte Lyn, nachdem sie einen kurzen Blick in alle Zimmer des Erdgeschosses geworfen hatten. Dort gab es außer Flur, Küche, Bad, kombiniertem Wohn-Esszimmer sowie einem kleinen Hauswirtschaftsraum keine weiteren Zimmer.

Wilfried wedelte sie wortlos mit der behandschuhten Hand die mit Sisalmatten belegte Holztreppe hinauf. Lyn musste nicht lange suchen. An der Tür rechts neben der Treppe war ein knallrotes Porzellanschild angeschraubt. »Judith« lautete der Schriftzug neben einem witzigen Raben.

Lyn öffnete die Tür, blieb aber auf der Schwelle stehen. Sie wusste selbst nicht genau, was sie erwartet hatte. Vielleicht einen unangetasteten Raum. Oder einen völlig renovierten. Auf jeden Fall nicht dieses Durcheinander von Kisten und Möbeln.

»Ist das das Zimmer der Tochter?«, fragte der Staatsanwalt, der sich einen Überblick über die Zimmer im oberen Stockwerk verschaffen wollte und über Lyns Schulter lugte.

Lyn nickte und ging weiter in das Zimmer hinein. Sie streifte ihre Handschuhe über und öffnete das Fenster ganz, damit Frischluft die abgestandene Luft ersetzte. »Anscheinend wollte Werner Schwedtke auch Judiths Zimmer renovieren.« Sie deutete auf die Umzugskartons.

Bis auf einen waren alle Kartons geschlossen. Lyn öffnete die nicht beschrifteten Kartons einen nach dem anderen. Bücher, Dekorationsgegenstände, Fotografien in Bilderrahmen, Kissen, Stofftiere, CDs und DVDs befanden sich darin.

Meier verzog sich mit einem »Na dann, frohes Schaffen, Frau Harms«.

Lyn zog einen großen Bilderrahmen aus einem der Kartons. An die zwanzig Fotos hatte Judith hinter dem Glas kreuz und quer angeordnet. Fotos von sich allein, mit ihrer Freundin Svenja und mit ihrer Schildkröte, Urlaubsschnappschüsse mit ihrem Vater am Strand und auf dem Campingplatz. Lyn betrachtete die Fotos lange. Judith hatte nichts von der wilden Schönheit ihrer grünäugigen Mutter geerbt. Trotzdem war sie ein hübsches Mädchen gewesen. Zart, und blond wie der Vater.

Lyn steckte den Rahmen zurück und öffnete eine Kommode mit bunten Türen. Sie war – genau wie die Regale – leer geräumt. Der Inhalt lagerte also in den diversen Kartons. Nur der offene Kleiderschrank war noch zum Teil gefüllt. Direkt davor stand ein halb voller Umzugskarton, in dem sich Shirts und Mädchenunterwäsche stapelten.

Ihre Hände strichen über die wenigen Garderobenteile, die

noch an der Stange im Schrank hingen. Ein Bügel mit bunten Tüchern, zwei Sommerkleidchen, ein paar modische Blusen, ganz hinten eine gesteppte Winterjacke und ein schwarzes Kleid mit einem Bolero. Judiths Konfirmationskleid? Lyns Armhärchen stellten sich auf.

Entschieden atmete sie aus. All diese Kartons wollten gesichtet werden.

Eine halbe Stunde später guckte Volker Aschbach zur Tür herein. »Und? Haben Sie das Tagebuch schon entdeckt?« Er sah sich interessiert um.

Lyn hockte auf Knien vor dem Inhalt des vierten Kartons. Sie setzte den Deckel wieder auf den Schuhkarton zurück, den sie gerade geöffnet hatte. Darin waren Muscheln und Steine. Erinnerungsstücke aus Urlauben am Meer. Aus glücklichen Zeiten.

Sie deutete auf den kleinen Schreibtisch, auf dem ein Buch mit Harry-Potter- und eines mit Twilight-Motiv lagen. »Diese beiden Tagebücher habe ich im Kleiderschrank gefunden, aber nicht das aktuelle.« Sie stand auf und rieb über ihre Knie, die vom langen Hocken auf dem Teppichboden leicht schmerzten.

Volker Aschbach stand vor dem Kleiderschrank. »Es ist doch komisch, dass er alles eingepackt hat, nur hier hat er mittendrin aufgehört.«

Lyn trat neben ihn. »Das hat mich auch stutzig gemacht. Und wissen Sie, was ich glaube? Ich glaube, er hat beim Ausräumen Judiths Tagebücher gefunden. Allerdings nicht nur diese beiden«, sie deutete zum Schreibtisch, »sondern auch das aktuelle. Vielleicht hatte sie sie unter dieser Decke versteckt.« Sie wies auf das Fach über der Kleiderstange, in dem eine Patchworkdecke lag. »Oder hier unten.« Lyn ging in die Knie und hob einen Stapel – anscheinend nicht aktueller – Kleidungsstücke an, die auf dem Boden des Schrankes lagen.

Sie sah Volker Aschbach an. »Wenn sie tatsächlich vergewaltigt wurde, hat sie es vielleicht in ihrem Tagebuch niedergeschrieben. Und er hat es gelesen.«

Aschbach nickte. »Was sein Verhalten – so wie es seine Nachbarin und der Kaufmann beschrieben haben – erklären würde.«

»Herr Aschbach! Lyn!« Wilfrieds Stimme erklang von unten.

»Kollege Lechtenbrinck hat im Schuppen eine nette Entdeckung gemacht.«

Die beiden gingen die Treppe hinunter. Im unteren Stockwerk herrschte jetzt noch mehr Trubel. Die Spurensicherung war eingetroffen, um Fingerabdruckspuren von Werner Schwedtke zu sichern, die zum Abgleich der diversen Spuren an den Klingelknöpfen der Opfer dienen sollten.

Wilfried, Staatsanwalt Meier und ein Schutzpolizist standen um den kleinen Küchentisch. Mit behandschuhten spitzen Fingern zog Wilfried aus einer zerknüllten Plastiktüte eine Pistole heraus.

»Eine Beretta 92«, sagte der junge uniformierte Beamte aufgeregt.

»Mit den dazugehörigen Patronen«, murmelte Wilfried, den Blick auf den kleinen Pappkarton in der Tüte gerichtet. »Neun Millimeter. Könnte passen.«

Der Staatsanwalt blickte den Schutzbeamten an. »Wo haben Sie die Tüte mit der Waffe gefunden?«

»Sie lag im Schuppen auf einem Regal. Hinter halb leeren Farbdosen.«

Wilfried legte die Waffe zurück in die Tüte und drückte sie einem Beamten der Spurensicherung in die Hand. »Sofort ab damit zur KTU.«

»Mit Dringlichkeitsvermerk!«, mahnte Staatsanwalt Meier. Überflüssigerweise, wie der Blick des Spurensicherungsbeamten verriet.

»Wie weit bist du in Judiths Zimmer, Lyn?«, erkundigte sich Wilfried.

»Fast durch. Ich sichte gleich den letzten Karton, dann den Kleiderschrank. Aber vorher versuche ich noch mal, Joost Beutler zu erreichen. Vielleicht ist er jetzt zu Hause.«

Lyn ging vor die Tür, während sie die Nummer des Wackeners wählte. Sie hatte es bereits mehrfach versucht, allerdings ohne Erfolg. Auch jetzt meldete er sich nicht.

»Haben Sie Ahnung von Schildkröten, Frau Harms?«, rief ihr ein Spurensicherungsbeamter zu. Er hockte vor einem kleinen Drahtgehege neben dem Schuppen.

Lyn ging zu ihm. Eine Griechische Landschildkröte labte sich gerade an dem Wasser in der großen, flachen Schale vor ihr.

»Hallo, Goliath«, sagte Lyn und ging ebenfalls in die Knie. Mit dem Finger fuhr sie über den rauen Panzer des Tieres. »Du bist ja wirklich ein drolliges Tierchen.«

»Goliath? Heißt die so? Ich hab der erst mal frisches Wasser gegeben«, sagte der Beamte, »war alles verdreckt. Sah aus, als hätte die da drin gebadet.« Er sah Lyn an. »Baden Schildkröten?«

Lyn runzelte die Stirn. »Keine Ahnung. Auf jeden Fall sollten wir googeln, was Schildkröten fressen. Die muss doch ausgehungert sein.«

»Am besten, wir bringen sie ins Tierheim.«

»Ins Tierheim?« Lyn zog die Augenbrauen zusammen. Judiths Abschiedsbrief kam ihr in den Sinn. Das Mädchen musste sehr an dem Tier gehangen haben. »Vielleicht finden wir noch eine bessere Lösung. Im Tierheim sind sie froh über jedes Tier, das nicht zu ihnen kommt.«

»Ich kann ja mal den Staatsanwalt fragen, ob wir sie woanders unterbringen können«, schlug der Beamte vor.

»Das mach ich schon«, beeilte Lyn sich zu sagen. Meier würde ihnen in Bezug auf eine Alternativ-Lösung etwas husten. Er würde auf jeden Fall das – juristisch korrekte – Tierheim favorisieren. Sie schenkte dem Kollegen ihr strahlendstes Lächeln. »Vielleicht können Sie mir einen Karton besorgen?«

Sie ging in Judiths Zimmer zurück und beeilte sich mit der Durchsicht der restlichen Kleiderschrankecken und des letzten Umzugskartons. Das Tagebuch war nicht da.

Zwanzig Minuten später ließ Lyn den schweren Ring des Löwentürklopfers noch einmal gegen Joost Beutlers Haustür pochen. Alles blieb ruhig. Enttäuscht blickte sie sich um. Sein Wagen – ein weißer Golf – stand im Carport. Es konnte also nicht schaden, einmal einen Blick hinter das Haus zu werfen. Vielleicht war er im Garten. Sie ging am Haus entlang und schaute durch die beiden Fenster an der Längsseite ins Innere. Nichts.

Sie bog um die Ecke und blieb einen Moment stehen. Ein phantastischer Anblick bot sich ihr. Der Garten war nicht besonders groß, doch wunderschön angelegt. Bunte Sträucher und Büsche grenzten es von den Nachbargrundstücken hermetisch, aber natürlich ab. Ein bunter Bauerngarten, von Buchsbäumchen gesäumt, fehlte ebenso wenig wie ein von Sommerblumen umgebener Nutzgartenbereich. An einem Mini-Teich stand eine kleine Bank, ebenso unter einem Apfelbaum.

Lyn löste sich von dem beschaulichen Bild und trat an die Terrassentür an der Hinterseite des Hauses. Sie schirmte mit den Händen an den Schläfen den Lichteinfall an der Scheibe ab und warf einen Blick hinein in ein helles Wohnzimmer. Ein weißer Flügel dominierte inmitten des wenigen Mobiliars.

Lyn war in den Anblick der Ölbilder an den Wänden vertieft, als ein merkwürdiger Geruch an ihre Nase drang. Ein ekliger Geruch. Ein Gemisch aus Muff und Schweiß. Sie nahm die Hände herunter. Ihr Herz setzte einen Schlag aus, als ihr Blick auf das zweite Gesicht fiel, das sich in der Scheibe spiegelte. Jemand stand direkt hinter ihr, und das Gesicht dieses Jemands jagte ihr einen Schauer über den Rücken.

Lyn wandte sich blitzschnell um. »Wer –?« Weiter kam sie nicht.

»Wer bist du?«, spie das verzerrte Antlitz ihr ins Gesicht. »Was machst du hier? Wo ist Joost? Was hast du mit ihm gemacht? … Er ist weg … Ich muss ihn sprechen … Er muss mir helfen …« Er trat einen weiteren Schritt auf Lyn zu. Sein Gesicht war nur Zentimeter von ihrem entfernt. Ein Gesicht, das ihr vage bekannt vorkam, aber ihr Hirn verweigerte in der Stresssituation die Zuordnung.

»Gehen Sie weg von mir!« Der Geruch aus seinem Mund ließ Lyn den Kopf zur Seite drehen. Sie presste ihren Körper an die Terrassentür und drückte gleichzeitig ihre Hände gegen seine Brust.

Ein Fehler.

»Fass mich nicht an!«, schrie er und machte einen Satz zurück, aber nur, um im gleichen Moment wieder vorzuspringen und seine Hände um Lyns Hals zu krallen. »Wo … ist … Joost?«, presste er zwischen seinen Lippen hervor, und mit jedem Wort schlossen sich seine Hände fester um Lyns Hals.

»Hil…fe!« Es war nur ein Krächzen, das aus Lyns Kehle kam. Sie krallte ihre Finger um seine Handgelenke. In dem gleichen Moment, in dem sie ihr Knie hochriss, um es dem Angreifer in die Genitalien zu rammen, wurde der Mann von ihr weggerissen.

Joost Beutler schleuderte ihn in das nächste Beet. »Werner! Bist du wahnsinnig? Was soll das? Das ist eine Polizistin.«

Lyns Hand glitt automatisch zu ihrem schmerzenden Hals, während sie die Szene sprachlos verfolgte. Natürlich. Diese stinkende, tobende Gestalt war Werner Schwedtke. Sie hatte sein Gesicht erst vorhin auf den Familienfotos in dem Umzugskarton in seinem Haus gesehen. Aber das Gesicht, das sich ihr hier darbot, hatte keinerlei Ähnlichkeit mit dem Familienvater auf den Fotografien. Dies hier war ein Wahnsinniger.

Werner Schwedtke kauerte einen Moment in dem Blumenbeet, dann sprang er wie ein Tier auf die Beine und stierte mit glasigen Augen von Joost Beutler zu Lyn. »Poli…zistin?«, presste er heraus und wackelte mit dem Kopf, als müsse er die Information an die richtige Stelle seines Hirns befördern.

»Wie siehst du nur aus, Werner? Und wo kommst du her?« Beutler machte einen Schritt auf ihn zu. »Ich versuche seit Tagen, dich zu erreichen. Was … was ist denn nur mit dir?«

Werner Schwedtke sprang aus dem Beet und packte Joost Beutler am Hemd. »Tot! Tot! Die Teufel! Alle sind tot, hörst du? … Aber nicht das Kind. Bin weggelaufen.« Genauso plötzlich ließ er Beutler wieder los. Sein Kopf ruckte zu Lyn, dann drehte er sich abrupt um und lief quer durch den Garten. Mit einem letzten Blick zurück quetschte er sich zwischen einem Goldregen und einer Magnolie zum Nachbargrundstück hindurch.

Joost Beutler stand wie einen Statue da und blickte der verschwindenden Gestalt hinterher.

Lyn bekam endlich wieder die Kontrolle über ihre zitternden Beine. »Herr Schwedtke!«, schrie sie und rannte zu den Sträuchern. »Bleiben Sie stehen!«

Sie quetschte sich durch das Grün. Von Werner Schwedtke war nichts mehr zu sehen. Ruhig lag der Garten von Beutlers Nachbar vor ihr. Sie sprintete zur Straße, aber auf dem Bürgersteig tummelten sich nur ein paar Metal-Fans.

»Haben Sie hier gerade einen Mann weglaufen sehen?«, sprach sie zwei junge Männer an. »Er war dunkel gekleidet.«

»Dunkel gekleidet?«, fragte der eine hämisch zurück. »Das ist natürlich sehr ungewöhnlich zur Festivalzeit.«

»Pass mal auf, du Witzbold«, blaffte Lyn ihn an, zog ihren Ausweis aus der Hosentasche und drückte ihn dem Mann an die

Nase. »Ich bin von der Polizei. Und du sagst mir jetzt sofort, ob hier einer vorbeigerannt ist. Und wenn ja, in welche Richtung.«

»Sorry«, stotterte er und trat einen Schritt zurück. »Hier ist keiner vorbeigelaufen. Echt nicht.«

Der andere nickte bestätigend.

Lyn drehte sich wortlos um und lief zu Joost Beutler zurück. Er saß auf der Bank neben seiner Haustür und blickte Lyn entgegen.

»Moment«, sagte Lyn nur und machte eine abwehrende Handbewegung, als er den Mund öffnete. Mit zittrigen Fingern wählte sie auf ihrem Handy die Nummer von Wilfried Knebel und berichtete, was sie gerade erlebt hatte.

»Er muss durch die Gärten der anderen Grundstücksbesitzer abgehauen sein. Richtung Hauptstraße oder was weiß ich, wohin. Er trug ein dunkelblaues Poloshirt, Jeans und war unrasiert und völlig verdreckt. … Nein, mir geht es gut, danke. … Ja, okay. Alles klar.« Im gleichen Moment fiel ihr noch etwas ein. »Wilfried? Ich bin mir nicht sicher, aber ich glaube, er trug ein Eintrittsbändchen für das Festival um das Handgelenk. Ich konnte etwas unter meinen Fingern fühlen, als er mich … na ja, er hat mich gewürgt – aber gesehen habe ich es nicht. Auf jeden Fall sollten wir umgehend die Eingänge kontrollieren. Wenn es nicht schon zu spät ist. … Nein, Wilfried, ich brauche wirklich keinen Arzt. Bis dann.«

Lyn drückte ihren Chef weg. Er würde umgehend die Fahndung einleiten. Sie ließ sich neben Joost Beutler auf die Bank fallen. Beide musterten sich einen Moment stumm.

»Ihr Hals«, sagte Joost Beutler schließlich, »man sieht rote Male. Er … er hatte sie ganz schön gepackt.«

Lyn tastete ihren schmerzenden Hals ab. »Danke für Ihre Hilfe.«

»Das war Werner Schwedtke«, erklärte er. »Er ist ein Patient von mir. Er … er ist verwirrt. Und depressiv. Aber das eben …« Er schüttelte den Kopf.

»Ich weiß, wer das war«, sagte Lyn. »Wir suchen Werner Schwedtke seit Tagen. Allerdings war uns nicht bewusst, dass Sie Kontakt zu Werner Schwedtke haben.« Sie stand auf.

»Herr Beutler, ich muss Sie bitten, mit nach Itzehoe ins Präsidium zu kommen. Wir brauchen Ihre Aussage. Werner Schwedtke hat eben ein paar Äußerungen von sich gegeben, die vermuten lassen, dass er etwas mit dem Tod der drei Männer zu tun hat, deren Fotografien ich Ihnen vorgestern gezeigt habe. Sie werden uns einige Fragen beantworten müssen.«

Joost Beutler erhob sich ebenfalls. »Werner ist mein Patient. Ich unterliege der Schweigepflicht.«

»Dazu müssten Sie Arzt sein«, sagte Lyn bestimmt, »und das sind Sie nicht. Außerdem sind Sie doch Kämpfer gegen das Böse, Herr Beutler. Also: Jetzt haben Sie die Möglichkeit, weiteres Unglück zu verhindern. Bitte kommen Sie.«

NEUN

»Los, los, los, Jule!«, feuerte Andreas Stobling die langmähnige Blondine an.

Er hatte sich am Morgen zu ihrem Zelt aufgemacht, weil sie ihm nicht aus dem Kopf gegangen war. Nicht weil sie heiß und willig war, wie sie am Dienstag eindrucksvoll bewiesen hatte. Nein. Sie war einfach ein cooles Mädchen. Witzig und nicht dumm. Es machte Spaß, mit ihr zu reden. Jetzt spielten sie gemeinsam mit den Engländern und Jules Freundin eine Partie Flunkyball am Feldrand des Campingplatzes. Ein dummes Spiel. Eigentlich. Aber warum sollte man das Saufen nicht mit Spaß verbinden?

Er bildete mit den beiden Mädchen und einem Österreicher die eine Mannschaft, die vier Engländer die andere. Beide Gruppen standen sich gegenüber, in der Mitte von ihnen stand eine mit Wasser gefüllte Wodka-Flasche. Mit dem Originalinhalt hatten die Engländer ihr Mittagessen – Koteletts vom Campinggrill – hinuntergespült. Sie waren jetzt an der Reihe, zu versuchen, mit dem Ball die Flasche umzuwerfen. Und es klappte. Mit Gejohle griffen die Engländer zu den vor ihnen stehenden Wacken-Bierdosen, aus denen sie jetzt so lange trinken durften, bis die gegnerische Mannschaft die Flasche wieder aufgestellt hatte.

»Schneller, Süße!«, feuerte Andreas das Mädchen noch einmal an.

Jule rannte zur Spielfeldmitte und bremste krass ab, als sie die Flasche erreichte. Sie fiel, robbte aber sofort lachend zur Flasche und stellte sie auf.

»Stop!«, schrie Andreas zu den Engländern rüber, die sich das Bier aus den Dosen weiter in den Rachen laufen ließen und sich einen Scheißdreck um die Spielregeln kümmerten.

»*Game over*«, lachte ein Engländer, wischte sich das Bier, das ihm aus dem Mund gelaufen war, aus dem Gesicht und griff sich die letzte Bierdose aus der Palette. Mit der Faust schlug er sich auf die Brust, und das, was seinem Brustkorb entwich, war mächtig.

»Zweifellos die Mutter aller Rülpser«, kommentierte Jule trocken.

»Lustiges Spiel«, meinte Jules Freundin und trank den letzten Schluck aus ihrer Dose. »Ich finde, wir holen Nachschub und spielen noch 'ne Runde.«

»Dann muss ich wohl mal 'ne Palette lockermachen«, sagte Andreas und überschlug schnell die Ausgabe. Sein Budget war streng verplant, aber eine Palette Bier war noch drin. Er konnte nicht immer auf Kosten anderer saufen. Das kam nicht gut.

»Willst du mitkommen?«, fragte er Jule, und die nickte.

»In 'ner halben Stunde geht's weiter, Freunde«, erklärte er den Engländern in ihrer Muttersprache und machte sich, den Arm um Jule gelegt, auf den Weg zum Festival-Supermarkt beim Übergang »Wackinger Village« zum »Plaza« am Rand des Campingplatzes.

Fünfzehn Minuten später verließ Andreas – zwei Paletten Dosenbier in den Armen – hinter Jule das Verkaufszelt. Sie trug in einer Plastiktüte Saft, Brötchen und Salzgebäck.

»Guck dir den Typen an der Pommesgabel an«, sagte er lachend zu dem Mädchen und deutete auf die riesige Holzfaust mit den abgespreizten Fingern. »Vielleicht sollte ich meinen Typ auch mal verändern.«

»Das Kleid ist geil«, kommentierte Jule das Outfit des vollbärtigen Wikingertypen, der seine Haare zu zwei dünnen Zöpfen geflochten hatte und ein schwarzes Kleid mit einem geschnürten roten Miederoberteil trug. »Für den ständigen Gebrauch empfehle ich allerdings 'ne Brust- und Beinhaarrasur.«

Andreas' Blick wurde im gleichen Moment abgelenkt. Ein kupferroter Haarschopf tauchte in seinem Blickfeld auf und war gleich wieder verschwunden.

»Conny?«, murmelte Andreas und blieb stehen. Er reckte seinen Kopf, um noch einmal einen Blick auf die Frau zu erhaschen, die wieder in der Menge, die Richtung »Plaza« strömte, verschwunden war.

Jule drehte sich zu ihm um. »Was ist los, Andy?«

»Komisch.« Er sah Jule nicht an, während er sprach, sondern starrte immer noch in die Menschenmenge. »Für einen Moment dachte ich, ich hätte meine Schwester gesehen. Das … das kann nicht sein, aber die Ähnlichkeit …« Er ließ seine Augen noch einmal über die Leute wandern. »Krass. Echt krass. Das muss ich ihr erzählen, dass sie 'nen Zwilling hat.«

»Vielleicht war sie es ja«, meinte Jule.

»Nee!« Jetzt lachte Andreas. »Eher heiratet der Papst. Wenn hier eine hundertprozentig nicht auftaucht, dann ist das Conny. Mein Schwesterchen steht auf die Klassiker. Und auf Popelmusik. David Ghetto und so 'n Kram.

»Der heißt David Guetta.«

»Das macht sein Gejaule auch nicht besser. Lass uns weitergehen, meine oberen Extremitäten werden immer länger.« Er rückte die schweren Paletten in seinen Armen zurecht und marschierte los.

Was blieb, war ein merkwürdiges Gefühl.

★★★

»Lyn, kommst du mal kurz.«

Hendrik stand in der Tür des Vernehmungszimmers. Joost Beutler bedachte er mit einem »Guten Tag«.

»Ich denke, du bist in Wacken«, sagte sie auf dem Flur, nachdem sie die Tür hinter sich geschlossen hatte. »Was gibt's denn?«

»Ich komme gerade vom Wackener Friedhof. Die Schupos haben sich bei Judith Schwedtkes Grab umgesehen und eine Jacke darauf gefunden. Eine schwarze Sweatshirt-Jacke. Die KTU wird klären, ob sie Werner Schwedtke gehört.« Er verzog die Lippen. »Das Grab sieht jedenfalls aus, als ob jemand darauf geschlafen hätte.«

»Meine Güte!« Lyn sah ihn entsetzt an. »Vorstellen kann ich es mir. Er hat jedenfalls so ausgesehen. Und gerochen. Der hatte seit Tagen kein Wasser gesehen … Und noch keine Spur von ihm?«

Hendrik schüttelte den Kopf. »Es ist Mittwoch. Hauptanreisetag. Wacken ist jetzt proppenvoll. Aber aufgrund deiner Beschreibung werden die Kollegen ihn hoffentlich bald aufgreifen. Wenn er noch in Wacken ist. Sein Wohnmobil wurde bisher nicht gefunden. Aber deswegen habe ich dich nicht aus der Vernehmung geholt.«

»Warum dann?«

»Darum.« Blitzschnell legte er seine Hand an ihren Hinterkopf, zog sie zu sich heran und küsste sie.

»Ich hoffe für dich, dass das nicht dein Ernst war«, sagte Lyn, als er sie wieder losließ.

»Der Hauptgrund«, beteuerte er. »Allerdings gibt es noch andere Neuigkeiten. Wilfried möchte, dass wir uns in einer halben Stunde im Besprechungsraum treffen. Er ist auf der Rückfahrt von Wacken. Schaffst du das?« Er nickte zur Tür, hinter der Joost Beutler wartete.

Lyn fasste nach dem Türgriff. »Wenn du mich jetzt endlich weitermachen lässt, ja. Ich bin fast durch.«

Joost Beutler saß nicht mehr auf dem Stuhl, als Lyn zurückkam. Er stand am Fenster und deutete zu dem großen Gebäude auf der rechten Seite. »Das ist das Gefängnis, nicht wahr?«

»Ja.«

Schweigend blieb er am Fenster stehen.

»Können wir weitermachen, Herr Beutler?«

Er drehte sich zu ihr um. »Können Sie sich eine Welt vorstellen, in der das Böse nicht mehr existiert? In der solche Gebäude«, er deutete nach draußen, »nicht mehr nötig sein werden?«

Lyn setzte sich. »Eine wunderbare Vorstellung. Aber solange es Menschen gibt, wird so eine Welt nicht existieren. Menschen, die nur gut und fehlerlos sind, Herr Beutler, wird es niemals geben. Und es ist eine Frage der Relation. Wo hört denn das Gute auf, und wo beginnt das Böse? Bin ich in Ihren Augen böse, wenn ich eine Mücke erschlage? Eine Kreatur Gottes?«

»*Ich* töte *keine* Mücken.« Er lächelte. »Alles steht in Verbindung miteinander. Und ich werde kaum gestochen. Das liegt daran, dass ich die Mücken als Geschöpfe Gottes respektiere. Sie stechen mich nicht, um mir Schaden zuzufügen, und darum gebe ich das wenige Blut gern, wenn sie es denn von mir wollen.«

Lyn musterte ihn schweigend. »Sie würden also von sich behaupten, dass Sie ein guter Mensch sind? Jemand, der nie etwas Böses tut?«

Er erwiderte ihr Lächeln nicht. »Ich bin dazu angehalten, das Gute zu tun. Und es ist mein größtes Bestreben, dem gerecht zu werden.«

Da er keine Anstalten machte, sich wieder an den Tisch zu setzen, und sie ihn schlecht dazu zwingen konnte, erhob Lyn sich ebenfalls und trat zu ihm ans Fenster.

»Hat der Engel Sie dazu angehalten, das Gute zu tun?«

Unerwarteterweise machte er keine ärgerliche Miene, als sie den Engel erwähnte, von dem Judiths Mutter gesprochen hatte. Er schien auch nicht überrascht, dass sie davon wusste. Im Gegenteil. Jetzt lächelte er. Seine klaren blauen Augen schienen noch intensiver zu strahlen.

»Ja. Das hat er. Oh, Frau Harms, jetzt habe ich Sie überrascht, weil ich die Engelbegegnung nicht abstreite! Ich sehe es in Ihren Augen. Sehr schöne Augen übrigens. Ich schätze die Offenheit darin.«

Ohne dass Lyn sich dagegen wehren konnte, färbten sich ihre Wangen. Dieser Mann hatte eine Ausstrahlung, der sie sich nicht entziehen konnte. Jedes seiner Worte klang aufrichtig und … Lyn suchte nach einem passenden Wort für ihr Gefühl. »Väterlich« traf es vielleicht.

Sein Blick und seine Worte hatten etwas an sich, dass es gestattete, sich in seiner Nähe angenommen zu fühlen. Einzig seine körperliche Präsenz wirkte dem Gefühl des vollkommenen Wohlbefindens entgegen. Etwas Hartes lag in seiner Körperhaltung, und das kantige Gesicht mit dem Borstenhaarschnitt verleitete zu Assoziationen mit einem Soldaten.

Lyn räusperte sich. »Sie haben … Ihnen ist also tatsächlich ein Engel erschienen?«

»Ja, ich habe nie einen Hehl daraus gemacht. Im Gegenteil. Ich musste darüber sprechen. Es war …« Seine Augen füllten sich mit Tränen. »Es war so unglaublich … so unfassbar schön, dieses Erlebnis.« Er wischte sich die Träne, die seine Wange hinablief, ohne jede Spur von Verlegenheit mit dem Finger fort.

»Ich bin dafür belächelt worden. Und beschimpft. Und natürlich denken die meisten Menschen, dass ich verrückt bin. Dass ich ein Spinner bin. Meine beiden Ehen sind wohl ebenfalls aus diesem Grund in die Brüche gegangen. Aber ich weiß, was ich erlebt habe. Die unglaubliche, wahrhaftige, über alles Intellektuelle hinausgehende Kraft dieses Ereignisses bestimmt seitdem mein Leben. Und die Verpflichtung, die mit dieser Begegnung einhergeht, ebenso.«

Lyn konnte nicht den Blick von seinem Gesicht abwenden. Zweifellos meinte er, was er sagte. Seine Ergriffenheit war so echt wie die Sonne, die soeben durch die Wolken brach. »Die Verpflichtung, die Menschen zum Guten zu bekehren?«

Sein schlichtes »Ja« berührte Lyn erneut. Die Frage war nur: Wie weit würde er gehen, um die Menschen zum Guten zu bekehren?

Wäre der Tod eines »Bösen« für ihn Mittel zum Zweck?

Lyn ging zum Tisch zurück und griff nach Kuli und Papier. »Herr Beutler, wo waren Sie an den Abenden vom vierundzwanzigsten bis zum siebenundzwanzigsten Juli diesen Jahres zwischen jeweils neunzehn und einundzwanzig Uhr?« Sie lächelte. »Eine Routinefrage. Auch ich habe meine Verpflichtungen.«

★★★

»Schätzchen? Mach bitte auf.«

Timo gab ein Würgegeräusch von sich. Er hasste es, wenn seine Mutter ihn Schätzchen nannte. Er hatte es ihr tausendmal gesagt, und sie ignorierte es genauso häufig.

»Mama, lass mich in Ruhe. Ich … ich will schlafen.«

»Timo!« Die Stimme vor der Tür klang jetzt ungleich schärfer. »Mach die Tür auf! Ich will mit dir reden.«

»Oh, *fuck*!« Timo quälte sich aus seinem Bett, auf dem er Löcher in die Decke gestarrt hatte. Seine Mutter würde keine Ruhe geben.

»Was denn?«, fragte er, nachdem er die Tür aufgezogen hatte. Ohne seine Mutter anzusehen, schlurfte er zurück zum Bett und ließ sich daraufallen.

»Schätzchen, sag mir doch, was dich bedrückt. Seit diese Polizistin da war, gefällst du mir gar nicht. Ich sehe doch, dass es dir nicht gut geht.«

»Es ist nix, Mama. Echt nicht.« Er sah sie kurz an, bemüht um ein Lächeln.

»Lüg mich nicht an, Timo.« Sie musterte sein blasses Gesicht. »Ich mache mir doch nur Sorgen, Junge. Du verfällst wieder in diese Teilnahmslosigkeit. Genau wie nach Mirkos Tod. Und nach Judiths.« Sie setzte sich zu ihm auf die Bettkante und nahm seine Hand.

»Du hast deinen besten Freund durch diesen schrecklichen Unfall verloren. Und deine Freundin durch –« Sie brach ab. Das Wort Selbstmord bereitete ihr Angst, weil sie ihren Sohn so depressiv vor sich sah. Sie strich über seine Hand, die er ihr nicht entzogen hatte. »Das sind Geschehnisse, die man nicht so leicht wegsteckt, Schätzchen. Und jetzt hat diese Frau alles wieder aufgewühlt. Ich … ich möchte, dass du doch einmal zu einem Therapeuten gehst, Timo. Es gibt Dinge, die kann man nicht mit sich allein ausmachen. Man muss über sie reden.«

Wortlos schüttelte Timo den Kopf. Reden? Nein. Schweigen war besser.

Er entriss ihr seine Hand und sprang vom Bett auf. »Ich hab dir schon tausendmal gesagt, dass ich nicht zu so einem Psycho-Onkel gehe. Kapiert? Ich komm schon klar.«

Birthe Grümpert musterte sein aufgebrachtes Gesicht, seine geschwollenen roten Augen. »Wenn ich deine verweinten Augen so sehe, kann ich das nicht glauben, Timo … Du brauchst Hilfe.«

»Nein!«, fauchte er, und etwas ruhiger fuhr er fort: »Ich hab dir doch gesagt, was die Polizistin von mir wollte. Da … da kommen eben einige Sachen wieder hoch. Aber es wird schon wieder. Und jetzt …«, er griff nach einem schwarzen Sweatshirt, das über dem Schreibtischstuhl hing, »geh ich aufs Festivalgelände. Ein paar Leute treffen, die nicht so rumnerven.«

»Timo …« Birthe Grümpert stand auf und stellte sich vor die Tür. »Du kannst es mir sagen. Wirklich. Hat … hat Judith dir damals wirklich nichts von einer Vergewaltigung erzählt?«

Als sein ohnehin blasses Gesicht noch eine Spur weißer wurde, stellten sich ihr die Nackenhärchen auf. »Sie hat es dir erzählt! Du … wusstest von diesen Männern! Darum hat die Polizistin dir doch diese Fotos gezeigt!«

Timo starrte seine Mutter einen Moment lang an. Seine dunkelblauen Augen schienen von innen her zu glühen. Dann verschwand er ohne ein weiteres Wort durch die Tür.

★★★

Lyn traf zeitgleich mit Wilfried Knebel und Volker Aschbach im Besprechungszimmer ein. Hendrik und Jochen Berthold saßen bereits dort.

»Das Ergebnis des Abgleichs mit den Fingerabdruckspuren am Klingelknopf der Wohnung von Henning Wahlsen liegt vor. Die Kollegen aus Hannover haben es mir durchgegeben«, eröffnete Wilfried mit Zufriedenheit in der Stimme die Zusammenkunft.

»Und?« Hendrik sah ihn ungeduldig an.

»Das Ergebnis ist eindeutig. Werner Schwedtke.«

Lyn nickte. Diese Eröffnung überraschte sie nicht.

»Er hat tatsächlich keine Handschuhe getragen«, fügte Volker Aschbach hinzu. »Wir warten jetzt auf den Abgleich an den Klingelknöpfen in Weimar und Elmshorn.«

»Ihr hättet ihn sehen sollen«, sagte Lyn in der Erinnerung an die Begegnung mit Werner Schwedtke, »der ist völlig irre. Es wundert mich nicht, dass er darauf verzichtet hat, den Verdacht nicht auf sich zu lenken. Fingerabdrücke sind dem wurscht. Der handelt nur noch instinktiv. Und das könnte ein echtes Problem werden, wenn wir ihn nicht bald schnappen.«

»Auf jeden Fall bin ich froh, dass wir jetzt einen Schritt weiter sind, und uns auf ihn konzentrieren können«, sagte Wilfried. Tatendrang stand ihm in die Stirn gemeißelt.

»Ich verstehe aber immer noch nicht, warum er Stefan Kummwehl abgeknallt hat«, sinnierte Hendrik. »Was hat der mit der ganzen Sache zu tun?«

Volker Aschbach sah ihn an. »Nichts. Ich glaube immer noch, dass er einer Verwechslung zum Opfer fiel. Aber vielleicht hat Schwedtke das gar nicht registriert in seinem Wahn. Stefan Kummwehl hat die Tür geöffnet, und Schwedtke hat geschossen. Bumm. Vielleicht hat er nicht einmal gemerkt, dass er den Falschen erwischt hat.«

»Wenigstens hat er die Pistole nicht mehr«, sagte Lyn.

»Wir wissen noch nicht, ob die bei Schwedtke gefundene Waffe die Tatwaffe ist«, warf Aschbach ein.

»Stimmt, aber davon gehe ich jetzt einfach mal aus«, antwortete Lyn. »Andererseits kann er auch mit einem Messer oder Ähnlichem noch viel Unglück anrichten. Ich wünschte, ich hätte nicht so lange gezögert bei Beutler. Ich —«

»Er hat dich gewürgt«, unterbrach Hendrik sie. »Da darf man schon mal einen Moment neben sich stehen.«

»Wenn es wirklich die Tatwaffe ist«, kam der Hannoveraner

Kommissar noch einmal auf die Pistole zurück, »frage ich mich natürlich: Woher hatte Schwedtke sie? Hatte er etwas mit dem Überfall auf den Juwelier damals zu tun?«

»Darüber habe ich auch nachgedacht«, sagte Wilfried Knebel. »Und ich denke, der Zeitpunkt ist da, mit unserem Wissen bezüglich der Mordwaffe und des Zusammenhangs mit dem Überfall in Hamburg an die Öffentlichkeit zu gehen. Ich werde mich gleich mal mit unseren netten Pressesprechern unterhalten.«

Sein Blick wanderte zu Lyn. »Hat die Befragung von Joost Beutler noch etwas Neues ergeben?«

Lyn verneinte. »Nicht wirklich. Werner Schwedtke hat sich vor Jahren bei ihm heilpraktische Hilfe geholt, nachdem seine Frau ihn verlassen hatte. Beutler hat ihm helfen können. Akupunktur, was weiß ich. Und nach Judiths Selbstmord hat Schwedtke sich wieder an Beutler gewandt. Er sagt, dass Werner Schwedtke nichts von einer Vergewaltigung erwähnt hat, allerdings zunehmend verwirrt auf ihn wirkte. Darum hat er bereits seit Tagen versucht, Schwedtke zu erreichen. Er hat sich Sorgen gemacht.«

»Nicht umsonst«, nickte Wilfried.

»Ich habe natürlich trotzdem noch eine Alibi-Abfrage bei Beutler gemacht.« Lyn nahm das Zeugenvernehmungsprotokoll von Joost Beutler zur Hand. »Scheint dicht. Als Thomas Lug getötet wurde, war er bei einer Patientin. Am nächsten Tag, als unser schwarzer Mann die kleine Tochter von Henning Wahlsen vor sich hatte, hatte Beutler einen Musikschüler bei sich. Als Wahlsen starb, war er auf einer Vernissage in Hamburg. Nur für den Tatzeitpunkt bei Kummwehl hat er keine Zeugen. Er sagt, da war er zu Hause.«

»Da wäre ich auch gern mal wieder«, brummte Wilfried, »also bei mir zu Hause.« Er wandte sich an den Kollegen Berthold: »Dein Job, Jochen. Du kannst Lyns Liste mit Beutlers Zeugenangaben morgen abchecken. Das können wir schließlich telefonisch erledigen.«

Er drehte sich zur Tür, denn die Kommissariatssekretärin steckte gerade ihren pflaumenblau getönten Haarschopf herein.

»Ich hatte Lurchi am Apparat«, berichtete sie aufgeregt, während sie ins Zimmer tänzelte. »Er sagt, sie haben Schwedtkes Wohnmobil. Ein Bauer hat es in einem Schuppen auf seinem Acker in

Gribbohm entdeckt. Ein Schupo erwartet euch am Feldrand bei dieser Adresse.« Sie legte ihren Notizzettel vor Wilfried auf den Tisch. »Der führt euch dann hin.«

Wilfried und Volker Aschbach standen schon, bevor Birgit die Nachricht beendet hatte.

»Endlich!«, sagte der Hannoveraner.

Wilfried sah zu Hendrik. »Übernimm bitte den Pressesprecher. Wir brechen sofort auf.«

»Kann ich mitkommen?«, fragte Lyn und sprang ebenfalls auf.

Wilfried winkte sie hoch. »Natürlich. Ich weiß schon, worauf du hoffst.«

Die von Wilfried Knebel informierte Spurensicherung war zeitgleich mit den Beamten der Mordkommission am Wohnmobil eingetroffen – sehr zu Lyns Leidwesen, denn sie war umgehend von den Kollegen aus dem Fahrzeug gewiesen worden. Volker Aschbach ebenfalls. Nur Hauptkommissar Knebel teilte sich den beengten Platz in dem Gefährt mit den Beamten der Kriminaltechnik.

»Siehst du es, Wilfried?«, fragte Lyn – nicht zum ersten Mal –, während sie ihren Oberkörper von außen in die schmale Wohnmobiltür quetschte.

»Meine Güte, Frau Harms«, einer der Spurensicherer drehte sich entnervt zu ihr um, »was, verdammt noch mal, suchen Sie denn? Vielleicht kann ich ja helfen.«

Lyn hätte ihn am liebsten an seinem weißen Overall gepackt, aber sie lächelte ihn an. »Sie sind mich hier sofort los, Kollege Franzen, wenn Sie mir ein Tagebuch präsentieren können. Ich mache schließlich auch nur meine Arbeit. Und dieses Tagebuch wäre sehr hilfreich.«

»Ich glaube, ich habe es«, ertönte in diesem Moment Wilfrieds Stimme. »Zumindest steht Judith Schwedtkes Name darin.«

»Ein Glück«, murmelte Kollege Franzen und machte an der Tür Platz für den Chef der Mordkommission.

Wilfried gab Lyn ein Notizbuch in die behandschuhten Finger. Ein Sand- und Steinemotiv zierte das Cover, das Lyn umgehend aufschlug.

»Das ist es«, sagte sie, während sie zur Seite trat und hastig die Seiten überflog. Judith Schwedtke hatte das jeweilige Datum in die rechte obere Ecke der Seiten geschrieben. Mit derselben kleinkindlichen Schrift wie in ihrem Abschiedsbrief.

Lyn blätterte zum letzten Eintrag. Überrascht stellte sie fest, dass es kein Dezember-Datum war. Der letzte Eintrag war im August des Vorjahres geschrieben worden.

»Und?« Volker Aschbach und Wilfried waren links und rechts neben sie getreten und linsten auf die aufgeschlagene Seite.

Lyn sah nicht auf. »Judith hat das letzte Mal am Montag nach dem Festival-Wochenende reingeschrieben. Danach kommt nichts mehr.« Sich innerlich rüstend, blickte sie die Männer an. »Dann wollen wir mal schauen, was sie geschrieben hat. Ein bisschen graust mir davor. Man sieht schon am Papier, dass es feuchte Flecken hatte. Tränen.«

»Soll ich?« Volker Aschbach deutete auf das Tagebuch.

Lyn schüttelte den Kopf. Laut las sie vor, was Judith Schwedtke ihrem Tagebuch als Letztes anvertraut hatte.

Ich weiß es nicht! Und das ist das Schlimmste! Dass ich es nicht weiß! Wer? Wer von ihnen? Einer von ihnen hat mir was gegeben. Bestimmt. Mir ist immer noch so schlecht. Aber ich müsste das doch wissen! So was weiß man doch! Aber es tut so weh da. Und überall war das Zeug. An meinen Beinen und überall. Es war so eklig. Was soll ich nur tun? Was denn nur? Ich weiß doch nicht, wer! Aber da waren die Stimmen. Ich bin mir so sicher. Und der Ventilator hat gebrummt. Es war der Ventilator im Gartenhaus. Ich weiß es. Auch wenn ich in meinem Bett aufgewacht bin. Was soll ich denn jetzt nur tun?

Erschüttert blickte Lyn auf. »Das war's. Mehr kommt nicht.« Sie blätterte noch einmal durch die nachfolgenden leeren Seiten.

»Zumindest Judiths letzte Frage können wir beantworten«, sagte Volker Aschbach. »Nichts hat sie getan. Hat alles für sich behalten. Und anscheinend das Tagebuchschreiben eingestellt.«

»Wie grässlich«, sagte Lyn, während sie noch einmal die krakeligen Zeilen überflog. »Das klingt nach K.o.-Tropfen, oder?«

Volker Aschbach nickte. »Und wir können wohl davon ausgehen, dass sie mit dem ekligen Zeug Sperma meinte.«

»Kein Wunder, dass Schwedtke durchgedreht ist, als er das

Buch gefunden hat«, meinte Wilfried. »Andererseits hat sie nur diese vagen Andeutungen bezüglich des Ventilators im Gartenhaus gemacht. Keine Namen. Nichts. Bisschen wenig, um die drei Mieter einfach abzuknallen, oder?«

»Nicht wirklich«, murmelte Lyn, die zurückgeblättert und weitere Seiten angelesen hatte. »Judith schreibt hier andauernd etwas über die drei. Hier, am Festival-Freitag steht zum Beispiel ...«, sie tippte auf die aufgeschlagene Seite, »›Tommy ist sooo süß! Und wie er mich manchmal anguckt! Mistig, dass er 'ne Freundin hat‹.« Lyn sah die Männer an.

»Sie hat überall Herzchen gemalt. Und hier steht auch noch etwas über Andreas Stobling und Henning Wahlsen. Sie schreibt: ›Ich glaube, Andy will was von mir. Andauernd nennt er mich Sweety. Voll ätzend. Tommy dürfte mich gerne mal Sweety nennen. Hab heute extra mein Top mit dem tiefen Ausschnitt angezogen, aber Tommy guckt nicht mal. Nur der blöde Henning. Arschloch‹.«

Lyn sah auf. »Den mochte sie anscheinend nicht. Sie hat einen Würg-Smiley daneben gemalt.«

»Langsam lichtet sich der Nebel«, sagte Wilfried. »Schreib alles raus, was wichtig ist, Lyn. Vielleicht stecken in dem Tagebuch noch mehr brauchbare Hinweise für uns.«

Mit Blick auf ihre Armbanduhr sagte Lyn: »Ich würde das gern zu Hause erledigen. Dann kann ich vorher mit meinen Töchtern gemeinsam zu Abend essen. Sie haben mich in den letzten drei Tagen kaum zu Gesicht bekommen.«

»Natürlich, Lyn. Essen ist übrigens eine gute Idee.« Wilfried sah seinen Hannoveraner Kollegen an. »Wenn wir hier durch sind, lade ich Sie zu einem schönen Steak in den hiesigen Landgasthof ein.«

★★★

»Hallo? Einer zu Hause?« Lyn schlüpfte aus den Sandaletten, nachdem sie den Schuhkarton neben der Kristallschale auf der kleinen Flurkommode abgestellt hatte.

»Hallo, Mama.« Sophie streckte den Kopf aus ihrer Zimmertür. »Gut, dass du schon da bist. Carmen hat gerade angerufen und gefragt, ob wir bei ihr grillen wollen. Falls du mitkommst, sollst du dir Rotwein mitbringen. Sie hat nur Bier und Saft.«

Die Vorstellung, nicht mehr kochen zu müssen, behagte Lyn außerordentlich. »Ich liebe Carmen«, sagte sie zu ihrer Jüngsten, die die Treppe hinuntergehüpft kam.

Sophies Mund verzog sich. »Sag ihr das bloß nicht.«

Carmen Schnitzel, seit einigen Monaten ebenfalls Anwohnerin am Wewelsflether Friedhof, hatte in der kurzen Zeit der Nachbarschaft Sophies Zuneigung gewonnen. Carmens sexueller Ausrichtung konnte Lyns Tochter allerdings nach wie vor herzlich wenig abgewinnen.

»Carmen hat doch nur Augen für ihre Andrea«, lachte Lyn. Sie griff nach der Katze, die vom Küchenhocker gesprungen war und um ihre Beine strich. Das schnurrende Tier an ihre Brust gedrückt, fragte sie: »Wo steckt Lotte?«

»Oben. Ich soll dir von ihr sagen, dass Opa gesagt hat, dass du ihn bitte mal anrufen sollst.«

Lyn verdrehte die Augen. Charlottes Ankündigung – nach Lyns Wacken-Verbot –, in den Sommerferien kein Wort mehr mit ihrer Mutter zu wechseln, hatte anscheinend noch Gültigkeit.

»Oh, neue Schuhe?«, sagte Sophie und ging zu der Kommode. In dem gleichen Moment, in dem sie den Karton öffnete, zuckte sie auch schon zurück und ließ den Deckel fallen. »Wah! Was –?« Sie starrte vom Inhalt des Kartons zu Lyn.

Lyn setzte die Katze ab und griff in den Karton. »Darf ich vorstellen: Das ist Goliath. Goliath …«, sie hielt die Schildkröte direkt vor Sophies Gesicht, »das ist Krümel.«

Sophie starrte das Reptil mit dem gelb-grauen Panzer mit großen Augen an. »Das ist eine Schildkröte.«

»Kluges Kind.«

»Was macht die hier?«

»Ich dachte, sie kann bei uns wohnen. Sie hat zurzeit niemanden, der sich um sie kümmern kann.«

»Lotteee!« Sophies fröhlicher Schrei drang durch das Treppenhaus.

Oben öffnete sich eine Tür. »Was ist?«

»Komm gucken! Wir haben eine Schildkröte. Mama hat sie

123

mitgebracht. Süß ist die.« Sophie hatte Lyn das Tier bereits aus der Hand genommen und auf die Flurfliesen gesetzt.

»Hallo, Lottchen«, begrüßte Lyn ihre Älteste, als sie die Treppe herunterkam. Sie war darauf vorbereitet, dass der Gruß nicht erwidert werden würde, und sah sich nicht getäuscht. Ohne einen Blick schwebte Charlotte an ihr vorbei.

»Guck mal, Garfield«, lockte Sophie die Katze, »das ist Goliath.«

Argwöhnisch betrachtete die Katze den neuen Mitbewohner für einen Moment aus sicherer Entfernung. Dann hatte sie anscheinend die Entscheidung getroffen, dass es angebracht war, Ältestenrechte ad hoc zu demonstrieren. Mit zwei Sprüngen war sie bei der Schildkröte und wischte mit der Pfote kraftvoll über den Panzer. Goliath rotierte über den glatten Boden.

»Pfui, Krummbein!«, schalt Charlotte die Katze und griff schnell nach der Schildkröte, als die Katze erneut die Tatze hob.

»Na ja, süß ist was anderes, oder?«, sagte sie dann Richtung Schwester, während sie Goliath in beiden Händen hielt und ausgiebig betrachtete. »Aber cool ist sie. Hat so was Jurassic-Park-mäßiges im Light-Format.«

»Im Auto sind noch zwei Tüten mit Lebensmitteln«, sagte Lyn und ging in den kleinen Wirtschaftsraum, um die Rotweinvorräte zu überprüfen. »Die Spurensicherung hat gegoogelt, dass Landschildkröten im Sommer am besten mit Wald- und Wiesenpflanzen gefüttert werden. Aber es darf auch mal eine Möhre sein. Und die habe ich mitgebracht. Morgen könnt ihr dann Löwenzahn für sie pflücken. Hol bitte die Tüten rein, Krümel. Dann kann Goliath fressen, bevor wir zu Carmen gehen.«

»Frag sie mal, ob das Viech etwa in diesem Schuhkarton bleiben soll«, wandte Charlotte sich an ihre Schwester. »Das geht ja wohl gar nicht.«

Sophie blickte durch die Tür zu Lyn. »Ich soll dich fra—«

»Ich bin nicht taub, Krümel«, unterbrach Lyn ihre Tochter laut und deutlich. »*Du* solltest dir zu schade sein, um für deine Schwester das Sprachrohr zu machen. Und du, Charlotte«, Lyn kam zurück auf den Flur, »solltest nicht so inkonsequent sein und über einen Dritten mit mir kommunizieren. Wenn du meinst, mir etwas mitteilen zu müssen, mach es direkt oder lass es ganz.

Und zu deiner Information: Im Schuppen steht noch der alte Kaninchenkäfig von Frau Bengisch. Den schaffst du jetzt auf den Rasen. Dann hat Goliath Platz, Licht und frische Luft. Und vielleicht mag sie auch unsere Gänseblümchen.«

»Du kannst mich mal«, fauchte Charlotte, raste die Treppe hinauf und knallte ihre Zimmertür hinter sich zu.

»Cool.« Sophie sah Lyn zufrieden an. »Sie spricht wieder mit dir.«

Lyn wischte den Staub von der Rotweinflasche. »Inhaltlich hätte ich allerdings noch Verbesserungsvorschläge.«

»Ist das nicht ein geiles Wetterchen, ihr Lieben?« Carmen Schnitzel hob ihre Arme gen Himmel, der ausnahmsweise einmal sommerblau und wolkenlos war, und strahlte ihre Gäste an.

Lyn strahlte zurück, krampfhaft bemüht, nicht auf Carmens Achsel-Flokatis zu starren, die unter dem blauen Spaghettiträger-Top hervorbuschelten.

Charlotte dagegen hielt nichts von dezentem Weggucken. »Boah, Carmen! Du musst mal deine Achseln rasieren. Das ist ja ein absolutes No-go.«

»Pah!«, winkte die unbeeindruckt ab, »ein grässlicher Trend. Ich steh auf Natur, Süße. Du solltest auch deinen natürlichen Körper lieben lernen.«

Charlottes Stirnfalten vertieften sich. »Liebst du Tsunamis und Herpesviren? Die sind auch natürlich.«

Lyn trank grinsend den letzten Schluck ihres Rotweins. Der Vergleich mit dem Tsunami war vielleicht einen Hauch übertrieben, an die Herpesviren reichte Carmens Unterarm-Urwald allerdings heran.

Carmen blieb gelassen. »Charlotte, du bist ein Sklave. Ein Sklave medialer Vorgaben klapperdürrer, unterbelichteter Castingshow-Models.«

»In *der* Sklavenfrage bin ich dann doch eher Südstaatler als Yankee«, parierte Charlotte.

Carmen trat lachend an den Grill und spießte die letzte Schinkenwurst mit der Fleischgabel auf. »Wer will noch?«

»Ich bin pappsatt«, winkte Lyn ab und wischte mit einem Baguettestück den Rest Pesto von ihrem Teller. »Lecker war's. Und weil ich gleich noch was tun muss, bin ich dir umso dankbarer für die Einladung.«

»Papperlapapp«, winkte die kräftige Mittvierzigerin ab, »wir Mädels haben doch immer viel Spaß zusammen. Hier, Häschen!«, sie legte die Wurst auf den Teller ihrer Freundin Andrea, »schön essen, dann kommst du schneller wieder auf die Beine.« Sie pochte kurz gegen Andreas Gipsbein.

Die lachte auf. »Wenn du mich mästest, passiert eher das Gegenteil. Ich werde fett und noch unbeweglicher.«

Carmen ließ ihr dröhnendes, dunkles Lachen hören. »Dann lieb ich dich trotzdem.« Nach einem langen zärtlichen Kuss für Andrea wandte sie sich Lyn zu. »Wo steckt denn eigentlich dein Dreibein heute?«

»Hendrik muss noch arbeiten. Wir sind da an einem ziemlich aufregenden und arbeitsintensiven Fall dran.«

»Worum geht's? Erzähl mal«, forderte Carmen Lyn auf, während sie die Fleischgabel mit einer Serviette abwischte.

»Kein Kommentar«, verweigerte Lyn die Aussage.

»Sie erzählt ja nicht mal uns was«, klärte Sophie die Nachbarin auf, »ich finde das ja auch total −« Sie brach ab.

Und Lyn hatte für Sophies Sprachlosigkeit durchaus Verständnis. Zu sehen, wie Carmen mit der Fleischgabel ihren anscheinend juckenden Rücken unter dem blauen Top bearbeitete, war mehr als unappetitlich.

»Ich hab ja schon gehört, Lyn, dass du momentan ungern Erklärungen abgibst«, sagte Carmen mit einem Blick zu Charlotte, während die Kratzorgie an der linken hinteren Wade weiterging. »Die geilen Wacken-Karten …«, ließ sie den Satz unvollendet und höchst bedauernd ausklingen.

Charlottes Blick wanderte nach diesen Worten von Carmens nackter, jetzt rot-striemiger Fußballer-Wade zu Lyn. Der Gleichkotz-ich-Ausdruck in ihren Augen hatte zu Siehst-du?-Du-bist-eine-schlechte-Mutter gewechselt.

»Ich weiß gar nicht, was ihr habt«, sagte Lyn betont fröhlich. »Nächstes Wochenende findet unser ›Wewels-Rock-City‹ statt. Da gibt es genug laute Musik und viele nette Menschen.«

Charlotte warf ihr einen vernichtenden Blick zu und stand auf. »Danke für das tolle Essen, Carmen. Vielleicht hast du Lust, mich zu adoptieren?« Sie wartete die Antwort nicht ab, sondern verschwand über den Friedhof.

»Ich trink dann noch einen Rotwein«, murmelte Lyn in der Hoffnung, dass der Alkohol ihre vergehende gute Laune am gänzlichen Absterben hindern würde.

Zwanzig Minuten später war es mit der Rest-Gute-Laune sowieso vorbei. Lyn hatte sich mit Judith Schwedtkes Tagebuch auf die Holzbank vor ihrem kleinen Häuschen verzogen, um die letzten Sonnenstrahlen noch einzufangen. Ihr graute vor der Lektüre. Davor, in die Gedankenwelt eines Menschen einzudringen, der diese Zeilen nicht für fremde Augen geschrieben hatte.

Bevor Lyn die erste Seite aufschlug, wanderte ihr Blick gezielt über den Hahn auf der Kirchturmspitze in den Himmel. »Tut mir leid, Judith«, leistete sie in Gedanken Abbitte, »aber dein Tagebuch kann uns vielleicht helfen, weitere Morde zu verhindern.«

Lyn las das Tagebuch Wort für Wort. Zweimal, um sicher zu sein, nichts überlesen zu haben. Sie hatte kaum einmal zu dem Notizblock und dem Kuli neben sich auf der Bank greifen müssen. Es gab wenig Verwertbares. Es handelte sich um ein typisches Mädchen-Tagebuch. Gespickt mit Hoffnungen, Wünschen und Träumen. Mit kleinen Gemeinheiten, einige Mitschülerinnen betreffend, und Lästereien gegen ihren Vater, wenn sie sich von ihm ungerecht oder nicht altersgemäß behandelt gefühlt hatte. Nichts wirklich Dramatisches. Die Zeilen hätten größtenteils auch von Charlotte geschrieben sein können.

Die einzigen interessanten Eintragungen begannen zwei Wochen vor dem Festivalbeginn. Judith hatte geschrieben, dass sie sich auf den süßen Tommy freue, der wieder bei ihrem Vater die Gartenhaus-Unterkunft gebucht hatte. Vor allen Dingen aber hatte sie ihrer Freude Ausdruck verliehen, dass ihr Vater ihr erlaubt hatte, zum ersten Mal das Festival zu besuchen. Zwischen gezeichneten Herzchen und Schmetterlingen tummelten sich auf den Tagebuchseiten Namen von – Lyn gänzlich unbekannten – Musikgruppen.

Lyn überlegte. Judith hatte Thomas Lug, Henning Wahlsen und Andreas Stobling seit mehreren Jahren gekannt. Als das Trio das erste Mal bei den Schwedtkes übernachtet hatte, war Judith zwölf oder dreizehn gewesen. Ein Kind noch, ein Mädchen, das von einem normalen Mann kaum als Frau wahrgenommen wurde. Das hatte im letzten Jahr anders ausgesehen. Mit sechzehn Jahren war Judiths körperliche Reife wahrscheinlich schon beachtet worden. Und sie schien auch nicht mit ihren Reizen gegeizt zu haben. Schließlich hatte sie das tiefdekolletierte Top erwähnt, mit dem sie »Tommy« heißmachen wollte.

Und dann gab es noch eine andere Eintragung, die Lyn ins Grübeln brachte. Judith hatte einen Besuch bei ihrer Mutter geschildert. Durchweg positiv. Die beiden waren auf dem besten Weg gewesen, wieder ein liebevolles Verhältnis aufzubauen.

Lyn starrte auf den Friedhof. Aus den Aufzeichnungen war es nicht ersichtlich, aber hatte Judith sich ihrer Mutter vielleicht doch anvertraut? Könnte Dagmar Meifart etwas mit den Morden zu tun haben? Rache nehmen an den Personen, deren Tat ihr die Tochter erneut und für immer genommen hatte?

Lyn klappte das Tagebuch zu. Morgen sollten sie umgehend eine Alibi-Abfrage durchführen. Und zwar nicht nur bei Dagmar Meifart, sondern auch bei deren Mann Knuth.

Mit dem Tagebuch auf dem Schoß blickte sie über die mit Begonien übersäten Gräber. Eine Auffälligkeit gab es noch. Ihre letzte – die schreckliche – Eintragung in das Tagebuch hatte Judith am Montag nach dem Festival gemacht. Warum erst am Montag und nicht am Sonntag?

Lyn gab sich selbst die Antwort. Natürlich hatte Judith nach dem Erlebten am Sonntag andere Gedanken gehabt, als sich um ihr Tagebuch zu kümmern. Erst am Montag war sie in der Lage gewesen, das Grauen niederzuschreiben. Lyn schüttelte sich. Die Vorstellung, Charlotte oder Sophie wären in Judiths Situation gewesen, bereitete ihr Gänsehaut.

Sie blätterte noch einmal zum vorletzten Eintrag zurück, datiert auf den Freitag des Festivals. Es war eine Kurz-Zusammenfassung der bisherigen Wacken-Erlebnisse mit Band-Namen, Songs und lustigen Begebenheiten, vermutlich rückwirkend geschrieben am Samstagnachmittag, bevor sie zum letzten Festivalbesuch aufgebrochen war. Dem Tag, auf den die schreckliche Nacht gefolgt war.

Sie schrak zusammen, als sich über ihr ein Fenster öffnete. Sophie lugte heraus. »Wird doch schon dunkel, Mama. Du kannst ja gar nichts mehr sehen.«

»Stimmt«, lachte Lyn und sammelte ihre Sachen zusammen. »Zeit fürs Bett. Ich habe ja leider keine Ferien … Willst du noch 'ne Runde kuscheln kommen, Krümelchen?«

»Oh ja! Aber ich liege auf deiner Seite. Nicht da, wo der … wo Hendrik immer liegt.«

ZEHN

Deutlich sah er das Gesicht vor sich, das er suchte, während er durch die schwarze Menge ging. Langsam. Aufmerksam.

Das Antlitz Andreas Stoblings hatte sich in sein Hirn gebrannt, hatte das andere Gesicht verdrängt. Das aus der Zeitung. *Stefan K.* Ein Fehler. Nicht wiedergutzumachen.

Oder doch?

Stoblings Tod war ein Schritt zur Wiedergutmachung.

Tief atmend zog er das Käppi tiefer in die Stirn. Er legte keinen Wert darauf, jemanden zu treffen, der ihn kannte. Es würde zwar keine Rolle spielen. Niemand wusste etwas. Aber er wollte seine Ruhe. Konzentriert graste er das Areal ab. Die Chance, Stobling zu finden, war so unglaublich gering. Vielleicht war er gar nicht hier.

Vielleicht aber doch.

★★★

»Klasse, sie haben den Artikel noch mit reingenommen«, sagte Lyn, während sie nach der »Norddeutschen Rundschau« griff, die aufgeschlagen auf dem Besprechungszimmertisch lag. An ihrem Kaffee nippend, las sie den Artikel über die Mordwaffe und den damit in Zusammenhang stehenden Überfall auf den Juwelier.

»Unser Pressesprecher musste seinen ganzen Charme spielen lassen, damit die Redaktion die Druckfahne noch mal ändert«, nickte Hendrik. »Sonst wäre der Bericht erst morgen erschienen. Wobei das für mich keine Rolle gespielt hätte. Ich glaube nicht, dass uns die Leute mit Informationen bezüglich eines Raubüberfalls, der vor achtundzwanzig Jahren stattfand, mit Informationen überhäufen.«

»Ich denke, die Zeit spielt in diesem Fall für uns«, warf Hauptkommissar Aschbach ein, der in diesem Moment gemeinsam mit Wilfried Knebel den Raum betrat. »Nach einer so langen Zeit sind Mitwisser oder vielleicht sogar die Räuber selbst bereit, ihr Gewissen zu erleichtern.«

»Ihr Wort in Gottes Ohr«, sagte Lyn, die Hendriks Meinung dazu eher teilte.

»Moin!« Nacheinander traten Lukas und Jochen ein.

Lyn löste den Blick von dem Artikel erst, als ein rauchiges »Guten Morgen« ertönte.

»Karin! Schön, dass du wieder da bist.«

»Bei diesem Fall sind doch jedes Auge und jede Hand gefragt«, sagte Karin. »Da kann ich zu Hause nicht ruhig auf meinem Sofa liegen.«

»Wow!«, stieß Hendrik aus, »mit *der* Stimme könntest du beim Telefon-Sex mehr Kohle machen als hier.«

»Und was mache ich übermorgen, wenn meine Stimme wieder die alte ist?«, lachte Karin verrucht.

»Hat auch einer Lust zu arbeiten?«, quakte Jochen Berthold in die Gute-Laune-Atmosphäre. »Ich hab hier jede Menge Papierkram. All eure Alibi-Zeugen hab ich gestern abtelefoniert. Interessiert das hier jemanden?«

»Fang einfach an«, sagte Wilfried. »Wir sind ganz Ohr.«

»Also: Ich habe die Alibi-Angaben von Joost Beutler überprüft. Das ist der Heilpraktiker. Ferner die von Timo Grümpert. Dem Freund des Mädchens. Also von Judith Schwedtke.«

Hendrik starrte ihn fassungslos an. »Und am fünften Tag schuf Gott den Himmel … Meine Güte, Jochen, wir wissen, wer die sind. Und wir kennen auch die Angaben, die sie gemacht haben. Wir wollen nur wissen, ob irgendwo Lücken sind.«

Lyn schielte zu Hendrik hinüber. Sollte sie ihm jetzt gleich sagen, dass Gott mit dem Himmel bereits am dritten Tag fertig gewesen war?

Aber nach einem Blick auf Jochen entschied sie sich, die schöpfungsgeschichtliche Nachhilfe zu verschieben, denn dessen Lid begann gerade heftig zu zucken.

»Da macht ja der Richtige Hektik.« Jochens Stimme wurde hell. »Spaziert den ganzen Tag durch Wacken, ohne jedes Ergebnis, und …«

»Leute, Leute!« Wilfried tackerte mit seinem Kuli auf die Tischplatte. »Jeder tut hier sein Bestes.« Hendrik erntete einen Chef-Blick über die Brille, an Jochen ging die Ansage: »Fahr bitte fort, Jochen. Mit den Lücken.«

Lyn kniff Hendrik in den Oberschenkel, damit er sein Grinsen einstellte.

»Beutler kommt als Täter nicht in Frage«, begann Jochen, »ebenso wenig der Junge.« Er brach ab, als Bachs »Toccata und Fuge in d-Moll« durch den Raum orgelte.

»Entschuldigung.« Volker Aschbach nahm das Gespräch auf seinem Handy an und ging hinaus.

Jochens Lidzucken wurde heftiger. »Beutlers Patientin hat bestätigt, dass er am vierundzwanzigsten Juli, als Thomas Lug in Weimar erschossen wurde, bei ihr war. Der Musikschüler hat Beutlers Angaben für den Tag darauf ebenfalls bestätigt. Er kann also nicht der schwarze Mann gewesen sein, den die Kleine gesehen hat. Am sechsundzwanzigsten war er am Spätnachmittag bei einer Vernissage in Hamburg. Eine ehemalige Schülerin von ihm macht sich als Bildhauerin gerade einen Namen. Sie hat bestätigt, dass er da war. Einzig für die Kummwehl-Tat hat er keine Zeugen, weil er allein zu Hause war.«

Volker Aschbach trat wieder ein. »Das waren die Kollegen aus Weimar. Sie haben Schwedtkes Fingerabdrücke eindeutig an der Tür von Thomas Lug identifiziert.«

»Na, wunderbar. Das Dunkel lichtet sich.« Wilfried sah sichtlich erleichtert aus. »Weimar und Hannover können wir ihm also zuordnen. Schade nur, dass in Elmshorn keine Spuren von ihm zu finden sind. Ich habe das Ergebnis gerade eben vor der Besprechung von den Kollegen der Spurensicherung bekommen. Sie konnten nicht eine einzige Spur Schwedtke zuordnen.«

»Und was sagt uns das?« In Hendriks Stimme lag ein Hauch von Triumph.

Wilfried nahm die Brille ab und massierte seinen Nasenrücken. »Das sagt uns auf jeden Fall nicht, dass Schwedtke Stefan Kummwehl nicht getötet hat. In Elmshorn trug er vielleicht Handschuhe.«

Hendrik beugte sich vor. »Ich sage euch trotzdem: Schwedtke war es nicht! Der hätte gesehen, dass er den Falschen vor sich hat. Dass er nicht völlig irre ist, hat er ja wohl zwei Tage vorher bewiesen. Die kleine Wahlsen hat er schließlich auch nicht abgeballert. Und dass er der schwarze Mann war, hat er ja quasi – bei Lyns Zusammentreffen mit ihm in Beutlers Garten – zugegeben. Er hat gesagt: ›Aber nicht das Kind. Ich bin weggelaufen‹.«

»Könnte es in Elmshorn ein Trittbrettfahrer gewesen sein? Vielleicht galt der Mord ja doch Stefan Kummwehl und nicht Andreas Stobling«, sinnierte Lukas Salamand.

»Blödsinn«, sagte Jochen Berthold, »das ist doch kein Zufall, dass Kummwehl Stoblings Wohnung übernommen hat.«

»Wohl kaum«, musste Lukas ihm recht geben.

»Aber die Idee mit dem zweiten Täter gefällt mir«, sagte Lyn. »Vielleicht hatte Werner Schwedtke Unterstützung … Könnte es nicht durch Judiths Selbstmord zu einer Annäherung an seine Exfrau gekommen sein? Wir müssen Dagmar Meifarts Alibi überprüfen. Und das ihres jetzigen Mannes.«

»Und was ist mit dem Jungen? Vielleicht steckt Judiths Freund mit drin«, hakte Hendrik nach und sah Jochen Berthold an. »Wie war das mit seinem Alibi?«

Jochen sah auf seine Notizen. »Ich dachte, das ist dicht. Zumindest für die Morde an Lug und Wahlsen. Aber wenn ihr jetzt mit der Zwei-Täter-Theorie kommt … Für den Tatzeitpunkt des Kummwehl-Mordes ist es ein wenig schwammig. Er sagt, er war im Kino. Allein. Aber er konnte weder eine Karte noch Zeugen dafür präsentieren.«

»Hmm … Bevor wir Werner Schwedtke nicht haben, kommen wir schwerlich weiter.« Wilfried Knebel erhob sich. »Darum werde ich jetzt Staatsanwalt Meier einen Besuch abstatten. Ein Beschluss für eine Handy-Ortung von Schwedtke scheint mir angebracht. So können wir das Areal ein wenig eingrenzen. Und wir hätten Zugriff auf die Verbindungsdaten. Es könnte interessant sein, zu sehen, mit wem Schwedtke in den letzten Tagen Kontakt hatte.«

»Vielleicht hat er das Handy gar nicht bei sich«, meinte Karin Schäfer.

»Im Wohnmobil lag es jedenfalls nicht«, sagte Wilfried, »also hoffen wir mal das Beste.« Er verabschiedete sich, drehte sich in der Tür aber noch einmal um. »Gönnt euch einen pünktlichen Feierabend. Es reicht durchaus, dass die Eutiner in Wacken Ausschau nach Stobling halten. Haltet euch lieber auf Abruf bereit, falls sich etwas Neues ergibt.«

Jochen Berthold nickte zufrieden und trollte sich in sein Büro. Lyn, Hendrik und Lukas sahen sich an.

»Tja, Kollegen«, sagte Lukas, »wer braucht schon einen pünktlichen Feierabend, wenn es – zumindest spekulativ – um ein Menschenleben geht? Ich werde kurz nach Hause fahren und mich dann noch mal auf dem Gelände umsehen.«

»Auf nach Wacken!«, nickte auch Hendrik. »Drei Augenpaare mehr können nicht schaden. Und eine Strafe ist das Festival schließlich auch nicht. Es gibt genug Leute, die sich zerreißen würden, wenn sie noch eine Karte bekommen würden.« Er sah Lyn an. »Oder willst du lieber nach Hause zu den Mädchen?«

Lyn schüttelte den Kopf. »Charlotte ist bei Max, und Krümel fährt bis Sonntag mit ihrer Freundin Lisa und deren Eltern nach Büsum. Also kann ich euch genauso gut begleiten.« Sie tippte auf ihre Armbanduhr. »Aber noch ist kein Feierabend. Es gibt auch hier noch genug zu tun. Ich werde mich um die Alibis von Judiths Mutter und Stiefvater kümmern.«

Lyn ging in ihr Büro, um die Telefonnummer von Dagmar Meifart herauszusuchen. Hendrik folgte ihr auf dem Fuß und schloss die Tür hinter sich.

Lyn verschränkte die Arme vor der Brust. »Hendrik Wolff! Du weißt genau, dass ich das hasse. Wenn du die Tür schließt, denken alle Kollegen, dass wir hier …« Sie suchte nach dem richtigen Wort.

»Rummachen?«

»Ja, genau.«

Lächelnd blieb er vor ihr stehen, hob ihr Kinn an und küsste sie sanft. »Dann denken unsere lieben Kollegen ja genau das Richtige.«

Lyn sah ihn spöttisch an. »Das nennst du rummachen? Für *den* Kuss hättest du die Tür nicht schließen müssen.«

»Das hättest du nicht sagen sollen, Weib!«

Dieses Mal war der Kuss nicht sanft. Lyn spürte seine Hand auf der nackten Haut unter ihrem Shirt. Von der Taille wanderte sie entschlossen zu ihren Brüsten, ohne dass er dabei die Lippen von ihrem Mund löste.

Lyn fand, dass es an der Zeit war zu protestieren. Das tat sie mit einem wohligen Stöhnen.

»Ich glaube, wir hören lieber auf«, sagte Hendrik Sekunden später, ohne seinen Körper von ihrem zu lösen.

»Ich denke auch«, bestätigte Lyn grinsend. »Es sei denn, das, was ich da an meinem Schoß spüre, ist deine Dienstwaffe.«

»Mit *der* Waffe befördere ich dich höchstens in den siebten Himmel.«

»Angeber.« Lyn entwand sich ihm und hockte sich an ihren Schreibtisch. »Es handelt sich da vermutlich um den Himmel, den Gott am fünften Tag schuf?«

»Häh?«

»Egal. Raus jetzt.« Lyn winkte ihn hinaus. Sie suchte aus ihren Notizen die Nummer von Dagmar Meifart heraus und griff nach dem Telefon.

Judiths Mutter meldete sich bereits nach dem zweiten Klingeln. Lyn brachte ihr Anliegen bezüglich der Alibiabfragen vor. Wie erwartet, reagierte Dagmar Meifart konsterniert.

»Ich würde gern persönlich vorbeikommen«, sagte Lyn. »Wann ist Ihr Mann zu Hause?«

Sie wollte Knuth Meifart kennenlernen – und setzte sich in ihrem Stuhl aufrecht, als die Antwort von Dagmar Meifart kam.

»Okay«, sagte Lyn schließlich. »Dann machen wir es anders. Ich schicke Ihnen per Mail die Daten, und Sie mailen mir die Angaben dann zurück. … Ja, danke. Auf Wiederhören.«

Sie sprang auf und ging direkt zum Büro des Chefs. Wilfried saß mit verstrubbelten Haaren hinter seinem Schreibtisch und sah aus dem Fenster.

»Knuth Meifart ist nicht in Deutschland«, sagte sie ohne Einleitung. »Seine Frau sagt, dass er vorgestern nach Holland abgereist ist. Er ist Chef einer eigenen kleinen Malerfirma. Von Rotterdam aus ist er mit einem Containerschiff in See gestochen, auf dem er mit weiteren Handwerkern und Monteuren während der Fahrt diverse Arbeiten im Schiff ausführt. … Das gefällt mir nicht, Wilfried. Da kommen mir doch gleich Assoziationen zum Jacobsen-Fall.« Der Fall des verschwundenen Werftbesitzers Jacobsen hatte die Kripo Itzehoe vor Kurzem bis nach Brasilien geführt.

»Darum kann Jochen sich kümmern«, nickte Wilfried. »Meifart wird ja einen Auftrag für diesen Job erhalten und vorher wahrscheinlich ein Angebot abgegeben haben. Das kann ein lange geplantes Projekt sein.«

»Das stimmt«, gab Lyn ihm recht, »aber könnten er und seine

Frau nicht gerade dieses Projekt für ihre Zwecke genutzt haben? Nach dem Motto: Dies ist der günstigste Zeitpunkt zum Zuschlagen! Weil Knuth Meifart dann unauffällig verschwinden kann?«

»Hmm … Jochen kann sich morgen früh als Erstes darum kümmern.«

»Gut.« Lyn nickte zufrieden. »Bis dahin haben wir auch die Angaben von seiner Frau. Ich maile ihr jetzt die Daten, die wir haben wollen.«

★★★

Ti amo, Timo! Sie hatte so eine warme Stimme. Er spürte ihren Kuss. Die weichen Lippen mit dem Labello-Geschmack, ihre Zunge in seinem Mund. Er sah die tiefblauen Augen unter dem gerade geschnittenen blonden Pony, ihr schüchternes Lächeln, die beiden Grübchen auf den schmalen Wangen. *Ti amo*, Timo!

Dann war es weg, das Bild. Wurde abgelöst von dem anderen. Dem verhassten.

Es war die Sekunde zwischen Schlaf und Aufwachen, die Sekunde, die dem Träumenden verrät, dass er träumt. Timo Grümperts Haar klebte schweißnass an Nacken und Stirn, als er versuchte, die Augen zu öffnen, um dem Bild zu entkommen. Aber es wollte noch nicht gelingen. Judiths Aufweinen holte ihn ein, ihre Verzweiflung.

Endlich öffneten sich seine Augen. Ruckartig richtete er sich auf, griff nach dem Shirt, das neben seinem Bett lag und fuhr damit über sein Gesicht, presste es hinein. Der Wunsch, sie hätte geschwiegen, brach sich wieder einmal übermächtig Bahn.

Er wimmerte in das Shirt. Die Erinnerung – zum Teil erfolgreich verdrängt in den vergangenen Monaten – hatte ihn erneut in ihren Klauen. Riss die dünne Haut des Vergessens auf und ließ die Schuld wie dickes Blut daraus hervorquellen.

Es hatte nicht aufgehört. Nein. Es hatte Ausmaße angenommen, die über das Verstehen hinausgingen. Er konnte nicht mehr klar denken.

Er musste raus hier.

Leise tappte er die Treppe hinunter. Durch die offene Küchentür sah er seine Mutter. Sie saß mit dem Rücken zu ihm am Tisch und trank ihren Nachmittagskaffee. Und er hatte keinen Bock, sich weitere Ratschläge und Ermahnungen von ihr anzuhören. Der Wunsch, sie möge endlich, endlich den Mund halten und ihn in Ruhe lassen, war übermächtig in ihm. Niemand konnte ihm helfen. Sie nicht und schon gar nicht irgendein dämlicher Seelenklempner.

Als er das Knarzen hörte, kniff er die Augen zusammen. *Fuck!* Die dritte Treppenstufe von unten hatte er auslassen wollen.

»Timo? Schätzchen, wohin willst du?«, erklang auch schon die Stimme seiner Mutter. Mit der Kaffeetasse in der Hand erschien sie in der Küchentür. »Du bist so blass. Lass doch das Festival heute sausen. Du hast dann immer noch zwei Abende. Diese laute Musik ist nicht gut, wenn man Kopfschmerzen hat.«

»Ich hab doch gar keine Kopfschmerzen«, blaffte er sie an und griff nach seinen Turnschuhen, die neben der Garderobe standen. »Und ganz bestimmt werde ich die ersten Konzerte nicht verpassen.« Im Gegenteil, die wummernden Bässe würden die Gedanken hoffentlich in eine Ecke drängen, aus der sie sich nicht hervortrauten. Wenigstens für ein paar Stunden.

Er schlüpfte hastig in die Turnschuhe und sprang auf, ohne die Schnürsenkel zu binden.

Bevor er an der Haustür war, hielt Birthe Grümpert ihn am Arm fest.

»Warte. Ich hab noch eine schöne Nachricht für dich, Timo.«

»Ja?« In seiner Stimme lag Misstrauen. Gab es noch schöne Nachrichten?

»Benedikt kommt schon zwei Wochen früher aus Amerika zurück. Seine Mutter hat angerufen, als du geschlafen hast. Sie hat gefragt, ob du Sonntagmittag mit nach Hamburg fahren möchtest, um ihn am Flughafen abzuholen. Sie meinte, das wäre eine nette Überraschung für ihn.«

Benedikt! Mit dunklen Augen starrte Timo an seiner Mutter vorbei. Dann drehte er sich abrupt um, riss die Haustür auf und tauchte ein in das krabbelnde schwarze Ameisenheer, das Wacken beherrschte.

★★★

»Oh Gott, wollen … wollen die alle noch hierher?« Lyn deutete mit dem Finger auf die ungeheure Menschenmasse, die sich in Riesenschlangen vor den Eingangsschleusen staute und langsam, aber unaufhaltsam auf das »Infield« strömte.

Sie stand mit Hendrik in der Mitte des Platzes, allerdings in sicherer Entfernung zu den beiden Hauptbühnen, auf denen bis Samstagnacht im Wechsel die Post abgehen würde. Auf der »Black Stage« rockte gerade eine Gruppe, deren Namen Lyn bereits wieder vergessen hatte. Direkt vor der Bühne drängten sich die Fans dicht an dicht, im äußeren Bereich gab es allerdings noch Luft.

»Wie bitte?« Hendriks Ohr wanderte Richtung Lyns Mund.

Lyn passte ihre Stimme dem lauten Umfeld an. Ihre Hand hatte sie in Hendriks Shirt gekrallt. »Die können doch unmöglich all diese Menschen hier reinlassen. Die … die quetschen uns tot.« Sie konnte ihren Blick nicht von der schwarzen Masse lösen, die zu den Bühnen strebte.

Hendrik legte ihr einen Arm um die Schulter. »Keine Panik. Das sieht schlimmer aus, als es ist. Hier auf dem Infield kommen die locker unter. Das verteilt sich, glaub mir. Und nach vorn an die Bühne müssen wir ja nicht gehen. Da ist es in der Tat etwas kuscheliger.«

Lyn starrte von Hendrik zurück zu den Tausenden Metal-Fans, die unaufhaltsam näher rückten. »Kuschelig« war ein Attribut, das sie hier mit nichts und niemandem in Verbindung bringen konnte. Ganz im Gegenteil. Lyn fragte sich, wie sie den Abend bei der dröhnenden Musik, die aus den gigantischen Lautsprechern schallte, überstehen sollte.

»Ich will auf jeden Fall einen Erschwerniszuschlag auf meiner nächsten Gehaltsabrechnung«, grölte sie Hendrik ins Ohr und zog ihn zu einem Stehtisch am Rand des Platzes.

»Die Chance, ihn zu finden, ist echt gering«, sagte Hendrik nun mit Blick auf die Menschenmassen.

»Wenn wir uns unter die Leute mischen, sollten wir uns trennen. Es bringt nichts, wenn wir zu zweit in dieselben Gesichter blicken.« Lyns Augen wanderten über die Männer und Frauen, Mädchen und Jungen, die an ihr vorbeigingen oder in kleinen Grüppchen zusammenstanden.

Dies war eine völlig neue Welt. Eine laute Welt, in der – und das ließ Lyns feststehende Meinung Minute um Minute bröckeln – das Verhalten keineswegs so schwarz war wie die Kleidung und Haarfarbe der Bewohner. Im Gegenteil. Eine fröhliche Ausgelassenheit lag wie ein bunter Schleier über den Feiernden, webte sich durch sie hindurch mit Lachen, Albernheiten und einem unglaublichen Sinn für Gemeinschaft und Rücksichtnahme.

Gerade eben wurde in null Komma nichts eine Schneise für eine Gruppe Rollstuhlfahrer Richtung Bühne geschaffen. Das »Holy Wacken Land« verdiente seinen Namen vielleicht zu Recht.

»Eben hattest du noch Angst zerquetscht zu werden«, lachte Hendrik, »und jetzt willst du dich allein in die Menge wagen?«

»Wenn's mir zu eng wird, verkrümle ich mich. Ich …«

Das Wort blieb ihr im Hals stecken, weil sie von hinten um die Taille gepackt und in die Luft gehoben wurde. Lyn kreischte vor Schreck los und wurde umgehend wieder abgesetzt.

Hendrik klatschte die sich ihm entgegenstreckende Hand ab, während Lyn sich abrupt umdrehte.

»Thilo!«

»Kollegin Lynni, du bis die Bessde.« Thilo Steenbuck packte sie noch einmal um die Taille und hob sie hoch. »Siehssu die geile Band da vonne?«, lallte er. »Dassis ›U.D.O.‹ Die sinn geil.«

Lyn hämmerte ihre Faust gegen seine nackte Schulter. »Und du bist hackevoll, Kollege. Lass mich runter.«

»Ssollich?« Er sah Hendrik an, und setzte Lyn erst ab, als der gnädig nickte.

Lyn starrte ihren volltrunkenen Kollegen an. Thilo trug nur eine zerschlissene Jeans und dreckige Stiefel. Sein Oberkörper war nackt.

»Ich wusste ja gar nicht, dass du tätowiert bist«, stieß sie aus. »Ist das ein Hummer?« Sie packte ihn am Arm und drehte ihn ein kleines Stück, um das Tattoo, das sich vom linken Schulterblatt bis zum Oberarm zog, besser sehen zu können.

»Humma?« Thilo zog seine Stirn kraus. »Dassis 'n Skorpion, Mann. Habbich mir ma stechen lassen, weil Tessa doch Skorpion is …« Er grinste. »War froh, dassie keine Waage war, hättich scheiße gefunnen, so 'ne Waage auffer Schulter.«

»Und, tolle Stimmung hier, was?«, versuchte Hendrik Konversation mit seinem lattenstrammen Kollegen zu betreiben.

»Geil!« Thilo nickte begeistert Richtung Bühne. »Hassu vorhin Sepultru … Sepultura geseh'n? Un wie die annern Typen dabei die Fässer bearbeidet hamm? Die Brassiljaner sinn so geil!« Grienend legte er Lyn einen Arm um die Schulter und strahlte sie an. »Kommp ihr ohne mich hier klar?«

Lyn widerstand tapfer der Versuchung, seinen Arm abzuschütteln, trotz des Schweiß- und Alkoholdunstes, der ihn umgab. »Na klar, Kollege. Geh ruhig wieder feiern.« Sie freute sich, als Hendrik an der Reihe war, umarmt zu werden.

»Ihr sseid die Besten, ihr beid'n. Ihr sseid wunner- wunnerbare Kolleg'n. Das gansse K1 is wunnerbar. Bissauf den Blödmann. Den magssu auch nich, nich Lynni?«

Thilo machte Anstalten, sein Kuschelbedürfnis wieder an Lyn auszulassen.

»Jochen hat auch seine guten Seiten«, sagte sie schnell. »Und jetzt müssen wir wirklich weiter, Thilo. Dir noch viel Spaß mit deinen Kumpels. Die warten doch bestimmt schon auf dich?«

Wackelnd drehte er sich um und stierte in die Menge. »Yep. Da hinten ssinn ssie. Die wart'n auf mich. Schüs, ihr beid'n!« Er riss seinen Arm hoch. Mit Pommesgabel grölte er »Wackeeen!« und trollte sich.

Hendrik grinste Lyn an. »Du bezeichnest unseren Kollegen Jochen also als Blödmann.«

»Ich nicht. Thilo.«

»Thilo hat keinen Namen genannt.«

»Stimmt«, Lyn knuffte ihn in die Seite, »es gibt noch einen zweiten Blödmann.«

»Okay.« Hendrik wurde ernst und blickte auf seine Armbanduhr. »Lass uns an die Arbeit gehen. Wir treffen uns in zwei Stunden wieder hier. Und bitte keine Minute später. Ich hab nämlich noch eine Verabredung mit einer wunderschönen Lady, deren Dekolleté mich ziemlich heiß macht.« Sein Finger strich zart über ihren Brustansatz, während er sie küsste.

Verlegen zupfte Lyn das schwarze Shirt zurecht, als er ging. Sie hatte es aus Charlottes Schrank gemopst, und es war in der Tat ein wenig knapp. Sie sah Hendrik nach, der sich von der Seite her zu den Bühnen begab. Anscheinend wollte er das Feld von vorn angehen. Lyn verharrte noch einen Moment und lauschte der Musik.

Die in Tarnanzüge gehüllte Truppe röhrte auf der »True Metal Stage« den »Bogeyman«. Widerwillig musste Lyn sich eingestehen, dass die rauchig-harte, martialische Stimme des »U.D.O.«-Frontmanns den Schatten des »Bogeyman« anschaulich vor ihrem inneren Auge erstehen ließ.

Langsam ging sie schließlich am äußeren Mittelfeld hin und her und konzentrierte sich auf die Gesichter, die ihr von den Eingangsschleusen her entgegenkamen. Werner Schwedtke würde sie sofort erkennen. Das Foto von Andreas Stobling hatte sie sich mit Hendrik noch einmal angesehen, bevor sie das Gelände betreten hatten. Sie fragte sich, ob sie ihn tatsächlich in dieser Menge erkennen würde. Er hatte nichts Markantes an sich, und Allerweltsgesichter gab es zwischen all den skurrilen Typen zu Tausenden.

Lyn traute ihren Augen nicht, als eine Gruppe Rentner vor ihr auftauchte. Keiner der Senioren sah aus, als wäre er unter achtzig. Zwei der Frauen trugen Wacken-Shirts über ihren Strickjacken, ein Opa mit Handstock outete sich unter einer Steppweste als Scorpions-Fan. Alle paar Meter blieben sie stehen, weil sie von Metal-Fans angesprochen wurden. Aber die Senioren-Gang hatte auch keine Hemmungen, selbst auf die Fans zuzugehen. Neugierig die ungewohnten Eindrücke aufsaugend, spazierten sie an Lyn vorbei.

Lyn konnte sich ein Lachen nicht verkneifen, als eine der Seniorinnen ihre Nachbarin anstupste und in feinstem Plattdeutsch grölte: »Kiek di dat an!« Ihre faltige, goldberingte Hand deutete auf einen schlanken, langhaarigen Typen, der mit dem Profil zu ihnen stand. »Is dat nu een Deern oder is dat een Kerl?«

Der lange schwarze Rock, den der Mann trug, verwirrte die Damen sichtlich. Da er andererseits mit nacktem Oberkörper dastand und seine Brust zwar haarlos, aber völlig platt war, schwankten sie in ihrer Meinung über das Geschlecht. Der Scorpions-Opa beendete die lebhafte Diskussion, indem er zu dem Jüngling tappte, ihm seinen Stock in den Rücken bohrte und ihn direkt ansprach.

Lyn hätte der Gruppe noch stundenlang zuhören können, aber das Vibrieren des Handys in ihrer Jeans holte sie in die berufliche Wirklichkeit zurück.

»Hallo?« Sie presste das Handy an ihr Ohr. Die weibliche Stimme war zu verstehen, allerdings schwer. »Frau Stobling?«, Lyn sprach laut und deutlich, »ich kann Sie kaum hören. Können wir uns irgendwo treffen? Ich befinde mich auch auf dem Gelände. … Ja, okay. Das finde ich wieder, da war ich schon. Bis gleich.«

Lyn ließ sich mit den Fans treiben, die das Infield verließen. Cornelia Stobling wollte auf dem Wackinger-Areal auf sie warten. Das »Wackinger Village« hatte Lyn bereits mit Hendrik besichtigt. Sie hatte nicht erwartet, dass es so viele Nordmann-Klone gab. Natürlich hatte sie von Mittelaltermärkten gehört, auf denen allerlei abenteuerliche Dinge verkauft wurden, aber die Masse der Wikinger-Fans hier in Wacken verblüffte sie. Das Geschäft mit den typischen Accessoires boomte. Viele Stände boten an, was Wickie und Konsorten zum Leben so brauchten: Kettenhemden, Tierfelle und Trinkhörner. Das kulinarische Angebot auf dem mittelalterlichen Markt reichte von Met und »Wackenblut«, das aus einem umgebauten Wikingerschiff ausgeschenkt wurde, bis hin zu sogenannten Barbarenspießen. Das von Hendrik als Zwischenmahlzeit vorgeschlagene Wildsau-Würstchen hatte sie dankend abgelehnt.

Als Treffpunkt hatte Cornelia Stobling die überdimensionale geschnitzte Holzfaust mit den beiden abgespreizten Fingern vorgeschlagen. Lyn winkte der Schwester von Andreas Stobling zu, als sie sich dem Metalszene-Symbol näherte.

»Danke, dass Sie gekommen sind«, begrüßte Cornelia sie.

»Sie haben sich verletzt?«, fragte Lyn und deutete auf den Verband an der Hand.

Cornelia winkte ab. »Nur ein Kratzer.«

»Haben Sie etwas von Ihrem Bruder gehört?« Lyn war gespannt. Hoffnung auf eine positive Antwort hatte sie allerdings nicht, denn Cornelia Stobling hatte Tränen in den Augen. Sie sah blass und übernächtigt aus, und ihr Karottenhaar stand stumpf und wirr in alle Richtungen ab. Lyn fragte sich, wie oft sie wohl verzweifelt mit den Händen hindurchgefahren war.

»Nein. Ich … ich laufe hier von morgens bis abends von Pontius zu Pilatus, aber ich finde ihn nicht.«

»Frau Stobling«, Lyn legte eine Hand auf die Schulter der jungen

Frau, »ehrlich gesagt, wäre es auch ein unglaublicher Zufall, wenn Sie auf Ihren Bruder stoßen würden. All diese Menschen …«

»Aber ich muss es doch versuchen!«

»Natürlich. Ich hätte es genauso gemacht. Aber Sie sollten nicht verzweifeln. Zum einen wissen wir gar nicht sicher, ob der Täter es überhaupt auf Ihren Bruder abgesehen hatte. Und selbst wenn, wissen wir nicht, ob der Täter sich hier aufhält. Alles ist spekulativ, Frau Stobling. Und genauso wenig, wie Sie Ihren Bruder hier ausmachen können, würde es auch dem eventuellen Täter gehen: Es ist fast unmöglich, die eine Person, die man sucht, hier zu finden.« Lyn bedauerte, dass Andreas nicht die Haarfarbe seiner Schwester hatte. Ein Pumuckl fiele in der Masse auf.

Cornelia Stoblings Blick verfinsterte sich. »Ich verlasse mich nicht auf Glück. Ich muss einfach alles tun, was ich tun kann. Für Sie und Ihre Kollegen ist mein Bruder nur irgendjemand. Für mich ist er meine Familie.«

Lyn nahm ihre Hand zurück. »Meine Kollegen und ich hätten eigentlich Feierabend, Frau Stobling. Wir sind trotzdem hier.«

Cornelia legte sich die Hand über die Augen. »Entschuldigen Sie. Ich möchte nicht ungerecht erscheinen. Es ist nur … Warum reagiert Andy nicht auf das Ausrufen?«

»Wir werden es wiederholen, Frau Stobling.«

»Aber Sie müssen es öfter wiederholen! Darum habe ich Sie angerufen!« Sie krallte ihre Finger in Lyns Unterarm und begann zu weinen.

Lyn zog sie in ihre Arme. »Es wird alles gut. Bestimmt. Es wird weitere Durchsagen geben. Und spätestens Sonntag – wenn wir ihn nicht vorher finden – verlässt Ihr Bruder Wacken und fährt zu Ihnen nach Hamburg. Wir werden ihn dann unter Personenschutz stellen, bis wir mehr wissen.« Sie löste sich so weit von Cornelia Stobling, dass sie ihr in die Augen sehen konnte. »Und jetzt sollten Sie sich wirklich ausruhen. Sie sind doch völlig fertig. Warum gehen Sie nicht in Ihre Unterkunft und versuchen zu schlafen?«

Cornelia Stobling machte sich frei und wischte mit den Zeigefingern die feuchten Spuren von ihren Wangen. »Wenn Sie helfen wollen, Frau Harms, dann sollten wir uns jetzt trennen.« Ohne ein weiteres Wort wandte sie sich um und ging Richtung Bühnen. Ihr Kopf wanderte stereotyp im Hundertachtzig-Grad-

Winkel hin und her, langsam, um beim Scannen der entgegenkommenden Gesichter keines zu übersehen.

Lyn blickte ihr eine Weile nach. Was mochte in Cornelias Kopf noch vorgehen? Die junge Frau hatte nicht ein einziges Mal nachgefragt, warum ein eventueller Killer es auf ihren Bruder abgesehen haben könnte. Hatte sie vielleicht eine Antwort darauf? Traute sie ihrem Bruder zu, etwas getan zu haben, das Rache zuließ?

★★★

»Du bist doch völlig bescheuert«, lachte Jule und tippte sich gegen die Stirn. »So geh ich nicht mit dir durchs Dorf.« Sie stand vor dem Zelt der Engländer, um Andreas zum Einkaufen abzuholen, wie sie es besprochen hatten.

»Klaro! Das sind dreißig cool verdiente Euronen«, protestierte Andreas und zog an den Zitzen des Mega-Euters, das zweifellos der Brüller des Kuh-Kostüms war, das die Engländer mitgebracht hatten und – je nach Alkoholpegel – abwechselnd auf dem Gelände trugen. Jetzt steckte er darin. »Einmal Dorf-Supermarkt und zurück. Mich erkennt doch kein Schwein. Ist mir also null peinlich.«

»Aber mir ist es peinlich mit 'ner blöden Kuh durch Wacken zu latschen.«

»Dich kennt hier doch auch niemand«, sagte er und stülpte den felligen Kuhkopf über seinen Schädel. »Und ich möchte diese Wette nicht verlieren.« Seine Stimme klang jetzt gedämpft. »Ich brauch das Geld. Und jetzt komm.« Er wandte sich den beiden Engländern zu, die das Ankleiden mit dummen Sprüchen und Gelächter verfolgt hatten. »*Gimme five!*« Er hob seinen braunweiß gescheckten Arm, und die Liverpooler klatschten ihn ab.

»Na, dann los, du blöde Kuh«, grinste Jule und zog ihn am Schwanz. »Die Einkaufsliste ist lang. Und vor allen Dingen will ich nachher nicht ›Saxon‹ verpassen.«

Mit lautem Gemuhe verabschiedeten die Engländer die beiden.

Als sie das Festivalgelände verließen, knuffte Jule ihn in die Seite. »Sag mal, hast du eigentlich was ausgefressen? Tina hat gesagt, dass vor dem ersten Gig ein Andreas ausgerufen wurde.

Den Nachnamen hat sie nicht verstanden. Aber der soll sich bei der Polizei melden.«

»Klar«, er sprach dunkel, »man nennt mich auch Jack the Murdercow. Ich ziehe über die Festivals und meuchle kleine, geile blonde Mädchen.« Seine Kuhhufe betatschten ihre Brüste.

Jule machte sich kichernd frei. »Blöde Kuh.«

»*Fuck!* Ich öl hier wie 'ne Sardine unter dem Ding«, kam es dumpf unter dem Kuhkopf heraus, als sie eine halbe Stunde später den kleinen Lebensmittelmarkt, mit Tüten beladen, verlassen hatten.

»Dann nimm das Scheißding doch ab.« Jule griff genervt nach einem der Hörner und zerrte an der Maske. »Deine Kumpels aus Liverpool sehen das doch nicht. Und außerdem sind wir eh gleich wieder auf dem Gelände. Dann hast du deine Wette gewonnen.«

»Ey, das geht nicht.« Andreas stellte die beiden Tüten mit den Lebensmitteln ab und zog die Maske wieder zurück. Er blinzelte durch die Sehschlitze. »Wenn ich wette, bin ich auch ehrlich. Das ist Ehrensache.«

»Dann schwitz eben weiter«, murrte Jule. »Ich find das total eklig. In dem Ding haben die Engländer auch schon abgeschwitzt. Geh bloß duschen, bevor wir heute Abend bei mir im Zelt verschwinden.«

»Du stehst auf meinen Schwanz, was?«

Jule tippte sich an die Stirn, als er mit dem Fellschwanz vor ihrem Gesicht herumwedelte.

»Was ist?«, fragte sie im gleichen Moment, weil Andreas die abgestellten Tüten nicht wieder aufnahm, sondern in die Schaufensterscheibe des Fahrrad-Geschäftes neben dem kleinen Lebensmittelladen blickte.

»Ich kenn den Besitzer«, sagte er und ging zu der Tür. »Bei dem hab ich drei Jahre lang gepennt in der Wacken-Zeit. Ich geh mal kurz rein.« Er drückte die Klinke, doch die Tür gab nicht nach.

»Der Laden ist geschlossen«, kam es von der Seite. Der Lebensmittelhändler beförderte mit einem Schwall Wasser aus einem Zehnlitereimer Reste von Erbrochenem vor seinem Geschäft in den Rinnstein. Auf Umstehende nahm er dabei keine Rücksicht, aber es störte sich auch niemand daran.

»Ich kenn den Werner und die Judith«, sagte Andreas, »wollte nur mal kurz Hallo sagen. Zu Hause hab ich die beiden auch nicht angetroffen.«

»Die Judith?« Der Händler hielt inne und starrte in das Kuh-Gesicht. »Judith ist tot.«

»Nee!« Andreas blinzelte durch die Sehschlitze. Der Schweiß lief ihm von der Stirn in die Augen. »Das … das kann doch nicht sein.«

Sweety war tot?

»Was ist denn passiert? Ich meine … wie ist sie denn …?«

»Selbstmord. Hat Tabletten geschluckt.« Der Kaufmann drehte sich um und ging wieder hinein.

»Und Werner?«, rief Andreas ihm hinterher.

Der Kopf des Kaufmanns erschien noch einmal in der Tür. »Keiner weiß, wo der steckt.«

»So 'ne Scheiße.« Andreas nahm die gefüllten Plastiktüten wieder auf und lief los.

Jule tappte verwirrt hinterher. »Kanntest du diese Judith gut?«

Er starrte geradeaus. »Ich kannte sie eben. Und jetzt lass uns über was anderes reden. Tod und Selbstmord und so 'n Scheiß ist nix für mich. Ich bin hier, um Spaß zu haben.«

Kurz vor dem Eingang zum Open-Air-Gelände blieb Jule plötzlich stehen. »Wieso ist eigentlich der Opa Willi nicht da? Der steht doch immer hier. Seine Marmelade schmeckt so geil. Und Posaune hat er immer für Tina und mich gespielt.«

»Hast recht. Der Marmeladen-Opa fehlt.« Kuh-Andy blickte sich suchend auf dem Bürgersteig der Hauptstraße um. »Komm, wir fragen mal die Blauen.« Er zog Jule zu den beiden unifor-mierten Beamten, die am Eingang standen und aufmerksam die Gesichter der Kommenden und Gehenden sondierten.

»Moin, ihr Freunde und Helfer!«, quatschte Andreas sie an, »wo is 'n der Marmeladen-Opa hin, der mit der Posaune? Hat der seinen Stand jetzt woanders?«

»Muh!«, grüßte einer der Polizisten grinsend zurück, »tolles Kostüm.« Er zog an einer der Zitzen.

»Ey«, Andreas lachte unter dem Fell, »keine Handgreiflichkei-ten.«

»Immerhin sind wir Bullen«, griente der Beamte, »wir stehen auf Kühe.«

Der andere deutete Richtung Himmel. »Opa Willi spielt jetzt für den Engelchor Posaune.«

»Oh!« Jule sah ihn bestürzt an. »Der ist gestorben, der Willi? Wie schade. Der gehörte hierher.«

»Ist ja echt ätzend«, stieß Andreas aus, als sie weitergingen, »sind hier plötzlich alle tot, oder was?«

★★★

Sechs Uhr drei zeigten die digitalen Zahlen an, als Lyn auf den Wecker blickte. Er würde erst in siebenundzwanzig Minuten piepen. Sie stellte ihn ab, weil sie wusste, dass sie nicht mehr einschlafen würde. Dabei war sie erst spät eingeschlafen. Das Heavy Metal hatte sich im Bett nicht aus ihren Gehörgängen vertreiben lassen. »*Louder than Hell*« hatte als Festivalmotto durchaus seine Berechtigung.

Ein paar Minuten verbrachte sie damit, Hendriks entspanntes Gesicht zu betrachten. Den Schwung seiner festen Lippen, das energische Kinn, das vom Schlaf verwuschelte dunkelblonde Haar. Schließlich schlüpfte sie unter der Bettdecke hervor und tapste auf Zehenspitzen aus dem Schlafzimmer in die Küche. Hendrik rührte sich nicht. Tief und fest war sein Schlaf, wie die ruhigen Atemzüge verrieten.

Sie stellte die Kaffeemaschine an und ging ins Bad. Ihre Gedanken wanderten zu Judith Schwedtkes Mutter, während sie mit geschlossenen Augen ihren Kopf dem warmen Duschwasser entgegenhielt. Dagmar Meifarts Reserviertheit am Telefon, als Lyn die Alibis abgefragt hatte, war verständlich. Man konnte es ihr nicht verübeln. Ihre Angaben hatten sich alle als richtig herausgestellt. Sie konnte zu allen drei Terminen Zeugen aufweisen. Für ihren Mann Knuth galt das nur bedingt. Judiths Mutter behauptete, dass er am Dienstag, als Stefan Kummwehl ermordet worden war, auf dem Rückweg von einem Kunden in Pinneberg gewesen sei.

Der Kunde hatte bestätigt, dass Knuth Meifart bis neunzehn Uhr dreißig bei ihm gewesen war. Aber bis Elmshorn war es nicht weit, und Knuth Meifart hätte vielleicht bei einer guten Verkehrssituation zur Mordzeit am Hainholzer Damm gewesen sein können.

Lyn stellte das Wasser ab, griff nach dem Shampoo und massierte es in ihr Haar. Sie würden heute Vormittag die Strecke einmal abfahren, um zu sehen, ob es zeitlich möglich war. Und wenn ja, würden sie noch einmal die Hausbewohner in Kummwehls Block befragen müssen. Meifart war mit seinem Firmenwagen unterwegs gewesen. Vielleicht hatte jemand den Pritschenwagen in der Nähe des Tatortes stehen sehen.

Sie spülte den Schaum aus dem Haar und griff nach der Tube mit dem Duschgel. Im gleichen Moment öffnete sich die Tür der Duschkabine. Ein Schwall kalter Luft umwehte Lyn.

»Ich komme anscheinend genau im richtigen Moment.« Hendrik schloss die Tür hinter sich, hielt seinen Kopf für einen Moment in den warmen Wasserstrahl und nahm Lyn die Tube aus der Hand.

»Möchtest du wirklich nach Jil Sander duften?«, fragte Lyn spöttisch. »Dein Duschgel steht hier.« Sie deutete auf das kleine Metallregal.

»Ich habe nicht vor, *mich* damit einzuseifen«, murmelte Hendrik, den Mund an ihren Lippen. Seine Hände mit dem duftenden Gel glitten über ihren Körper. Langsam, und doch gierig. Wanderten Richtung Bauchnabel.

Lyn schloss die Augen. Der Kaffee konnte warten.

ELF

Die brennenden Augen hinter der Sonnenbrille glitten unablässig über die Metaller. Die Sekunden, Minuten, Stunden des Suchens zehrten an ihm. Stechende Kopfschmerzen tobten hinter seiner Stirn und er fühlte, wie Übelkeit in ihm aufstieg.

Er musste hier weg! Wenigstens für einen Moment.

Immer schneller wurden seine Schritte. Er stieß an die Leiber der Männer und Frauen um ihn herum, roch ihren Schweiß und ihre Parfüms und wusste nicht, was ihn mehr abstieß. Alkoholfahnen vermischten sich mit dem Geruch von Urin, als er an einer der Pissrinnen vorbeieilte. Stimmenfetzen und Gelächter, Gegröle und die nie enden wollenden Laute aus den Ghettoblastern verbanden sich mit dem Geräusch seines gehetzten Atems. Er flüchtete sich an den Metallzaun, der den Campingplatz von einer nicht für Besucher freigegebenen Straße abgrenzte. Mit dem Rücken lehnte er sich dagegen und pumpte Luft in seine Lungen. Langsam wurde er ruhiger, der stechende Kopfschmerz ging in ein dumpfes Pochen über. Die Karrees des Zaunes drangen durch den Stoff seines schwarzen Kapuzenpullovers. Er spürte, wie die Härte des Metalls seinen Rücken stärkte.

Nur fünf Minuten durchatmen, dann musste er zurück. Er konnte das Suchen nicht aufgeben. Nicht jetzt. Nicht seit der Lautsprecherdurchsage gestern Nacht. Ein Lächeln bildete sich auf seinen Lippen, als er in Gedanken den wundervollen Worten noch einmal nachspürte.

»Andreas Stobling! Andreas Stobling wird dringend gebeten, sich bei der Polizei zu melden.«

Er war hier! Und sie wussten Bescheid. Sie wollten Andreas Stobling, bevor er ihn bekam.

Das galt es zu verhindern. Er stieß sich von dem Zaun ab.

★★★

Lyn legte ihr Käsebrötchen zur Seite, als ihr Handy eine SMS ankündigte. »Von Krümel«, sagte sie zu Hendrik und las die Kurznachricht. »Sie fragt, ob wir am Sonntagnachmittag, wenn sie von ihrem Wochenendtrip zurück ist, in Wilster Eis essen gehen. Lisas Eltern setzen sie dann am Markt ab. Oder ob ich schooon wieder arbeiten muss.«

Lyn legte das Handy zurück auf den Schreibtisch und biss in die Brötchenhälfte. »Im Wacken-Fall kann passieren, was will«, nuschelte sie mit vollem Mund, »ich werde Sonntag nicht arbeiten, sondern Krümel diesen Wunsch auf jeden Fall erfüllen. In den letzten Tagen hatte ich so wenig Zeit für sie.«

»Das verlangt doch auch niemand«, sagte Hendrik, der vor ihrem Schreibtisch auf dem Besucherstuhl saß. Seine Beine ruhten auf Lyns Schreibtischkante, während er seine Schinkenstulle aß. »Du musst diesen Fall schließlich nicht allein lösen.«

»Ich weiß«, nickte Lyn, »aber gerade in diesem Fall hätte ich ein schlechtes Gewissen, wenn ich nicht tue, was ich kann. Egal ob Wochenende oder nicht. Hier geht es nicht nur um Tote, sondern um einen Menschen, der noch lebt und gerettet werden kann.« Sie stopfte sich den Brötchenrest in den Mund und leckte die einzelnen Finger ab. »Ich verstehe nicht, wieso er sich nicht meldet. Er muss die Durchsagen doch gehört haben.«

»Nicht unbedingt.« Hendrik schüttelte den Kopf. »Kein Mensch hört sich da alle Gruppen an. Es gibt weit über hundert Bands, die nicht nur auf den beiden großen Bühnen spielen, sondern noch auf vier oder fünf weiteren. Er kann während der Durchsagen auf dem Campingplatz, im Ort oder sonst wo gewesen sein. Beim Karaoke, beim Schlammcatchen, was weiß ich.«

»Du hast ja recht«, sagte Lyn. »Aber mir tut Cornelia Stobling leid. Sie war so verzweifelt. Ich wünschte, wir könnten sie aus dieser Situation erlösen.«

»Ach, gut!«, erklang Wilfried Knebels Stimme an der Tür. »Ich dachte schon, ich bin ganz allein hier. Die anderen essen heute wohl alle auswärts.«

»Gibt's was Neues?«, fragte Hendrik. »Du siehst so zufrieden aus.«

»Allerdings«, gab der Hauptkommissar ihm recht. »Bei der Einsatzleitstelle ist gerade ein höchst merkwürdiger Anruf eingegangen. Es ging um die Tatwaffe im Wacken-Fall. Eine Frau, die anonym bleiben wollte, hat eine sehr interessante Aussage gemacht.«

»Na, da bin ich jetzt gespannt«, sagte Hendrik und nahm die Füße vom Tisch.

Wilfried hockte sich auf den frei gewordenen Schreibtischkantenplatz. »Sie behauptet, dass einer der beiden Juweliergeschäft-Räuber die Pistole vor über siebenundzwanzig Jahren einem Pastor übergeben hat. Sie hat keine Gründe genannt, aber den Namen der Kirche.«

»Was soll man davon halten?«, fragte Hendrik und blickte skeptisch von Lyn zu Wilfried.

»Das wissen wir, wenn ihr wieder hier seid«, sagte Wilfried. »Ich möchte, dass ihr nach Hamburg fahrt. Dort befindet sich die genannte Kirche.« Er schob einen Zettel mit der Adresse zu Lyn hinüber. »Findet heraus, ob an der Sache was dran ist. Pastoren sind da ja bekanntlich etwas eigen. Von wegen Schweigepflicht und so. Macht ihm klar, dass es hier um Dreifach-Mord geht und ein weiteres Leben in Gefahr ist, wenn er die Aussage verweigert.«

»Einen Namen wird er uns niemals nennen«, sagte Hendrik und stand auf.

»Wer weiß, ob es diesen Pastor überhaupt noch gibt.« Lyn griff nach ihrer Tasche.

»Spekulieren hilft nicht«, sagte Wilfried. »Ich drücke uns die Daumen … Sobald Birgit aus der Mittagspause zurück ist, kann sie euch in dem Hamburger Pastorat avisieren.«

»Wo sind denn die Dienstwagenschlüssel?«, fragte Hendrik kurz darauf. »Haben die einen neuen Platz gekriegt?« Er und Lyn standen vor dem Schreibtisch der Kommissariatssekretärin. Hendrik hatte die Schreibtischschublade, in der die Schlüssel immer lagen, aufgezogen und blickte auf Karamellbonbon-Tüten, Schokoriegel in diversen Variationen und eine Mega-Keksdose.

»Kann ich helfen?«, erklang eine spitze Stimme in der Tür hinter Lyn.

Eine Moschuswolke hinter sich herziehend, stapfte Sekretärin Birgit mit drohend zusammengezogenen Augenbrauen zu ihrem Schreibtisch und knallte die Schublade zu. Keine Sekunde zu früh hatte Hendrik seine Finger gerade noch vor einer Amputation bewahrt.

»Geht's noch?«, pfiff er die Sekretärin an. »Deine Fresslade interessiert mich einen Scheißdreck. Ich suche die Autoschlüssel.«

»Ich habe umgeräumt. Aber da es den Herrschaften mal wieder nicht passt ...«, sie riss die Lade mit den Naschereien auf und klatschte den Inhalt auf die Schreibtischunterlage, »... machen wir jetzt alles so, wie es immer war. Nur nicht die rechte Gehirnhälfte strapazieren! Nur nichts ändern! Kommissare sind so widerlich eingefahren.« Sie pfefferte sämtliche Autoschlüssel, die sie aus der untersten Schublade hervorzuzaubern, in die jetzt leere Lade und knallte diese zu.

Hendrik starrte sie an. Dann hob er den Zeigefinger, bis er fast ihre Nasenspitze berührte. »Ich habe ›Men in Black‹ gesehen. Ich weiß nicht, wie du unter dieser Menschenhaut aussiehst, aber ich weiß, was du vorhast.« Mit der linken Hand zog er die Lade auf und griff nach dem Wagenschlüssel.

An der Tür drehte er sich noch einmal um. »Ihr werdet es nicht schaffen, uns auszurotten.«

Lyn löste ihren Gurt, als Hendrik den Wagen vor der Kirche in Hamburg parkte. »Ich bin gespannt, ob Alien-Birgit uns angemeldet hat. Ich wette fünf Euro, dass sie es nicht getan hat.«

»Die Wette gilt. Sie würde nicht wagen, eine Arbeitsanweisung von Wilfried nicht zu befolgen. Allerdings würde ich ja lieber um Naturalien wetten«, lächelte er unschuldig, während sie an der Tür des Pastorats klingelten. »Was hältst du von ...«, er beugte sich zu ihr und flüsterte ihr seinen Wetteinsatz ins Ohr.

»*Das* für fünf Euro?«, grinste sie ihn von der Seite an. »Aber gut, einverstanden. Da ich gewinnen werde, gilt die Wette.«

Die Tür wurde im gleichen Moment geöffnet, in dem Hendrik noch einmal die Klingel betätigte.

»Herrje«, sagte die zierliche ältere Dame lächelnd, aber unverkennbar mit einem Hauch von Ärger in der Stimme, »so schnell wäre ich ja nicht einmal als Vierzigjährige an der Tür gewesen ... Was kann ich denn für Sie tun?«

»Entschuldigen Sie bitte.« Hendrik machte auf zerknirscht. »Wir wollten Sie keinesfalls hetzen.« Er zog seinen Ausweis. »Wir sind von der Kripo Itzehoe und würden gern den Pastor sprechen, Frau ...?«

Die alte Dame ignorierte das Fragezeichen hinter Hendriks

Ansprache. Sie musterte intensiv die Gesichter von Lyn und Hendrik. Als auch Lyn ihren Ausweis zückte, winkte die Frau barsch ab, ohne einen Blick auf die Papiere geworfen zu haben.

»Ich erkenne an den Augen der Menschen, ob sie lügen oder nicht«, sagte sie, trat zur Seite und deutete ins Haus. »Ein Plastikkärtchen kann gefälscht sein, aber die Seele scheint durch die Augen und entlarvt die Bösen. Bitte gehen Sie gerade durch. Dort ist das Büro meines Mannes. Er ist hier der Pastor.«

»Wir sollten sie fragen, ob sie bei uns anfangen will«, flüsterte Hendrik Lyn zu, während die Frau die Tür wieder abschloss. »Ein Lügendetektor auf zwei Beinen.«

»Mein Mann ist gerade außer Haus, müsste aber in Kürze wieder hier sein«, sagte die Pastorengattin. »Darf ich Ihnen derweil einen Tee bringen? Oder lieber Kaffee?«

»Kaffee wäre prima«, sagte Lyn. »Darf ich fragen, ob wir avisiert worden sind? Unser Büro wollte uns eigentlich ankündigen.«

»Hier hat niemand angerufen«, sagte die alte Dame. »Ansonsten wäre mein Mann natürlich nicht weggegangen, wenn er gewusst hätte, dass Sie kommen. Ich kümmere mich dann jetzt um den Kaffee.«

Lyns Hand öffnete sich, kaum dass die Frau den Raum verlassen hatte.

»Die fünf Euro zahle ich gern«, grunzte Hendrik und zückte sein Portemonnaie. »Denn jetzt kann ich dafür sorgen, dass diese unfähige, unverschämte, verfressene Tippmamsell wegen Arbeitsverweigerung rausgeschmissen wird.«

Lyn steckte den Fünf-Euro-Schein grinsend in ihre Hosentasche. »Wie wäre es mit Vergebung für Birgit?« Sie deutete auf den geschnitzten Jesus, der an einem weißen Kreuz neben dem Fenster hing – der einzigen Wand, die nicht von bis an die Decke reichenden Bücherregalen beherrscht wurde.

Eine Antwort blieb Hendrik schuldig, weil Stimmengemurmel auf dem Flur erklang. Gleich darauf wurde die Bürotür von einem schlanken Mann in schwarzer Jeans und hellblauem Polohemd geöffnet.

Lyn staunte. Wenn das der Pastor war, sah er um einiges jünger aus als seine Frau. Der Gedanke, dass die Leute genau dasselbe denken würden, wenn Hendrik und sie alt wären, folgte prompt.

»Ich bin Pastor Höllmann«, stellte er sich in diesem Moment vor und reichte erst Lyn, dann Hendrik die Hand.

»Kurioser Name für einen Pastor«, sagte Hendrik.

Lyn bewunderte Pastor Höllmann dafür, dass er nicht einmal mit der Wimper zuckte, obwohl er Anspielungen auf seinen Namen bestimmt schon tausendfach gehört hatte.

Im Gegenteil, lächelnd ging er darauf ein. »Meine selige Mutter muss bei meiner Geburt schon geahnt haben, dass ich einmal ein Mann der Kirche werden würde. Sie schaffte Ausgleich mit meinem Vornamen. Gottfried.« Er setzte sich hinter seinen Schreibtisch, stützte die Ellenbogen auf die abgewetzte lederne Unterlage und faltete die Hände vor dem Kinn.

Sein Gesicht war jetzt ernst. »Ich denke, ich weiß, warum Sie hier sind.«

»Tatsächlich?« Lyns Augenbraue hob sich. »Und was denken Sie?«

»Sie sind wegen der Pistole hier.«

Lyn sah Hendrik an. Die Anruferin schien also nicht gelogen zu haben.

»Haben Sie den Artikel in der Zeitung gelesen?«, fragte Hendrik.

Der Pastor nickte. »Gestern. Als ich den Bericht las, dachte ich im ersten Moment, dass ich träume. Das konnte doch nicht sein, aber dann … dann habe ich festgestellt, dass es doch wahr sein kann. Ich hätte in diesem Moment die Polizei angerufen. Das habe ich eben auf meinem Spaziergang entschieden. Ich musste mir erst darüber klar werden, ob ich damit meine Schweigepflicht verletze.«

»Herr Pastor«, sagte Lyn, »Ihre Worte ergeben wenig Sinn für uns. Bitte sagen Sie uns, was genau Sie über diese Pistole wissen.«

Er nickte. »Zuerst würde ich aber gerne erfahren, wie Sie auf mich gekommen sind.«

»Es gab einen anonymen Anruf«, klärte Hendrik ihn auf. »Eine Frau. Mehr wissen wir nicht. Der Anruf kam von einem öffentlichen Fernsprecher.«

Pastor Höllmann schloss einen Moment die Augen. »Gott sei Dank. Dann hat sie es also selbst gemeldet.«

»Wer ist die Frau?«, fragte Lyn.

»Das darf ich Ihnen nicht sagen, meine Liebe.« Der Pastor lächelte. Ein freundliches und gütiges Hirtenlächeln. »Aber ich denke, in Anbetracht der Schwere dieser schrecklichen Taten schade ich niemandem, wenn ich sage, was ich mit meinem Gewissen vereinbaren kann.«

Die Tür öffnete sich. Frau Höllmann balancierte ein Tablett mit Tassen, Gebäck und Kaffee vor sich her.

»Danke, Irmchen«, nickte der Pastor ihr zu. »Stell es einfach hin. Wir bedienen uns.«

Erst als sie wieder draußen war und er Kaffee für alle eingeschenkt hatte, fuhr er fort. »Ich erinnere mich genau an diesen Tag vor über siebenundzwanzig Jahren. Es war ein grauer Novembernachmittag, als die Frau, deren Namen ich Ihnen nicht verraten werde, zu mir kam.«

»Kannten Sie sie denn?«, hakte Hendrik schnell nach.

Pastor Höllmann warf Hendrik einen strengen Blick zu. »Ich werde dazu nichts sagen. Also bitte, lassen Sie mich fortfahren. Sie stand da, wo Sie jetzt sitzen, und begann zu weinen, sobald ich das Wort an sie richtete. Sie legte etwas auf den Schreibtisch, es war eingewickelt in ein Geschirrhandtuch. ›Es ist eine Waffe, Herr Pastor‹, sagte sie zu mir. ›Etwas Schreckliches wurde damit angerichtet. Ein Mensch wurde getötet.‹« Er nahm einen Schluck Kaffee. »Ich habe das Handtuchpäckchen genommen und ausgewickelt. Es war eine Pistole. Mit einem Karton Patronen.«

»Und woher wissen Sie im Nachhinein, dass es die Pistole war, über die in dem Zeitungsartikel berichtet wurde?«, hakte Hendrik nach.

»Weil die Frau es mir erzählt hat.« Der Pastor sah Hendrik an. Es schien, als überlegte er, wie viel er erzählen durfte. Oder wollte. Anscheinend war die Entscheidung zu Hendriks Gunsten ausgefallen, denn er sagte: »Sie war die Ehefrau eines der beiden Bankräuber. Die Frau des Mannes, der den Juwelier tötete. Sie war völlig fertig. Und ihr Mann auch. Sie sagte, dass er auf keinen Fall jemanden hatte töten wollen. Aber es passierte, weil es zu einer Rangelei kam, bei der sich der Schuss löste. Sie sagte, ihr Mann sei verzweifelt und habe geschworen, niemals wieder eine Waffe anzufassen.«

»Warum haben die beiden die Waffe nicht einfach weggeworfen?«, fragte Hendrik.

Pastor Höllmann wiegte seinen Kopf hin und her. »Ich denke, es hatte symbolischen Charakter, die Waffe einem Mann Gottes zu übergeben. Sie wollten Vergebung.«

»Er hätte sich stellen können«, sagte Lyn. »Bei einem so schlechten Gewissen die beste Lösung.«

»Dazu gehört Mut, meine Liebe. Und der war ihm wohl nicht gegeben.« Sein Blick wanderte zu dem Jesus am Kreuz. »Ich hoffe, der Herr hat ihm vergeben, als er vor ihn trat.«

»Er ist tot?« Hendrik sah den Pastor ungläubig an.

»Er starb vor Jahren. Das Herz.«

»Also kannten Sie ihn«, konstatierte Hendrik.

Pastor Höllmann lächelte nur.

»Was haben Sie mit der Pistole gemacht?«, wollte Lyn wissen.

»Ich habe sie verwahrt.«

»Wo?«

»In einem Schrank im Nebenraum der Sakristei. Und bis gestern bin ich davon ausgegangen, dass sie dort auch noch liegt.«

»Und?« Lyn musterte sein Gesicht.

»Weg. Einfach weg. Jemand muss sie genommen haben und hat dann damit …« Er schüttelte sich. »Ich kann nicht glauben, dass noch drei Menschen damit getötet wurden.«

»Dürfen wir uns in dem Raum einmal umsehen, Herr Pastor?«

»Aber ja, es gibt dort keine Geheimnisse. Es ist einfach nur eine Abstellkammer. Wir lagern dort den Weihnachtsschmuck für die Kirche, Kartons mit Gesangsbüchern, Oblaten, Saft und Wein für das Abendmahl, Putzzeug.« Er trank seinen Kaffee aus und stand auf. »Kommen Sie. Wir müssen rüber auf die andere Straßenseite, wenn wir zur Kirche wollen.«

Zehn Minuten später folgten Lyn und Hendrik dem Mann Gottes durch die Gänge der Kirche. Vor dem Altar und unter der Orgelempore waren Gerüste aufgebaut. Gearbeitet wurde allerdings nur auf dem Altargerüst. Eine junge Frau fuhr mit einem trockenen Pinsel über das Auge des Evangelisten Johannes, um gleich darauf einen anderen Pinsel in ein Töpfchen zu tauchen. Vorsichtig strich sie die Goldfarbe auf das Lid der Altarfigur.

»Wunderschön«, sagte Lyn.

»Die Kirche wurde über einen Zeitraum von zwei Jahren vollständig renoviert.« Der Blick des Pastors glitt liebevoll durch sein Gotteshaus. »Die Altar-Restauration ist der krönende Abschluss.«

Sie gingen durch die Sakristei in die kleine Abstellkammer. Sie war fensterlos und vollgepfropft mit Kartons und Kisten, Stühlen, Putzzeug und einem Vertiko.

»Das ist der Schrank?«, fragte Lyn und deutete auf das wunderschöne alte Stück.

»Ja.« Pastor Höllmann schob einen Karton zur Seite und trat an den Schrank. »Dort drin lag sie.« Er zog die sperrige Tür mit Kraft auf. »Sie war noch eingewickelt in das Handtuch. Das ist auch weg.« Er deutete auf das vorletzte Regal.

»Es sieht nicht aus, als würde dort etwas fehlen«, meinte Lyn. Das Regal war bestückt mit Teelichter-Beuteln, einigen Gesangsbüchern und angelaufenen silbernen Kerzenhaltern. In den Regalen darüber lagerten Putzmittel, Verlängerungskabel und verschiedene Werkzeuge.

Der Pastor nickte. »Derjenige, der die Pistole genommen hat, wollte wohl nicht, dass durch die freie Fläche auffällt, dass etwas fehlt, und hat die übrigen Sachen großzügiger verteilt. Ich hatte die Waffe in die hinterste Ecke gelegt, davor die Gesangsbücher gestapelt.«

Hendrik zog die Stirn in Falten. »Sie lassen eine Waffe mitsamt den dazugehörigen Patronen in einem unverschlossenen Schrank liegen? Jeder, der hier reinmarschiert ist, könnte sie genommen haben … Wir brauchen eine Liste mit den Namen der Personen, die Zugang zu diesem Raum haben. Und kommen Sie mir jetzt nicht mit Ihrer Schweigepflicht«, fügte er schnell hinzu, als der Pastor den Mund öffnete. »Der Diebstahl der Pistole aus diesem Schrank hat wohl kaum mit der Frau zu tun, die Ihnen die Waffe damals übergeben hat.«

»All die Jahre hat sie dort gelegen«, murmelte der Pastor. »Wenn ich geahnt hätte, dass jemand …« Er sprach nicht weiter. Schuld stand ihm ins Gesicht geschrieben.

»Wann haben Sie die Waffe denn zuletzt dort gesehen?«, fragte Lyn. »Kann sie schon jahrelang weg sein?«

»Um Himmels willen, nein!« Gottfried Höllmann hob abwehrend die Hände. »Die Waffe war im letzten Monat noch da. Ganz sicher, denn ich habe eine Taufkerze aus dem Karton im Regal darüber genommen. Und es wäre mir sofort aufgefallen, dass das Handtuchpaket weg ist.«

»Wer außer Ihnen wusste von der Waffe in dem Handtuch?«, fragte Hendrik.

Der Pastor wich seinem Blick aus. »Meine Frau wusste es. Sie räumt hier gerne mal auf. Und der Küster. Er hat das Handtuchpäckchen irgendwann entdeckt. Er … er hat damals auch gemeint, dass ich die Waffe nicht in dem Vertiko liegen lassen soll. Hätte ich nur auf ihn gehört.«

»Wir brauchen seinen Namen«, sagte Hendrik.

»Mein Küster ist eine Seele von Mensch.« Die Stimme des Pastors klang entrüstet. »Er hat damit nichts zu tun.«

»Das werden wir dann auch ganz schnell feststellen«, sagte Lyn. »Aber irgendjemand hat nun mal die Waffe genommen. Und darum benötigen wir jetzt die Namen aller anderen, die Zutritt zu diesem Raum haben. Jeder dieser Menschen kann die Waffe durch Zufall in dem Schrank gefunden und für seine Zwecke missbraucht haben.«

»Ich stelle Ihnen eine Liste zusammen.« Er starrte in den Schrank. »Ich bin schuld. Hätte ich die Waffe nur weggetan.«

Lyn strich ihm über den Arm, als er zu weinen begann.

★★★

»Lottchen?« Lyn klopfte laut und vernehmlich an die Zimmertür ihrer Tochter. Sie hatte keine Lust auf ein erneutes Zusammentreffen mit dem halb nackten Drachentöter. Als keine Antwort kam, blieb sie einen Moment unentschlossen stehen. Musik drang durch die Tür. Also war Charlotte da.

»Nun komm schon rein«, ertönte es schließlich hinter der Tür.

Lyn grinste, als sie eintrat. Es war schön, dass Charlotte es nie länger als zwei Tage durchhielt, nicht mit ihr zu sprechen.

»Hallo, mein Schatz. Alles klar bei dir? Soll ich uns was Schönes kochen?«

Charlotte saß im Schneidersitz auf ihrem Bett und durchwühlte gerade einen Jutebeutel. Sie sah nicht auf, als sie sagte: »Schlechtes Gewissen, was? Du brauchst hier jetzt gar nicht so rumschleimen, Gwendolyn Harms. Du hörst doch, dass ich wieder mit dir rede.«

Lyn krabbelte neben Charlotte auf das Bett und legte ihr beide Arme um den Oberkörper. »Ich hab dich auch lieb«, nuschelte sie in das braune Haar ihrer Tochter und begann sie zu kitzeln.

»Ist ja gut«, lachte Charlotte, machte sich frei und ließ den Inhalt des Beutels auf ihren Schoß fallen.

»Wolle?«, fragte Lyn und griff nach einem der Knäuel. »Jetzt sag nicht, du willst stricken.«

»Doch, will ich. Das ist momentan der letzte Schrei. Macht jeder.«

»Ich kann dir aber nicht zeigen, wie das geht.«

Charlotte griente. »Dass deine Fähigkeiten im handarbeitlichen Sektor im Minusbereich liegen, ist ja nun wirklich keine Neuigkeit. Laura hat mir in der Schule gezeigt, wie das geht. Ist gar nicht schwer. Ich könnte es dir auch beibringen.«

»Eher ist der nächste Papst weiblich, als dass ich stricken lerne.« Sie griff ein weiteres Knäuel und verharrte plötzlich. Dieser Geruch. Lyn presste die Nase in die Wolle.

»Was ist?«

Lyn schüttelte den Kopf. »Nichts. Aber für einen Moment dachte ich, ich rieche meine Mutter. Die Wolle hat so einen Eigengeruch, der mich an sie erinnert.«

Charlotte sah sie an. Mit großen Augen. »Die Wolle hat Opa mir gebracht. Die ... die ist von deiner Mutter. Er sagte, sie liegt schon ewig in dem alten Schrank im Gästezimmer und ich kann sie haben.«

Lyn wiegte die Wolle in ihrer Hand. »Tatsächlich? Er hat ihre Wolle aufgehoben?«

»Soll ich sie lieber nicht verstricken?«

»Doch. Doch, natürlich.« Lyn sah Charlotte an. »Deine Oma hätte sich darüber gefreut. Sehr sogar. Ich war schließlich ein hoffnungsloser Fall.« Sie stand auf. »Ich mach uns jetzt was zu essen.«

»Brauchst du nicht. Nicht für mich. Max holt mich gleich ab. Wir wollen eine Pizza essen gehen. Und darum verschwinde ich jetzt unter die Dusche.« Sie sprang auf, stieg aus Shorts und Shirt und verschwand die Treppe hinunter.

Lyn lächelte. Hier war sie eindeutig überflüssig. Also konnte sie Hendrik nach Wacken begleiten. An Charlottes Zimmertür drehte sie noch einmal um und ging zurück zum Bett. Sie nahm ein Wollknäuel und sog noch einmal tief den Duft ein. Auf dieses Knäuel würde Charlotte verzichten müssen.

Lyns Rücken ruhte an Hendriks Brust, Hendrik hatte seine Arme um ihren Bauch geschlungen und hielt sie.

Abertausende Menschen. Und doppelt so viele Hände wiegten sich in der klaren Nachtluft. Lyns Blick wanderte über die Männer und Frauen um sie herum. Selbstvergessen schwangen die Metaller ihre Körper und Arme im Takt der Musik. Einer Musik, die Lyn nicht erwartet hatte. Kraftvolle martialische Töne, melodiös untermalt durch einen in Kutten gehüllten Chor. Die norwegische Band »Dimmu Borgir« kleckerte nicht, sondern klotzte. Neben den eigenen Bandmitgliedern und dem Chor stand ein vollständiges schwarzbefracktes Orchester auf der gigantischen Bühne. Und die Menge sang mit. Tausende Menschen sangen in einem riesigen Chor den Lyn unbekannten Text mit.

Es war ein starkes, eindrucksvolles Bild. Lyn genoss die Gänsehaut auf ihren Armen.

Sie hatten die Suche nach Andreas Stobling eine halbe Stunde zuvor eingestellt. Es hatte keinen Sinn mehr gemacht. Die Gesichter waren irgendwann zu einem einzigen verschmolzen, es gab keine Unterschiede mehr in der Dunkelheit.

Als der Song unter dem brandenden Applaus der Menge endete, drehte Lyn sich um und schlang Hendrik die Arme um den Hals. »Das war toll. Hätte ich nicht gedacht, als die Zombies auf die Bühne gekommen sind.«

»Sehen schon cool aus«, sagte Hendrik mit Blick auf die Riesenleinwand.

»Die waren bestimmt ›Kiss‹-Fans.«

Hendrik verdrehte die Augen. »Ich glaube eher nicht, dass ›Dimmu Borgir‹ mit ›Kiss‹ verglichen werden möchte.«

»Egal.« Lyn presste ihre Lippen auf Hendriks Hals. »Ich würde mir diesen Eindruck gern erhalten. Wollen wir gehen?«

Hendrik nickte nur. Er griff nach ihrer Hand und bahnte sich für sie beide einen Weg durch das dunkle, schwer atmende Meer.

Ein beschwerlicher Weg, weil Gewitterregen den Boden in eine Schlammwüste verwandelt hatte.

»Ehrlich gesagt, hab ich noch ziemlich Kohldampf«, sagte Hendrik, als sie das Infield hinter sich gelassen hatten. »Wollen wir noch was essen? Vielleicht ein leckeres Wacken-Nacken?«

»Vielfraß!« Lyn kniff Hendrik in den Bauch. »Was Deftiges brauch ich nicht mehr. Die Reispfanne hat mir gereicht. Aber für eine Crêpe könnte ich mich noch erwärmen. Mit Zimt und Zucker.«

Ihr Blick glitt durch die Dunkelheit. An den zahlreichen Fressbuden herrschte nach wie vor Betrieb. Mit Falafel und Pizza über Backfisch, Grillfleisch und Hot Dogs wurde hier jeder Geschmack bedient.

Der Matsch erschwerte jeden Schritt, als sie nach der nächtlichen Mahlzeit den Parkplatz ansteuerten, und so dauerte es eine kleine Ewigkeit, bis sie bei Hendriks Wagen waren.

Hendrik fuhr langsam durch das immer noch belebte Wacken.

»Jetzt guck dir diese Idioten an«, sagte er plötzlich und stierte durch die Scheibe.

Lyn versuchte seinem Blick zu folgen. »Welche dieser Idioten genau meinst du jetzt?« Schließlich lungerten überall auf den Bürgersteigen angetrunkene, singende und grölende Gestalten herum.

»Die auf dem Baugerüst«, sagte Hendrik und fuhr scharf rechts ran. Er stieg aus. Lyn sah aus dem Seitenfenster. Tatsächlich. Zwei Jugendliche turnten in acht Metern Höhe auf einem Gerüst herum, das vor einem Geschäftshaus aufgebaut war.

»Hey, ihr Spinner, kommt da runter!«, rief Hendrik den beiden zu. »Oder wollt ihr euch den Hals brechen?«

»Hol uns doch, Arschloch!«, rief der eine, setzte sich auf die Gerüstbohlen, ließ die Füße baumeln und zog eine Dose Bier aus seinem Rucksack. Der andere nahm die letzte Gerüstetage in Angriff.

Lyn, die das Ganze bei offenem Fenster verfolgt hatte, stieg aus. »Das tust du doch wohl nicht?«, sagte sie und packte vorsichtshalber Hendriks Arm.

»Ich bin doch nicht lebensmüde.« Er hob seine Stimme wieder. »Wenn ihr eure Ärsche nicht sofort da runterbewegt, rufe ich die Feuerwehr.«

»Geil, die Fire-Fighters!«, rief der Sitzende und hob seinen Arm zum Metal-Gruß. »Dann können die uns noch einen spielen. Und jetzt verpiss dich, du Pussy!«

»Pussy ruft jetzt mal seine Kollegen von der Schutzpolizei«, murmelte Hendrik, »weil er keinen Bock auf weiteres sinnleeres Gefasel hat.« Er zückte sein Handy und telefonierte.

Keine fünf Minuten später parkte der Streifenwagen neben Hendriks Volvo. Zur Begrüßung krachte direkt neben den Beamten das Firmenschild des Baugeschäftes, das die Arbeiten am Gebäude ausführte, aus luftiger Höhe auf den Bürgersteig.

»Viel Spaß mit den beiden«, grinste Hendrik die uniformierten Kollegen an und zog Lyn aus der Gefahrenzone. »Wer weiß, was die Jungs da oben noch alles abbauen.«

»Warte mal.« Lyn entzog ihm ihren Arm und ging zu dem Schild, das etwas ramponiert aussah, aber nicht zerbrochen war. Das Logo »Maler Schön malt alles schön!« prangte über der Firmenanschrift.

»Brauchst du einen Maler?« Hendrik sah sie fragend an.

»Nein, aber … Die Kirche in Hamburg war auch eingerüstet. Pastor Höllmann hat doch gesagt, dass zwei Jahre lang renoviert wurde. Es wurde doch bestimmt auch eine Malerfirma beauftragt.«

»Und?«

»Was, wenn der Mann von Judiths Mutter in der Kirche gearbeitet hat? Knuth Meifart hat schließlich eine Malerfirma. Wir sollten morgen früh sofort die Listen des Pastors überprüfen und schauen, welche Handwerkerfirmen aufgeführt sind. Wenn es große Firmen sind, könnten sie Meifart als Subunternehmer eingestellt haben.«

★★★

»Geil!«, schrie Andreas Stobling in die Dunkelheit Richtung Bühne, den Arm zum Metal-Gruß Richtung Himmel gestreckt. »Endgeil, Leute! Endgeil!« Sein Wacken-Shirt klebte an ihm, trotz der sich langsam abkühlenden Nachtluft.

»Wackeeen!«, stimmte Jule in den Massenchor ein. Sie saß auf seinen Schultern, und er spürte ihre Hitze in seinem Nacken.

Tausende Menschen um sie herum teilten ihren Enthusiasmus, als sich die Bandmitglieder von »D-A-D« durchgeschwitzt von ihren Fans verabschiedeten. Der letzte Gig der Freitagnacht. Mit dem Rückzug der Musiker verlor die magnetische Wirkung der Bühne abrupt ihre Kraft. Als wäre eine Umpolung erfolgt, strömten die Massen nun in die Nacht hinaus. Das Programm des zweiten von drei Abenden war zu Ende. Der Aufbruch zu den Zelten setzte ein.

»Megagenial. Einfach nur gut.« Andreas' Stimme klang rau. Die Dänen zählten eindeutig zu seinen Favoriten. Schritt für Schritt ließ er sich mit der Masse treiben.

»Lass mich runter«, rief Jule und wuschelte durch sein Haar.

Er strich mit seinen Händen über ihre Oberschenkel. »Nö, ist so schön warm im Nacken.«

Jule kicherte, zog ihn an den Ohren und löste ein Bein von seiner Schulter. »Sorry!«, rief sie, als sie ihren Hintermann dabei mit dem Fuß am Kopf traf. Sie rutschte seitlich an Andreas herab, griff nach seiner Hand und warf einen Blick zurück zur Bühne. »›D-A-D‹ sind echt geil!«

»Ich jetzt auch.« Andreas grinste sie an.

Jule fasste an seinen Schritt. »Stimmt ja gar nicht.«

»Mach das noch mal und ich bums dich hier im Schlamm. Direkt zwischen all den Leuten. Und zwar *harder, faster and louder*!« Er packte sie um die Taille, hob sie hoch und legte seine Hände um ihren Po, als sie die Beine um seine Hüfte schlang.

»Ey, so 'ne Asi-Tussi bin ich nicht!« Sie biss ihm in die Lippe. »Oder fandst du die Schlampe cool, die sich da letzte Nacht auf dem Tisch im Biergarten ficken lassen hat? Und alle haben zugeguckt.«

Er grinste sie an. »Die war'n eben geil. Und wenn man erst kilometerweit latschen muss, um zu seinem Zelt zu kommen, braucht man eben Alternativen.«

»*Wir* latschen!«

Er lachte auf. »Vorher müssen wir aber noch bei den Engländern vorbei und meinen Rucksack holen. Da sind die Nahkampfsocken drin. Oder …«, er machte ein Bettelgesicht, »machen wir's heute ohne?«

»*Never ever.*« Jule tippte sich gegen die Stirn. »Ohne Gummi läuft bei mir gar nix. Und ich hab auch welche da.«

»Ey, ich glaub's nicht!«, ertönte im gleichen Moment eine dunkle Stimme ein Stück neben ihnen. »Andy, alte Saufnase! Wie geht's dir?«

Andreas blickte in die Menge.

Ein unrasiertes Männergesicht grinste ihn an. Er konnte das Gesicht sofort einordnen. Ein Kumpel, der schon genauso lange nach Wacken fuhr wie er. »Malte! Alte Socke! Schön, dich zu sehen.« Er setzte Jule ab und klatschte die Hand ab, die sich ihm entgegenstreckte.

»Ich freu mich auch, Alter! Geil!« Maltes Alkoholfahne war von gleicher Intensität wie sein Grinsen.

Andreas legte den Arm um Jules Schulter. »Lass uns noch einen trinken gehen mit ihm. Ist 'n alter Kumpel. Okay?«

»Klar«, nickte das Mädchen. »Die Nacht ist noch lang.«

Andreas deutete auf eine Bierbude am Rand des Platzes. »Komm, Malte, ich geb 'n Bierchen aus. Ich dachte schon, ich treff hier keinen mehr aus der alten Clique.«

»Ist ja auch echt heavy, was da abgegangen ist«, nickte der andere und legte einen Arm um Andreas' Schulter. »Wenn sie die Sau finden, meld ich mich freiwillig, um dem Arschloch 'ne Giftspritze in die Vene zu hauen … War 'n guter Kumpel, der Tommy. Mit Musikgeschmack vom Feinsten, Alter. Er stand auch auf ›Amon Amarth‹. Genau wie ich.«

»Was ist los? Was quatschst du denn da?« Andreas starrte seinen Nebenmann an. Inzwischen hatten sie die Bierbude erreicht.

»Drei Bier«, rief Jule der Bedienung zu, und an Andreas gewandt: »Du zahlst, Andy.«

Er zog seinen Brustbeutel unter dem T-Shirt hervor und drückte ihn Jule wortlos in die Hand. Was faselte Malte da? Sein Herz begann zu klopfen.

»Was hast du gerade gesagt?« Er packte Malte am Oberarm.

»Dass ich der Sau höchstpersönlich das Gift …«

»Das mein ich nicht«, unterbrach Andreas ihn, »ich meine … hast du eben Tommy gesagt? Was ist mit Tommy?«

»Häh?« Jetzt war es Malte, der verwirrt guckte. »Jetzt … jetzt sag nicht, du weißt das noch gar nicht. Das … das stand doch in jeder Zeitung, Alter.« Er musterte Andreas ungläubig aus seinen vom Alkohol glasigen Augen. »Tommy ist tot, Alter.« Er hielt sich seinen Zeigefinger an die Stirn. »Bamm! Abgeballert wie 'n Stück Vieh.«

»Unser Tommy? Thomas Lug?« Andreas fühlte sich plötzlich stocknüchtern.

»Ja doch. Scheiße, was? … Dass du das nicht weißt. Sein Bild war in allen Zeitungen.« Malte schüttelte verständnislos sein zerzaustes Haar.

Andreas konnte nur nicken. Darum war Tommy nicht hier! Er hatte ihn gar nicht versetzt. Er war … tot.

»Hier, eure Bierchen.« Jule hielt mit ihren Fingern drei Becher krampfhaft zusammen. »Bedient euch.«

Malte nahm ihr einen Becher ab.

Andreas reagierte nicht. »Abgeballert sagst du? Wer … ich meine … wieso?«

Malte zuckte mit den Schultern. »Keine Ahnung, Alter. Ich weiß auch nur das, was in der Zeitung stand. Den Typen, der das gemacht hat, haben sie noch nicht. Nach dem gleichen Schema hat der wohl auch noch zwei andere abgeballert.« Er starrte einen Moment in seinen Becher. Dann riss er seinen Arm hoch, sodass das Bier zur Hälfte aus dem Becher schwappte und an seinem Arm herunterlief. »R.I.P., Tommy!«, grölte er in den Nachthimmel. »Zeig denen da oben, wie 'n astreines Headbanging aussieht.«

»Redet der von dem Tommy, auf den du hier wartest?«, fragte Jule mit aufgerissenen Augen.

Andreas griff nach dem Bierbecher, den Jule nach wie vor in der Hand hielt, setzte ihn an die Lippen und leerte ihn in einem Zug. »So!«, er warf den Becher auf den Boden, »und jetzt brauch ich was Stärkeres.«

ZWÖLF

»Timo? ... Timo!«

Die Stimme drang schwach zu ihm durch, aber erst als eine Hand ihn leicht an der Schulter rüttelte, öffnete Timo Grümpert die Augen. Seine Mutter stand vor seinem Bett und lächelte ihn an.

»Mensch, Mama!« Ihm war nach Heulen, als sein Blick zum Wecker wanderte. Viertel nach neun. Warum konnte sie ihn nicht einfach schlafen lassen? Warum musste sie ihn herausholen aus seinem friedlichen Schlaf? Ein endlich einmal ruhiger schwarzer Schlaf, ohne diese wilden bunten Träume.

Er schloss seine Augen, um sie gleich wieder zu öffnen. Vielleicht war es gut, dass sie ihn geweckt hatte. Vielleicht hätten sie ihn gleich geholt. Die Träume.

»Schätzchen, ich hab hier Benedikts Mutter am Apparat. Du hast dich noch nicht bei ihr gemeldet. Sie möchte wissen, ob du morgen mitfahren möchtest, um Benedikt abzuholen.« Birthe Grümpert hielt ihm das Telefon entgegen.

Timo riss ihr das Mobilteil aus der Hand und presste es auf seine Bettdecke, damit die Frau am anderen Ende nicht hörte, was er sagte. »Ich will nicht, verdammt noch mal. Warum muss die immer anrufen? Sag ... sag ihr einfach, dass ich krank bin.«

»Aber Schätzchen, ich verstehe nicht ...«

»Mach einfach.« Timo drückte ihr das Telefon in die Hand, stand auf und verschwand im Bad.

»... ja, ich finde es auch schade, Frau Claasen. Und Timo auch«, hörte er die Stimme seiner Mutter auf dem Flur. »Wenn es ihm wieder besser geht, wird er Benedikt sofort besuchen. Er freut sich auf ihn.« Ihre Stimme wurde leiser, weil sie die Treppe hinunterging.

Freuen? Timo stieg aus seiner Boxershorts und kickte sie mit dem Fuß neben die Wäschetrommel. Er betrat die Duschkabine und drehte den Hebel der Armatur nach rechts. Als das eiskalte Wasser über Kopf und Körper prasselte, schüttelte er sich. Er musste sein Innenleben unbedingt in den Griff kriegen.

Zehn Minuten später saß er am Küchentisch und biss von dem Brötchen ab, das seine Mutter mit Salatblatt, Salami und Gurke für ihn belegt hatte. Er kaute und schluckte, aber der Bissen wollte nicht sacken. Er nahm einen großen Schluck Orangensaft und versuchte es noch einmal. Seine Mutter aß ihr Käsebrötchen. Sie plapperte belangloses Zeug und tat, als sei alles normal.

Glaubte sie wirklich, er sähe ihre Seitenblicke nicht? Die besorgten Mutterblicke, weil das Kind wieder nicht essen mochte, genau wie nach dem Tod von Judith.

Er musste sich zwingen, einen weiteren Bissen zu nehmen.

»Es wäre schön, wenn du noch den Wochenendeinkauf für mich erledigen könntest, bevor du wieder auf dem Festivalgelände verschwindest. Ich hasse es, zwischen all diesen Menschen Schlange zu stehen.« Birthe Grümpert stand auf, riss einen Zettel von dem Block neben dem Toaster und begann, ihre Einkaufsliste zu schreiben.

»Mach ich jetzt gleich.« Timo war dankbar, den Frühstückstisch verlassen zu können. Er schob den Teller mit dem angebissenen Brötchen zur Seite. Eigentlich war Einkaufen scheiße, aber jetzt war er froh, etwas tun zu können. Egal was.

★★★

Er hielt dem Ordner am Eingang seinen Arm mit dem Eintrittsbändchen hin. Nach einem aufmerksamen Blick auf das Handgelenk winkte der ihn durch.

Ein neuer Tag. Der letzte Tag im »Holy Wacken Land«. Seine Lippen kräuselten sich. Heute Abend war das letzte Konzert. Morgen begann die Abreise.

Der letzte Tag, um ihn zu finden.

Er gähnte, müde des Suchens.

War es nicht eigentlich egal, *wo* er ihn fand? Es musste nicht hier sein. Es war nur wichtig, *dass* er ihn fand. Andreas Stobling würde spätestens morgen dahin zurückkehren, wo auch immer er wohnte. Und das sollte in Erfahrung zu bringen sein. Irgendwie.

Sein Tod war nur eine Frage der Zeit.

Er gähnte noch einmal. Schlaf. Wie er sich danach sehnte. Er drehte um und verließ das Gelände, das er gerade erst betreten hatte. Es musste reichen, wenn er am Nachmittag wieder hier war.

★★★

Timo befestigte vor dem Lebensmittelmarkt in der Hauptstraße den Sechserpack Mineralwasser auf dem Gepäckträger. Am Lenker baumelte eine gefüllte Leinentasche. Die restlichen Lebensmittel hatte er in seinem Rucksack verstaut.

Er schob das Fahrrad den Fußweg entlang, langsam, mit einer Hand die Wasserflaschen zusätzlich zum Gummigurt sichernd. Der Bürgersteig war dicht bevölkert. Ein Trio schwarzhaariger Mädchen — allesamt in knappen Jeansshorts — kicherte, als er an ihnen vorbeischob. Eine rief ihm etwas zu, das er nicht verstand. Die anderen beiden lachten. Italienerinnen, mutmaßte er anhand des Sprachtempos. Er drehte sich noch einmal um. Die, die gesprochen hatte, blinzelte ihm zu, und ihre tomatenrot geschminkten Lippen formten einen Kussmund.

Als er sich unbeeindruckt wieder umwandte, spie der Tomatenmund hinter ihm einen Schwall Worte aus. Ihre fauchende Stimme machte dabei eine Übersetzung überflüssig.

Er schob weiter, vorbei an Alis Bistro und dem Bestattungsinstitut. Die Leute, die ihm schwatzend und lachend entgegenkamen, machten Platz für ihn. Nur einer nicht.

Timo registrierte es selbst erst, als er dem Mann quasi sein Rad in den Bauch rammte. Er starrte sein Gegenüber an, das nicht einmal mit der Wimper zuckte, kein Schmerzempfinden zu haben schien.

»Entschuldi–« Timo brach ab. Er kannte diesen Mann. Aber nicht so, wie er jetzt aussah. Verdreckt, verwirrt, nicht von dieser Welt.

Der Mann machte einen Schritt zur Seite, wollte weitergehen, blieb dann aber abrupt stehen. Er starrte Timo an. Der Blick schien aus der anderen Welt zurückzukehren, herbeigerufen durch eine Erinnerung.

»Herr … Herr Schwedtke?« Timo zog sein Fahrrad zurück, aber der Mann griff in den Lenker und riss daran, ohne ein Wort zu sagen.

»Äh … lassen Sie bitte los. Ich muss nach Hause.« Unbehagen überfiel Timo wie eine Flutwelle. Was war mit Judiths Vater los?

»Du! Du … ich kenn dich …«

Timo packte das Lenkrad fester, als Werner Schwedtke ihn mit zusammengekniffenen Augen und offenem Mund anstierte.

»Du bist Timo. Ja, das bist du.« Mit einem irren Auflachen hüpfte Werner Schwedtke zur Seite, packte Timos Arm und zerrte mit einer Kraft an ihm, dass Timo das Fahrrad loslassen musste. Mit einem dumpfen Knacken zerbrachen zwei Gemüsegläser im Leinenbeutel auf dem Bürgersteig, während Timo ins Stolpern geriet, weil Werner Schwedtke ihn mit sich riss. Timo fiel auf die Knie, wobei es ihm endlich gelang, sich aus dem Panzergriff des Mannes zu lösen.

»Lassen Sie mich! Was … was wollen Sie denn?« Er richtete sich auf und entfernte sich einen Schritt von Judiths Vater.

Die Menschen um sie herum blieben stehen und starrten neugierig von dem verwahrlosten Mann zu dem Jungen.

Werner Schwedtke packte Timo erneut am Arm. »Sie wollen mich haben.« Er spie die Worte Timo direkt ins Gesicht, während sein Blick über die Umstehenden hetzte. »Aber sie kriegen mich nicht … Du …«, er presste seine Hände wie Schraubstöcke an Timos Wangen, »du weißt, dass ich alles gut gemacht habe. Das weißt du doch? Ja? Ja?«

Der Druck auf Timos Gesicht wurde so stark, dass ihm übel wurde. Sein Kiefer war so fest zusammengedrückt, dass er kein Wort herausbrachte. Er versuchte mit seinen Händen, Schwedtkes Hände zu lösen, während sein panischer Blick hilfesuchend über die Leute glitt.

Und er hatte Erfolg.

»Ey, Alter, bist du stoned? Nimm die Flossen aus seinem Gesicht.« Ein Metaller in Motorradkutte packte Schwedtkes Handgelenke.

Timo atmete erleichtert aus, als der Druck auf seinen Kopf von einer Sekunde zur nächsten verschwand. Schwedtke hatte seine Hände gelöst, als der Kuttenträger ihn packte. Jetzt wand er sich aus dem nur noch leichten Griff des Metallers und trat zwei Schritte zurück.

»Nein! Nein, nein«, schrie er dabei, und sein Blick bannte

den Mann auf seinen Platz. »Fass mich nicht an! Hörst du! Und sonst …«, seine rechte Hand verschwand in der Gesäßtasche seiner dreckigen Jeans. Als sie wieder zum Vorschein kam, hielt er ein Taschenmesser darin. Eine blitzschnelle Bewegung, ein Klick, und schon glänzte die Klinge in der Sonne.

»Weg! … Weg!« Werner Schwedtke sprang nach vorn, seine Hand mit dem Messer zuckte vor Richtung Metaller.

Timo starrte auf den glänzenden Stahl. Wie durch Watte hörte er die Aufschreie der Umstehenden. »Die Polizei!«, rief jemand, »wir brauchen die Polizei. Hier ist 'n Irrer mit einem Messer.«

Werner Schwedtke stand in der Mitte der Menge. Der Metaller zog sich, wie alle Umstehenden, langsam weiter zurück.

Einzig Timo war unfähig, sich zu rühren.

»Komm, wir gehen zu Judith«, stieß Werner Schwedtke aus, mit einem euphorischen Grinsen, dass es Timo die Nackenhaare sträubte. Schwedtke packte ihn am T-Shirt, das Messer weiter auf die Umstehenden gerichtet.

»Weg! Weg!«, fauchte er sich, das Messer vorstoßend, seinen Weg frei, den lethargischen Jungen im Schlepptau.

Schließlich hörte Timo ein Geräusch, das ihm vor Erleichterung das Wasser in die Augen trieb. Polizeisirenen! Das leise Tatü-Tata wurde rasch lauter.

Gleich war dieser Alptraum vorbei.

Bei Werner Schwedtke löste das schnell näher kommende Geräusch offensichtlich gegenteilige Gefühle aus. Er blieb stehen und begann unartikuliert zu schreien.

Noch bevor der Polizeiwagen da war, teilte sich die Menge der Umstehenden, bis sich zwei uniformierte Beamte ihren Weg durch die Leute gebahnt hatten. Nach einem Blick auf das Geschehen, zogen sie ihre Waffen aus den Holstern und entsicherten sie.

»Werfen Sie das Messer weg und lassen Sie den Jungen los!«, rief der Ältere der beiden. »Sofort!«

»Verschwindet!«, kreischte Schwedtke. In seinen Mundwinkeln sammelte sich Schaum. »Verschwindet alle und lasst uns durch. Zu Judith.« Er stieß seinen Arm mit dem Messer nach vorn, allerdings ohne einen Schritt zu machen.

»Messer weg!«, rief der ältere Beamte noch einmal und trat langsam vor.

Das war zu viel Bewegung für Werner Schwedtke. Er löste seine Hand aus Timos Shirt und sprang einen Schritt nach vorn. Sein Blick glitt von dem einen Beamten zum anderen. Einen Moment herrschte Schweigen.

Timo hoffte, dass Werner Schwedtke die Hand mit der Waffe sinken lassen würde. Und für einen Augenblick sah es tatsächlich so aus.

Aber das war ein Trugschluss.

»Ich stech euch ab!«, schrie er, riss das Messer über seinen Kopf und preschte los.

Die Schreie der Umstehenden, zwei peitschende Schüsse, der Aufschrei Schwedtkes, all das ballte sich in Timos Kopf zu einem akustischen Monstrum. Er stand stocksteif, sah, wie sich die Hose von Judiths Vater in Höhe der Oberschenkel dunkel verfärbte. Aber das Grauenvollste war, anzusehen, wie Werner Schwedtke mit zwei Beinschüssen einfach weiter auf die Beamten zustakste. Wie ein blutgieriger Zombie, ohne Schmerzempfinden, nur mit dem Willen zu töten.

Der nächste Knall surrte in Timos Schädel, unmittelbar gefolgt von einem weiteren. Und endlich blieb Schwedtke stehen. Langsam senkte sich der Arm, das Messer fiel mit einem leisen Klingen auf den Gehweg. Mit einem gurgelnden Geräusch sackte Werner Schwedtke auf die Knie. Schließlich kippte er, eine Hand auf den Bauch gepresst, vornüber. Blut quoll durch seine schwarz verdreckten Finger und sammelte sich schnell zu einem mageren Rinnsal, das seine Bahn über den Gehweg zog.

Das Sirren in Timos Kopf verstärkte sich, das Blut jagte durch die Adern. Übelkeit packte und schüttelte ihn. Aber die Geräusche um ihn herum erstarben. Jemand schien die Schreie, das Rufen, die Sirenen in Watte zu verpacken.

Das war gut. Timo lächelte.

★★★

»So ein schöner Augusttag! Noch dazu ein Samstag.« Vorwurfsvoll blickte Lyn aus ihrem Bürofenster in den Bilderbuchhimmel. »Wir hocken hier und müssen arbeiten, und dabei müsste ich dringend mal meinen Garten machen. Das Unkraut wächst schon Richtung Leichenhalle.«

»Deine sporadischen Nachbarn werden auch weiterhin wohlwollend darüber hinwegsehen«, murmelte Hendrik, das Telefon am Ohr.

Lyn drehte sich zu ihm um. Der Gesprächspartner am anderen Ende des Telefons schien zu Hause zu sein, denn Hendrik meldete sich.

»Wolff von der Kripo Itzehoe, guten Tag. Herr Wachtel, ich benötige eine Auskunft von Ihnen. Pastor Höllmann gab uns Ihre Adresse. Es geht um die von Ihnen ausgeführten Renovierungsarbeiten in seiner Kirche. Haben Sie bei den Arbeiten auch Subunternehmer beschäftigt? Speziell für die Malerarbeiten? ... Ja? Wunderbar.« Er wechselte einen Blick mit Lyn. »Ist vielleicht auch die Firma von Knuth Meifart dabei? ... Nein? Sind Sie ganz sicher?«

Lyn verzog missmutig ihre Lippen. Es wäre ja auch zu schön gewesen.

»Okay. Aber könnte es vielleicht sein, dass die Subunternehmer sich wiederum an Fremdfirmen gewandt haben?«, setzte Hendrik das Gespräch fort. »Ja, verstehe. Prima.« Hendrik gab Bauunternehmer Wachtel seine Durchwahl. »Ich erwarte dann Ihren Anruf. Vielen Dank.«

»Was sagt er?«, fragte Lyn mit gerunzelter Stirn.

»Er klärt mit seinen Subunternehmern, ob die Meifart beschäftigt haben.«

»Na, hoffentlich noch heute und nicht erst am Montag«, grummelte Lyn. Sie war von ihrer Idee so angetan gewesen. »Ich hole uns einen Kaffee.«

Sie schenkte in der kleinen Teeküche zwei Becher voll, als Wilfried Knebel an der offenen Tür vorbeispurtete. Abrupt hielt er an, als er Lyn entdeckte.

»Wilfried ...« Lyn sah ihm an, dass es Neuigkeiten gab. Nicht zu definieren war, ob es positive oder negative Neuigkeiten waren.

»Wir haben Werner Schwedtke.«

»Was?« Lyn stellte die Kaffeebecher zurück auf die Spüle. »Das ist ja mal eine gute Nachricht. Wo wurde er gefunden?«

»Direkt in Wacken an der Hauptstraße. Er hat einen Jungen mit einem Messer bedroht, und anschließend die Beamten. Sie haben auf ihn gefeuert.«

»Meine Güte! … Ist er … tot?«

Er schüttelte den Kopf. »Aber es sieht nicht gut aus. Der Notarzt ist noch vor Ort und versucht, ihn für die Fahrt ins Krankenhaus zu stabilisieren.« Wilfried fuhr sich mit den Fingern durch sein schütteres Haar. »Die Kollegen mussten vier Schüsse abgeben, um ihn zu stoppen.«

»Herrje!« Lyn sah ihn entsetzt an. »Das ist ja schrecklich. Sind die Kollegen unverletzt? Und der Junge auch?«

»Unsere Leute sind körperlich unversehrt. Der Junge ist auf dem Weg ins Krankenhaus. Er hat einen Schock. Lurchi koordiniert die Untersuchung vor Ort. Als wenn wir nicht schon genug zu tun hätten …«

Er winkte ab, als Lyn zu einer erneuten Frage anhob, denn sein Handy klingelte. Er nahm das Gespräch an und lief dabei langsam den Flur entlang. Lyn nahm die beiden Becher, ging zurück zu Hendrik und berichtete ihm von den Neuigkeiten.

Der Chef der Mordkommission kam den Flur wieder zurückgelaufen. Mit dem Telefon am Ohr blieb er im Rahmen zu Lyns Büro stehen. »Alles klar, danke«, beendete er das Gespräch.

»Das waren noch mal die Kollegen von der Schupo. Sie haben den Namen von dem Jungen, den Schwedtke bedroht hat. Und jetzt haltet euch fest …« Er sah sie ernst an. »Es war Timo Grümpert.«

»Timo?« Lyn blickte verwirrt von Wilfried zu Hendrik. »Was hat das zu bedeuten? Ich meine … wieso haben die sich getroffen? Das kann doch kein Zufall sein.«

»Hört euch vor Ort um«, sagte Wilfried. »Laut unseren Kollegen gibt es jede Menge Augenzeugen. Findet heraus, warum er den Jungen bedroht hat. Ich informiere den Staatsanwalt. Der wird drei Kreuze machen, dass wir Schwedtke haben.«

★★★

Andreas Stobling erwachte von dem Schnarchen der Frau neben sich. Es war ein kontinuierlicher tiefer Brummton, so wie ihn exzessiver Alkoholgenuss zustande brachte. Er wandte ihr seinen Kopf zu und wünschte sich im gleichen Moment, er hätte die Drehung langsamer vollzogen. Ein eiserner Tennisball schmetterte in seinem Kopf von einer Schläfe zur anderen, änderte seine Bahn und prallte von der Stirn zur Schädeldecke. Mit einem Schmerzlaut kniff er die Augen zusammen.

Als er sie wieder öffnete, fiel sein Blick erneut auf die Frau. Jules Freundin Tina. Ein dünner Faden Speichel rann aus ihrem Mundwinkel, während sie weitersägte. Wie es schien, war sie gestern Abend also genauso besoffen gewesen wie er. Denn sonst hätte sie ihn kaum hier geduldet, sondern sofort rausgeschmissen. Er konnte sich nicht erinnern, dass sie ins Zelt gekrochen war. Jule und er mussten schon tief geschlafen haben.

Er befeuchtete seine Lippen mit der pelzigen Zunge. Ekelhafter Geschmack hatte sich in seiner Mundhöhle eingenistet.

Er drehte den Kopf um hundertachtzig Grad – diesmal langsam – und sah Jule an. Sie lag auf der Seite, ihr Gesicht ihm zugewandt, und schlief. Ihre Nase berührte fast seine Schulter. Einzelne Strähnen ihres verwuschelten Haars klebten an der Stirn.

Erst jetzt wurde ihm bewusst, dass auch sein Haar im Nacken klebte. Es war stinkeheiß im Zelt. Die Sonne musste schon ziemlich hoch stehen. Jules Schlafsack war wie eine Decke über seine und ihre Beine gelegt. Er schüttelte ihn ab und richtete sich auf. Der eiserne Ball übernahm wieder die Kontrolle über seinen Kopf.

Scheiße, warum musste er auch so viel saufen? Während das Pochen in seinem Schädel langsam nachließ, kam die Erinnerung, die Erklärung des Warum.

Tommy!

Gleichzeitig mit der Erkenntnis, dass er seinen Kumpel niemals wiedersehen würde, war rasende Übelkeit Vorbote seines in die verkehrte Richtung strebenden Mageninhalts. Er schaffte es gerade noch, den Verschluss des Zeltes aufzureißen, und erbrach sich direkt vor dem Eingang.

»Boah, Alter, geht's noch?« Jules Freundin war aus ihrem komatösen Schlaf erwacht und rammte ihm ihren Fuß in die Seite. »Die Sauerei machst du da sofort weg! Kapiert? Ey, Jule! Dein Typ kotzt uns gerade vor die Bude.«

Andreas krabbelte aus dem Zelt, sein Knie landete in dem

Erbrochenen, als sich ein zweiter Schwall Saures aus seinem Mund ergoss. Mit einem Stöhnen kippte er danach einfach zur Seite und blieb auf dem Rücken liegen.

»Hier, Alter! Das beruhigt den Magen.« Einer der Jungs vom Zelt gegenüber stand grinsend vor ihm, bückte sich und legte ihm eine Dose Bier auf den Bauch.

»Zisch ab und sauf die selbst aus.« Jule war aus dem Zelt gekrabbelt. Sie sah den Jungen nicht an, sondern kniete sich neben Andreas auf den durchmatschten Boden und warf die Dose zur Seite. »Alles klar?« Sie strich ihm eine verschwitzte Strähne aus der Stirn.

Er wischte sich mit der Handfläche über die Lippen und das klebrige Kinn und sah sie an. »Ich bin richtig eklig, was?«

Sie strich zart über seine Wange. »Nicht eklig. Aber ziemlich fertig. Geh duschen, Andy, und werd klar im Kopf.«

Er brauchte fast eine Stunde, bis er unter der Dusche stand. Auf dem Weg zum Zelt der Engländer, wo er erst jetzt seinen Rucksack mit dem Duschzeug und frische Wäsche holte, hatte er sich noch einmal übergeben müssen.

Als er den Duschraum verließ, fühlte er sich um Welten besser. Duschgel und ein sauberes Shirt mit dem Duft von Connys Waschpulver hatten den Gestank von Schweiß und Kotze ausgemerzt. Auch der Kopfschmerz war nach drei Aspirin von Jule auf ein erträgliches Maß zurückgegangen.

Jule hatte gesagt, er solle nach dem Duschen zu ihrem Zelt zurückkommen, aber er hatte keinen Bock auf das Gemotze ihrer Freundin. Stattdessen holte er sich im Frühstückszelt einen Becher Kaffee und setzte sich auf eine der hölzernen Bänke.

Gestern Abend war er nach Maltes Nachricht über den Mord an Tommy einfach nur geschockt gewesen, hatte sich besoffen und mit Malte Hunderte Foltermethoden für den Mörder entwickelt. Jetzt, mit ein bisschen Abstand und einem klaren, wenn auch schmerzenden Kopf, war ihm nicht mehr nach Hand- und Fußnägelausreißen oder Schwanzabhacken. Eine andere Frage trat in den Vordergrund.

Warum hatte Tommy sterben müssen?

Sein Magen rebellierte, als er langsam seinen Kaffee trank. Angewidert schob er den Becher von sich.

Und wer mochten die anderen beiden Opfer sein, von denen Malte gesprochen hatte? Die Männer, die auf die gleiche Art gestorben waren wie Tommy?

Ein ungutes Gefühl kam von ganz innen durch seinen Körper gekrochen und manifestierte sich in Gänsehaut und erneuten Bauchkrämpfen. Der Spruch von Jule zwei Tage zuvor kam ihm in den Sinn. »Sag mal, hast du eigentlich was ausgefressen? Tina hat gesagt, dass ein Andreas ausgerufen wurde.«

Und was war mit dem Zwilling von Conny, den er zu sehen geglaubt hatte? Was, wenn sie es doch selbst gewesen war? Dann hatte sie auf jeden Fall einen mehr als triftigen Grund gehabt, hier aufzutauchen.

Ein Brummen kam über seine Lippen. Vermutlich sah er nur Gespenster, hervorgerufen durch Tommys Tod und zu viel Alkohol. Aber das würde er jetzt klären. Er griff nach seinem Rucksack und stand auf. So schnell der Schlammweg es zuließ, ging er Richtung Zeltplatz.

Jule hatte ein Handy. Und damit würde er jetzt bei Conny in Hamburg anrufen.

★★★

Als Lyn und Hendrik in Wacken eintrafen, stand ein Pulk Menschen vor zwei hintereinander stehenden Polizeibussen an der Hauptstraße.

»Kein Notarztwagen mehr zu sehen«, sagte Lyn. »Also ist Schwedtke entweder transportfähig gewesen oder …« Sie beendete den Satz nicht.

»Hoffen wir das Beste«, sagte Hendrik. »Tot nützt er uns gar nichts. Wir wollen schließlich Antworten.«

Lyn musterte ihn von der Seite. »Ich hasse es, wenn du von Nutzen sprichst. Er ist ein Mensch. Ein Vater, der seine Tochter geliebt hat.«

Hendrik sah stur geradeaus. »Die kleine Wahlsen hat ihren Vater, dem er eine Kugel in den Kopf gejagt hat, auch geliebt.«

»Das ist mir bewusst. Ich mag es trotzdem nicht, wenn du so … so rational daherredest.«

Er schüttelte den Kopf und parkte direkt hinter dem letzten

Polizeibus. »Er ist ein Mörder, Lyn. Und genau darum ist es mir wichtig, dass er lebt. Ich brauche Antworten.«

»Hoffen wir, dass sie hier ein Stück weit beantwortet werden«, seufzte Lyn mit Blick auf die Horde Menschen vor sich. Die Kollegen von der Schutzpolizei konnten auf jeden Fall Unterstützung bei den Befragungen der Zeugen gebrauchen.

»Ey, Policemans, gibt's hier wenigstens Freibier, wenn wir schon hier abhängen müssen?«, grölte ein dickbauchiger Wacken-Fan mit freiem Oberkörper und Schottenrock Richtung Bus. »Macht gefälligst mal hinne da!«

Lyn blieb neben ihm stehen und versuchte, nicht auf seine Wampe zu starren, sondern heftete ihren Blick auf seinen tätowierten Glatzkopf. Die Versuchung, ihn an seinem zwanzig Zentimeter langen Spitzbart zu packen, war groß.

»Es heißt Police*men* und nicht Police*mans*«, sagte sie mit einem Lächeln. »Und wenn's dir hier nicht gefällt, Stan Hardy, können wir deine Befragung gern ins Präsidium nach Itzehoe verlegen.« Ohne eine Antwort abzuwarten, drängte sie sich durch die Menge.

»Stan Hardy?« Hendrik war direkt hinter ihr. »Muss ich das verstehen?«

»Dick und Doof in einer Person … Dürfen wir mal? Danke.« Sie schob die letzten Leute zur Seite. »Hallo, Kollegen.«

Einer der Beamten im Bus kam heraus. »Schön, dass Sie da sind. Über mangelnde Zeugen können wir uns nicht beschweren, wie Sie sehen.«

»Was ist mit Werner Schwedtke?«, fragte Lyn. »Konnten die Ärzte ihn stabilisieren?«

Der Schutzpolizist nickte. »Die sind gerade weg.«

»Gibt es denn schon Erkenntnisse, warum Schwedtke Timo Grümpert bedrohte?«, fragte Hendrik. »Und wo hat das Ganze stattgefunden?«

»Ein Stück weiter vorn, direkt auf dem Gehweg. Ihr Kollege Salamand und die Kollegen von der Spusi sind schon bei der Arbeit. Zum Absperren sind wir gar nicht gekommen. Als wir eintrafen, fielen gerade die Schüsse der Kollegen. Das war hier ein Tohuwabohu, kann ich Ihnen sagen.« Er blickte um sich. »Viele der Umstehenden sind vor Panik einfach weggerannt. Dafür sind natürlich jede Menge Schaulustige dazugekommen.

Von diesem Haufen Zeugen hier«, er deutete in die Menge, »sind wahrscheinlich nur fünf Prozent Augenzeugen.«

»Na, dann wollen wir mal, bevor das nächste Gewitter unsere Zeugen vertreibt«, sagte Hendrik mit Blick in den bedrohlich dunklen Himmel. »Habt ihr einen Vernehmungsprotokollblock für uns?«

Knapp zwei Stunden später saßen Lyn und Hendrik wieder im Polizeibus und verglichen die Angaben ihrer Zeugen mit denen der Kollegen.

»Werner Schwedtke und Timo Grümpert scheinen also tatsächlich zufällig aufeinandergetroffen zu sein«, stellte Hendrik nach dem Abgleich der Daten fest.

Der Beamte, der Timos Mutter informiert hatte, nickte. »Frau Grümpert hat ausgesagt, dass sie ihren Sohn zum Einkaufen geschickt hat. Sonst hätte dieses Treffen nicht stattgefunden.«

»Trotzdem weiß der Junge mehr, als er bisher preisgegeben hat«, sagte Lyn. »Da war ich mir von Anfang an sicher.« Sie sah Hendrik an. »Lass uns ins Krankenhaus fahren und schauen, welche Informationen die Ärzte bezüglich Schwedtke und Timo für uns haben. Ich hoffe, der Junge ist so schnell wie möglich vernehmungsfähig.«

Hendrik fuhr direkt vor dem Itzehoer Klinikum in der Robert-Koch-Straße vor und stellte den Dienstwagen hinter einem Taxi ab.

»Willst du etwa hier parken?«, fragte Lyn. »Ist nicht erlaubt.«

»Willst du etwa zwei Kilometer laufen, um zwei Fragen zu stellen? Und außerdem, ich bin …«

»Ja, ja, ich weiß«, fiel Lyn ihm ins Wort und stieg aus, »du bist die Polizei. Du darfst das.«

Kurz darauf fragten sie sich zu der Station durch, auf der Werner Schwedtke gerade operiert wurde.

»Bitte informieren Sie uns umgehend, sobald Herr Schwedtke ansprechbar ist«, sagte Hendrik zu der blonden Krankenschwester, die ihnen sehr freundlich klargemacht hatte, dass noch keiner der operierenden Ärzte aus dem Operationssaal zurück sei, um Auskünfte erteilen zu können.

»Selbstverständlich«, lächelte sie und nahm seine Karte entgegen.

»Sobald Herr Schwedtke mobil wird, werden wir außerdem einen Kollegen von der Schutzpolizei vor seinem Zimmer postieren«, klärte Hendrik die Schwester auf, bevor sie gingen.

Timo Grümpert hatte man in die Psychiatrie gebracht, weil er keine physischen Verletzungen hatte. Dort hatten sie mehr Glück.

Dr. Grenardi, dessen Bulldoggengesicht so gar nicht zu seinem eufonischen Namen passen wollte, war zu einer kurzen Stellungnahme zum Zustand Timo Grümperts bereit. »Bei Herrn Grümpert kam es zu einer akuten Belastungsreaktion, und er ist momentan nicht vernehmungsfähig.«

»Aber er ist so weit stabil?«, fragte Lyn besorgt. Ein schwerer Schock konnte schließlich lebensbedrohlich sein.

»Sein Kreislauf ist stabil. Wir informieren Sie, sobald sein Zustand eine Vernehmung zulässt.«

Hendrik gab auch der Bulldogge seine Karte.

Als Lyn und Hendrik wieder in den geparkten Wagen steigen wollten, kam von hinten ein Taxi herangefahren und hielt neben ihnen. Der Taxifahrer ließ die Seitenscheibe herunter.

»He, hier ist nur für Taxis. Also bitte«, er wedelte mit seiner Hand aus dem Wagenfenster, »Abflug! Andere müssen auch laufen.«

»Sei lieb zu ihm«, griente Lyn, als Hendrik sich umdrehte und auf den Fahrer zuging. »Er hat Bitte gesagt.«

★★★

»Hallo. Dies ist der Anschluss von Cornelia Stobling. Wenn Sie eine Nachricht hinterlassen möchten, bitte mit Namen und Telefonnummer nach dem Piep.« Cornelia Stoblings Stimme auf dem Anrufbeantworter klang freundlich seriös.

»Ist doch Scheiße!« Andreas Stobling drückte den Ausknopf auf Jules Handy und warf es achtlos neben sich ins Gras. Er sah das Mädchen an. »Sie geht nicht ran.«

Jule beschwichtigte ihn. »Vielleicht ist sie einfach nur einkaufen oder so.«

»Kann sein, aber … ich hab so 'n echt komisches Gefühl.«

Jule fingerte ihr Handy aus dem Gras und drückte es Andreas wieder in die Hand. »Dann quatsch ihr auf den AB, verdammt noch mal. Dafür gibt's die Dinger nämlich. Gib ihr meine Handynummer. Dann kann sie zurückrufen. Die Chance, dass ich's höre, ist hier zwar gering, aber ich kann ja den Vibrationsalarm einstellen.«

»Handynummer!« Sein Gesicht hellte sich auf. »Da sagst du was!« Er zog seinen Rucksack zu sich heran. »Conny hat doch auch ein Handy.« Er durchwühlte die Taschen. »Irgendwann hat sie mir mal die Nummer aufgeschrieben. Der Zettel muss irgendwo stecken.«

Kurzerhand entleerte er den Gesamtinhalt der Taschen vor sich auf dem Rasen, aber der Zettel war nicht dabei. Frustriert schmiss er den Rucksack hinter sich. »*Fuck!*«

Jule drückte die Wahlwiederholung auf ihrem Handy und hielt es Andreas hin. »Los, dann sprich ihr auf den AB.«

»Nee, lass mal. Warte.« Er war aufgesprungen und verschwand in ihrem Zelt. »Meine Weste muss hier doch noch liegen … Hier ist sie.« Mit der Jeansweste in der Hand kam er dem Zelt gekrabbelt. »Vielleicht hab ich den Zettel da reingesteckt.«

»Ha!« Aus der linken Brusttasche zauberte er einen zerknüllten Zettel.

»Ein Glück«, murmelte Jule. »Gleich wirst du hören, dass bei ihr alles klar ist. Und wir können heute Abend noch mal so richtig aufdrehen. ›Machine Head‹ wird der Hammer.«

Sie wählte die Nummer, die Andreas ihr vom Zettel diktierte, und gab ihm das Handy.

Die hoffnungsfrohe Erwartung in seinem Gesicht verlor sich Sekunden später zusehends. »Meine Fresse, es bimmelt, aber da geht sie auch nicht ran.«

»Mailbox?«, fragte Jule.

Er wartete einen Moment, dann nickte er und sprach: »Conny? Hier ist Andy. Ruf mich mal bitte an. Mach dir keine Sorgen, bei mir ist alles okay, aber … ruf mich einfach an. Unter dieser Nummer …« Er sprach die Zahlenkombination nach, die Jule ihm vorgab.

»Dann hoffen wir mal, dass es auch wirklich noch die Nummer deiner Schwester ist«, sagte sie, als Andreas ihr das Handy zurückreichte. »Wahrscheinlich vegetiert der Zettel schon so lange in deiner Weste vor sich hin, dass deine Schwester in der Zwischenzeit ein neues Handy mit neuer Nummer hat.«

Er sah sie genervt an. »Den Spruch hättest du dir jetzt sparen können. Jetzt geht meine Laune gleich wieder runter.«

»Dann sorg ich jetzt mal dafür, dass sie wieder raufgeht. Und zwar nicht nur deine *Laune*.« Grinsend zog sie ihr Shirt über den Kopf.

Von einem der benachbarten Zelte klangen Pfiffe herüber. Jule streckte ihren Mittelfinger in die Luft, krabbelte ins Zelt und drehte den CD-Player auf. »Komm, Andy.« Langsam strich sie die BH-Träger über ihre Schultern. »Den Rest darfst du auspacken.«

Das Handy blieb im Gras liegen.

DREIZEHN

Cornelia Stobling schlang das Badehandtuch um ihren Körper und betrachtete sich einen Moment im Spiegel. Er war nicht beschlagen, weil sie kalt geduscht hatte, in der Hoffnung, ihre Müdigkeit damit fortzuspülen. Sie schlang ein kleines Handtuch wie einen Turban um ihre nassen roten Locken und überprüfte den Verband an ihrer Hand. Er war ein wenig nass geworden, aber er saß noch fest.

Schließlich sah sie sich noch einmal in dem kleinen weiß-blau gefliesten Bad um. Hatte sie alles ordentlich hinterlassen? Sie wollte die Gastfreundschaft ihrer Herbergsfamilie nicht überstrapazieren. Sie wischte ein paar Kupferhaare aus der Duschwanne und tappte schließlich über den Flur des Einfamilienhauses zu dem Gästezimmer, das sie bewohnte. Eigentlich war es gar kein Gästezimmer, sondern das Zimmer des Sohnes, das man ihr zur Verfügung gestellt hatte, weil der zurzeit ein Auslandssemester absolvierte.

Sie stellte sich an das Fenster, während sie langsam ihr Haar frottierte. Das Zimmer lag zwar nach hinten zum kleinen Garten, aber die Bässe vom nahen Festivalgelände drangen ungehindert herein. Im Esszimmer des Hauses, das zur anderen Seite lag, klirrten bei einigen Bands sogar die Gläser in der Vitrine. Cornelia hatte es nicht glauben wollen, als die Hausherrin es ihr gezeigt hatte. Wie konnte man das aushalten?

Cornelia schloss das Fenster und legte sich auf das Bett.

Nur einen Moment Ruhe.

Heute Abend würde sie sich wieder unter die Metal-Fans im Infield mischen. Andy würde doch bestimmt am letzten Abend irgendwo vor den Bühnen sein.

Sie gähnte und griff im Liegen nach ihrem Handy, um die Uhrzeit abzulesen. Vielleicht konnte sie noch ein Stündchen schlafen? Es zumindest versuchen?

»Ein Anruf in Abwesenheit« signalisierte ihr das Handydisplay. Mit einem Ruck saß sie aufrecht im Bett. Vielleicht die Polizei? Ihre Finger begannen so stark zu zittern, dass sie Mühe hatte, die richtigen Tasten zu drücken, um die Mailbox abzuhören.

»Andy!«, schrie sie Sekunden später. »Andy, nein … oh nein.«

Warum? Warum musste er ausgerechnet anrufen, als sie unter der Dusche war? Sie begann zu weinen und drückte die Tasten erneut, um noch einmal zu hören, was ihr Bruder auf die Mailbox gesprochen hatte.

Eine Handynummer! Er hatte eine Handynummer hinterlassen. Weinend und lachend zugleich hockte sie sich an den Schreibtisch im Zimmer, riss einen Zettel von dem Block darauf ab und notierte die Nummer beim dritten Abhören der Nachricht.

»Andy, jetzt ist gleich alles gut«, flüsterte sie, während sie die Nummer in die Tasten hämmerte. Gespannt lauschte sie auf das Klingeln am anderen Ende der Leitung. Aber nichts tat sich. Niemand nahm das Gespräch entgegen. Dreimal wiederholte sie den Versuch.

Weinend gab sie schließlich auf. Wenn er auf dem Gelände war, hörte er das Klingeln vermutlich nicht. Aber wenigstens wusste sie jetzt, dass es ihm gut ging.

Sie griff nach ihrer Jeans, die sie zuletzt angehabt hatte, und zog eine Visitenkarte aus der hinteren Hosentasche. Sie würde die Kommissarin anrufen. Vielleicht hatte die eine Idee, was sie jetzt tun konnten.

★★★

»Hendrik, ich habe hier eine Nachricht für dich. Da spar ich mir den Weg zu deinem Büro-ho«, flötete Sekretärin Birgit mit hoher Stimme und stand von ihrem Schreibtisch auf, als Lyn und Hendrik an ihrem Büro vorbeigingen.

»Hat die sich einen Virus eingefangen?«, flüsterte Hendrik Lyn zu. »Oder warum ist sie so freundlich?«

»Von einem Bauunternehmer Wachtel aus Hamburg«, säuselte Birgit weiter und drückte Hendrik den Zettel in die Hand. »Soll ich euch einen frischen Kaffee kochen? Der andere steht schon eine Weile.«

»Danke für die Nachricht und danke, nein, für den Kaffee. Wir … äh … trinken den alten, der muss ja auch weg.«

Lyn grinste. Hendrik hegte zweifellos die Hoffnung, dass die andere Kanne nicht von Birgit gekocht worden war. »Ich höre

Meiers Stimme«, sagte sie, als sie weiter den Flur entlanggingen. »Darum ist Birgit wahrscheinlich so aufgedreht. Der Chef meint, sie steht auf den Staatsanwalt.«

Hendrik stieß ein Würgegeräusch aus. »Eine Konstellation, die ich mir lieber nicht ausmale.« Dann studierte er die Nachricht und gab den Zettel an Lyn weiter. »Und wieder eine Sackgasse. Knuth Meifart war definitiv bei keiner der von Pastor Höllmann angegebenen Firmen als Subunternehmer tätig.«

»*Shit.*«

»Probleme?« Der Staatsanwalt tauchte mit Wilfried Knebel aus dessen Büro auf dem Flur auf. Mit hochgezogener Augenbraue sah er von Hendrik zu Lyn. »Was ist mit Schwedtke? Ihr Chef sagte, Sie wären ins Krankenhaus gefahren? Wird er durchkommen?«

Lyn löste ihren Blick von Meiers diabolischer Augenbraue. »Es gab erwartungsgemäß noch keine Auskünfte der Ärzte. Die Operation dauert an. Auch Timo Grümpert ist noch nicht in der Lage auszusagen. Ansonsten gehen wir der Frage nach, wie Werner Schwedtke an die Waffe gekommen ist. Eine heiße Spur hat sich leider soeben verflüchtigt.« Sie wedelte mit dem Zettel in ihrer Hand.

»Knuth Meifart?«, hakte Wilfried nach.

Lyn nickte. »Er war nicht als Subunternehmer tätig.«

»Bedauerlich«, sagte der Staatsanwalt mit einem Blick, der Lyn an ihren Vater erinnerte. Genauso hatte Henning Harms sie angesehen, wenn sie mit den Latein-Klausuren nach Hause gekommen war.

»Bleiben Sie an der Waffengeschichte dran. Sie werden ja kaum schon mit einer Liste durch sein, auf der sich die Menschen tummeln, die seit über zwanzig Jahren Zugang zu diesem Schrank in der Kirche hatten.« Meier wandte sich Wilfried zu. »Und Sie informieren mich bitte umgehend, Herr Knebel, sobald Sie etwas Neues über Schwedtke und den Jungen hören. Ich will Ergebnisse.«

Und ich will dir ans Schienbein treten. Aber Lyn entschied sich doch für ein »Tschüs, Herr Meier«.

Hendrik folgte Lyn in ihr Büro und schloss die Tür hinter sich. Aber entgegen ihrer Erwartung zog er sie nicht in die Arme, um sie zu küssen, sondern sah sich auf ihrem Schreibtisch um. »Liegt die Akte mit der Liste von Pastor Höllmann noch hier bei dir?«

Sie schüttelte den Kopf. »Du hast sie wieder mitgenommen.«
Irritiert blickte sie ihm hinterher, als er, ohne ein Wort zu sagen, verschwand, um Minuten später die Akte auf ihren Schreibtisch zu legen.

»Wir haben einen Fehler gemacht«, sagte er und nahm die Namensliste aus dem Ordner, »beziehungsweise nicht aufgepasst.« Mit dem Finger pochte er dabei auf dem Papier herum. »Meier hat mich eben darauf gebracht.«

Lyn nahm die Liste und überflog die Namen der Handwerksfirmen und des Personals der Kirche. »Ich verstehe nur Bahnhof.«

»Pastor Höllmann hat nur die Personen aufgelistet, die Zutritt zu dem Raum mit der Waffe hatten, als sie gestohlen wurde. Schau hier.« Er deutete auf die Namen und ihre vom Pastor dazugeschriebenen Funktionen oder Berufe. »Er hat die Putzfrauen genannt, den Küster, die Kirchenvorsteher, die Handwerksfirmen und so weiter … Aber die Waffe liegt dort seit über zwanzig Jahren. Es hat vor diesen Leuten mit Sicherheit auch andere Mitarbeiter gegeben, die lange entlassen oder pensioniert sind, aber durchaus wissen könnten, dass es dort eine Waffe gab. Und diesen Personenkreis haben wir vernachlässigt.«

Lyn studierte die Liste noch einmal. »Mist. Dabei ist diese Liste schon ellenlang … Erzähl das nur Meier nicht.«

»Witzig. Natürlich nicht«, sagte Hendrik gereizt. »Ich rufe jetzt Pastor Höllmann an. Es gibt doch bestimmt eine Kirchenverwaltung, in der die Personalien früherer Mitarbeiter erfasst sind.«

»Und die der Kirchenvorsteher«, sagte Lyn. »Vielleicht war Knuth Meifart in früherer Zeit im Kirchenvorstand.«

»Aber der wohnt in einem anderen Stadtteil.«

»Hat er da immer gewohnt?«

Hendrik seufzte. »Da kommt noch 'ne schöne Recherche auf uns zu.«

»In der Tat«, stimmte Lyn ihm zu. »Allerdings wirst du die Kirchenverwaltung erst am Montag erreichen. Also sag dem Pastor, er soll uns schon einmal die Namen auflisten, die ihm einfallen.«

Als Lyns Telefon klingelte und sie sich meldete, sortierte Hendrik die Liste wieder ein.

»Frau Stobling!«, sagte Lyn überrascht und lauschte der aufgeregten Frau am anderen Ende der Leitung.

»Was? … Er hat sie angerufen und … Herrje, ja, ich verstehe. Aber zumindest wissen wir, dass es ihm gut geht.«

Hendrik hatte sich in Lyns Besucherstuhl fallen lassen und verfolgte das Gespräch. Er formte mit den Lippen lautlos fragend Andreas Stoblings Namen.

Lyn nickte und griff nach einem Kuli. »Geben Sie mir die Handynummer, die er Ihnen genannt hat, Frau Stobling. Wir werden es auch von hier versuchen. Auf jeden Fall können wir herausfinden, zu welchem Handy diese Nummer gehört. Und sagen Sie Ihrem Bruder, wenn Sie ihn zuerst erreichen, dass er sich bei dem nächstbesten Polizisten auf dem Gelände melden soll. Der wird ihn dann zu uns begleiten.«

Lyn ignorierte Hendriks lautlose »Was ist los?«-Fragen, denn Cornelia Stobling begann zu weinen. »Jetzt wird alles gut, Frau Stobling«, versuchte Lyn sie zu beruhigen. »Bitte, hören Sie auf zu weinen. … Es gibt noch einen weiteren Aspekt, weshalb wir davon ausgehen können, dass Ihr Bruder außer Gefahr ist.«

»Spinnst du?«, zischte Hendrik dazwischen. »Du wirst ihr nichts von Schwedtke erzählen.«

Lyn deckte den Hörer mit der Hand ab. »Ich nenne schon keine Namen. Aber sie ist so fertig …« Sie nahm die Hand wieder vom Telefon. »Melden Sie sich bitte, Frau Stobling, sobald Sie etwas hören. Und umgekehrt machen wir es genauso. Ich habe ja Ihre Handynummer. … Ja, auf Wiederhören.«

Lyn sah Hendrik an. »Sie hat geduscht, als ihr Bruder sie angerufen hat.«

»Na, die Hauptsache ist doch, dass er noch eine lochfreie Stirn hat.« Hendrik stand auf. »Lass uns die Neuigkeit Wilfried und Meier berichten. Ich höre die beiden noch auf dem Flur.«

»Mach du das«, nickte Lyn. »Ich lasse die Handynummer checken, die er angegeben hat.«

An der Tür blieb Hendrik stehen. »Was macht uns eigentlich so sicher, dass er sich bei uns melden wird? Der ist doch nicht blöd. Wenn seine Schwester ihn zuerst erreicht und er hört, was hier los ist, haut der vielleicht ab, um einer Verhaftung zu entgehen. Der ist doch sonst auch in Thailand und wer weiß wo unterwegs.«

»Puh.« Lyn schnaubte durch die Nase. Diesen Aspekt hatte

sie noch nicht bedacht. Aber war Andreas Stobling einer der Vergewaltiger? Auch dafür gab es noch keine Beweise.

★★★

Cornelia Stobling hatte ihr Handy nicht eine Minute lang aus den Augen gelassen, während sie ihre Unterwäsche anzog. Immer wieder versuchte sie, ihren Bruder zu erreichen. Es kam ihr vor, als seien Stunden vergangen, seit sie seine Nachricht auf ihrer Mailbox abgehört hatte, dabei waren kaum zehn Minuten verstrichen.

Sie wühlte das einzige weiße T-Shirt, das sie mitgenommen hatte, aus ihrer Reisetasche und schlüpfte in die Jeans. Mit den Händen fuhr sie ein letztes Mal durch die noch feuchten Locken und nahm das Handy vom Schreibtisch. Sie würde es nicht wieder in ihre Hosentasche stecken, sondern in der Hand behalten, wenn sie jetzt zurück auf das Festivalgelände ging. Denn dazu hatte sie sich entschlossen, da Andy über die angegebene Handynummer nicht zu erreichen war. Sie konnte nicht hier sitzen und darauf warten, dass er sich noch einmal meldete.

Sie verließ das Haus in der Gribbohmer Dorfstraße und eilte, nachdem sie draußen in ihre verdreckten Gummistiefel geschlüpft war und soweit der belagerte Gehweg es zuließ, über das gegenüberliegende Feld zum Open-Air-Gelände. Dort schlug sie zielstrebig den Weg zum Sanitätszelt ein.

Kommissarin Harms hatte gesagt, dass es einen Aspekt gab, der zu der Annahme berechtigte, dass Andy außer Gefahr war! Und genau darum würde sie jetzt etwas tun, das ihr helfen würde, Andy endlich zu finden.

Die Bänke vor dem Sanitätszelt waren alle besetzt. Dort hockten die Freunde oder Verwandten der Verletzten und warteten. Der am Eingang postierte Sanitäter war gerade in ein hitziges Gespräch mit einigen uneinsichtigen Metalheads verwickelt, die anscheinend partout zu ihrem verletzten Kumpel hinter der Trennwand wollten.

Cornelia schluckte, als sie das Zelt unbehelligt betrat. Das Gewusel hatte zugenommen, seit sie ihre Hand dort hatte verarzten lassen. Ein Umstand, der ihr gelegen kam. Und sie hatte Glück.

Das, was sie wollte, stand noch dort, wo sie es gesehen hatte. Und die anwesenden Sanitäter waren alle beschäftigt.

Schnellen Schrittes ging sie zu dem Tisch und zögerte keine Sekunde, nach dem Megaphon zu greifen, obwohl auf dem Stuhl daneben jemand saß: ein Mann mittleren Alters in Muskelshirt und Jeans, der mit schmerzverzerrtem Gesicht seine linke Hand hochhielt, um die er anscheinend eine ganze Rolle Klopapier gewickelt hatte, um das Blut aufzufangen.

»So was passiert, wenn man versucht, eine Dose Ravioli mit dem Messer aufzumachen«, stieß er aus. »Der Scheißdaumen blutet wie Sau. Machen Sie mir den Verband? Ihr Kollege sagte, es kommt sofort jemand.«

Cornelia schenkte ihm ein verkrampftes Lächeln. Ihr weißes Shirt erfüllte also seinen Zweck. Er hielt sie für eine Sanitäterin. Sie steckte das Megaphon in die mitgebrachte Tüte und sagte: »Ein ... äh ... anderer Kollege kümmert sich gleich um Sie.«

Genauso schnell wie sie hineingegangen war, stand sie wieder vor dem Zelt. Auf dem Festivalgelände wandte sie sich entschlossen nach rechts. Auf dem Wackinger-Gebiet nahm sie das Megaphon aus der Tüte und setzte das Mundstück an ihre Lippen.

»Andy Stobling, hier ist deine Schwester Conny. Bitte melde dich sofort bei mir! ... Andy Stobling, hier ist Conny. Bitte melde dich!«

Festen Schrittes ging sie über das matschige Gelände. Es war ihr egal, dass sie wie ein Alien angestarrt wurde. Auch die dummen Kommentare prallten an ihr ab. Sie ließ das Megaphon nur in der Tüte verschwinden, sobald sie einen der diversen Polizisten sah, die auf dem Gelände patrouillierten und jetzt aufgescheucht nach dem Ausrufer Ausschau hielten. Sie machte weite Bögen um die Uniformierten und hoffte, nicht an einen der zivilen Beamten zu geraten.

»Andy Stobling, hier ist Conny. Bitte melde dich ...«

★★★

Andreas Stobling spürte, wie seine Erektion nachließ, noch bevor Jule, die mit wippenden Brüsten auf ihm saß, es bemerkte.

Sekunden später hielt sie in ihrer Bewegung inne. »Was ...?

Mensch, Andy.« Sie stieg von ihm herunter und ließ sich neben ihm auf die Luftmatratze fallen.

Im Gegenzug setzte er sich auf. »*Fuck!*«

Jule drückte die Stopp-Taste des CD-Players und würgte Hansi Kürsch mitten im Song ab. »Du bist eben einfach nicht in Stimmung.« Ihre Finger strichen über seinen nackten Rücken. »Ist doch okay. Dein Kumpel ist tot … Ich dachte ja nur, das würde dich ein bisschen ablenken.«

Andreas wandte sich ihr zu. »Du bist 'n tolles Mädchen, Jule. Ich versprech dir, das holen wir nach.« Mit einem kleinen Lächeln küsste er ihre Brustwarzen, dann ihren Mund. »Aber jetzt muss ich was anderes tun.« Er sammelte seine Klamotten zusammen und zog sich an.

»Was musst du denn tun?«, fragte Jule und verschränkte die Arme hinter dem Kopf.

Sein Kopf erschien im Ausschnitt seines Wacken-Shirts. »Komm einfach mit, dann wirst du es sehen. Und vielleicht sind wir eher wieder hier, als du denkst. Und dann«, ein schiefes Lächeln erschien in seinem Gesicht, »machen wir so richtig rum.«

»Na, dann …« Sie schwang sich hoch und zog sich ebenfalls an.

»Jetzt sag schon, wo wir hingehen, Andy«, quengelte sie zehn Minuten später, als sie über den Zeltplatz liefen.

»Die hab ich gesucht«, sagte er nur und deutete nach vorn, wo sich zwei Polizeibeamte mit einer Gruppe junger Leute unterhielten. Holländer, wie die am Zelt gehisste Flagge verriet.

»Hi!«, sagte er, als sie bei der Gruppe eintrafen. »Ich hab da mal 'ne Frage.« Er sah die Beamten an. »Mir hat jemand erzählt, dass ich mich bei der Polizei melden soll. Das soll sogar ausgerufen worden sein. Ich meine … das ist doch bestimmt Quatsch, oder? Hier wird doch kein Schwein ausgerufen …«

»Andreas Stobling!«, stieß einer der Polizisten aus und starrte ihn ungläubig an. Er zog ein Foto aus der Innenseite seiner Jacke, blickte darauf und wieder zu Andreas.

In Andreas' Bauch begann es zu kribbeln. Was passierte hier? Er riss dem Beamten das Foto aus der Hand. Es zeigte ihn am Strand von Thailand, aufgenommen vor zwei Jahren.

»Woher haben Sie das? Und wieso kennen Sie meinen Namen? Ich meine … Scheiße, verdammt, was ist hier los?«

Der andere Beamte legte ihm lächelnd eine Hand auf die Schulter. »Schön, Sie zu sehen, Herr Stobling.«

★★★

Er war stehen geblieben, um einmal durchzuatmen, um für einen Moment die brennenden Augen zu schließen. Ein Fehler.

Sein Geruchssinn schien durch den ruhenden optischen Sinn an Kraft zu gewinnen. Das Saure von Erbrochenem drang in seine Nase, verband sich mit den Kumpanen Schweiß und Pisse zu einer Würgereiz auslösenden Trinität. Dazu die monströsen Geräusche von Musik und Gelächter, Gesang und Geschwätz. Angewidert öffnete er seine Augen. Direkt vor ihm übergab sich ein Besoffener und kotzte sich dabei auf die Schuhe. Weg! Nur weg!

Er bahnte sich einen Weg durch die Menschenmenge, stieß an die Leiber, wurde selbst gestoßen. Die Musik, die Geräusche nahmen unaufhaltsam an Lautstärke zu, und er glaubte, den Ausgang des Geländes nie zu erreichen.

Von einer Sekunde zur anderen blieb er stehen. Narrte ihn sein Hirn? Er registrierte nicht mehr die Menschen um sich herum, die Gerüche wurden absorbiert. Von einer Stimme. Hohl und blechern, aber voller wunderbarer Worte.

»Andy Stobling! Hier ist deine Schwester Conny. Andy, melde dich bei mir! … Andreas Stobling! …«

Ein martialischer Laut entwich seinen Lippen. Wir irre drehte er sich im Kreis, versuchte zu orten, woher diese Stimme kam. Da! Da war sie wieder.

Die Laute schienen aus der Richtung des Wikingermarktes zu kommen. Kraftvoll stieß er die zur Seite, die ihm in den Weg kamen.

Die Stimme wurde lauter, kam näher. Er kam ihr näher. Ein kindliches Lachen drang aus seiner Kehle. Er bekam Hilfe!

Und dann sah er sie. Eine junge Frau, blass, mit feuerroten Locken, entsprungen einem Gemälde Tizians. Sie hielt ein Megaphon in der Hand und sprach diese wunderbaren Worte hinein. So zügig wie möglich schritt sie durch die Menge.

Gebannt folgte er ihr, hielt Abstand, blieb stehen, wenn sie stehen blieb.

Sie wiederholte die Worte laufend und sah sich dabei aufmerksam um. Sie war nicht dumm, die Schwester Stoblings. Zwei Polizisten, die sich näherten, erblickte sie rechtzeitig. Sie stopfte das Megaphon in die Edeka-Tüte, legte ihren Arm um die Schulter eines jungen Mannes in ihrer unmittelbaren Nähe und bat anscheinend um Feuer für ihre Zigarette, die sie plötzlich im Mund hatte. Die Polizisten gingen vorbei.

Er folgte ihr langsam, freute sich, als sie Minuten später das Megaphon wieder herausholte und nach ihrem Bruder rief. Sie bewegte sich in die Richtung des gigantischen Pagodenzeltes neben dem Wikingergelände.

»Andy, Andy!«, murmelte er im Singsang. »Komm schön zu deinem Schwesterchen. Ja, komm, Andy, komm!«

Dann sah er aus dem Augenwinkel, dass die beiden Polizisten zurückkamen und sich zügig auf Stoblings Schwester zubewegten. Nicht lange, und sie würden sie in der Menge entdecken. Und wenn die Beamten das Feuerhaar erst einmal im Visier hatten, würde sie nicht mehr in der Menge untergehen.

Warum drehte sie sich nicht um? Sah sie denn nicht, dass die Männer gleich da sein würden?

»Polizei!«, rief er, so laut er konnte, und schlug die Richtung zu den beiden Beamten ein. »Hallo, Polizei!«

Die Beamten blieben stehen. »Was ist denn?«, fragte der eine unwirsch, sein Blick glitt weiter suchend über die Menge.

»Dort … vor dem Supermarkt-Zelt wird gerade jemand zusammengeschlagen«, stieß er aus und deutete hinter sich. »Schnell! Er braucht Hilfe.«

Der Ältere der beiden Polizisten nahm sein Handfunkgerät und sprach hinein: »Wir brauchen am Rand des Wackinger Village Verstärkung. Andreas Stoblings Schwester ruft hier ihren Bruder aus! Die Kripo ist bereits informiert. Sie scheint Richtung Campingplatz oder ›Bullhead City Tent‹ unterwegs zu sein. Aber wir müssen die Suche nach ihr für den Moment abbrechen.« Er steckte das Funkgerät ein und folgte seinem Kollegen Richtung Supermarkt.

Der Mann, der die Schlägerei gemeldet hatte, verschwand mit einem Lächeln in die andere Richtung, fokussiert auf einen roten Schopf.

★★★

»Oh Mann!« Wütend legte Lyn den Telefonhörer zurück auf die Station. Cornelia Stobling reagierte nicht mehr auf ihre Anrufe. Lyn hatte sofort zum Hörer gegriffen, nachdem die Kollegen aus Wacken telefonisch durchgegeben hatten, dass Andreas Stoblings Schwester anscheinend mit einem Megaphon – wo auch immer sie das herhatte – auf dem Gelände herumlief und ihren Bruder ausrief.

Beim ersten Versuch hatte die junge Frau sich noch gemeldet. Lyn hatte sie aufgefordert, die Ausrufe sofort einzustellen. Die Erklärung hatte sich Cornelia Stobling schon nicht mehr angehört. Sie hatte Lyn einfach weggedrückt.

Lyn war wütend auf die junge Frau, aber vor allem auf sich selbst. Sie war sicher, dass Cornelia das nur tat, weil sie ihr gesagt hatte, dass Andreas Stobling wahrscheinlich außer Gefahr war. Sie griff noch einmal nach dem Hörer, wissend, dass es zwecklos war. Schließlich konnte Cornelia auf ihrem Display sehen, wer sie anrief. Sie würde das Gespräch nicht annehmen, weil sie wusste, wie die Polizei über diese Ausruf-Aktion dachte.

Lyn sah auf, als jemand an den Rahmen ihrer Bürotür klopfte. Es war Kollege Berthold.

»Alle Mann zügig ins Besprechungszimmer«, grummelte er, »hat der Chef angeordnet.« Mit einer Geschwindigkeit, die mit dem Begriff »zügig« nicht konform ging, tappte er zu Hendriks Tür und wiederholte den Satz.

Wilfried schenkte gerade Karin Schäfer einen Becher Kaffee ein, als Lyn und Hendrik mit Jochen Berthold das Besprechungszimmer betraten.

»Es wird entspannter, liebe Kollegen«, begrüßte Wilfried sie gut gelaunt. »Andreas Stobling ist auf dem Weg hierher.«

»Was? … Wirklich?« Lyn starrte ihn ungläubig an und stieß dann die Luft aus. »Endlich. Da bin ich jetzt echt erleichtert.«

Hendriks Blick war erstaunt. Anscheinend hatte er wirklich nicht damit gerechnet, dass Stobling sich selbst melden würde.

»Hat seine Schwester ihn aufgestöbert?«, fragte Lyn.

Wilfried schüttelte den Kopf. »Nein, er hat sich selbst bei den Kollegen auf dem Gelände gemeldet … Auf jeden Fall knöpfe ich ihn mir persönlich vor, sobald er hier eintrifft«, sagte Wilfried, griff nach einem Buchstabenkeks aus Karins Keksdose und tunkte ihn in seinen Kaffee. »Ich bin gespannt, was wir aus ihm rausholen in Sachen Judith Schwedtke.«

»Dann kann die Suche auf dem Festivalgelände jetzt eingestellt werden«, sagte Karin Schäfer. »Ich unterrichte die zivile Einheit und die übrigen Kollegen.«

»Und ich würde liebend gern Cornelia Stobling davon in Kenntnis setzen«, sagte Lyn, »aber ich fürchte, da hat sie sich jetzt selbst ins Aus katapultiert. Sie geht nicht an ihr Handy, wenn sie meine Nummer sieht.«

»Ich werde es mit meinem Handy versuchen«, sagte Hendrik und angelte ein L aus der Keksdose. »Meine Nummer kennt sie nicht.«

»Versuch dein Glück, aber ich denke, sie wird nur rangehen, wenn die Nummer erscheint, die ihr Bruder ihr durchgegeben hat, oder sie legt sofort auf.«

Hendrik hob die Schultern. »Dann soll Stobling das machen. Er wird ja gleich hier eintrudeln.«

Wilfried löste die Runde zehn Minuten später auf, als der Schutzpolizist mit Andreas Stobling eintraf. Der Chef der Mordkommission lotste den jungen Mann umgehend in das Verhörzimmer.

»Äh, Wilfried, kann ich auch …«, stammelte Lyn herum. Sie wollte unbedingt, dass Andreas seine Schwester anrief. Die junge Frau musste von ihrer Sorge um ihn erlöst werden.

»Komm mit rein«, winkte ihr Chef sie in das kahle Verhörzimmer.

Nicht verwunderlich, dass wir ihn auf dem Gelände nicht gefunden haben, dachte Lyn, während sie das Gesicht von Andreas Stobling musterte. Er trug sein Haar viel kürzer als auf dem Foto, und es sah nicht so hell aus. Eine Rasur konnte er auch vertragen.

»Bevor wir anfangen, Herr Stobling«, sprach Lyn ihn an, »eine Frage: Haben Sie das Handy bei sich, mit dem Sie Ihre Schwester angerufen haben?«

Irritiert sah er sie an, während er sich auf den angebotenen Stuhl setzte. »Nee, hab ich nicht. Das war nicht mein Handy. Gehört einer … Freundin. Die ist auf Wacken.«

»Ja, dann weiß ich auch nicht …«, murmelte Lyn und sah Wilfried an.

»Dann muss das warten, bis sie mit ihrer Tröte einem unserer Leute in die Arme läuft«, sagte Wilfried bestimmt.

Andreas musterte sie beide stumm über den Tisch hinweg. Dann brach es aus ihm heraus: »Was ist hier eigentlich los? Was ist mit meiner Schwester? Kann mir endlich mal jemand Kompetentes sagen, was ich hier mache?«

Wilfried warf Lyn einen Blick zu. »Glaubst du, wir sind kompetent genug, Lyn, um Herrn Stobling zu sagen, dass er sich wahrscheinlich in Lebensgefahr befindet beziehungsweise befand?« Sein Blick wanderte zu dem jungen Mann zurück.

»Häh? Was …? Hat … hat das irgendwas mit Tommy zu tun? Mit Thomas Lug, meine ich? Der … der soll ermordet worden sein. Oder? Das hat mir gestern jedenfalls ein Kumpel erzählt.« Unsicher knetete Andreas seine Finger.

Wilfried beantwortete die Frage nicht, sondern fragte: »Hatten Sie am Wochenende des Wacken Open Air im vergangenen Jahr zusammen mit Thomas Lug und Henning Wahlsen das Gartenhaus von Werner Schwedtke gemietet?«

»Äh, ja. Wieso?«

»Henning Wahlsen wurde ebenfalls ermordet.«

Andreas Stoblings Augen wurden riesengroß. »Nee! Der Henning? Der Henning auch? Was … wieso …?«

»Herr Stobling, kannten Sie Judith Schwedtke?«

»Ja. Ja, klar. Die Tochter vom Werner. Ich hab gehört, dass sie auch … dass sie tot ist.«

»Sie haben anscheinend eine ganze Menge gehört von Menschen, die tot sind, Herr Stobling, und die Sie gut gekannt haben.« Wilfrieds Stimme hatte an Schärfe zugenommen. »Herr Stobling, Judith Schwedtke wurde am ersten Augustwochenende letzten Jahres im Gartenhaus ihres Vaters vergewaltigt. In diesem Zusammenhang erhalten Sie jetzt von mir eine Belehrung über Ihre Rechte. Dann können Sie entscheiden, ob Sie einen Anwalt hinzuziehen möchten oder nicht.«

Andreas Stobling wurde blass. »Ich? Was … was soll das? Scheiße, was läuft hier?«

Wilfried sah unwillig zur Tür, als es klopfte. Hendrik steckte seinen Kopf herein. »Sorry, aber … Lyn, du musst bitte mal rauskommen. Es ist dringend.«

»Was ist denn los?«, fragte Lyn, nachdem sie die Tür hinter sich geschlossen hatte.

»Dieser Dr. Grenardi aus dem Krankenhaus hat gerade angerufen. Timo Grümpert will dich unbedingt sprechen. Der Doktor hat es dringend gemacht. Der Junge scheint völlig von der Rolle zu sein.«

»Holla!« Lyn schnalzte mit der Zunge. »Jetzt geht's aber ab mit den Informationen. Ich fahre gleich los.«

»Was sagt Stobling?«, fragte Hendrik und nickte Richtung Tür.

»Wilfried tastet sich gerade vor. Ich kann Stobling, ehrlich gesagt, nicht einschätzen.«

★★★

»Ich bin hin- und hergerissen. In diesem Moment überlege ich noch, ob ich Sie zu dem Patienten lasse oder nicht.« Die Mundwinkel von Dr. Grenardi waren missmutig nach unten verzogen.

Lyn klappte der Mund auf. Die Bulldogge zitierte sie hierher und machte jetzt, mit verschränkten Armen vor Timos Krankenzimmertür, auf Zerberus?

»Sein Zustand ist instabil«, fuhr der Arzt fort. »Wozu seine hysterische Mutter ihren Teil beigetragen hat. Die Schwester war gezwungen, sie aus dem Zimmer zu … bitten. Aber ich fürchte, wenn ich seinem ausdrücklichen Wunsch, Sie zu sprechen, nicht nachgebe, wird es auch nicht zu seinem Vorteil gereichen. Also, bitte. Aber vermeiden Sie jede Aufregung.« Er trat zur Seite.

Timo Grümpert lag ruhig da, seinen Kopf dem Fenster zugewandt. Schlief er?

Lyn trat neben sein Bett. Er schlief nicht, sondern starrte hinaus in den Himmel, obwohl er gemerkt haben musste, dass jemand das Zimmer betreten hatte. »Hallo, Timo.«

Er erwiderte ihren Gruß nicht, als er sich ihr zuwandte. Es war eine schwerfällige Bewegung, als ob er seinen Kopf zwingen müsste, sich vom Fenster abzuwenden. Noch immer sagte er nichts.

»Ich werde nicht fragen, wie es dir geht«, sagte Lyn. Das Du war über ihre Lippen, bevor sie auch nur darüber nachdenken konnte. Es mochte daran liegen, dass er in seiner Blässe und Lethargie so kindlich aussah. »Ich sehe, dass es dir nicht gut geht. Und ich wäre auch noch nicht hier, wenn du nicht darum gebeten hättest.«

Als er immer noch nichts sagte, fügte sie hinzu: »Und wenn du möchtest, werde ich jetzt wieder gehen, Timo.«

Er wandte seinen Kopf wieder dem Fenster zu.

Lyn wartete, aber die Minuten zogen sich endlos dahin, ohne dass ein Ton über seine Lippen kam. Sie war im Begriff zu gehen, als seine Stimme plötzlich erklang.

»*Ti amo*, Timo. Das hat sie immer gesagt. ›Nur ein kleines A in deine Mitte, und schon heißt du: Ich liebe dich‹.« Er sah Lyn an. »Verstehen Sie? Aus Timo wird *Ti amo*.«

Lyn lächelte. »Ja, das habe ich schon verstanden. Es … es ist ein sehr schönes Wortspiel. Von Judith?«

Er nickte. »Ich höre ihre Stimme im Traum.«

»Du hast sie sehr lieb gehabt.«

Der dicke Kloß in seinem Hals war unüberhörbar, als er ein »Ja« gluckste.

Lyn zog sich den einzigen Stuhl im Zimmer heran und setzte sich. »Ich bin ein guter Zuhörer. Erzähl mir von Judith.«

Er musterte ihr Gesicht. »Nein.«

»Okay.« Lyn ließ sich ihre Enttäuschung nicht anmerken. »Das ist okay, Timo.«

Er drehte sich wieder und starrte die Decke an. »In meinen Träumen … da läuft ein Film … immer wieder. Ich … ich kann Ihnen von dem Film erzählen. Von den Darstellern.«

Lyns Rücken spannte sich. Er wollte etwas loswerden. Und anscheinend konnte er das nur, wenn er es aus der Distanz betrachtete. »Ja. Erklär mir, worum es in dem Film geht.«

»Es geht um … In dem Film spielen drei Männer mit. Und ein … eine Frau. Es … es ist fast dunkel. Schummerlicht. Einer hat die Frau am Arm gepackt. Er muss sie ziehen, weil sie … sie ist … sie kann kaum laufen. Sie will nach Hause. Ihr ist übel. Und er … er sagt, er bringt sie nach Hause, aber … aber er bringt sie in das Gartenhaus.«

Timo hatte die Augen jetzt geschlossen. Seine Lider zuckten.

»Und wie geht der Film weiter? Was passiert im Gartenhaus?« Lyn wagte die leise Frage, weil er nicht weitersprach.

»Da sind die anderen beiden. Sie warten.«

Lyn gruselte es bei dem Klang seiner Stimme. Das Zucken seiner Lider verstärkte sich.

»Das Mädchen sagt, dass ihr schlecht ist. Sie … sie hat Bauchkrämpfe.«

Lyn registrierte sofort, dass aus der Frau ein Mädchen geworden war. Judith. Timo war jetzt so intensiv in dem Film, dass er vergaß, auf die Worte zu achten, die er zum Schutz gewählt hatte.

»Der, der sie am Arm gepackt hat, drückt sie auf das Bett. Sie sitzt da und kippt zur Seite. ›Na endlich‹, sagt der Zweite. Und der Dritte … Er trinkt ein Bier. Eine Dose. Und lacht, und sagt: ›Hallo, Mäuschen. Zieh schon mal dein T-Shirt aus‹.«

Timos Stimme veränderte sich, wurde heller und lauter. Seine Finger auf der Decke begannen zu beben. »Der, der sie reingebracht hat, sagt: ›Hört auf! Wir lassen sie einfach. Das war 'ne Scheißidee!‹ Aber der andere lacht wieder und sagt: ›Halt die Fresse! Wenn du nicht willst, geh nach draußen vor die Tür. Kannst ja anklopfen, wenn ihr Papi kommt.‹ Und dann nimmt er ihre Beine und zieht sie auf das Bett. Und ihr Rock schiebt sich dabei hoch. Es ist ein kurzer Rock. Schwarz. Und sie hat schwarze Netzstrümpfe an. Und er sagt zu ihr: ›Los, Mäuschen, sag, dass du Spaß haben willst!‹«

Lyn war in Versuchung, nach seinen immer stärker zitternden Händen zu greifen, aber sie hatte Angst, ihn damit aus seinem Film zu reißen. Aus dem Horrorfilm.

»Aber das Mädchen rührt sich nicht. Sie liegt nur da. Und dann patscht er an ihre Wange und sagt: ›Los, sag: Spaß!‹ Und dann … dann murmelt sie: ›Spa…‹ Sie kann gar nicht mehr richtig sprechen. Und er guckt zu dem anderen und sagt: ›Siehst du! Mäuschen will Spaß. Und den kriegt sie jetzt.‹ Und dann … dann öffnet er seinen Hosenschlitz.«

Wie irre begann Timo, seinen Kopf hin und her zu schlagen.

»Ist gut, Timo, ist gut«, sagte Lyn und griff jetzt doch nach seiner Hand. »Das … das ist ein schrecklicher Film.«

Ohne ihr seine Hand zu entziehen, starrte er heftig atmend wieder die Decke an.

»Aber ich denke«, fuhr Lyn leise fort, »dass der Film noch weiter geht. Ich denke, es gibt noch einen Darsteller. Vielleicht den Freund der Frau? Und der rächt sich für das, was diese drei

Männer mit ihr gemacht haben, denn sie hat es ihm erzählt? Und er lässt die Männer büßen für ihre Tat, weil diese Tat für die Frau so schrecklich war, dass sie damit nicht leben konnte? Und vielleicht hat er sich nicht allein gerächt, sondern gemeinsam mit dem Vater der Frau?«

Timos Kopf ruckte herum. Und dann begann er zu lachen. Ein Lachen bar jeder Fröhlichkeit. Und es endete abrupt. Er sah sie aus seinen tiefblauen Augen an.

»Sie haben den Film nicht verstanden.«

★★★

»Zisch ab!«, fauchte Cornelia Stobling einen Jugendlichen an, der ihre Hand mit dem Megaphon gepackt, an seinen Mund gerissen und »Wackeeen!« hineingegrölt hatte. Frustriert stopfte sie den Verstärker schließlich in die Edeka-Tüte und sah noch einmal auf ihr Handy. Andys Nummer tauchte nicht auf. Es hatte zwar mehrfach angeschlagen, aber immer war es die Kommissarin gewesen.

Als das Handy in diesem Moment in ihrer Hand vibrierte, zuckte sie zusammen. Keine Nummer der Itzehoer Polizei. Vielleicht hatte Andy sich ein anderes Handy besorgt?

»Hallo?«, schrie sie in den Hörer, »Andy? Andy, bist du das?«

»Frau Stobling, legen Sie nicht auf, hier ist Wolff von der Kripo Itzehoe. Wir hab—«

»Lassen Sie mich!« Cornelia Stobling drückte ihn weg. Sie hatte ihn kaum verstehen können, aber dass er von der Kripo war, hatte sie mitbekommen. Und auf eine weitere Belehrung konnte sie verzichten.

Vielleicht war es sowieso am besten, das Megaphon zurückzubringen und nach Hause zu fahren. Morgen war Sonntag. Und auch Andy würde nach Hause fahren. Gesund und munter. Bestimmt.

Seufzend ging sie weiter. Einmal würde sie es noch versuchen. Und dann war Schluss.

»Andy Stobling!«, sprach sie zwei Minuten später in das Megaphon. »Andy Stobling, hier ist deine Schwester Conny. Ruf—« Erschrocken brach sie ab, als sich eine Hand auf ihre Schulter legte.

»Frau Stobling!«

Sie drehte sich abrupt um, erwartete, in das Gesicht eines Polizisten zu blicken, der ihr jetzt gehörig die Leviten lesen würde. Aber der Mann trug keine Uniform, sondern ein schlichtes schwarzes T-Shirt, um seine Hüften hatte er die Ärmel eines schwarzen Sweatshirts geschlungen.

»Ja–a?« Automatisch verbarg sie das Megaphon hinter ihrem Rücken. Sein spöttisches Lächeln machte ihr diese kindische Aktion bewusst.

»Das brauchen Sie nicht mehr, Frau Stobling«, sagte er, weiter lächelnd. »Sie werden Ihren Bruder hier nicht finden … Darf ich mich vorstellen?« Er hielt ihr die Hand hin. »Felix Victor, Kripo Itzehoe. Ihr Bruder befindet sich bei uns.«

»Mein Gott …« Cornelia Stobling schossen die Tränen in die Augen.

Endlich! Andreas war in Sicherheit!

Sie ergriff die dargebotene Hand wie einen Rettungsanker. »Hat Frau Harms Sie geschickt? Wie haben Sie mich gefunden?«

Er lächelte und deutete hinter ihren Rücken. »Sie waren nicht zu überhören. Es war nur eine Frage der Zeit, wann Sie einem Polizisten in die Arme laufen.«

»Herrje.« Cornelia grinste – und schluchzte zugleich vor Erleichterung. »Ihre Kollegen haben andauernd versucht, mich zu erreichen. Ich bin nicht mehr rangegangen, weil ich dachte, es sei wegen meiner Aktion hiermit …« Verlegen stopfte sie das Megaphon in die Tüte. »Geht es Andy gut?«

»Kommen Sie.« Er griff nach ihrem Arm. »Wir gehen. Ich bringe Sie zu Ihrem Bruder.«

»Danke schön. Sie glauben gar nicht, wie froh ich bin.«

Er musterte ihr Profil, während sie nebeneinander Richtung Ausgang gingen. »Sie lieben Ihren Bruder wohl sehr?«

»Aber ja! Er ist meine Familie. Ich würde alles für ihn tun.« Sie strahlte ihn an.

»Alles?« Sein Lächeln reichte bis in seine Augen. »Das ist gut.«

VIERZEHN

Lyn versuchte, Timo Grümperts Blick festzuhalten. Sie wollte nicht, dass er sich wieder abwandte. »Du sagst, ich habe den Film nicht verstanden, Timo? Dann … dann sag du mir, wie der Film weitergeht.«

»Der Film geht nicht weiter. Er … er ist zu Ende, als Benedikt seinen … seine Jeans öffnet. Ich … ich bin abgehauen, als er sie … Einfach abgehauen.« Sein ganzer Körper bebte jetzt unter der dünnen Decke auf dem Krankenbett.

»Moment.« Lyn sah ihn irritiert an. »Was …?« Sie versuchte zu sortieren, was er gerade gesagt hatte. »Wer ist Benedikt?«

Timos Augen leuchteten dunkel aus seinem weißen Gesicht. »Benedikt ist … war … mein Kumpel. Der Kumpel von Mirko und mir. Verstehen Sie das jetzt? Wir drei. Wir sind die Darsteller in dem Film.«

Die Ungeheuerlichkeit dessen, was Lyn jetzt bewusst wurde, verschlug ihr die Sprache. Sie brauchte einen Moment, um sich zu fangen. Aus der distanzierten Filmbeschreibung wurde gerade ein Geständnis. Lyn räusperte sich den Hals frei. Sie musste ihn belehren. Ob er ihre Worte allerdings wahrnahm, als sie ihn über seine Rechte als Beschuldigter aufklärte, bezweifelte sie.

Timo war nicht mehr zu stoppen. Er weinte und redete gleichzeitig. »Ich hab Judith damals doch noch gar nicht gekannt! Ich war doch eine Klasse über ihr. Aber Benedikt und Mirko waren in ihrer Klasse. Und die haben mich zu der Klassenfete eingeladen, weil ich backen geblieben war und nach den Sommerferien auch in ihre Klasse gehen würde. Und Benedikt hatte … er hatte was im Internet bestellt … Und wir … er wollte es ausprobieren. Er hat Zettelchen gemacht. Mit allen Mädchennamen. Von allen, die da waren. Und … und Mirko hat gezogen.«

»Und er hat Judith gezogen?« Lyn merkte selbst, dass ihre Stimmlage sich verändert hatte, härter klang.

Timo schüttelte den Kopf. »Er hat Svenja gezogen.«

»Svenja? Judiths Freundin? Aber … wieso dann …?«

»Judith hatte zwei Klassenkameraden aus Itzehoe angeboten, in ihrem Gartenhaus zu übernachten, weil es ja wieder frei war. Sie hat den Schlüssel von ihrem Bund abgemacht und zu den beiden rübergeschoben. Und auf dem Tisch ist er dann erst mal liegen geblieben. Und … und da hat Benedikt umgeplant. Er hat den Schlüssel eingesackt und das Zeug dann in Judiths Becher geträufelt, als sie tanzen war.«

»›Das Zeug‹ waren K.o.-Tropfen?«

Ein leises »Ja« kam über Timos Lippen.

»Und es war anscheinend völlig egal, welches Mädchen es traf? Ein Zufall hat die anderen vor einer Vergewaltigung bewahrt?« Lyn musste sich zusammenreißen, um ihrer Stimme die Bitterkeit zu nehmen. Sie wollte nicht, dass er sich zurückzog.

»Wann und wo hat denn diese Fete stattgefunden?«, blieb Lyn dran. »Wir dachten … wir sind davon ausgegangen, dass Judith an dem Festival-Wochenende …«

»Es war der Sonntag«, unterbrach er sie. »Judiths Klasse hatte sich den Tag nach dem Festival für die Fete ausgesucht, weil dann alle wieder Zeit hatten. Wacken wollte schließlich keiner verpassen. Mirkos Oma hat ihren Garten für die Fete zur Verfügung gestellt. Sie wohnt auch in Wacken, nur eine Straße von Judith entfernt.«

»Mein Gott.« Erst langsam dämmerte Lyn, was diese Informationsflut bedeutete. Keiner der Gartenhausmieter war in irgendeiner Weise an dem beteiligt gewesen, was Judiths Vergewaltigung und ihren Selbstmord betraf.

»Was hast du mit Judith Schwedtkes Vater zu schaffen?«, fragte Lyn. »Wie kam es zu dem heutigen Aufeinandertreffen und wieso hat er dich bedroht?«

»Keine Ahnung, ehrlich!« Er hatte seine Augen aufgerissen. »Der stand plötzlich vor mir und ist ausgetickt. Ist … ist Herr Schwedtke tot?«

»Er wird operiert. Timo, weißt du irgendetwas über eine Racheaktion von Werner Schwedtke? Rache für Judiths Selbstmord?«

Er senkte den Blick, begann an seinen Nägeln zu pulen. »Hat Herr Schwedtke was mit diesen Toten zu tun? Hat er sie … getötet? Weil … weil er dachte, dass *die* das getan haben?«

Er sah Lyn wieder an. Eine Bitte lag darin. Die Bitte, dass es nicht wahr sein durfte, dass Judiths Vater diese Männer getötet hatte, weil er sie für die Vergewaltiger seiner Tochter gehalten hatte.

»Ja, das hat er«, wäre die richtige Antwort gewesen, aber Lyn brachte sie nicht über ihre Lippen. Der Junge war am Ende seiner Kräfte. Wenn er die Antwort auch ahnte, er würde sie noch früh genug erfahren, und damit auch das Ausmaß dessen, was er mit zu verantworten hatte.

»Die Ermittlungen laufen noch«, sagte sie darum. »Gib mir bitte die Nachnamen deiner Freunde, Timo. Und die Adressen.«

Er starrte wieder aus dem Fenster. »Benedikt Claasen. Er wohnt in Itzehoe. Mirko wohnte auch in Itzehoe. Er ist tot. Ein Lkw hat ihn erwischt, auf seinem Moped.« Sein Blick blieb im Himmel verhaftet. »Ob Gott das war? Als Strafe? Aber Benedikt hat er nicht getötet. Und mich auch nicht. Aber mir ist es egal. Mich kann er auch ruhig plattmachen. Dann ist Ruhe. Endlich.«

Lyn griff wieder nach seiner Hand. »Du bist weggelaufen, hast du gesagt. Dann hast du dich nicht an der Vergewaltigung beteiligt?«

Er schüttelte hektisch seinen Kopf. »Das konnte ich nicht, wie sie da so lag. Aber ich habe sie hingebracht. Bin schuld … Benedikt ist dann in die USA geflogen. Und ich … ich konnte das nicht vergessen, was wir … was mit ihr passiert ist. Ich hab sie beobachtet, in der Klasse. Ein paar Wochen lang. Und dann hab ich sie gefragt, ob wir uns mal treffen wollen. Und dann hat es sich einfach so ergeben … Ich wollte mich ja gar nicht in sie verlieben, wollte nur für sie da sein. Aber dann hab ich mich in sie verliebt. Alles war gut. Richtig gut.«

Seine Stimme wurde lauter, und er sah Lyn an. »Bis zu dem Zeitpunkt, zu diesem Scheiß-Punkt, wo sie es mir erzählt hat! Diese Ungewissheit, das war für sie das Schlimmste. Sie hat sich am Tag danach ja an nichts erinnern können. Und ich … ich Idiot … ich hab es ihr erzählt. Ich konnte das nicht mehr für mich behalten. Es wär mir egal gewesen, ob ich auch in den Knast komme, aber ich wollte es los sein. Und sie sollte es endlich wissen, das, was mit ihr passiert war. Ich hab doch nicht geahnt, dass sie …«

Er griff nach dem Wasserglas auf dem Nachttisch, nahm aber

keinen Schluck. »Sie hat geschrien und geweint, und ich hab sofort gewusst, dass es falsch war, es ihr gesagt zu haben.« Seine Lippen waren kalkig. »Am nächsten Tag war sie tot.«

★★★

»Sollen wir das Megaphon vorher zurückbringen? Also … ich habe es aus dem Sanitätszelt genommen.« Cornelia Stoblings Wangen begannen zu brennen, als sie den Mann an ihrer Seite ansah. »Es muss doch zurück.« Sie schwenkte die Tüte hin und her.

»Das ist jetzt nicht wichtig.«

»Aber …«

»Ich sagte, das ist jetzt nicht wichtig!«

Der Klang seiner Stimme hatte sie zusammenfahren lassen. Junge! Der war mächtig angespannt. Vielleicht sollte sie jetzt lieber ruhig sein. Schließlich hatte sie die Polizei genug gereizt.

»Sind Sie mit dem Wagen hier?«, fragte er plötzlich.

»Ja. Er steht hier gleich in der Dorfstraße. Dort habe ich ein Zimmer.«

»Es wäre schön, wenn wir Ihren Wagen nehmen könnten«, sagte er. »Dann können die Kollegen den Dienstwagen hierbehalten.«

»Natürlich. Kein Problem.«

»Ist Ihnen etwa kalt?«, wunderte sie sich, als er am Ausgang des Festivalgeländes sein Sweatshirt von den Hüften löste und überzog. Es war ein Kapuzenshirt, stellte sie fest, denn er zog sogar die Kapuze über seinen Kopf. Und das bei mindestens fünfundzwanzig Grad im Schatten.

Er nahm die Sonnenbrille aus der Bauchtasche des Shirts und setzte sie auf. »Vielleicht werde ich krank«, sagte er.

Sie musterte sein Gesicht von der Seite. Er sah blass aus, übernächtigt.

»Haben Sie auch nach Andy gesucht?«, fragte sie.

»Oh ja, das habe ich«, sagte er, ohne sie anzusehen.

Als sie vor dem Haus in der Dorfstraße eintrafen, zog Cornelia ihre Gummistiefel aus und ging die Stufen zur Eingangstür empor.

»Es wäre schön, wenn wir gleich fahren könnten«, sagte er und zerrte am Griff der Autotür. Ihr Twingo stand neben dem

Mercedes des Hausherrn auf der großzügigen Auffahrt. »Ihre …
Ihre Sachen können Sie später holen.«

»Aber ich brauche den Autoschlüssel«, sagte sie. »Der ist in
meinem Zimmer.« Sie schloss die Eingangstür auf.

»Frau Stobling?«

»Ja?«

»Könnten Sie … könnten Sie mir Ihr Handy hierlassen? Ich
muss dringend die Dienststelle anrufen, und meines … meines hat
ein Besoffener in einem Bierglas ersäuft. Ich musste einen Streit
schlichten.«

»Kein Problem.« Sie ging die Stufen wieder hinunter, zog ihr
Handy aus der Jeanstasche und gab es ihm.

Zehn Minuten später saßen sie in Cornelias schwarzem Twingo.
Felix Victor hatte gefragt, ob er fahren solle, weil sie doch sehr
aufgeregt sei. Sie hatte abgelehnt, aber er hatte darauf bestanden.
Schließlich hatte sie eingewilligt. Victor war zweifelsohne ein
Macho, der sich nicht von einer Frau kutschieren lassen wollte.
Und sie wollte keinen Stress mehr.

Sie verließen Wacken auf der L 131. In Vaale blinkte er kurz
nach dem Ortsschild rechts und bog ab. Nach wenigen Minuten
waren sie an der Kreuzung zur L 137, an der ein Hinweisschild
die Richtung nach Itzehoe links vorgab.

Cornelia war irritiert, als er nicht links blinkte, sondern – als
die Straße frei war – geradeaus fuhr. Sie blickte auf das Schild am
Straßenrand. »Vaalermoor«, las sie laut. Sie sah ihn an. »Wir wollen
doch zur Kripo nach Itzehoe. Ist … ist das eine Abkürzung?«

»Nein.«

Irritiert sah sie ihn an. »Ich verstehe nicht …?«

»Wir halten gleich. Dann werden Sie verstehen.« Er warf ihr
einen schnellen Seitenblick zu, während sie den kleinen Ort Vaalermoor bereits passierten. »Sie werden Ihren Bruder bald sehen.«

»Ich …«, sie musterte sein Profil, die blassen Wangen. Eine
innere Hand zog ihren Magen zusammen. »Sie … Sie haben mein
Handy noch. Geben Sie es mir bitte.«

»Es ist in meinem Rucksack. Ich gebe es Ihnen, wenn wir
halten.«

»Ich kann es herausholen.« Sie löste den Gurt, wandte sich zum
Rücksitz um und angelte nach seinem Rucksack. »Au!«

Er hatte ihren Arm so fest gepackt, dass es schmerzte.

»Halten Sie an! Halten Sie sofort an!«, schrie sie und versuchte, ihren Arm aus seinem Panzergriff zu zerren.

Er stieß sie so gewaltig zur Seite, dass ihr Kopf an die Seitenscheibe des Twingo prallte. Die Intensität des Schmerzes ließ seine Stimme wie durch Watte klingen.

»Wenn Sie Ihren Bruder lebendig bevorzugen, sollten Sie ab sofort tun, was ich Ihnen sage.«

★★★

Kriminalhauptkommissarin Karin Schäfer fand als Erste ihre Sprache wieder, nachdem Lyn ihren Kollegen im Besprechungszimmer die Fakten aus dem Gespräch mit Timo unterbreitet hatte.

»Unfassbar! Was haben diese Jungs da nur gemacht?«

»Woher hatten sie die K.o.-Tropfen?«, fragte Jochen Berthold.

»Bestellung per Internet«, sagte Lyn. »Du weißt doch, wie einfach es ist, an das Zeug zu kommen. Ist deklariert als Felgenreiniger oder was weiß ich, aus Polen oder Holland.«

Die Erschütterung stand Karin Schäfer ins Gesicht geschrieben. »Wenn ich sehe, was für eine grauenhafte Dynamik daraus entstanden ist: der Selbstmord von Judith, daraufhin der Zusammenbruch des Vaters, seine Rache, als er das Tagebuch findet.« Ihre Stimme überschlug sich fast. »Und dann der Tod der drei Männer! Abgeknallt, weil Schwedtke denkt, dass sie die Vergewaltiger seiner Tochter waren. Abgeleitet aus einem vagen Tagebucheintrag. Drei Kinder haben ihre Väter verloren. Frauen ihre Männer oder Freunde. Das … das …«

Lyn hatte Verständnis für die Bestürzung ihrer Kollegin, die perfekt zusammengefasst hatte, was Lyn auf der Rückfahrt vom Krankenhaus durch den Kopf gegangen war.

»Das erklärt jetzt natürlich auch, warum sie diesen Alptraum erst am Montag in ihr Tagebuch eingetragen hat«, fiel Lyn ein. »Weil es erst am Sonntagabend passiert ist.«

»Andreas Stobling ist also unschuldig«, stellte Wilfried fest, der die Vernehmung des jungen Mannes unterbrochen hatte, als Lyn mit den Neuigkeiten zurückkam.

»Das heißt, er kann jetzt gehen«, sagte Hendrik mit einem

Stirnrunzeln. »Er hat nichts verbrochen. Und Schwedtke kann ihm nicht mehr gefährlich werden.«

»Korrekt«, gab Wilfried ihm recht. »Du siehst trotzdem nicht so aus, als würde es dir gefallen, dass er jetzt geht.«

»Die Beweise gegen Schwedtke sind erdrückend«, sagte Hendrik. »Das ist mir schon klar. Und dennoch … Mir will immer noch nicht in den Kopf, dass er einen völlig Fremden erschießt. Stefan Kummwehl hatte keinerlei Ähnlichkeit mit Andreas Stobling. Schwedtke hätte doch merken müssen, dass er den Falschen vor sich hat. Und kommt mir jetzt nicht mit: Er war so im Wahn, dass es ihm nicht bewusst wurde. Das glaube ich einfach nicht. Wenn er so planvoll vorgeht, Abend für Abend seine Opfer zu eliminieren, dann ist das eine überlegte Handlung.«

»Aber wir haben keine einzige weitere Spur, die darauf deutet, dass es noch einen Täter gibt«, gab Volker Aschbach zu bedenken. »Was wollen Sie Andreas Stobling jetzt sagen? Dass er sich bis zum Sankt-Nimmerleins-Tag einschließen soll?«

Hendrik warf sich in den Stuhl zurück. »Ich weiß es doch auch nicht.«

Wilfried stand auf. »Diese Entscheidung muss Stobling allein treffen. Wir können ihm nur sagen, was wir wissen und dass es keine endgültige Entwarnung gibt.«

»Sag ihm, er soll sich einen Tür-Spion einbauen lassen«, kam es von Jochen Berthold.

»Witzig«, murmelte Lyn.

»Wie geht's jetzt weiter?«, fragte Lukas Salamand. »Was ist mit diesem Benedikt Claasen? Wann kassieren wir den ein?«

»Das erledige ich! Direkt morgen am Flughafen«, sagte Lyn. »Er kommt morgen Vormittag aus den USA zurück, nach einem einjährigen Aufenthalt.« Wut klang durch ihre Stimme. Dieser Junge hatte eine so unfassbar große Tragödie ausgelöst. Sie musste ihm einfach selbst in die Augen sehen.

»Das machen wir gemeinsam, Lyn«, sagte Karin Schäfer.

»Kriegen wir bis morgen noch einen Haftbefehl?«, fragte Lyn ihren Chef. »Oder nehmen wir ihn erst vorläufig fest?«

»Vorläufig. Meier kann sich Montag darum kümmern. Der ist bis Sonntagabend auf dem Golfplatz … Gut, dann ran an die Arbeit, Kollegen!«, löste Wilfried die Runde auf.

Lyn saß am Schreibtisch und schrieb ihren Bericht über die Aussage Timo Grümperts, als Hendrik eintrat. Er hockte sich auf den Besucherstuhl, legte die Unterarme auf seine Knie und sah sie an. »Das Krankenhaus hat gerade angerufen. Werner Schwedtke ist tot.«

Lyn schluckte. Die widersprüchlichsten Gefühle wallten in ihr auf.

Dieser Mann hatte sie zu Tode erschreckt, sie gewürgt. Hatte gemordet. Aber hatten ihn nicht die Umstände zu dem gemacht, was er geworden war? Ohne diese Gräueltat der Jungen wäre er weiterhin ein fürsorglicher Vater gewesen, ein fleißiger Kaufmann, ein beliebter Einwohner Wackens ... Das Leben war nicht gerecht.

»Für ihn ist es die beste Lösung«, sagte Hendrik. »Aber ich bedaure zutiefst, dass er keine Aussage mehr machen konnte.«

Lyn nickte nur. Dem gab es nichts hinzuzufügen.

Im gleichen Moment ging Andreas Stobling an ihrer offenen Tür vorbei über den Flur. Wilfried war also durch mit ihm. Er war ein freier Mann und konnte tun und lassen, was er wollte. Sie sprang hinter ihrem Schreibtisch auf. Hendrik blickte ihr verwirrt nach, als sie aus dem Büro spurtete. Sie erwischte Andreas vor dem Fahrstuhl.

»Herr Stobling?«

»Was?« Abwehr klang durch das Fragewort. Seine blauen Augen musterten sie aus einem blassen Gesicht.

»Ich habe Ihre Schwester kennengelernt, Herr Stobling. Sie hat sich größte Sorgen um Sie gemacht. Herr Knebel wird Ihnen ja erzählt haben, dass sie Sie sogar auf dem Festival-Gelände gesucht hat. Tun Sie mir einen Gefallen und rufen Sie sie so schnell wie möglich an? Wenn Sie das Handy nehmen, mit dem Sie sie schon einmal angerufen haben, wird sie rangehen.« Lyn lächelte schief. »Uns ignoriert sie zurzeit.«

»Ja, klar, was glauben Sie«, sagte er ernst. »Das wird meine erste Aktion auf Wacken sein.«

»Passen Sie auf sich auf«, sagte Lyn, als die Fahrstuhltür sich öffnete und er einstieg.

★★★

»Wer sind Sie? Und was wollen Sie von meinem Bruder?« Cornelia Stobling schrie die Worte hinaus, die rechte Hand an den Schädel gepresst, in dem der Schmerz von dem Aufprall an der Fensterscheibe heftig nachwirkte. Sie starrte den Mann auf dem Fahrersitz an.

»Wir werden gleich halten«, sagte er nur, ohne sie anzusehen. Vaalermoor lag bereits hinter ihnen.

Der grässliche Schmerz in ihrem Schädel ließ Cornelia aufstöhnen. Sie hatte das Gefühl, dass er ihr Denken einschränkte. Was sollte sie tun, wenn er anhielt? Weglaufen und um Hilfe schreien! Alles in ihr strebte danach. Aber durfte sie das tun? Wenn sie nicht tat, was er wollte, würde Andy sterben. Das hatte er gesagt.

»Wer sind Sie?«, schrie sie noch einmal.

Diesmal sah er sie an. »Sie wissen doch, wer ich bin. Ich bin der, vor dem Sie Ihren Bruder schützen wollten. Warum sonst haben Sie ihn so verzweifelt gesucht?«

Entsetzt sah sie ihn an. Er wandte seine Aufmerksamkeit wieder der Straße zu.

»Was hat Andreas Ihnen denn getan?«, schrie sie weiter. »Warum … warum tun Sie das? Sie haben … Sie haben diese anderen Männer auch getötet?« Es war mehr Feststellung als Frage.

»Mäßigen Sie Ihren Ton!«, zischte er. Die Ader an seiner Schläfe pochte. »Sie werden gleich Ihren Bruder anrufen.«

»Nein!« Sie gluckste hysterisch auf. »Ganz bestimmt tue ich das nicht!«

»Ich denke doch, weil ich Sie sonst töte.« Seine Stimme klang wieder ruhig. »Glauben Sie mir: Sie werden ihn anrufen. Weil Sie an Ihrem Leben hängen. Naturgesetz.«

»Ich … kann ihn gar nicht anrufen!« Panik klang durch ihre Stimme. »Mein Bruder hat kein Handy! Ich kann ihn nicht erreichen, selbst wenn ich wollte.«

Seine Mundwinkel verzogen sich spöttisch. »Erbärmlich. Für wie dumm halten Sie mich?«

»Er hat wirklich kein Handy.« Die Tränen liefen über ihre Wangen. »Warum wohl sonst haben weder ich noch die Polizei ihn bisher erreicht? Glauben Sie, ich bin mit dem Megaphon zum Spaß über das Gelände gelaufen?«

Seine Finger krampften sich um das Lenkrad.

Ein Hauch Genugtuung mischte sich in Cornelias Angst. Er hatte begriffen, dass sie nicht log. Ihr Herz begann zu rasen, als er immer wieder in den Rückspiegel blickte. Sie sah in den Seitenspiegel. Kein Fahrzeug war hinter ihnen, und auch nach vorn schlängelte sich die Straße verwaist durch die Maisfelder.

Gleich würde er halten!

Es war der Moment, in dem Cornelia die Entscheidung traf, es zu versuchen. Zu versuchen, die Tür zu öffnen und zu rennen. Es war nur eine kleine Chance, aber vielleicht würde sich in diesen Sekunden ein Auto nähern. Und das konnte sie dann anhalten. Seine Drohung, Andy zu töten, wenn sie nicht tat, was er sagte, hallte zwar in ihr nach und ihr Herz raste vor Angst, aber noch befand Andy sich in Sicherheit.

Sie musste alles dafür tun, damit er nicht über sie an Andy herankam. Und darum musste sie versuchen, ihm zu entkommen. Sobald der Wagen stand, vielleicht noch Sekunden vorher, würde sie die Tür aufreißen. Sie war nicht mehr angeschnallt. Ein Vorteil, denn er würde wertvolle Sekunden damit verschwenden, seinen Gurt zu lösen.

Noch war kein Auto in Sicht. Sie atmete tief durch. Gleich war es so weit. Aber was machte er denn?

Vor Schreck schrie sie, als er den Wagen mit hoher Geschwindigkeit vom Asphalt über den ungemähten Seitenstreifen lenkte. Er trat auf die Bremse, und ihr Körper ruckte nach vorn. Tränen schossen ihr in die Augen, als sie sah, was er getan hatte.

»Eine kleine Vorsichtsmaßnahme«, sagte er ruhig und löste seinen Gurt. »Für den Fall, dass Sie auf die Idee gekommen sind, mich vorzeitig zu verlassen.«

Er hatte den Twingo mit der Beifahrertür direkt neben einer dickstämmigen Birke zum Halten gebracht. Die Tür ließ sich nur einen winzigen Spalt öffnen.

Ihre Angst und Frustration mündeten in einen erneuten Weinkrampf. Cornelia nahm kaum wahr, dass er nach dem Rucksack griff und schnell fand, was er suchte. Noch während sie die Autotür wie im Wahn immer wieder das winzige mögliche Stück auf- und zuzog, spürte sie einen Einstich an ihrem linken Oberarm.

Abrupt ließ sie die Tür los und fuhr mit ihrer rechten Hand

über den Arm. »Was haben Sie da gemacht?« Ihre Stimme überschlug sich. »Was haben Sie mir da …?« Hysterisch krallte sie die Fingernägel in sein Gesicht, das er nicht schnell genug wegzog.

Bereits als er wütend ihre Handgelenke packte, wurde ihr schwummerig. Todesangst überfiel sie. Die Gewissheit zu sterben begleitete sie in die Dunkelheit.

★★★

Lyn steckte grinsend den Kopf in Hendriks Büro. »Rate mal, wer jetzt Feierabend hat und nach Hause fährt?«

»Du Glückliche«, brummte Hendrik und fletschte die Zähne. »Ich würde ja auch gern gehen, aber ich erreiche diesen verdammten Pastor nicht. Ich will die vollständige Liste.«

»Jetzt fluch nicht auf den armen Pastor.« Lyn stellte sich hinter Hendrik, schlang die Arme um seinen Oberkörper und küsste seinen Hals. »Wer weiß, wo der steckt. Der macht sich vielleicht ein schönes Wochenende mit seinem Irmchen.« Sie blickte auf ihre Armbanduhr. »Wann triffst du dich mit deinen Handballern?«

»Um zwanzig Uhr. Also versuche ich mein Glück noch ein Weilchen.« Hendrik zog Lyn zu sich herum auf seinen Schoß. Sein Finger strich von ihren Lippen den Hals hinab zum Dekolleté. »Ich könnte das Treffen auch absagen. Weil ich gerade sehr viel mehr Lust auf …«

»Heute Abend nicht«, fiel Lyn ihm lächelnd ins Wort. »Du weißt doch: Weiberabend mit Lotte.«

Hendrik seufzte. »Versuchen musste ich es. Was wollt ihr machen?«

»Lotte darf entscheiden. Ich muss noch ein paar Pluspunkte einfahren. Aber ich hoffe, sie guckt mit mir Jane Austens ›Stolz und Vorurteil‹. Wir lieben diese Schnulze.«

Als sie nach einem langen Kuss aufstand und zur Tür ging, sagte Hendrik: »Ich weiß, wie du Pluspunkte bei Lotte sammeln kannst.«

»Wie?«

»Nimm sie mit nach Wacken. Du hast dein Eintrittsbändchen, und sie hat Carmens Karte.«

»Spinnst du?«

»Schwedtke ist tot, Lyn. Und sogar Andy Stobling ist wieder auf dem Festival. Meiner Meinung nach der Einzige, der noch einen Grund hätte, sich ab und zu einmal umzudrehen. Du weißt ja, meine Theorie des zweiten Täters. Aber es ist nur eine Theorie.« Er griente. »Das wären auf Jahre gesicherte Pluspunkte.«

»Cool, Mama! Jetzt hast du's aber echt rausgerissen!« Charlotte schmatzte einen Kuss auf Lyns Wange und wandte ihre Aufmerksamkeit wieder dem Geschehen auf der »Black Stage« zu. »Cradle of Filth« spielten um ihr Leben, und die schwarze Menge tobte. Lyn sah auf ihre Uhr. Noch eine halbe Stunde, dann kamen die »Scorpions«. Der einzige Lichtblick in dieser visuellen und akustischen Schlammhölle.

Zum Glück hatte Charlotte nicht darauf bestanden, in vorderster Front zu verweilen. Hier am Rand des Infields ließ es sich aushalten. Und was war schon ein irreparabler Trommelfellschaden gegen das Leuchten in Lottes Augen?

»Mega!«, schrie Charlotte, als der vampirische Leadsänger einen letzten hohen Schrei ausstieß. »Nächstes Jahr hol ich mir auf jeden Fall eine Karte. Du auch?«

»Mein größter Wunsch.« Im nächsten Leben.

Im übernächsten.

Lyn zuckte zusammen, als neben ihr jemand grunzte. Ein langmähniger Rockertyp warf seinen Kopf im Takt hin und her, während er mit geschlossenen Augen vom Grunzen ins Schreien wechselte. Die Spitzen seiner langen Mähne streiften dabei Lyns Schultern. Schnell trat sie einen Schritt zur Seite und starrte ihn an.

»Was ist?«, rief Charlotte ihr zu. »Kennst du den?«

»Nein«, winkte Lyn ab, »aber ich weiß, was er von Beruf ist. Herzchirurg.«

Charlotte zeigte ihrer Mutter einen Vogel.

Lyns Blick wanderte weiter über die Menschenmasse. Ob Andreas Stobling mittendrin war? Zusammen mit seiner Schwester? Oder waren die beiden zurück nach Hamburg gefahren? Cornelia verspürte bestimmt kein Bedürfnis nach einem weiteren Aufenthalt hier.

»Geht ihr morgen Eis essen, wenn Krümel wieder da ist?«, fragte

Charlotte und nahm einen Schluck von dem Met, den Lyn ihr spendiert hatte. »Ich bin auf jeden Fall nicht dabei. Max kommt.«

»Das habe ich ihr versprochen«, nickte Lyn.

»Mit oder ohne Hendrik?«

Lyn seufzte. Diese Frage hatte sie sich auch schon gestellt. Hendrik ging selbstverständlich davon aus, dass er dabei wäre. Aber Sophie würde nicht begeistert sein. Wem von beiden sie es auch recht machen wollte, einer wäre beleidigt.

»Du musst Hendrik mitnehmen«, riet Charlotte. »Sie muss sich an ihn gewöhnen. Vor Barny hatte sie auch erst Angst, und jetzt liebt sie ihn.«

»Schön, dass du Sabbermaul und Hendrik in einen Topf wirfst. Da krieg ich ja gleich viel bessere Laune.« Lyn nahm einen großen Schluck von ihrer Cola. Da sie fahren musste, hatte sie auf einen zweiten Becher Schlehenwein verzichtet, obwohl der kühle Fruchtwein lecker schmeckte. Ihr Blick haftete auf einem Mann am Stehtisch gegenüber. »Seppl« stand auf seinem Shirt. Was Lyn irritierte, war die Tatsache, dass Seppl gerade seinen Hosenschlitz aufzog und sich breitbeinig – mit Blickkontakt zu ihr – in Position begab. Sie schluckte. Der würde doch wohl jetzt nicht …

Doch. Ohne Umschweife fingerte er Klein-Seppl aus dem Schlitz und pisste in hohem Bogen in ihre Richtung.

Lyn seufzte. Warum lag nie ein defektes Stromkabel herum, wenn man eines brauchte?

»Das ist echt *so* cool«, begeisterte Charlotte sich weiter mit Blick auf die Bühne. »Komm, wir drehen 'ne Runde durch die Leute. Da sind so abgefahrene Typen dabei!« Sie zog Lyn am Arm mit sich. »Wir könnten dir auch ein ›Ficken fetzt‹-Shirt von Knorkator kaufen. So eins hat Max.«

Lyn machte ein weinerliches Gesicht. »Ich will nach Hause. Ich will Jane Austen. Ich will Mister Darcy.«

»Morgen, Mama, morgen.«

FÜNFZEHN

Aus weiter Ferne kam die Musik. Drang durch die Dunkelheit, verschwand und war wieder da. Lauter wurde sie.

Sie war im Himmel! Und die Engel sangen das Ave-Maria.

… Sancta Maria, Mater Dei, ora pro nobis peccatoribus, nunc et in hora mortis nostrae.

Aber das aufkeimende Gefühl von Geborgenheit verlor sich so schnell, wie es um sie herum heller und der Engelsgesang lauter wurde, bis er abrupt endete. Ihr Kopf schmerzte, ebenso ihre Arme, und es kostete unendliche Überwindung, den Kopf zu heben und die Augen zu öffnen.

»Welch schöne Klänge. Nur der Text …« Die Stimme, die diese Worte sprach, klang verächtlich, als sie die lateinischen Worte übersetzte. »Heilige Maria, Mutter Gottes, bitte für uns Sünder, jetzt und in der Stunde unseres Todes …«

Nein, dies war nicht der Himmel, und sie war auch nicht tot. Cornelia kehrte schlagartig in die Wirklichkeit zurück, als sie den Mann vor sich sah. Er saß auf einem kleinen Sofa in einem Cornelia unbekannten Raum. Sein Rücken ruhte an der Lehne, aber entspannt wirkte er trotzdem nicht. Seine Finger bewegten sich unablässig so, als wollten sie etwas zerquetschen.

Sie presste die Augen zusammen, denn Sonnenlicht strömte durch ein Fenster direkt in ihr Gesicht. Wie lange war sie weg gewesen? War es schon wieder Morgen oder war das noch die Abendsonne? So wie ihr gesamter Körper schmerzte, hatte sie wahrscheinlich die ganze Nacht zusammengesunken hier auf diesem Stuhl verbracht.

»Da sind Sie also wieder. Ich hatte Ihnen Ihre Lieblingsmusik eingelegt.« Er deutete auf einen CD-Player auf dem Tischchen neben dem Sofa. »Die CD war in Ihrem Wagen … ›Die zwölf ergreifendsten und schönsten Ave-Maria-Vertonungen‹«, las er vom Cover ab und legte es neben den CD-Player.

Er erhob sich und kam näher. »Den musikalischen Geschmack Ihres Bruders teilen Sie also nicht.«

Cornelia stöhnte und sah an ihm hoch, als er vor ihr stehen

blieb. »Binden Sie mich los! … Bitte!« Sie zerrte an dem Strick, der ihre Hände hinter dem schweren Lehnstuhl, auf dem sie saß, ohne Spielraum fest zusammenhielt. Ihre Füße waren ebenfalls zusammengebunden.

»Es gibt gute Nachrichten!« Seine Stimme klang gelöst. »Ihr Bruder hat sich gemeldet. Er hat Ihnen eine SMS geschickt, nachdem Sie seine Anrufe nicht entgegengenommen haben. Ist das nicht wunderbar? Also gibt es ein Handy.« Er packte ihr Kinn und riss ihren Kopf hoch. »Sie haben mich angelogen.«

»Das … das ist nicht sein Handy. Er hat schon einmal versucht, mich zu erreichen. Er … er muss es sich ausgeliehen haben.«

»Wie auch immer. Hauptsache, wir können ihn erreichen. *Sie* können ihn erreichen. Hier!« Er hielt ein Stück Papier vor ihr Gesicht. »Das sind die Stichpunkte, die für das Gespräch mit Ihrem Bruder relevant sind. Sie werden kein Detail hinzufügen und keines weglassen. Es gibt nur *diesen einen* Anruf.« Er ging zu dem kleinen Tisch und kam mit einer Spritze zu ihr zurück. Lächelnd.

Dieses Lächeln, gepaart mit dem Leuchten seiner Augen, jagte Cornelia einen Schauder über den Rücken.

Er nahm die Spritze zwischen Zeige- und Mittelfinger, sein Daumen lag auf dem Kolben. »Ein falsches Wort, und ich pumpe den Inhalt erneut in Sie hinein. Mit einem Unterschied: Bei dieser Dosierung gibt es kein Erwachen.«

Ihr Herz begann zu rasen. Dieser Mann stieß keine leeren Drohungen aus. Was sollte, was konnte sie tun? Sie wollte nicht sterben!

Aber Andy sollte auch nicht sterben. Sie begann hysterisch zu schluchzen. Sie würden beide sterben. Dieser Mann war eiskalt.

»Wir werden dieses Gespräch jetzt üben«, sagte er. »Ich will keinen Fehler hören. Aber ich werde Ihnen auch keinen exakten Text vorgeben. Wir wollen schließlich nicht künstlich klingen, nicht wahr?« Er lächelte. »Denn Sie und ich wollen doch, dass Ihr Bruder nichts merkt. Es wäre schade um Ihr Leben.« Seine Finger strichen fast zärtlich über ihre Wange. »Es ist Ihr einziges.«

Die Buchstaben verschwammen vor ihren Augen. Sie versuchte, die Tränen wegzublinzeln. »Aber … er … er wird merken, dass etwas nicht stimmt, wenn ich mich nicht weiter mit ihm unterhalte. Normal unterhalte.«

Sie sah förmlich, wie es hinter seiner Stirn arbeitete. Wut sprach aus seinen Augen, als er nach ihrem Handy griff. »Dann seien Sie normal, wenn Sie leben wollen.« Seine linke Hand mit dem Zettel zuckte vor ihrem Gesicht, bevor er ihn auf ihren Schoß legte.

Leise murmelte sie die Worte, die er stichpunktartig aufgelistet hatte, vor sich her.

»Ich bin in Burg, ein kleiner Ort ganz in der Nähe – wunderbare Überraschung für dich – du musst unbedingt kommen – Treffpunkt ist die Hütte in der Straße Paradiestal 7 um achtzehn Uhr – du wirst es nicht bereuen – bitte verdirb es nicht.«

»Und ich möchte eine freudige Stimme dazu«, sagte er, als sie ihn wieder ansah.

Cornelia schluckte. In einem Ort namens Burg waren sie also. Sie hatte noch nie davon gehört. Und sobald Andy hierherkäme, und das würde er mit Sicherheit tun, weil sie ihn darum bat, würde er sterben. Doch wie konnte sie ihn warnen, ohne selbst zu sterben? Todesangst ließ ihren Blick zu der Spritze in seiner Hand wandern. Dies war kein Film und auch kein Roman, in dem die taffe Heldin sich weigerte, das zu tun, was der Peiniger verlangte. Sie … sie war nicht taff. Sie wollte nicht sterben.

»Ich … er … er wird den Hund mitnehmen wollen. Dann … dann fährt er erst nach Hamburg. Buffy ist bei meiner Nachbarin. Dann … wird er erst einen Tag später kommen.«

Er starrte sie an, als würden sich im Sekundentakt Pestbeulen in ihrem Gesicht ausbreiten und aufplatzen. »Dann sagen Sie ihm, dass er den Hund lassen soll, wo er ist!«, schrie er. »Verstanden? Und jetzt will ich nichts mehr hören!«

Hysterie klang durch seine Stimme, und sie sah, wie seine Finger, in denen er die Spritze hielt, bebten. Eine eisige Hand wühlte in ihrem Magen. Er war kurz davor, die Nerven zu verlieren. Und das wäre ihr Ende.

»Okay«, sagte sie, und versuchte, das Zittern in ihrer Stimme zu unterdrücken. »Okay. Ich bin so weit.« Sie sprach den Text mehrere Male, bis er zufrieden war.

»Dann … dann können Sie mich jetzt losbinden und mir das Handy geben«, sagte sie so ruhig wie möglich. »Ich rufe meinen Bruder an.«

Sein Blick blieb auf der Spritze verhaftet. Die Finger seiner linken Hand zerquetschten erneut etwas Imaginäres.

Cornelia schluckte. Er war sich eindeutig nicht sicher, ob dies der richtige Weg war, um an ihren Bruder zu kommen. Weil sie ihre Stimme nicht gut genug unter Kontrolle hatte. Sie hatte sich bemüht, aber die Angst ließ sich nicht einfach auslöschen. Cornelia wusste, dass sich in diesen Sekunden entschied, ob er mit oder ohne sie zu seinem Ziel – dem Tod ihres Bruders – gelangen wollte.

»Also gut«, sagte er nach einer gefühlten Ewigkeit. Er griff nach dem Handy, wählte die Nummer und hielt den Hörer an sein Ohr.

Cornelias kleine Hoffnung, er würde ihre Hände losbinden, hatte sich damit zerschlagen. Er hielt ihr den Zettel vors Gesicht. »Nur die vereinbarten Stichworte«, schickte er leise zischend hinterher.

»Und die Bitte mit dem Hund?«

Er nickte. Und lauschte.

Auch Cornelia lauschte. Sie hörte das Freizeichen durch ihr Herzklopfen hindurch.

Bitte, Gott, lass Andy rangehen, und nicht jemand anderes!

Wem auch immer dieses Handy gehörte, mit dem Andy sich gemeldet hatte, derjenige durfte – *bitte, bitte* – nicht das Gespräch annehmen. Cornelia war sich sicher, dass das ihr Todesurteil sein würde. Ihr Peiniger hatte nicht die Nerven für weitere Unwägbarkeiten.

★★★

Lyn deutete auf die Anzeigetafel des Hamburger Flughafens. »Die Maschine landet pünktlich.« Und das war gut so. Schließlich musste sie Sophie am frühen Nachmittag in Wilster abholen.

Hauptkommissarin Karin Schäfer nickte. »Seine Rückkehr in die Heimat wird Benedikt Claasen sich anders vorgestellt haben.«

Entrüstet stieß Lyn Luft durch die Nase aus. »Dieses miese kleine Arschloch! Ich habe noch nie, in meiner gesamten Polizeilaufbahn, eine so große Lust verspürt, jemanden hinter Gitter zu bringen.«

Karin Schäfer sah sie von der Seite an, während sie sich den Kollegen der Bundespolizei näherten, mit denen sie den Heimkömmling gemeinsam in Empfang nehmen würden.

»Geht es dir nicht so?« Lyn versuchte, ihre Wut zu mäßigen, aber es wollte nicht gelingen. »Diese Feigheit … diese Schwei-

nerei, sich ein Mädchen mit K.o.-Tropfen gefügig zu machen …
Und was daraus entstanden ist! Das … das …« Lyn schossen vor
Wut die Tränen in die Augen.

Als die beiden Beamten der Bundespolizei sie begrüßten, hatte
Lyn sich wieder in der Gewalt.

»Ach herrje«, sagte Karin Schäfer, als sie zu viert an einem Pulk
Menschen vorbeimarschierten, die mit Luftballons, Blumen und
einem großen »Welcome back, Benedikt«-Banner lachend und
schwatzend in der Halle standen. Sie sah Lyn an. »Für die Eltern
und alle Übrigen tut es mir leid. Sie freuen sich so.«

Lyn nickte nur. In ihr war eine so übermäßige Wut auf den
Jungen, dass für Mitleid – selbst für Eltern und Freunde – kein
Platz war. Es war eine völlig neue Erfahrung. Eine erschreckende
Erfahrung.

Sie hatten mit den Bundesbeamten vereinbart, Benedikt Claasen festzunehmen, bevor er im öffentlichen Bereich auf seine
Familie traf. Diese Szene wollten sie den Claasens ersparen.

Es dauerte noch eine halbe Stunde, bis das Flugzeug gelandet
war und der Junge es verlassen hatte. Lyn konnte den Blick nicht
von ihm wenden, als sie auf ihn zugingen. Ein großer junger
Mann, dessen halblanges blondes Haar perfekt gestylt war. Pure
Lebensfreude strahlte aus seinen Augen, und die weißen Zähne
blitzten in seinem sonnengebräunten Gesicht, während er mit
einem Mitreisenden herumalberte. Lyn sah ihn vor sich in Kali-
fornien am Strand: beim Surfen, beim Flirten, lachend und von
hübschen Mädchen umringt. Ein Typ, der es nicht nötig hatte,
ein Mädchen zu betäuben, um Sex zu haben.

Warum?

Warum hatte er das getan?

Machtphantasien? Abartigkeit? Gruppenzwang? Bisher kannten
sie schließlich nur Timos Version der Vergewaltigung. Lyn atmete
tief durch. Es war egal. Darum sollte sich der Richter kümmern.

»Benedikt Claasen?« Lyn sprach laut, um das geschäftige Treiben
um sie herum zu übertönen.

»Ja?« Sein Lächeln war breit, als er sich zu ihr umdrehte. Es
verlor sich langsam, als sein Blick von Lyn zu Karin und weiter
zu den Bundespolizisten wanderte. »Ja?«, fragte er noch einmal,
dieses Mal deutlich angespannt.

Wusste er in diesem Moment bereits, was auf ihn zukam? Lyn war sich fast sicher. Seine Eltern und Freunde hatten ihn bestimmt über Judiths Selbstmord informiert. Und auch wenn sie sich nicht direkt nach der Vergewaltigung, sondern Monate später das Leben genommen hatte, musste das schlechte Gewissen ihn doch gepackt haben. Er mochte sich Tausende Kilometer entfernt haben, aber die Schuld hatte er mitgenommen.

Lyn und Karin zeigten ihm ihre gezückten Ausweise. »Kriminalpolizei. Herr Claasen, Sie sind vorläufig festgenommen.«

»Fe... festgenommen?« Mit aufgerissenen Augen starrte er sie an. »Warum?«

»Wegen Vergewaltigung, Herr Claasen. Sie haben Ihre Mitschülerin Judith Schwedtke betäubt und brutal vergewaltigt.«

Sein sonnengebräuntes Gesicht wurde eine Nuance blasser. »Ju... Judith? Ich ... ich hab die nicht vergewaltigt.« Seine Stimme wurde schrill. »Wer sagt das? Die ... sie wollte das so!«

»Sie haben gleich jede Menge Gelegenheit, die Fakten zu schildern.« Lyns Stimme klang fest. »Bitte kommen Sie. Um Ihr Gepäck kümmert sich die Bundespolizei.«

Als einer der Bundespolizisten ihn leicht am Arm berührte, entriss er dem Beamten seinen Arm und begann zu schreien: »Die war 'ne kleine Sau! Die wollte das so! Sie können mir gar nix! Gar nix können Sie mir! Ich ... ich will jetzt zu meinen Eltern!«

»Wenn hier einer eine Sau ist, Herr Claasen, dann Sie. Eine miese Drecksau!« Lyn machte einen Schritt auf ihn zu. Sie musste sich zwingen, ihre Hand nicht in sein Gesicht zu klatschen. »Wenn ich dürfte, dann –«

»Lyn, vielleicht übernimmst du die Benachrichtigung der Eltern«, unterbrach Karin Schäfer sie bestimmt. »Und Sie, Herr Claasen, begleiten mich und die Kollegen jetzt nach draußen.«

Lyn und einer der Bundesbeamten blickten ihnen nach, bis sie außer Sicht waren. Der Kollege verabschiedete sich von Lyn, als sie wieder im öffentlichen Bereich waren.

Benedikts Familie und Freunde standen in froher Erwartung beisammen und unterhielten sich, als Lyn zu ihnen trat.

»Sind Sie der Vater von Benedikt Claasen?«, sprach sie einen groß gewachsenen Mann an, dessen Ähnlichkeit mit dem Jungen nicht zu leugnen war.

»Ja?« Er sah sie fragend an.

»Ist was mit Benedikt?«, stieß die blonde Frau neben ihm aus. Sie musterte Lyns ernstes Gesicht besorgt.

»Sie sind die Mutter? Dann kommen Sie beide bitte auf einen Moment mit mir. Ihr Sohn ist gesund, aber Sie werden ihn hier nicht in Empfang nehmen können.« Lyn ging ein Stück zur Seite, weg von den jungen Leuten. Die Eltern folgten ihr.

»Was ist denn los? Wer sind Sie?«, stieß Benedikts Vater aus. Seine Frau umklammerte den Stock, auf dem ein rotes Pappherz mit dem Schriftzug »Bene« befestigt war.

»Kripo Itzehoe«, stellte Lyn sich vor und zeigte ihren Ausweis. »Wir haben Ihren Sohn festgenommen. Er befindet sich bereits außerhalb des Flughafengeländes. Er –«

»Sind Sie verrückt geworden? Was soll das?«, unterbrach der Vater sie verwirrt.

Auch das übrige Begrüßungskomitee war verstummt und versuchte zu hören, worum es ging.

»Das … das ist ein schlechter Scherz, oder?«, hakte Herr Claasen noch einmal nach. Seine Frau war blass geworden.

»Ganz im Gegenteil«, sagte Lyn. »Wir waren nie weiter von einem Scherz entfernt als in diesem Fall.«

»Was … warum …?«, stammelte Benedikts Mutter.

»Wir haben Ihren Sohn vorläufig festgenommen, weil er im Verdacht steht, seine Mitschülerin Judith Schwedtke im August des letzten Jahres vergewaltigt zu haben.«

Der Aufschrei von Benedikts Mutter hallte noch in Lyns Ohren nach, als sie sich zu Karin in den Dienstwagen setzte. Auf der Rückbank kauerte Benedikt Claasen. Blass und zitternd.

»Ich will einen Anwalt haben!«, stieß er aus, als Karin losfuhr.

»Ja«, sagte Lyn, ohne sich zu ihm umzudrehen. »Und Sie sollten sich einen richtig guten suchen.«

★★★

»Ich versteh nicht, wieso sie sich nicht meldet.« Genervt warf Andreas Stobling Jules Handy auf ihren Schlafsack, den sie gerade zusammenrollte.

»Versuch es noch mal mit ihrem Festnetz«, riet Jule und ließ das

Handy sachte vom Schlafsack auf den Zeltboden gleiten. »Vielleicht ist sie jetzt wieder zu Hause. Ansonsten wirst du sie doch heute Nachmittag treffen, wenn du wieder in Hamburg bist. Falls wir hier jemals wegkommen.«

Da sie und ihre Freundin zu den ersten Campern gehört hatten, kamen sie jetzt, wo alle anderen auch aufbrachen, entsprechend spät weg, und sie hatte Andy versprochen, ihn zum Bahnhof zu fahren.

Andreas hatte seine wenigen Habseligkeiten bereits zusammengepackt. In dem Moment, als er nach dem Handy griff, klingelte es.

»Endlich!«, stieß er nach dem Blick auf das Display aus. »Das ist Conny.«

»Ein Glück«, murmelte Jule.

»Hey, Schwesterherz!«, lachte Andreas zur Begrüßung in den Hörer. »Das wird aber auch Zeit, dass du dich meldest. War ja 'n tierischer Stress hier, und du —« Er brach ab.

»Äh ... was ist?«, sagte er dann und lauschte. »Wo soll ich hinkommen? ... Wieso das denn? Ich ... bist du sauer auf mich? Ich ... Häh ...?«

Jule hörte auf einzupacken und lauschte dem merkwürdigen Gespräch.

»Buffy?«, stieß Andy gerade aus. »Sag mal, spinnst du? ... Ja, ja, ist ja schon gut! Reg dich ab. Ich komm da hin, aber ... Hallo? Haaallo?« Er nahm den Hörer vom Ohr und starrte ihn an. »Hallo?«, fragte er noch einmal ins Nichts.

»Was ist denn jetzt los?«, fragte Jule.

»Die Frau spinnt! Hat einfach aufgelegt«, stieß Andreas aus und sah vom Handy zu Jule. »Hat die was genommen, oder was? Sie hat mich gar nicht ausreden lassen. Sie hat gesagt, ich soll nach Burg kommen. Irgendein Kaff hier in der Nähe. Sofort. Heute noch. Sie hat 'ne Überraschung für mich.«

»Die Überraschung ist wahrscheinlich 'ne Abreibung für ihren kleinen Bruder, weil du ihr das Wochenende versaut hast. Die ist stinksauer auf dich.«

»Sauer?« Er starrte immer noch das Handy an. »Eigentlich klang sie eher mächtig aufgeregt. Allerdings, eins versteh ich überhaupt nicht ...«

»Was denn?«

»Sie … sie hat gesagt, ich soll nicht erst Buffy abholen, sondern gleich kommen.«

»Wer ist Buffy?«

»Connys Hund«, murmelte er. »Connys toter Hund.«

»Häh?« Jules Blick war verständnislos.

»Buffy war Connys Cockerspaniel. Er ist letztes Jahr gestorben. Elendig krepiert. Hat beim Gassigehen irgendwas Vergiftetes gefressen, was irgendein kranker Spinner für die Hunde ausgelegt hatte. Gab damals mehrere Fälle in Hamburg. Conny war fix und fertig. Zehn Jahre hat sie Buffy gehabt.«

Er sah Jule an. »Was hat das mit Buffy zu bedeuten? … Ehrlich, langsam macht mir das hier alles echt Angst. Tommy und Henning sind tot, Conny faselt von ihrem toten Hund und beordert mich irgendwohin, ohne zu sagen, warum … Das ist so gar nicht Conny.«

Jule riss die Augen auf. »Und … und was, wenn das eine Botschaft ist?«

»Was meinst du?«

»Dass das eine Bedeutung hat, das mit dem toten Hund. Eine Warnung.«

Andreas tippte sich an die Stirn. »Eine Warnung? Wovor? Das macht doch alles keinen Sinn. Echt, mir reicht es jetzt. Wenn die mir das jetzt nicht erklärt …« Er nahm das Handy und wählte die Nummer seiner Schwester.

★★★

»Endlich!« Lyn ließ sich auf den Korbstuhl vor dem »Rialto« sinken. Sie hatten bereits zu Fuß zwei Runden um die Wilsteraner Kirche gedreht, weil sämtliche Tische des Eiscafés im Außenbereich besetzt gewesen waren. Trotz des geschmackvollen Ambientes im Innenraum des »Rialto« hatte Lyn sich geweigert hineinzugehen. Schließlich schien endlich wieder einmal die Sonne.

»Ihr glaubt gar nicht, wie ich mich auf meinen Coppa Banana freue«, sagte sie und strahlte von Sophie zu Hendrik.

Lyn war froh, dass das Zusammentreffen der beiden glimpflich ausgegangen war. Sophie hatte zwar ein wenig mürrisch aus der

Wäsche geguckt, als sie gesehen hatte, dass ihre Mutter nicht allein am Markt auf sie wartete. Aber sie hatte ihre gute Laune – für Lyn unerwartet, und damit umso schöner – schnell wiedergefunden. Jetzt sah Sophie sie allerdings mit einer Stirnfalte an.

»Och, Mensch! Ich wollte doch einen Freundschaftsbecher mit dir zusammen. Den gibt's nur für zwei Personen. Du darfst auch die Kugeln mitbestimmen, und ich esse auch nicht wieder alle Früchte allein.«

Lyn schüttelte den Kopf. »Nee, Krümel. Den hatten wir letztes Mal. Und jetzt will ich meinen Coppa Banana. Mit Eierlikör.«

»Also, mir wär's ja egal«, meldete Hendrik sich zu Wort und klappte die Eiskarte zu, die er gerade studiert hatte.

Hingerissen betrachtete Lyn sein Lächeln, das er Sophie dazu schenkte. Da konnte Krümel doch gar nicht …

Ihr Blick offenbarte, dass sie doch konnte. Sie sah Hendrik an, als hätte der sie gebeten, ihm die Fußnägel zu säubern.

»Da isst man aus *einem* Becher! Darum heißt das Freundschaftsbecher.«

Und selbstverständlich konnte sie kein Eis essen, das er vielleicht mit seinem Löffel berührt hatte.

»Dann weiß ich eine Alternative«, lächelte Hendrik weiter und winkte der Bedienung, die auf dem Weg zu ihnen war. »Sagen Sie, könnten wir den Freundschaftsbecher auch als Feindschaftsbecher bekommen? So mit richtig viel dunkler Hass-Schokosauce? Und zwei Extra-Tellern, damit die junge Dame sich nicht an meinen todbringenden Mundbakterienkulturen vergiftet? Das wäre wunderbar.«

An der jungen Frau prallte sein Lächeln nicht ab. »Feindschaftsbecher. Mal was anderes«, lachte sie und parierte schlagfertig: »Vielleicht noch ein paar *blut*rote Erdbeeren extra?«

Hendrik hob den Daumen. »Was meinst du, Sophie?« Er sah sie gespannt an.

Man sah förmlich, wie es in ihr arbeitete.

»Äh … äh … na gut! Aber wirklich zwei Teller. Und ich bestimme die Sorten.«

Lyn war platt. Da hatten doch tatsächlich die Fressgene von Sophies Vater über ihre Standhaftigkeitsgene gesiegt! Was natürlich grundsätzlich bedauerlich, aber in diesem speziellen Fall doch sehr willkommen war.

»Hmm, lecker!«, sagte Lyn, als sie zehn Minuten später genüsslich ihr Eis löffelte. Hendrik trank seinen Kaffee, während Sophie begann, den riesigen Feindschaftsbecher aufzuteilen. Innerhalb einer Minute entstanden so aus einem delikat dekorierten Eisbecher zwei Schlachtfelder auf Tellern.

»Appetitlich«, grinste Hendrik und löffelte die Eis-Schokosaucen-Matsche. Wenigstens sein Fruchtstückchenanteil war übersichtlich. Vier Fünftel des Obstes befanden sich auf Sophies Teller.

Lyn orderte einen zweiten Kaffee und lauschte aufmerksam Sophies Geplapper über die Wochenenderlebnisse mit ihrer Freundin Lisa. Sie fühlte förmlich, wie die Anspannung der letzten Tage und insbesondere des heutigen Morgens von ihr wich. Schnell verdrängte sie das jetzt wieder auftauchende Bild der Eltern von Benedikt Claasen, den Schrei der Mutter.

Dies hier war *ihre* Familie. Und nur die zählte jetzt.

»Wie oft willst du eigentlich noch deine E-Mails checken?«, fragte sie darum Hendrik, der seinen Teller leer geputzt hatte und zu seinem Handy griff. Zum dritten Mal, seit sie hier saßen.

»Du weißt doch, worauf ich warte«, sagte er, tätschelte entschuldigend ihre Hand und blickte auf das Display.

»Worauf denn?«, fragte Sophie, sah dabei allerdings ihre Mutter an.

»Hendrik wartet auf eine Namensliste, die für unseren Fall relevant ist«, antwortete Lyn wahrheitsgemäß. Und mit einem Grinsen für Hendrik: »Allerdings glaube ich nicht, dass er sie vor morgen früh bekommt.«

»Irrtum!«, triumphierte er und richtete sich in dem geflochtenen Stuhl auf. »Der Pastor hat mir geantwortet. Warte … bla … blabla«, überflog er murmelnd die E-Mail von Pastor Höllmann. »Er schreibt, dass er erst heute Mittag von einer Kurzreise zurückgekommen ist. Aber er hat jetzt eine vorläufige Liste mit den Namen zusammengestellt, die ihm selbst bekannt sind. Befindet sich in der Anlage. Die vollständige Liste kommt über die Kirchenverwaltung. Na, dann wollen mir mal sehen …« Hendrik öffnete die Anlage der Mail.

»Meine Güte!«, stieß er aus. »Ist ja unfassbar, wie viele Kirchenvorstandsmitglieder in zwanzig Jahren zusammenkommen.«

»Und?« Jetzt kribbelte es doch in Lyns Bauch. Sie senkte ihre Stimme. »Ist Knuth Meifart dabei?«

»Wie sagt meine Oma gern: Immer langsam mit den jungen Pferden. Schauen wir mal. Egon Burkmann, Hans-Werner Müller, Gisela Lempert, Jörg Zeisig …« Er scrollte sich murmelnd durch die Liste. »Nein«, sagte er schließlich, »kein Meifart bei den Kirchenvorständen. Jetzt kommen schon die Namen der Küster und Organisten. Gunnar Carstens, Oliver Hambach, Michael Ringer, Joost Christensen –«

»Meine Güte«, fiel Lyn ihm ins Wort, »ich dachte schon, als du den Vornamen vorgelesen hast, da steht Joost Beutler.«

»Nein, da steht eindeutig Joost Christensen. Der war – warte, hier steht es – von 1987 bis 1989 Organist in der Kirche.« Hendrik sah auf. »Den Vornamen Joost gibt es allerdings wirklich nicht häufig. Darum fällt er wohl auf.«

»Organist?« Lyn hielt beim Löffeln des letzten Rests Eierlikör aus der Schale inne. »Ist ja ein doller Zufall. Joost Beutler ist Klavierlehrer.«

»Ja, aber er heißt Beutler und nicht Christensen.« Hendrik scrollte sich durch die restlichen Namen der Liste. »Kein bekannter Name dabei.«

Lyn schob die leere Eisschale zur Seite und begann, mit dem Löffel in ihrem Kaffeerest zu rühren. »Beutler war zweimal verheiratet …« Sie sah auf. »Er könnte den Namen seiner Frau angenommen haben. Vielleicht hieß er vorher Christensen.«

»Dann ist der ganz schön blöd«, meldete Sophie sich zu Wort, die natürlich jedes Wort aufgesogen hatte. »Ich finde Christensen viel schöner als Beutler.«

»Da stimme ich dir zu«, sagte Hendrik, trank seinen Kaffee aus und winkte der Bedienung. »Aber deine Mutter könnte tatsächlich recht haben. Und sie wird nicht bis morgen warten wollen, um das herauszufinden. Richtig?«

»Richtig. Und darum machen wir jetzt einen kurzen Abstecher ins Büro. Wenn Beutler seine Ehen hier in Schleswig-Holstein geschlossen hat, haben wir Zugriff auf die standesamtlichen Daten.«

»Und was ist mit mir?« Sophie zog eine Schnute.

Lyn zog an Sophies Nase. »Du kommst mit, Krümel. Denn wahrscheinlich hat der gute unbekannte Herr Christensen einfach nur den gleichen Vornamen wie unser Joost.«

»Cool! Zeigst du mir dann noch mal die Zellen?«

»Vielleicht.« Lyns Blick wechselte auf ultrastreng. »Du vergisst natürlich umgehend alle Namen, die du hier aufgeschnappt hast. Klaro?«

»Das musst du mir nicht jedes Mal sagen, wenn dir schon mal was rausrutscht.« Mit zusammengezogenen Augenbrauen löffelte Sophie zwei Erdbeerstückchen von ihrem Teller. »Ich bin kein kleines Kind mehr.«

»Warum rufen wir nicht einfach Jochen an? Der schiebt doch Dienst«, warf Hendrik ein.

Lyn schüttelte den Kopf. »Der macht doch erst hunderttausend andere Dinge, bevor er sich dazu herablässt. Das können wir schnell selbst erledigen.«

Eine halbe Stunde später saß Sophie auf Lyns Schreibtischstuhl im Itzehoer Polizeigebäude und drehte sich wie ein Kreisel. »Hast du auch irgendwo Leichenfotos?«, fragte sie ihre Mutter, während sie sich mit den Füßen immer wieder abstieß.

»Meine Güte, Krümel, woher hast du nur diesen Hang zum Morbiden?«, murmelte Lyn. Sie fuhr ihren Bürocomputer hoch und gab die gesuchten Daten ein.

»Und?« Hendrik trat hinter sie, um auf den Bildschirm zu gucken.

»Scheiße!« Lyn sah Hendrik an.

Dann griff sie zum Telefonhörer und wählte die Nummer ihres Vaters. Sie winkte Sophie zu sich, die sich von ihrem Stuhlkarussell erhoben hatte und kichernd durch das Büro schwankte.

»Vater? Du musst mir einen Gefallen tun und Krümel hier bei mir im Büro abholen und sie nach Hause fahren. Sofort. In unserem Mordfall haben sich gerade völlig neue Ansatzpunkte ergeben.«

SECHZEHN

»Das, meine Liebe, war nicht gut! Die Hysterie war nicht zu überhören.« Joost Beutler riss den Hörer von Cornelia Stoblings Ohr und drückte das Gespräch weg. Er warf das Handy auf das Sofa, ging vor der am ganzen Körper zitternden Frau in die Knie und packte ihr Kinn, sodass sie gezwungen war, ihm in die Augen zu blicken. »Das war *nicht gut*.«

»Er ... er hat nichts gemerkt. Er wird kommen ... Andy wird bestimmt kommen«, weinte sie. Aus ihren Augen stürzten die Tränen. »Bitte ... Er wird kommen.«

Joost Beutler stand auf und trat ans Fenster. Eingebettet in das satte Grün der Uferpflanzen glitzerte das Wasser der Au.

Er musste dies zu Ende bringen! Er hatte einen Auftrag, und jetzt, wo das Böse endlich greifbar war und er die Chance hatte, es zu eliminieren, durfte nichts mehr dazwischenkommen. Andreas Stoblings Leben war gottesunwürdig, und er hatte es nicht verdient zu leben.

Ein kleines spöttisches Lachen entfuhr ihm. Die menschliche Gerichtsbarkeit sah das anders. Natürlich, Stobling würde bestraft werden für das, was er getan hatte. Er würde in ein Gefängnis gesteckt werden. Er würde atmen, essen und trinken, Sport treiben, fernsehen, lesen, sogar an kulturellen Aktivitäten teilnehmen.

Ihn zu töten für das, was er Judith und Werner angetan hatte, das trauten sie sich nicht, die Menschen. Sie versteckten sich hinter ihren demokratischen und sozialen Gesetzen. Und sie waren ja *Christen*! Mit dem, der angeblich mit seinem Tod die Schuld der Menschheit abgegolten hatte, war Gottes Wort »Auge um Auge, Zahn um Zahn« vor zweitausend Jahren unwirksam geworden.

Aber nicht für ihn! Warum sonst hatte Gott ihm den Engel gesandt? Ein flammendes Schwert war eine unmissverständliche Sprache. Entschlossen drehte er sich um. Die apathisch schluchzende Frau blickte ihm angsterfüllt entgegen, als er auf sie zuging.

»Wunderschön«, sagte er und strich sanft durch ihre roten Locken. »Tizian hätte seine Freude an dir gehabt ... Sag mir deinen Vornamen.«

Cornelia schluckte. Es fühlte sich nicht gut an, dass er sie plötzlich duzte. »Cor… Cornelia.«

»Cornelia! Cornelia, die Mutter der Gracchen. Hast du von ihr gehört? Nein? Das dachte ich mir. Sie war eine edle und sehr kluge Römerin. Ihre Liebe zu ihren Kindern gleicht übrigens deiner Liebe zu deinem Bruder. Sie bedeuteten ihr mehr als alles Hab und Gut.«

Sie fuhren beide zusammen, als das Handy klingelte. Mit drei Schritten war er beim Sofa und starrte auf das Display. »Dein Bruder. Ich wusste, dass er nicht zufrieden sein wird mit dem, was und vor allem *wie* du es von dir gegeben hast. Aber gut, dann muss es anders gehen.« Das Gesicht zu Cornelia gewandt, nahm er das Gespräch an.

»Andreas Stobling? Sie möchten bestimmt Ihre Schwester sprechen? … Wer ich bin? Das spielt für Sie keine Rolle. Ich sage Ihnen nur so viel und auch nur einmal: Wenn Sie das Leben Ihrer Schwester nicht gefährden wollen, dann kommen Sie umgehend zu der Ihnen genannten Adresse. Es steht Ihnen frei, die Polizei zu informieren. Sollten Sie sich da*für* entscheiden, stirbt Ihre Schwester. Ebenso, wenn Sie nicht bis achtzehn Uhr hier sind. Paradiestal 7 in Burg.«

»Andyyy!« Cornelia Stobling schrie wie von Sinnen. »Andyyy!«

»Sie hören, sie hat Sehnsucht nach Ihnen«, sagte Joost Beutler und unterbrach die Verbindung.

Er atmete konzentriert aus.

»Warum tun Sie das? Warum lassen Sie uns nicht einfach in Ruhe?« Cornelia weinte bitterlich. Sie war nur noch Angst.

»Dein Bruder ist ein schlechter Mensch. Er hat ein Mädchen betäubt und vergewaltigt. Und in den Selbstmord getrieben.«

»Nein! Niemals würde Andy so etwas tun! Was … was reden Sie da?«, schrie und weinte sie gleichzeitig.

»Niemand kann in die Seele des anderen blicken«, sagte er ruhig und strich wieder über ihr Haar. »Andreas ist ein böser Mensch.«

»Sie sind ein böser Mensch! Ein *so* … *böser* … *Mensch*!« Sie spie die Worte aus.

»*Ich* bin ein böser Mensch?« Er lachte, nicht amüsiert. Seine Augen glitzerten. »Ich töte nicht aus einer Laune, aus einer bösen Seele heraus. Nein.« Seine Stimme wurde lauter. »Ich tue das, was

Gott mir aufgetragen hat! Ich bekämpfe das Böse. Das ist gut und gerecht und die Wahrhaftigkeit. Ich habe – Gott weiß es – lange genug versucht, die Menschen mit Worten zu bekehren. Doch sie sind taub. Und darum müssen sie fühlen. Sie brauchen Taten!«

»Binden Sie mich los!« Cornelia schrie wie von Sinnen.

»Es reicht!« Mit drei Schritten war er bei dem hölzernen Regal neben dem Fenster, griff nach einem Kästchen und entnahm ihm eine Mullbinde. »Ich habe kein Klebeband, aber dies hier wird seinen Zweck erfüllen«, sagte er und trat hinter sie. Grob packte er ihren Kopf und erstickte ihre Schreie, indem er die Binde etliche Male um ihren geöffneten Mund wickelte.

Nur noch dumpf klangen die heftigen Laute hindurch.

Er ging ein paar Schritte in den Raum hinein, dann wandte er sich um.

Sie starrten sich an. Cornelia panisch, er überlegend.

»Es gibt eigentlich keinen Grund mehr, deine und meine Nerven zu strapazieren. Du hättest dich vermutlich gern von deinem Bruder verabschiedet, aber ich glaube, dies ist die bessere Lösung.«

Er ging zu dem kleinen Tisch und stellte den CD-Player an. Das Ave-Maria erklang. Dann nahm er die Spritze und kam langsam zurück. Vor ihr ging er in die Hocke. »Wundervolle Klänge, die ich – wie du, Cornelia – geliebt habe. Nur diesen Text verabscheue ich.« Seine Stimme wurde gehässig. »Gebenedeit ist die Frucht deines Leibes, Jesus …« Er packte ihren Arm. »Du wirst deinen Bruder im Tode nicht wiedersehen. Denn *er* wird in der Hölle sein. Aber du nicht, wunderschöne Cornelia. Du bist nicht böse.«

Das nackte Grauen stand Cornelia in die weit aufgerissenen Augen geschrieben, als er die Spritze ansetzte. Der Mull in ihrem Mund absorbierte ihre Schreie fast vollständig. Ihre Todesangst fand den Weg nur in dumpfe Laute, als er den Inhalt der Spritze mit den Worten »Fürchte dich nicht« in ihren warmen Körper pumpte.

»Bitte für uns Sünder, jetzt und in der Stunde unseres Todes«, begleitete eine klare Frauenstimme mit den lateinischen Worten Cornelias Reise in die Nacht.

***

»Hast du den Staatsanwalt erreicht?«, fragte Lyn ihren Chef, nachdem er seinen Wagen direkt hinter ihrem Beetle in der Wackener Hauptstraße geparkt hatte und ausgestiegen war.

Wilfried Knebel nickte. Er warf einen Blick in die abzweigende Ostlandstraße, an deren Ende Beutlers Haus zu sehen war. »Er ist auf dem Weg. Wie sieht es hier aus?« Er blickte auf seine Armbanduhr. »Das SEK müsste doch bald hier sein.«

»Beutlers Wagen ist jedenfalls da«, sagte Hendrik. »Ich wäre ja dafür, einfach zu klingeln. Der ahnt doch nichts. Und unsere Waffen haben wir alle dabei.« Seine Hand glitt über das Holster unter seiner Jacke, die er trotz der Wärme übergezogen hatte, damit die Waffe nicht auffiel.

»Auf keinen Fall gehen wir ein Risiko ein«, lehnte Wilfried den Vorschlag ab. »Gefahr im Verzug besteht nicht, also werden wir schön auf die SEK-Kollegen warten. Und da hinten sehe ich doch schon ihren Bus.« Er deutete die Hauptstraße hinunter, auf der die Wagenkolonnen der Abreisenden langsam in beide Richtungen vorbeizogen. Hupend, aus heruntergelassenen Scheiben schreiend und singend, verließ das Metal-Ameisenheer das Areal.

»*See you in Wacken, rain or shine. Next year!*«, blökte ein desolat aussehender Wikinger aus einem alten Kombi, auf dessen Fahrertür der Wacken-Schädel prangte.

»Eher nicht«, brummte Lyn und blickte dem näher kommenden Kleinbus der SEK-Leute entgegen.

Eine halbe Stunde später stand fest, dass Joost Beutler nicht zu Hause war. Die Räumlichkeiten waren schnell durchsucht.

»Wir geben eine Fahndung raus«, sagte Wilfried, nachdem er das SEK verabschiedet hatte, das umgehend zu einem erneuten Einsatz aufbrechen musste. »Und wir müssen Andreas Stobling sofort benachrichtigen.«

»Hab ich schon gemacht«, sagte Lyn. Sie hatte gleich, nachdem ihr Vater Sophie abgeholt hatte, die Nummer von Andreas Stoblings Freundin gewählt, die er angegeben hatte. Und zum Glück hatte er sich auch gemeldet. »Er war fast aggressiv, als ich ihn auf eine weiterhin bestehende Gefährdung hinwies. Komischer Typ, dieser Stobling.«

»Wo ist er jetzt?«, fragte Wilfried.

Lyn zuckte die Schultern. »Keine Ahnung. Als ich ihn gefragt habe, kam die patzige Antwort ›Auf dem Heimweg‹. Und dann hat er das Gespräch beendet.«

»Ruf ihn noch mal an«, sagte Wilfried. »Er soll sich bei der nächsten Polizeidienststelle melden. Er soll auf keinen Fall zurück nach Hamburg fahren. Wer weiß, vielleicht lauert Beutler da auf ihn.«

»Ich habe ihn bereits zweimal angerufen«, entgegnete Lyn. »Er geht nicht mehr ran. Scheiß Sturkopf. Will der nicht begreifen, dass er immer noch in Lebensgefahr schwebt?«

»Das bleibt festzustellen«, entgegnete Wilfried. »Die Tatsache, dass Joost Beutler tatsächlich den Namen seiner zweiten Frau angenommen hat, bedeutet mit hoher Wahrscheinlichkeit, dass er der Beschaffer der Mordwaffe ist, aber das heißt nicht, dass er sie auch benutzt hat. Es kann genauso gut sein, dass er die Waffe Werner Schwedtke nur zugespielt hat, und der alle drei Opfer auf dem Gewissen hat.«

»Beutlers Alibi für den ersten Mord – an Thomas Lug – war hieb- und stichfest«, entgegnete Hendrik. »Den Termin für die Vernissage in Hamburg für den Zeitpunkt des Mordes an Henning Wahlsen müssen wir überprüfen. Aber für die Tatzeit im Mordfall Kummwehl hat er kein Alibi. Ich verwette meinen Volvo, dass Beutler der Mörder von Stefan Kummwehl ist. Werner Schwedtke hat ihm die Adresse in Elmshorn genannt, im Glauben, dass Andreas Stobling dort wohnt. Und so kam es zu der schicksalhaften Verwechslung.«

»Ich mag das kaum glauben«, sagte Lyn. »Joost Beutler hat mich berührt mit seiner Art … Aber wenn ich das hier sehe …«, kopfschüttelnd deutete sie auf das Gemälde in Beutlers Wohnzimmer. Es zeigte einen Engel, der mit einem flammenden Schwert einem Dämon den Kopf abhieb. »Meine Vorstellung von diesem angeblichen Engel, den er gesehen haben will, war eine völlig andere. Ich habe da an etwas Reines und Ätherisches und Liebevolles gedacht, aber nicht an so einen alttestamentarischen Racheengel.«

»Du meinst, in ihm schlummern zwei Seelen? Die Liebe und der Hass?« Hendriks Stimme klang spöttisch. »Ich sage dir: Der Typ ist ein kolossaler Spinner, der Gott spielen will. Der ›das Böse‹

vernichten will. Wir müssen ihn schnappen, bevor noch mehr harmlose Metal-Fans dran glauben müssen.«

»Mehr, als eine Fahndung rauszugeben, können wir im Moment nicht tun«, sagte Wilfried.

»Er hat bei meinem ersten Besuch eine Hütte in Dithmarschen erwähnt«, sagte Lyn. »Er angelt dort anscheinend. Aber den Ort hat er, glaube ich, nicht genannt. Vielleicht habe ich auch nicht darauf geachtet.«

»Da können wir jedenfalls ansetzen«, nickte ihr Chef. »Wenn das keine illegale Bretterbude ist, finden wir vielleicht etwas über das Katasteramt heraus. Da werde ich mal gleich jemanden aus dem Sonntagsschlaf klingeln. Warum soll's denen besser gehen als uns?«

»Wenn wir im Moment nicht mehr tun können, werde ich mal meine Vernachlässigungen im familiären Bereich wiedergutmachen.« Lyn griente schief. »Ansonsten zieht es Krümel womöglich zurück nach Bayern.«

Hendrik begleitete sie nach draußen. »Soll ich noch zu dir kommen, wenn es nicht zu spät wird?«

»Wenn du nicht kommst«, sie zwinkerte ihm zu, »fällt das auch unter Vernachlässigung.«

»Dann«, er gab ihr einen zärtlichen Kuss, »werde ich mich bemühen, meiner Verantwortung gerecht zu werden. Wage es nicht einzuschlafen. Egal, wie spät es wird.«

★★★

»Mist! Wieso hast du auch kein Navi!« Andreas' Finger trommelten nervös auf dem Armaturenbrett, während er die Hinweisschilder mit den Ortsnamen am Straßenrand nicht aus den Augen ließ.

»Wir sind doch auf dem richtigen Weg. Bis Burg ist es nicht weit.« Jule versuchte ihre eigene Nervosität zu unterdrücken. »Und in Burg fragen … fragst du dich zu diesem Paradiestal durch.«

»Mein Gott, diese Scheißwagen!« Andreas starrte auf die Fahrzeuge vor sich. »Das dauert doch alles viel zu lange!« Ein Gemisch aus Weinen und Heulen brach aus seiner Kehle.

Jule fühlte seine Verzweiflung körperlich. In ihrem Bauch kribbelte es unangenehm. »Jetzt fahren halt alle nach Hause. Aber es sind nur noch ein paar Kilometer. Also bleib jetzt ruhig.«

Er sagte nichts, sondern starrte aus dem Seitenfenster. Sein ganzer Körper war ein einziger Krampf.

»Andy, bitte, lass uns die Polizei anrufen.« Jule bemühte sich, ihre Stimme ruhig klingen zu lassen, obwohl sie selbst mit der Situation völlig überfordert war. Warum hatte sie sich überhaupt auf diese Scheiße eingelassen? Sie beantwortete sich die Frage umgehend selbst. Weil Andy völlig aufgelöst um ihre Hilfe gebeten hatte. Und sie hatte sie ihm gewährt, weil seine tiefe Verzweiflung sie berührte. Sie hatte ihre – zu Recht megasaure – Freundin einfach auf dem Zeltplatz stehen lassen, um Andy, einen Typen, den sie doch eigentlich kaum kannte, zu einem Ort zu fahren, an dem wahrscheinlich ein irrer Killer auf sie wartete.

Sie musterte ihn von der Seite und fühlte, wie es in ihm arbeitete. Seine Finger glitten in die Tasche seiner Jeansweste. Nach einem erneuten Seitenblick sah sie, dass es das Visitenkärtchen war, das die Kommissarin ihm gegeben hatte.

»Bitte!«, sagte sie noch einmal. »Je länger ich darüber nachdenke, desto richtiger erscheint es mir. Das ist doch Wahnsinn, was wir hier machen. Der Irre bringt euch doch alle beide um. Die Polizei –«

»Die Polizei bedeutet den Tod für Conny«, schrie er sie an, zerknüllte das Kärtchen und warf es auf das Armaturenbrett. »Lass mich einfach raus, wenn du aus der Sache aussteigen willst. Ich komm da schon hin. Ich ruf mir ein Taxi.«

»Ich … ich bin wirklich überfordert«, sagte Jule. »Eigentlich … eigentlich möchte ich nicht weiterfahren. Wenn du unbedingt meinst, dass du das durchziehen musst, dann nimm mein Auto und fahr dahin, aber … aber ich möchte aussteigen.«

»Gut, dann steig aus!« Seine Stimme klang hart. Er deutete nach vorn. »Und da bietet sich die beste Gelegenheit.«

»Eine Fähre?« Sie bremste den Wagen ab und fuhr langsam die Anlegestelle an. Eine lange Wagenschlange stand davor.

»Das ist der Nord-Ostsee-Kanal«, sagte Andreas. »Da muss ich rüber.«

»Bitte, Andy, ich hab eine Scheißangst. Lass uns die Polizei informieren.« Jule stellte den Motor ab. Die Fähre war nicht zu sehen. Sie standen noch zu weit vom Ufer entfernt.

»Pass auf, Jule.« Andreas hatte sich ihr zugewandt. In seiner jetzt ruhigeren Stimme lagen Angst und Bestimmtheit. »Für Conny würd ich alles tun. So wie sie für mich. Und darum fahr ich jetzt da rüber.«

Jule fuhr an, als sich die Wagen vor ihr in Bewegung setzten. Sie kamen nur ein kleines Stück vorwärts. Die Fähre schien nicht viele Fahrzeuge aufnehmen zu können. Sie stellte den Motor wieder ab. »Aber … warum will dieser … dieser Typ dich umbringen? Warum hat er deine Freunde umgebracht? Es muss doch einen Grund geben.«

»Ich weiß es doch auch nicht!« Andreas warf ihr einen verzweifelten Bick zu. »Ich … ich muss dich noch um dein Handy bitten. Ich … brauch das vielleicht, wenn er sich noch mal meldet.«

Sie schluckte den Kloß in ihrem Hals hinunter und nickte. Mit zittriger Hand zog sie ihr Handy aus der Tasche ihrer Jeansshorts und legte es in die Ablage hinter der Handbremse.

»Also gut«, er atmete tief, »dann … dann lass uns tauschen.« Er stieg aus und ging um das Auto herum.

Jule stand schon neben der offenen Fahrertür. Er drückte sie für einen kurzen Moment an sich. »Versprich mir hoch und heilig, dass du nicht die Polizei anrufst«, flüsterte er an ihrem Ohr.

Jule schloss die Augen. »Das ist doch scheiße!«

Er ließ sie abrupt los. »Willst du schuld sein am Tod meiner Schwester? Willst du das?«

Betroffen sah sie ihn an. »Also gut, ich versprech's.«

»Die Fähre ist gleich wieder da.« Er setzte sich hinter das Lenkrad. Seine Hände zitterten so stark, dass er zwei Anläufe brauchte, um den Wagen zu starten.

Jule blickte ihrem Auto nach, wie es langsam weiterfuhr. Es würde noch einen Moment dauern, bis Andy auf der Fähre war.

»Ey, Süße!«, grölte ein Typ aus einem alten VW-Bus mit aufgesprühtem W.O.A.-Schriftzug, der zwei Wagen hinter Andy Richtung Fähre fuhr. »Wenn du 'ne Mitfahrgelegenheit suchst … Für dich würden wir zusammenrücken.«

Jule ignorierte ihn und seine lachenden Begleiter. Zögerlich entfernte sie sich ein paar Schritte. Was, verdammte Scheiße, sollte sie jetzt tun?

★★★

Andächtig zog Joost Beutler mit der Spritze das Konzentrat aus der Phiole. Schlafmittel, verfeinert mit Giftkräutern aus dem eigenen Anbau. Absolut tödlich.

Aber unpraktisch. Er bedauerte, die Pistole nicht behalten zu haben, an deren Effektivität das Gift nicht heranreichte. Andererseits hatte er natürlich beim Deponieren der Waffe in Werners Schuppen die einzigartige Gelegenheit gehabt, in Andreas Stoblings verhasstes Antlitz blicken und sich so auf die Suche nach ihm machen zu können. Diese Fratze! Die im Schein der Außenlampe gewagt hatte, einen Zettel mit Grüßen an *Sweety* zu hinterlassen!

Er legte die Spritze vorsichtig auf der Fensterbank ab. Das Problem war, dass er mit Stobling in Körperkontakt treten musste, um ihm das Gift verabreichen zu können. Und Stobling würde ihn zweifellos nicht freiwillig an sich heranlassen.

Wenn er denn überhaupt kam. Joost Beutler traten die Tränen in die Augen. Wenn Stobling die Polizei benachrichtigt hatte, war es aus. Sie würden ihn, den Auserwählten Gottes, verhaften und als Mörder verurteilen. Und er würde es ihnen nicht übel nehmen. Denn sie hatten nicht erfahren, was er erfahren hatte. Der Engel war nicht zu ihnen gekommen. Für die Polizei war er nur ein Spinner. Ein Fehlgeleiteter. Ein Irrer.

Sie wussten nicht, dass sie die Fehlgeleiteten waren. Gott hatte sich ihnen nicht offenbart. Er würde es hinnehmen, wenn sie kamen. Aber die Tatsache, dass Nummer drei weiterleben würde, diese Vorstellung war unerträglich.

Er begann zu würgen, heulte auf und schrie gegen die hölzernen Wände: »Du hast es nicht verdient zu leben, Andreas Stobling! Gott will dich tot sehen!«

Mit wenigen Schritten war er am CD-Player. Er riss Cornelias Ave-Maria-CD heraus und warf sie in hohem Bogen durch den Raum. Jetzt brauchte er die andere. Die verhasste. Denn sie brachte ihn in die richtige Stimmung. Stobling *sollte* zur Hölle fahren!

Bereits nach den ersten harten Klängen drückte er jedoch die Stopptaste. Die Tage und Nächte in Wacken hatten an ihm gezehrt. Nicht eine Sekunde länger konnte er diese kranken Töne ertragen.

Er brauchte eine Zeit lang, um sich zu beruhigen. Der Blick auf das Auenwasser und den Wald half dabei. Stobling würde mit Gottes Hilfe sterben.

Der Spaten! Draußen in dem kleinen Anbau lag der Spaten. Damit könnte er Stobling, sobald er das Haus betrat, niederschlagen. Und dann die Spritze setzen. Mit Glück würde er ihm vielleicht sogar gleich mit dem Spaten den Schädel spalten.

Er holte den Spaten und positionierte sich am Fenster neben der Tür. Es gab nur diese eine Tür. Er würde Stobling sehen, sobald er sich näherte. Und wenn der die Tür öffnete …

Zufrieden atmete er tief ein und aus. Beide Hände umfassten den Stiel, als er mit geschlossenen Augen seine Stirn auf das Ende des Spatens legte und zu beten begann.

»Herr! Bitte, sei bei mir und unterstütze mich, wie du es bisher getan hast. Und vergib mir meine Schuld, denn ich habe gesündigt. Ein Mensch musste sterben, weil ich nicht vorbereitet war. Wenn diese Schuld zu schwer wiegt, so will ich hinnehmen, was du mir zugedacht hast. Aber ich bitte dich, Herr, hilf deinem Diener und lass mich meine Schuld tilgen, indem ich den wahren Feind töte.« Er löste seinen Kopf von dem hölzernen Stiel und sah auf das flirrende Wasser. »Amen.«

★★★

Lyn hatte gerade die B 5 verlassen, um sich auf die Landstraße Richtung Wewelsfleth einzufädeln, als ihr Handy klingelte. Sie dachte an Sophie, aber das Display zeigte eine fremde Handynummer.

»Harms?« Sie blinkte und fuhr auf die autofreie Landstraße. Sekunden später parkte sie den Beetle auf der rechten Seite in der Einfahrt eines Bauernhofes.

»Was sagen Sie da?« Sie stellte den Wagen ab und lauschte der aufgelösten Frau am anderen Ende.

»Okay, okay, Jule, so war doch Ihr Name? Versuchen Sie, sich zu beruhigen. Sie haben das genau richtig gemacht.« Lyn wühlte, das Handy zwischen Kopf und Schulter geklemmt, Block und Kuli aus der Handtasche. »Nennen Sie mir das Kennzeichen Ihres Autos, Marke und Farbe. Und die Straße in Burg war Paradiestal 7? ... Ja. Aha, verstehe. Das kommt uns jetzt vielleicht zugute. ... Danke. Und bleiben Sie, wo Sie sind«, sagte sie schließlich. »Wir sind unterwegs.«

Mit fliegenden Fingern wählte Lyn Wilfried Knebels Nummer. »Wilfried? Mich hat gerade die Freundin von Andreas Stobling angerufen. Er ist von einem anonymen Anrufer aufgefordert worden, nach Burg in die Straße Paradiestal 7 zu kommen. Angeblich soll dieser Anrufer Cornelia Stobling in seiner Gewalt haben.« Detailliert berichtete sie Wilfried, was sie von Andreas' Freundin erfahren hatte. »Das ist Beutler, Wilfried! Burg liegt auch in Dithmarschen. Das muss die Adresse seiner Hütte sein.«

Sie lauschte den Anweisungen ihres Chefs. »Alles klar, ich fahre direkt nach Burg. Ja, selbstverständlich warte ich auf das SEK. Ich hänge an meinem Leben.«

Lyn warf das Handy auf den Beifahrersitz, wendete und fuhr mit Vollgas nach Wilster hinein. Bis Burg waren es über die Landstraße höchstens zwölf Kilometer. Vielleicht gelang es ihr, Andreas Stobling abzufangen, bevor er im Paradiestal anlangte, denn Jule hatte gesagt, dass Andreas sich in Burg erst durchfragen müsste, um die Straße zu finden. Das brachte einen Zeitvorteil. Sie sah auf ihr Navigationsgerät. Sie würde es auf der Fähre programmieren. Und hoffentlich vor Andreas am Zielort sein. Wilfried würde außerdem die Kollegen in Burg informieren. Sie hatten also gute Chancen, den jungen Mann zu erwischen, bevor er bei der Hütte war.

Lyn fluchte, als sie kurz vor dem Fähranleger die Blechlawine wahrnahm, die sich aufgrund der Wacken-Heimreisenden gebildet hatte. Ohne zu zögern fuhr sie links an den Autos vorbei bis zu dem WC-Häuschen, vor dem eine kleine Menschentraube stand. Ein junger Mann machte dank seiner fahrbaren Eistruhe das Geschäft seines Lebens mit den wartenden Metalheads. Eine junge Frau in Jeansshorts und Spaghettiträger-Shirt hielt sich abseits der Leute und rauchte, während sie unablässig die Straße entlangblickte. Lyn hielt direkt neben ihr und ließ die Seitenscheibe herunterfahren.

»Jule?«

»Ja«, stieß sie erleichtert aus und beugte sich zu Lyn. »Sind Sie Frau Harms? Ich wusste einfach nicht, was ich tun sollte. Ich … ich hab beim Aussteigen Ihre Visitenkarte eingesteckt, die Andy weggeworfen hat. Ich hab echt mit mir gerungen, aber dann hab ich einen Wagen angehalten und um ein Handy gebeten, damit ich Sie anrufen kann. Meins hat Andy. Ich … ich hab doch nichts falsch gemacht? Was, wenn er Andys Schwester jetzt tötet, wenn er die Polizei sieht?«

»Es war das Beste, was Sie tun konnten. Sie bleiben am besten hier, Jule, bis ein Streifenwagen Sie aufnimmt. Ich kann Sie jetzt nicht mitnehmen … Alles wird gut«, sagte Lyn mit einem aufmunternden Lächeln für die junge Frau, als sie wieder anfuhr.

Hoffentlich.

Lyn stellte sich direkt vor das erste Fahrzeug der Warteschlange. Das Hupkonzert ignorierte sie. Der Fährführer, der – zum Glück – gerade angelegt hatte, hatte ihre Aktion allerdings mitbekommen und schritt jetzt sichtlich erbost auf den roten Beetle zu, während die angekommenen Fahrzeuge von der Fähre fuhren.

Lyn hatte ihren Ausweis bereits gezückt, als er mit den Worten »Sind Sie besoffen oder was soll diese Aktion?« an ihr offenes Fenster trat.

»Kripo Itzehoe. Ein Notfall. Sie legen sofort ab, wenn ich auf der Fähre bin. Leider haben wir keine Zeit, noch weitere Wagen mitzunehmen. Holen Sie aus Ihrer Fähre raus, was Sie können!«

Das Navigationsgerät lotste Lyn gerade durch Burg, als ihr Handy klingelte. »Hendrik« las sie auf dem Display.

»Ja? … Ja, ich bin jetzt in Burg. … Ja, natürlich bin ich vorsichtig. Was denkt ihr denn alle von mir?« Mürrisch verzog Lyn das Gesicht. Ihr nicht geplanter Alleingang im Mordfall Nele Johannson, ihrem ersten Fall bei der Kripo Itzehoe, würde ihr wohl immer anhaften. »*Wo* stehen die Kollegen? … Ja, ich werde sie schon finden. Alles klar, bis gleich.«

Sie legte das Handy zur Seite und konzentrierte sich auf die Instruktionen des Navis. Irritiert stellte sie fest, dass sie Burg bereits wieder verließ. Wald und Felder bestimmten das Landschaftsbild vor ihr. Direkt hinter dem Ortsschild erfolgte jedoch die Anweisung, links abzubiegen. »Paradiestal« las Lyn auf dem Straßenschild. Sie blinkte und fuhr auf den breiten Schotterweg, der geradewegs in den Wald führte.

Nach vierhundert Metern gabelte sich der Weg. Rechts führte er weiter zu einem riesigen Grundstück mit großem Gebäudekomplex. Links teilte sich der Schotterweg nach zwanzig Metern erneut in zwei Richtungen. Und an einer dieser Abzweigungen stand der Streifenwagen der Burger Polizei. Weitere Häuser waren nicht zu sehen. Es gab nur Wald. Wilfried hatte die Kollegen informiert und anscheinend instruiert, nicht direkt beim Gebäude mit der Nummer sieben – wo auch immer das sein mochte – vorzufahren.

Lyn parkte hinter dem Polizeiwagen und stellte sich dem Kollegen vor, der neben seinem Fahrzeug stand. »Kein blauer Kadett mit Bielefelder Kennzeichen in Sicht?«, fragte sie.

»Bisher nicht«, sagte der Kollege, der sich mit dem Namen Bierhoff vorgestellt hatte. »Aber Kollege Schack schlägt sich gerade durch die Bäume von hinten an die Hütte Nummer sieben ran, um zu sehen, ob das Fahrzeug schon dort ist.« Er deutete auf den Waldweg zu seiner Rechten. »Die nächsten Häuser beziehungsweise Holzhütten liegen gut hundert Meter hinter der Biegung.«

Lyn sah sich um. Der Waldweg führte leicht bergauf. »Könnte unser Mann den Weg auch von der anderen Seite anfahren? Und wo genau befindet sich die Hütte?«

»Theoretisch könnte er von der anderen Seite kommen«, sagte Polizeihauptmeister Bierhoff. »Wir haben einen weiteren Dienstwagen dorthin beordert. Die Hütten liegen alle verhältnismäßig weit auseinander, von kleinen Baumgruppen umschlossen. Die letzten beiden Hütten haben einen wunderbaren Blick auf die Au. Begehrte Grundstücke, für die schon viel Geld geboten wurde. Ah, Kollege Schack kommt zurück.«

Lyn blickte dem jungen Polizisten entgegen, der aus den Bäumen auftauchte, auf den Schotterweg wechselte und im Dauerlauf die Erhöhung herunterkam.

»Also, das gesuchte Auto war nirgends zu sehen, jedenfalls nicht aus meiner Position«, berichtete er leicht außer Atem, nachdem Lyn sich vorgestellt hatte. Sein Blick glitt über ihre Shorts, die über den Knien endeten. »Ich bin ja nicht den Weg entlang, sondern von hinten durch den Wald. Ist 'n halber Dschungel da oben.« Er fing an, sich die Blätter und weiteres Grünzeug von den Hosenbeinen zu putzen. »An der letzten Hütte stand allerdings ein Twingo mit Hamburger Kennzeichen. HH-CS. Die Zahlen konnte ich nicht konkret ausmachen. Eine Pflanze war im Weg. Die letzte Zahl sah nach drei oder acht aus.«

»CS«, sagte Lyn. »Dann ist es mit Sicherheit das Auto von Cornelia Stobling. Die Frau, die sich höchstwahrscheinlich in der Gewalt eines Mannes namens Joost Beutler befindet. Dem Besitzer der Hütte mit der Nummer sieben.«

Bierhoff nickte. »Die Sieben ist das letzte Gebäude.«

»Und was machen wir jetzt?«, fragte der junge Schack mit glänzenden Augen. Eine Geiselnahme war in Burg eindeutig nicht an der Tagesordnung.

»Lassen Sie das Kennzeichen von Cornelia Stobling überprüfen«, sagte Lyn. »Und dann warten wir auf das SEK.«

Während Bierhoff telefonierte, ging sie die paar Schritte zu ihrem Beetle zurück. Sie öffnete den Kofferraum, holte die Schutzweste heraus und zog sie an. Dann nahm sie die Dienstwaffe aus ihrer Handtasche und steckte sie in den Hosenbund. Dass sie die Sachen im Wagen hatte, war dem Einsatz in Beutlers Haus geschuldet und ein reiner Glücksfall. Normalerweise nahm sie die Dienstwaffe nicht mit nach Hause, sondern lagerte sie im Büro.

»Ähm …«, stieß Polizeimeister Schack plötzlich aus und deutete hinter Lyn auf den Weg. »Der Wagen, der da kommt, das ist doch ein blauer Kadett.«

Lyn wandte sich um. Das blaue Fahrzeug stoppte an der Gabelung und blieb mit laufendem Motor stehen.

»Das muss er sein«, stieß Lyn aus. »Klar, das ist Stobling. Der stoppt, weil er den Dienstwagen gesehen hat.« Sie ging auf den Kadett zu. Das Kennzeichen war aus dieser Position nicht zu erkennen. Sie hatte sich kaum in Bewegung gesetzt, als die Fahrertür geöffnet wurde und ein Mann ausstieg.

»Herr Stobling!« Lyn fing an zu laufen.

»Hauen Sie ab!«, schrie Andreas Stobling ihr zu und rannte ebenfalls los. Er hechtete über den Maschendrahtzaun, der das bebaute Grundstück umgab, und spurtete über die weitläufige Grasfläche.

»Scheiße!«, zischte Lyn. Dieser Idiot!

Sie rannte zu Bierhoff und Schack zurück. »Einer muss hierbleiben und das SEK einweisen. Wer kommt mit mir? Wir müssen diesen Spinner abfangen, bevor er bei der Hütte ist.«

Polizeimeister Schack lief schon, bevor sein Kollege nur einen Ton rausbrachte.

»Hinterher!«, stieß er aus. »Wir haben den Vorteil, dass ich weiß, welche Hütte es ist. Und er weiß es nicht.«

»Aber er wird den Wagen seiner Schwester sehen«, sagte Lyn, während sie mit großen Schritten den Waldweg hinaufrannten. »Wir müssen ihn vorher schnappen.«

Andreas Stobling verließ das Grundstück zu ihrer Rechten im gleichen Moment. Sie gewannen etwas Zeit dadurch, dass er mit seiner Weste im Maschendraht hängen blieb. Aber er streifte die Weste kurzerhand ab und verschwand hinter der Biegung.

»Ich dachte, wir warten auf das SEK?«, stieß Schack im Laufen aus und warf ihr einen Blick von der Seite zu.

»Das war, bevor Stobling auftauchte. Wir werden allerdings nicht ohne das SEK in die Hütte gehen«, sagte sie. »Aber wir haben die Chance, ihn vorher zu kriegen …« Sie erreichten die Biegung.

Stobling hatte ein enormes Tempo vorgelegt und verschwand bereits hinter der nächsten Kurve. Lyn keuchte. Geschwisterliebe schien enorme Kräfte freizusetzen. Kurz registrierte sie an ihrer rechten Seite ein wunderschönes winziges Häuschen im Fachwerkstil mit grün-weißem Giebel und Reetdach. Auf der bewaldeten linken Seite tauchte die erste Holzhütte auf.

»Da! Da ist er!« Schack deutete zwischen die Bäume.

Andreas Stobling hatte den Weg verlassen und kämpfte sich das hügelige Waldstück empor. Er wollte sich also den Häusern von hinten nähern. In seinem schwarzen Shirt und der Jeans war er in dem dunklen Gehölz kaum zu erkennen. Er stolperte, sich immer wieder umblickend, durch Eichen, Buchen und Eschen.

»Das ist gut für uns, dass er sich jetzt schon durch den Wald schlägt«, stieß Schack aus. »Bei dem unwegsamen Gelände wird er noch Zeit brauchen, bis er bei der letzten Hütte ist. Laufen Sie noch ein Stück auf dem Weg weiter, Frau Harms!« Er wedelte nach vorn. »Das spart Zeit. Es reicht, wenn Sie sich nach der vierten Hütte auch durch den Wald schlagen. Und dann immer geradeaus durch die Bäume. Das letzte Haus ist es dann. Da, wo der schwarze Twingo steht. Bleiben Sie einfach im Schutz der Bäume. Ich laufe ihm hier hinterher.« Er preschte das Unterholz hinauf.

Lyn befolgte seinen Rat und blieb auf dem Weg, bis sie die nächsten drei Grundstücke hinter sich gelassen hatte. Dann bahnte sie sich ebenfalls ihren Weg hinauf zu den Bäumen.

Ihr Herz pochte, als sie weiterlief. Eine Tatsache, die nicht nur dem schnellen Lauf, sondern vor allem ihrer inneren Aufregung geschuldet war, als sie sich der letzten Hütte näherte. Lyn strauchelte auf dem abschüssigen, unebenen Waldboden, aber sie fing sich gleich wieder. Langsam und gebückt ging sie weiter. Sie wollte keinen Fehler machen. Aber sie konnten den jungen Mann nicht in sein Unglück laufen lassen.

Verdammt! Wo blieb das SEK?

Auf den Knien, halbwegs versteckt hinter einer Hainbuche, nahm sie die Hütte auf dem letzten Grundstück und die Umgebung in Augenschein. Das Paradiestal verdiente seinen Namen. Vögel zwitscherten, und das Wasser der Au glitzerte im Sonnenschein vor dem blühenden Uferbewuchs, an dem sich Schmetterlinge tummelten. Ein wahrhaft idyllischer Ort, der die Situation umso grotesker erscheinen ließ.

Der schwarze Twingo stand neben zwei übermannsgroßen, mit Holzscheiten gefüllten Drahtkörben. Das gesamte Grundstück wirkte naturbelassen, doch die Stellen, wo Johannisbeer-, Himbeer- und Stachelbeersträucher standen, waren unkrautfrei. Vereinzelte Netze sorgten dafür, dass nicht die gesamten Früchte den Vögeln als Futter dienten. An der hinteren Hüttenseite konnte Lyn ein Kräuterbeet ausmachen.

Die Hütte selbst war klein, aber gepflegt. Der dunkle Holzton fügte sich harmonisch in die Umgebung ein. Rustikal und gemütlich. Haus und Grundstück passten zu Joost Beutler, so wie Lyn ihn kennengelernt hatte. Wie konnte ein Mann, der seine Beeren mit den Vögeln teilte, ein eiskalter Mörder sein?

Lyn wischte über ihre nackte Wade, weil irgendein Waldinsekt – dem Gefühl nach eines mit sehr vielen Beinen, das darum besser nicht angeschaut werden sollte – darüberkrabbelte. War die

Eingangstür auf der von ihr nicht einzusehenden Vorderseite der Hütte direkt am Weg?

Sie schlich ein kleines Stück weiter. Weder Stobling noch Schack waren in Sicht. Hoffentlich hatte der junge Polizeimeister Andreas Stobling erwischt.

Lyn hockte sich wieder hin. Dort, an der anderen Seite der Hütte, war die Tür! Aber war es die einzige Tür oder gab es noch eine zur Straßenseite? Lyn atmete tief durch und nahm den typischen Waldgeruch zum ersten Mal bewusst wahr. Ein Gemisch aus Feuchtigkeit und Humus, vermischt mit dem Geruch des direkt vor ihrer Nase wachsenden Gierschs. Und dann passierte das, wovor Lyn sich die ganze Zeit gefürchtet hatte.

Andreas Stobling tauchte in ihrem Blickfeld auf.

Der junge Mann kam von rechts aus dem hinteren Teil des Nachbargrundstückes angelaufen, sich immer wieder umblickend. Lyn schluckte. Wo steckte Schack?

Andreas Stobling blieb einen Moment stehen, als sein Blick auf das Auto fiel. Lyn war sich sicher, dass es Cornelias Auto war, als er jetzt gebückt und langsam weiterschlich, seine Augen auf die Hütte vor sich gerichtet.

»Herr Stobling.« Es war mehr ein lautes Flüstern, aber Lyn wagte nicht, noch lauter zu sprechen. »Herr Stobling!«

Ohne eine Regung lief Andreas Stobling über das Kräuterbeet und blickte in das linke Fenster auf der Rückseite der Hütte. Lyn rief noch einmal. Diesmal etwas lauter. Er reagierte nicht. Sie war sich nicht sicher, ob er sie nicht hören konnte oder es nicht wollte. Es spielte auch keine Rolle mehr, denn alles ging plötzlich viel zu schnell.

Andreas war weitergeschlichen zu dem rechten Fenster, linste hinein und stieß einen Schrei aus. »Conny!«

Er sprang auf und rannte um die Hüttenecke. Sein Ziel war die Tür. Lyn war im gleichen Moment aufgesprungen, als er losgesprintet war. Im Laufen zog sie ihre SIG Sauer.

Andreas Stobling warf ihr einen ebenso überraschten wie erschrockenen Blick zu, als sie hinter den Bäumen auftauchte, aber er hatte die Klinke schon in der Hand.

Mit einem lauten »Scheiße!« stieß er die Tür auf und betrat die Holzhütte.

Lyn hatte die Hausecke erreicht, als ein durchdringender Schmerzensschrei durch die offen stehende Tür nach draußen drang. Ein Schrei, der ihr einen Schauer über den Rücken jagte.

Neben der Tür presste sie sich einen Moment mit dem Rücken an die Hüttenwand. Andreas schrie wie am Spieß, während eine Stimme, die Lyn sofort Joost Beutler zuordnen konnte, voller Häme Sätze ausspie, die sie durch die Schreie nur bruchstückhaft verstehen konnte.

»Ja, schrei! … die Strafe für das … deine schwarze Seele … in der Hölle schmoren … Verabschiede dich von deinem verwirkten Leben …«

Lyn kniff verzweifelt die Augen zusammen. *Scheiße!* Wieder einmal war sie allein auf weiter Flur!

Sie atmete aus, nahm ihre Waffe in beide Hände, schwenkte herum zur Tür, stieß sie mit dem Fuß weiter auf und schrie: »Hände hoch, Beutler!«

Sie hatte laut schreien müssen, um die Schmerzenslaute von Andreas zu übertönen. Sie hatte einfach drauflosgeschrien, ohne zu wissen, welcher Anblick sie erwartete. Das, was sie sah, als sie jetzt im Türrahmen stehen blieb, die Arme mit der Waffe lang ausgestreckt, musste in Sekundenschnelle verarbeitet werden.

Andreas Stobling aalte sich vor Schmerzen auf dem Holzboden. Rot quoll das Blut durch seine Finger, die er in einem Moment an die Seite seines Kopfes, im nächsten Moment auf seine Schulter presste, in der ein Spatenblatt steckte. Ein groteskes, grauenhaftes Bild, denn mit jeder seiner Bewegungen, aus dem Schmerz geboren, bewegte sich auch der Spaten und verursachte einen noch größeren Schmerz.

Übelkeit brach über Lyn herein. Andreas' Ohr war ein blutiges Stück Fleisch, es hing nur noch an seinem Läppchen. Ihre Arme ruckten in Richtung des anderen Mannes, der gerade dabei war, eine Spritze von einem kleinen Tischchen zu nehmen.

Den zusammengesunkenen, leblosen Körper auf dem Lehnstuhl in der gegenüberliegenden Ecke des Raumes nahm sie nur aus dem Augenwinkel wahr. Sie wusste, dass es Cornelia Stobling war, auch ohne zielgerichteten Blick, denn sie durfte ihr Augenmerk nicht von Joost Beutler abwenden, der zu ihrer Linken stand und sie völlig überrascht anstarrte.

Lyn trat zwei Schritte vor, direkt neben den sich windenden Andreas Stobling. »Lassen Sie die Spritze fallen und nehmen Sie die Hände hoch, Herr Beutler!«

»Frau Harms.« Seine Stimme klang merkwürdig neutral, während er für einen Moment die Augen schloss. Sein Kopf fiel nach vorn, nahm eine demütige Haltung ein.

»Herr Beu—«

Sein plötzliches »Ja!« ließ sie verstummen. Er ließ die Spritze einfach auf den Boden fallen.

Lyn schluckte. Das war schon mal gut. Was ihr nicht gefiel, war die Tatsache, dass er seine Hände nicht hob, sondern sie wie bittend ausstreckte, und langsam auf sie zuging.

»Ich werde Ihnen nichts tun, Frau Harms. Das ist ein Versprechen.«

Lyn brach der Schweiß aus allen Poren. Er wollte *ihr* nichts tun? Er musste völlig verrückt sein. *Sie* hatte die Waffe.

»Schießen Sie!«, schrie Andreas Stobling neben ihr. »Schießen Sie, verdammt noch mal.«

Der Geruch seines Blutes drang in Lyns Nase. Ihre Hände begannen zu zittern. »Bleiben Sie stehen, Herr Beutler! … Oder ich schieße!«

»Das werden Sie tun müssen, Frau Harms.« Joost Beutlers Gesicht zeigte keine Regung, keine Angst, aber auch keine Anzeichen von Wahnsinn. »Denn ich komme jetzt direkt zu Ihnen. Langsam. Damit Sie Zeit haben, zu überlegen, ob Sie wirklich und wahrhaftig einen Menschen töten wollen. Mich.«

»Oh Gott, tun Sie's!« Andreas Stobling verfiel in Wimmern. »Warum schießen Sie nicht?«

»Herr Beutler«, Lyn setzte einen Schritt zurück, »seien Sie vernünftig und bleiben Sie stehen!«

Jetzt lächelte er sogar. »*Mors certa, hora incerta* … Der Tod ist gewiss, die Stunde ist ungewiss.«

Er war nur noch drei Schritte entfernt. Seine Hand griff nach der Tür, und er warf sie ins Schloss. Der Raum verdunkelte sich.

»Sie haben es in der Hand, Frau Harms. Ich vertraue auf Gott.« Noch zwei Schritte.

Schweiß lief von Lyns Stirn und brannte in ihren Augen, während Andreas Stobling vor ihr wie ein Tier brüllte.

Schießen! Sie musste jetzt abdrücken. Gleich würde er nach ihrer Waffe greifen!

In die Beine! In die Beine, hämmerte es in ihrem Kopf. Lyn war klar, dass sie viel zu lange gezögert hatte, als sie die Arme herunterriss, um ihm einen Oberschenkelschuss zu verpassen. Als sie abdrückte, hatte er ihre Hände bereits so weit weggeschlagen, dass die Kugel ihn verfehlte.

Lyn nahm den Schmerz des heftigen Schlages an ihrer linken Hand kaum wahr. Sie hatte die Waffe nicht losgelassen, sondern sich auf die Seite geworfen, sodass Beutler ins Leere griff, als er sie packen wollte.

Dieses Mal zögerte Lyn nicht, bevor ihr Finger den Abzug drückte. In die Schreie von Andreas Stobling fiel der nächste Schuss. Und, vermischt mit dem Klirren von Scheiben, der nächste. Und der nächste, begleitet von dem Bersten einer aus den Angeln getretenen Holztür.

Als Joost Beutler in die Knie sackte, war der erste SEK-Beamte schon im Raum. Mit einem Röcheln kippte Beutler auf die Beine von Andreas Stobling.

Lyn rappelte sich auf, während weitere SEK-Beamte die Hütte stürmten. Einen Moment lang versagte ihre Stimme. Dann krächzte sie: »Einen Notarzt! Schnell, einen Notarzt!« Sie ging neben Andreas Stobling in die Hocke, während die Kollegen vom SEK Joost Beutler von dessen Beinen zogen.

»Wurde bereits vorsorglich alarmiert«, sagte einer der Beamten. Er ging hinaus und kam zwei Minuten später mit Sanitätern zurück. Lyn rutschte ein Stück zur Seite, um bei der Erstversorgung nicht im Wege zu stehen.

»Conny? … Conny?« Andreas Stobling brachte keinen ganzen Satz mehr über seine bleichen Lippen, aber seine Augen ruhten weit aufgerissen auf Lyn. Er wollte eine Antwort.

Lyn wandte ihren Kopf. Rote Locken blitzten kurz durch die Silhouetten der Beamten des SEK, die die Fesseln der jungen Frau lösten. Einer der Männer suchte einen Puls am Handgelenk von Cornelia Stobling.

Lyn schluckte. »Wir … wir kümmern uns um Ihre Schwester.« Sie blieb einfach hocken, starrte auf das Tohuwabohu in dem Raum. SEK-Beamte, Sanitäter, der Notarzt, der stöhnende

Andreas, die schlaffen Körper von Joost Beutler und Cornelia Stobling.

»Lyn!«

Lyn fing an zu weinen, als sie Hendriks Arme um sich spürte.

»Komm raus hier, Lyn, komm.« Er zog sie hoch.

Lyn folgte ihm, mit wackligen Knien, während ein weiterer Notarzt und Sanitäter in das Häuschen stürmten.

»Braucht sie einen Arzt?« Die Frage kam von Wilfried Knebel, der draußen telefonierte und ihnen besorgt entgegenblickte.

»Ich brauche keinen«, nahm Lyn Hendrik die Antwort ab, ihren Kopf wie angewachsen an seine Schulter gepresst. »Ich … ich bin okay.«

Hendrik drückte sie auf einen Hauklotz neben einem winzigen Schuppen und ging vor ihr in die Knie.

Sie starrte zur Eingangstür der kleinen Hütte und wieder in Hendriks blasses Gesicht. »Ich habe Joost Beutler erschossen. Ich habe einen Menschen erschossen.«

Hendriks Hand legte sich an ihre Wange. »Beutler ist nicht tot, Lyn. Er hat eben noch geatmet. Hoffen wir, dass die Ärzte ihn durchbringen. Und selbst wenn er es nicht … Das … das werden wir alles klären, Liebling. Es sind mehrere Schüsse gefallen. Auch das SEK hat geschossen. Und was immer du getan hast oder auch nicht: Andreas Stobling lebt, Lyn.«

»Ich … ich musste einfach rein, als er so schrie … Ich wollte ja auf das SEK warten, aber Schack war auch nicht zu sehen, und ich konnte doch nicht zulassen, dass Beutler ihn tötet. Das … das hättest du auch nicht, Hendrik, oder? Das hättest du doch nicht?« Ihre Augen hingen um Zustimmung heischend an seinem Gesicht.

»Nein, das hätte ich nicht«, sagte er mit fester Stimme. »Schack war übrigens außer Gefecht gesetzt durch Andreas Stobling. Der hat ihm – zwei Hütten entfernt von hier – an der Ecke aufgelauert und die Verfolgung beendet, indem er ihm eine Dachlatte vor den Kopf gehauen hat … Keine Angst, es geht Schack so weit gut«, fügte Hendrik hinzu, weil Lyn vor Schreck die Augen aufgerissen hatte.

Wilfried Knebel hatte sein Telefonat beendet und stellte sich neben sie. Auch er sah blass aus, als er seine Hand auf Lyns Schulter legte. »Alles klar, Kollegin? … Staatsanwalt Meier ist unterwegs.

Wo … wo ist deine Waffe, Lyn? Wir müssen sie … wir brauchen sie.«

Lyn schluckte. Wilfried hatte das Wort beschlagnahmen nicht ausgesprochen, aber es würde natürlich eine Untersuchung geben.

Oh bitte, Gott, lass mich ihn nicht getötet haben!

Und dann erbrach sie sich.

SIEBZEHN

»Ich wünschte, ich müsste nicht schlafen. Im Traum ist er immer bei mir. Diese stechenden hellen Augen! Sie sind über mir. Aber am schlimmsten ist es, seine Stimme zu hören. Diese schreckliche Stimme! Ich werde sie in meinem ganzen Leben niemals vergessen.«

Cornelia Stobling starrte in die Grünanlage des Itzehoer Krankenhauses.

»Beutler hatte nie vor, Sie zu töten«, sagte Lyn. »Das Mittel, das er Ihnen gespritzt hat, diente einzig der Betäubung.«

»Denken Sie, das macht für mich einen Unterschied?«, stieß Cornelia bitter aus und sah Lyn an, die auf der Bank neben ihr saß. »Glauben Sie mir, in Ihren grässlichsten Alpträumen können Sie sich nicht vorstellen, wie es ist, zu glauben, dass man stirbt. Als er die Spritze nahm …« Sie brach ab und begann zu weinen. »In meinem ganzen Leben möchte ich niemals wieder«, sie schluchzte laut und heftig, »das Ave-Maria hören. Niemals.«

Lyn strich wortlos über die Schulter der jungen Frau. Alles, was ihr zu sagen einfiel, erschien banal in Anbetracht dessen, was Cornelia erlitten hatte.

»Ich wünschte, Sie hätten ihn getötet«, stieß Cornelia plötzlich aus. »Ja, das wünsche ich mir wirklich. Dass er noch da ist … irgendwann bestimmt wieder rauskommt … Das macht mir Angst.«

Lyn schluckte. Sie hatte volles Verständnis für Cornelia. Aber sie selbst war grenzenlos erleichtert gewesen, als sie erfahren hatte, dass Joost Beutler überleben würde. Es wäre grauenhaft gewesen, in dem Bewusstsein leben zu müssen, einen Menschen getötet zu haben. Egal, was er getan hatte.

Joost Beutler hatte unglaubliches Glück gehabt. Seine Rettung grenzte an ein Wunder, hatten die Ärzte gesagt. Ihr Geschoss hatte ihn im Bauch getroffen, die Kugeln der SEK-Beamten in Schulter und Brust.

»Das Urteil wird zu neunundneunzig Prozent auf Sicherungsverwahrung hinauslaufen. Das heißt, dass er nach Verbüßen der

Haftstrafe nicht rauskommt, bis gewährleistet ist, dass er für die Allgemeinheit keine Gefährdung mehr ist. Und das bedeutet, dass er wahrscheinlich bis an sein Lebensende hinter verschlossenen Toren sitzen wird.«

Cornelia Stobling sagte nichts. Sie sammelte einen Marienkäfer von ihrem Knie und ließ ihn über ihren Finger laufen.

»Die nächste Zeit wird bestimmt nicht leicht für Sie werden«, fuhr Lyn fort. »Aber Sie sind eine starke Frau. Sie werden dieses Trauma überwinden. Die Therapie, die Sie beginnen werden, ist der erste Schritt. Und Sie haben Ihren Bruder. Sie beide leben. Vielleicht könnten Sie – wenn Ihre Therapie beendet ist – doch mit Ihrem Bruder verreisen. Besuchen Sie mit ihm die Länder, die er so liebt. Thailand, Malaysia … Vielleicht hilft es, etwas völlig anderes zu erleben: die Menschen, die Kultur, Sonne, Meer und Strand. Die Natur, die Gerüche … Alles ist anders.«

»Wer weiß«, sagte Cornelia nur und sah dem Marienkäfer nach, der seine Flügelchen ausgebreitet hatte und weggeflogen war. Ihre Augen verrieten, dass sie starke Beruhigungsmittel nahm. Sie war noch weit davon entfernt, gut gemeinte Ratschläge auf-, geschweige denn anzunehmen.

»Ich muss jetzt gehen«, sagte Cornelia plötzlich und sprang auf. »Ich muss meinen Bruder besuchen.« Sie sah Lyn an, als die auch aufstand. »Ohne Sie wäre Andy jetzt tot.« Sie legte ihre Arme um Lyns Hals und presste sich an sie. Für einen langen Moment. »Danke.«

Lyn blickte ihr nach, wie sie den Weg zum Krankenhausgebäude zurückging. Andreas Stobling lag ebenfalls hier in Itzehoe. Die Ärzte hatten sein Ohr wieder annähen können. Seine Schulterverletzungen waren dagegen erheblich. Das Spatenblatt hatte Schlüsselbein und Schulterblatt zertrümmert und Sehnen und Muskeln durchtrennt.

Dass sie Andreas definitiv das Leben gerettet hatte, stand fest, seit das Gutachten der Rechtsmedizin über die Mixtur in der Spritze eingetroffen war, die Beutler dem jungen Mann injizieren wollte. Die Konzentration war um ein Vielfaches höher gewesen als bei Cornelia. Andreas' Herz hätte binnen drei Minuten stillgestanden, wäre Beutler dazu gekommen, ihm die Spritze zu verabreichen. Eine Tatsache, die sogar Staatsanwalt Meier milde gestimmt hatte. Lyns Entscheidung, nicht auf das SEK gewartet zu haben, hatte im Vorwege zu heftigen Vorwürfen geführt.

Sie atmete tief durch und machte sich auf den Weg zum Parkhaus. Alles war gut. So gut, wie es eben momentan sein konnte.

★★★

»Entschuldigt die Verspätung«, sagte Wilfried Knebel und ließ sich − als Letzter der Mordkommission − auf seinen Stuhl im Besprechungszimmer sinken. »Aber die Vernehmung von Beutler hat länger gedauert, als ich dachte. Und dann hab ich noch den Kollegen Aschbach verabschiedet. Er wollte sich gleich vom Krankenhaus auf den Weg nach Hannover machen. Er lässt euch alle herzlich grüßen. Er hat sich hier wohlgefühlt.« Wilfried sah sein Team an. »Die Ehefrau von Henning Wahlsen hat einen Zusammenbruch erlitten, als sie erfuhr, warum ihr Mann sterben musste.«

»Das hätte ich auch, wenn Beutler seine religiös-fanatischen Phantasien an meinem Axel ausgelebt hätte«, krächzte Karin Schäfer, deren Stimmbänder noch immer durch die Erkältung angegriffen waren.

»Was sagt Beutler?«, fragte Lyn gespannt. »Hat er zugegeben, Stefan Kummwehl erschossen zu haben?«

»Nicht nur das.« Wilfried machte eine Pause. »Dieser Mann ist ein Phänomen. Einen Anwalt hat er abgelehnt. Sein erster Satz war, dass er es als einen Akt Gottes ansieht, seine schweren Verletzungen überlebt zu haben. Gott brauche ihn noch. Und dann hat er nicht mal den Versuch unternommen, irgendetwas abzustreiten. Im Gegenteil. Er hat nicht nur zugegeben, Stefan Kummwehl erschossen zu haben, sondern auch Henning Wahlsen. Er hat die Vernissage in Hamburg zwar besucht, ist aber gleich nach der Eröffnung wieder gegangen, nach Hannover gefahren und hat Wahlsen − ich zitiere − ›gerichtet‹.«

Wilfried schielte über seinen Brillenrand hinweg. »Ich hatte erwartet, dass er alles dem toten Schwedtke in die Schuhe schiebt. Aber nichts da.«

Lyn war nicht wirklich überrascht. Joost Beutler war kein Feigling. Vor den Morden war er niemals durch Boshaftigkeit aufgefallen. Und nun – da sein Rachefeldzug gegen die Bösen der Welt definitiv beendet war – hatte er anscheinend entschieden, nicht mehr zu lügen.

»Aber das verstehe ich nicht«, sagte Lukas Salamand. »Waren sie zu zweit in Hannover? Auf dem Klingelknopf waren doch die Fingerabdrücke von Werner Schwedtke.«

»Beutler hat Aschbach und mir alles genau erklärt«, fuhr Wilfried fort. Er griff nach der Kaffeekanne, schenkte sich einen Becher voll und nahm einen Schluck. »Bah! Den hat Birgit gekocht«, stellte er angewidert fest.

»Ich hab schon heißes Wasser geholt.« Karin Schäfer schob ihm eine weitere Kanne zu.

»Es ist folgendermaßen gelaufen«, sagte er und füllte seinen Becher bis an den Rand mit Wasser auf. »Werner Schwedtke ist bei Joost Beutler aufgetaucht, nachdem er das Tagebuch seiner Tochter beim Renovieren gefunden hatte. Aufgrund von Judiths Bemerkungen auf den vorherigen Seiten über die drei Gartenhäuschenmieter ist Werner Schwedtke davon ausgegangen, dass es sich bei den Vergewaltigern um diese drei handelte. Und auch Joost Beutler hat sich bei der Lektüre des Buches nicht daran gestört, dass Judith keine Namen genannt hat.«

»Für den war das doch ein gefundenes Fressen«, stieß Jochen Berthold aus. »Der war doch froh, einen Grund zu haben, endlich ein paar verhasste Metaller um die Ecke zu bringen.«

»Da liegst du wohl nicht falsch«, gab Wilfried ihm recht.

»Wie hat Beutler denn reagiert, als du ihm gesagt hast, dass Stobling, Lug und Wahlsen völlig unschuldig an Judiths Vergewaltigung waren? Dass er und Schwedtke drei unschuldige Menschen und fast noch einen Vierten getötet haben?« Hendrik sah seinen Chef gespannt an.

»*Das* erzähle ich gleich«, kündigte Wilfried an. »Jetzt bleiben wir erst mal beim Ablauf … Wie es aussieht, haben Schwedtke und Beutler die Taten gemeinsam geplant. Beutler erinnerte sich an die Waffe in der Kirche, ist nach Hamburg gefahren, hat sie nach einem Gottesdienst an sich gebracht und Schwedtke übergeben.«

»Gemeinsam geplant?«, fiel Lyn ihm ins Wort. »Ich denke eher, dass er den labilen Schwedtke genau dahin gebracht hat, wo er ihn haben wollte! Mir hat Beutler einmal gesagt, er würde das Wort dem Schwert vorziehen. Aber sein Wort ist wie ein Schwert. Er hat eine charismatische, einnehmende Wirkung auf Menschen. Es war für ihn bestimmt ein Leichtes, den armen Schwedtke zu der Tat zu überreden. Die Drecksarbeit hat er für ihn machen müssen.«

»Hat aber nur im ersten Fall geklappt«, nickte Wilfried. »Werner Schwedtke ist am 24. Juli nach Weimar gefahren und hat Thomas Lug Kopf und Genitalien zerfetzt. Als er dann allerdings am 25. Juli bei Wahlsen klingelte – daher seine Fingerabdrücke –, öffnete ihm die kleine Tochter. Und da ist Schwedtke in Panik geraten und abgehauen. Er hat Beutler angerufen, und die beiden haben sich getroffen. Als Beutler klar wurde, dass Schwedtke zu keinem weiteren Mord fähig ist, hat er die Sache am nächsten Tag selbst in die Hand genommen. Die Waffe hat er zu einem späteren Zeitpunkt nachts bei Werner Schwedtke im Schuppen deponiert. In der Nacht hat er dann Andreas Stobling gesehen, wie der einen Zettel für die Schwedtkes hinterließ. Beutler hat den Zettel an sich genommen und sich auf die Suche nach Stobling gemacht, nachdem er endlich wusste, wie er aussah. Bei der Suche nach ihm ist er schließlich auf Cornelia Stobling getroffen. Und was dann abging, ist ja allen hinlänglich bekannt.«

Er nahm zwei großzügige Schlucke Kaffee und füllte noch einmal Wasser nach.

»Als Aschbach und ich all unsere Informationen hatten, haben wir Beutler dann erzählt, dass die Ermordeten und Andreas Stobling allesamt unschuldig waren.«

»Und?«, fragte Hendrik.

»Meine Fresse, ist der ausgetickt!« Wilfried faltete seine Hände wie zum Gebet. »Im ersten Moment war er sprachlos. Dann ist er knallrot angelaufen und hat den ganzen Laden zusammengebrüllt. Ein Arzt hat uns rausgeschickt. Die mussten den erst mal ruhigstellen. War ein heulendes Elend, als wir gegangen sind.«

»Ich krieg voll Plaque, wenn ich das hör! Wenn der Spinner erst mal im Knast sitzt, glaubt er doch, dass Gott ihn genau da haben wollte. Um all die bösen Mörder, Vergewaltiger und Räuber zu bekehren. Dass er selbst einer ist, reflektiert der doch in seinem Wahn nicht. *Er* ist schließlich nur Handlanger Gottes.«

Lyn war geneigt, dem Urheber dieses Statements beizupflichten.

Wilfrieds Blick über der Brille wanderte zu ihm. »Thilo! Du sprichst wieder«, sagte er mit einem Grinsen. »Schön, dass du auch wieder psychisch unter uns weilst.«

Thilo fletschte die Zähne. »Danke für euer Verständnis. Nach Wacken braucht man halt ein, zwei Tage für die Wiedereingliederung in die Gesellschaft.«

Jochen Berthold sah aus, als würde er jeden Moment brechen.

Lyn grinste in sich hinein. Kollege Stock-im-Arsch-Berthold war ein Grund, das Wacken Open Air zu lieben.

Zu mögen.

Zu dulden.

★★★

Lyn hielt die beiden Weingläser, während Hendrik die Flasche öffnete und den Barolo langsam in die Gläser füllte.

»Auf einen geruhsamen Abend«, sagte Lyn und stieß ihr Glas mit einem leisen Klingen an Hendriks. Sie saßen auf der Bank vor Lyns Haus, um die letzte Abendsonne einzufangen. Im gleichen Moment wurde im oberen Stockwerk ein Fenster aufgerissen.

Sophie lugte heraus. »Mama, Lotte weint nicht mehr. Und deine Schnittchen hat sie alle aufgegessen.«

»Das ist schön, Krümel«, sagte Lyn. »Vielleicht mag sie jetzt auch die DVD mit dir gucken. Mit dem neuen ›Ice Age‹-Teil können wir nichts verkehrt machen. Oder gibt's da Liebesszenen zwischen Diego und Sid?«

Sophie kicherte. »Okay, ich frag sie, ob sie Lust hat.«

»Und, Krümel!« Lyn hob die Stimme, als Sophie das Fenster schließen wollte.

»Ja?«

»Sag bitte nicht mehr, dass Max ein Vollhonk, eine gehirnamputierte Kakerlake oder ein SMSTOG ist, ja? Das ist nämlich im Moment nicht wirklich hilfreich.«

»Na gut. Aber ist er trotzdem«, murmelte sie, bevor sie das Fenster zuschlug.

Hendriks Augenbraue war nach oben gerückt. »SMO … was?«

»SMSTOG«, wiederholte Lyn grinsend. »Supermegascheißtyp ohne Gewissen.«

»Ich bin ja fast froh, dass Max mit Lotte Schluss gemacht hat«, griente Hendrik. »Jetzt konzentriert Sophie ihre Hassgefühle auf ihn.«

Lyn knuffte ihn in die Seite. »Wenigstens hat Lottchen jetzt gegessen. Gestern hat sie keinen Bissen runtergebracht. Sie hat den ganzen Tag geweint. In meinem Arm. In Krümels Arm. In Janas Arm. Und mit weiteren gefühlten hundert Freundinnen hat sie telefoniert. Ich bin nur froh, dass sie noch nicht mit ihm geschlafen hatte. Dieser Lump. Dieser … dieser …«

»SMSTOG?«

»Genau.«

Hendrik legte seinen Arm um Lyns Schulter. »Erst der Stress mit dem Fall, dann hier zu Hause. Leicht hast du's auch nicht.« Er küsste ihre Stirn zart.

Lyn wechselte ihr Weinglas von der rechten in die linke Hand und verschränkte ihre Finger mit Hendriks. »Krümel und Lottchen sind so … so wunderbar. Jede für sich. Ich wüsste nicht, was ich ohne sie machen würde. Und gerade darum geht mir Judith nicht aus dem Kopf. Dieses herrliche junge Leben … Sie hat es ja nicht weggeworfen. Sie hat es geopfert. Für ihre Ruhe, für ihren Seelenfrieden.« Lyn brach die Stimme.

Eine lange Zeit saßen sie schweigend da.

»All diese Menschen, die unschuldig gestorben sind, lassen einen glauben, dass die Chaostheorie stimmt«, sagte Hendrik irgendwann. »Da gibt es doch diesen Spruch mit dem Schmetterling.«

»Ein Spruch, der sich abgenutzt hat«, sagte Lyn leise, »aber in diesem Fall stimmt er. Aus dem Flügelschlag eines Schmetterlings kann ein Orkan entstehen.«

Danke!

Vor der ersten Zeile eines Buches steht immer die Recherche. So weit, so gut. Das ist Arbeit und unerlässlich.

Die Recherche zu »Tod in Wacken« aber war Spaß pur! Ich hatte tolle Tage auf dem Wacken Open Air; mit vielen netten schwarzgekleideten Menschen habe ich jede Menge interessante und witzige Gespräche geführt und – natürlich – den einen oder anderen Becher Met getrunken. Ich habe Musik entdeckt, von der ich nicht erwartet hatte, sie zu finden. »The Bard's Song« von Blind Guardian hat mich durch die Schreibphase begleitet.

Mein Dank für all diese Eindrücke gebührt an dieser Stelle Holger Hübner, der mir die Recherche auf dem Festivalgelände großzügig ermöglichte.

Ich danke Desiree und Ulrike für die Informationen und den Kaffee, und natürlich meinem Bruder Dirk für das prüfende Kriminalisten-Auge.

Apropos Auge! Die Wacken-»Mettler« mögen bitte eines zudrücken, denn die Festival-Aktivitäten beginnen in meinem Krimi nicht erst am Mittwoch – wie es der Realität entspräche –, sondern aus dramaturgischen Gründen einen Tag vorher.

Und mit dieser letzten Zeile grüße ich alle W.O.A.-Fans in Nah und Fern mit einem herzhaften

WACKEEEN!!!